DIE GLÜCKSREIHE

EINE ALPHA-MILLIARDÄR-ROMANZE

MICHELLE L.

INHALT

Veröffentlicht in Deutschland:

Von: Michelle L.

© Copyright 2021

ISBN: 978-1-64808-879-7

 Erstellt mit Vellum

KLAPPENTEXT

Blake Chandler wurde zufällig zum Milliardär, nachdem er überall in den Vereinigten Staaten mit dem Erbe seiner Eltern in der Lotterie gespielt hatte. Ihr letzter Wille war, dass die Asche seines Vaters im Atlantik und die seiner Mutter im Pazifik verstreut werden sollte. Um ihnen diesen Willen zu erfüllen, reiste er durch die gesamte Nation. Er gewann in sieben Lotterien den Hauptgewinn und wurde über Nacht zum Milliardär. Über das letzte Jahr hinweg verlor er allerdings einige Millionen an das Finanzamt und sucht jetzt nach jemandem, der ihm mit seinen Finanzen helfen kann. Das Problem ist, dass er keine anderen Milliardäre kennt. Nun kommt Lexi Lanes Bruder Josh ins Spiel. Er ist Blakes Nachbar und guter Freund. Er arrangiert ein Treffen mit seinem Schwager Max Lane. Die beiden Männer freunden sich schnell an. Lexi veranstaltet eine coole Poolparty, auf der sich ihre Freunde Kip, Peyton und Rachelle gut amüsieren. Blake ist von Rachelle fasziniert und die beiden finden sich in einer glücklichen Lage wieder.

1

GLÜCKSSTERNE

Blake

Der Himmel leuchtet rosa und orange, während die Sonne hinter dem Haus meiner Eltern untergeht. Der Briefkasten ist zu meinem Feind geworden, aber dennoch schaue ich nach, ob etwas darin liegt. Der letzte Brief von Finanzamt hat mich Millionen gekostet. Ich schließe meine Augen und hoffe, dass keine weiteren Briefe von ihm in dem Kasten, der die Form eines großen Flussbarsches hat, liegen.

Mein Vater war ein Amateur-Fischer, auch wenn es durch die große Anzahl an Fischerausrüstung, die er in seinem Leben angesammelt hatte, nicht so scheint. Meine Mutter war keine sonderlich gute Köchin, aber sie hatte genügend Kochbücher, um ein ganzes Regal der Buchhandlung Barnes and Nobles mit ihnen zu füllen.

Beide starben letztes Jahr gemeinsam, in genau dem Haus, in dem ich immer noch lebe. Ich war zu der Zeit glücklicherweise auf dem College, oder ich wäre jetzt an demselben Ort wie sie. Ein Gasleck im Haus hatte sie eines Nachts im Schlaf getötet.

Eigentlich sollte ich das Haus verkaufen und umziehen, vor allem, da ich auf der Autoreise, zu der sie mich gezwungen hatten, großes Glück gehabt hatte. In ihrem Testament überließen sie mir dreitausend Dollar. Sie bestimmten, dass ich in jedem Bundesstaat, den ich auf dem Weg ihre Asche zu verstreuen, durchquerte, in der Lotterie spielen und das ganze Geld dafür verwenden sollte.

Ich verstreute die Asche meines Vaters im Atlantik und die meiner Mutter im Pazifik. Das Verrückte dabei ist, dass ich sieben der Lotterien gewann und jeder Gewinn größer als der letzte war. Am Ende der Woche war ich Milliardär.

Danke Mama und Papa!

Ich muss ihnen jedes Mal danken, wenn ich diese Geschichte erzähle. Nur mit ihrer und Gottes Hilfe habe ich das Geld gewonnen. Ich glaube nicht, dass ich jemals so viel Glück gehabt hatte.

Nun ja, meine Glückssträhne ist wohl vorbei, denn das Finanzamt findet immer neue Wege, um an mein Geld zu kommen.

„Hey, was machst'n hier draußen an der alten Fischbox?", fragt mich mein Nachbar Josh, während er aus seinem Haus nebenan kommt.

Er zog vor ein paar Jahren hier her und wir verbringen ab und zu ein bisschen Zeit miteinander, ich glaube, er ist ein bisschen älter als ich. Mit meinen einundzwanzig Jahren bin ich für viele Leute noch ein Kind, weshalb ich zu vielen Feiern der Erwachsenen aus diesem Stadtviertel nicht eingeladen werde. Josh ist kein schlechter Kerl und ein großartiger Nachbar.

„Ich schaue nur nach, ob noch mehr Briefe der bösen Regierung, die mir mein Geld abnehmen will, angekommen sind", murre ich, als ich den Mund des Fisches schließe und bin froh, dass keine weiteren Briefe meines Erzfeindes angekommen sind.

„Wegen deinem Geld", sagt er. „Es geht mich ja gar nichts an und ich habe dich auch wirklich gerne zum Nachbarn, aber warum um alles in der Welt wohnst du immer noch in dem Zwei-Zimmer-Haus, in dem du aufgewachsen bist? Kauf dir eine Villa, wie all die anderen Milliardäre, Mann!"

Ich zucke mit den Schultern und sage: „Die Zeit ist noch nicht reif. Ich weiß, dass das verrückt klingt, aber ich will das alte Haus einfach noch nicht zurücklassen. Die ganzen Sachen meiner Eltern sind noch da drinnen und ich müsste sie alle zusammenpacken, wenn ich ausziehe. Ehrlich gesagt tue ich so, als ob sie im Urlaub wären und jeden Moment nach Hause kämen. Das hilft mir dabei, das Haus in Ordnung zu halten."

Er schmunzelt und gibt mir einen Klaps auf den Rücken. „Du solltest heute Abend vorbei kommen und mit uns essen. Meine Frau macht Spaghetti."

„Danke für das Angebot, aber ich habe schon ein tiefgekühltes Fertiggericht im Ofen und will es nicht wegwerfen. Vielleicht ein anderes Mal." Ich schlendere den Weg zu dem alten Haus meiner Eltern zurück, das sie kauften, als ich auf die Welt kam. Es sieht heruntergekommen aus und ich nehme mir vor, das Haus zumindest neu verkleiden zu lassen. Ich bin ja immerhin ein verdammter Milliardär.

„Hey", ruft Josh und ich bleibe stehen. „Hast du nicht gesagt, dass dir das Finanzamt viel Geld weggenommen hat?"

Ich nicke und jammere „Ja, ich hab keine Ahnung, was ich deswegen machen kann".

Er trottet zu mir herüber. „Mein Schwager ist zufällig in der gleichen Situation wie du."

„Welche Position soll das denn sein, einer der besten Halo-Spieler? Dann schick ihn mal vorbei, ich liebe Herausforderungen", erwidere ich, weil es das einzige ist, was er meinen kann. Seit ich das Geld gewonnen habe, spiele ich die meiste Zeit nur noch dieses Videospiel.

„Nein", antwortet er mit einem Lachen. „Er ist auch reich. Dreckig und stinkend reich, genauso wie du. Er lebt in Houston. Ich könnte ein Treffen vereinbaren, damit er dir bei deinen Finanzen hilft und dir zeigt, wie du den Großteil deines Geldes behalten kannst."

„Im Ernst?" Mein Herzschlag beschleunigt sich, als ich die erste gute Nachricht seit langer Zeit höre. „Das wäre fantastisch, Josh!"

Er dreht sich um und geht zurück zu seinem Haus. „Ich rufe ihn an und frage ihn, wann er Zeit hat. Du hast nicht so viele Termine, oder?"

„Ich habe gar keine Termine. Vielen Dank." Ich winke ihm zu und gehe wieder ins Haus.

Ich mache einen Freudentanz, weil ich vielleicht endlich jemanden gefunden habe, der mir nicht nur dabei helfen kann, den Großteil meines Geldes zu behalten, sondern der mit vielleicht auch sagen kann, wie ich es sinnvoll nutzen kann.

Es scheint so, als ob heute noch ein Glückstag wäre!

2

MAX

„Um Himmels willen nochmal!" Ich hüpfe hoch, um nicht über das Barbie Traumauto zu stolpern, das verborgen am Ende der Treppe liegt. „Zoey, habe ich dir nicht gesagt, dass du deine Spielsachen nicht überall herumliegen lassen sollst? Vor allem nicht auf der Treppe!" Ich gehe um die Ecke und sehe meine vier Jahre alte Tochter hinter ihrer Mutter verschwinden, die auf dem Sofa in dem Wohnzimmer sitzt, in dem die Kinder immer spielen.

„Max", ruft Lexi, „du musst nicht so schreien! Sie ist doch noch ein kleines Mädchen. Sie vergisst so etwas nunmal. Das ist nicht ihre Schuld."

„Und wessen Schuld ist es dann, Lex? Du verhätschelst die Kinder. Die Zwillinge gehen schon in den Kindergarten, verdammt noch ..."

„Stopp!", unterbricht sie mich. „Denk daran, dass hier kleine Papageien im Haus leben, die alles, was wir sagen, nachplappern."

„Um Himmels willen. In Ordnung? Zufrieden?", frage ich, während ich nach meinen Autoschlüsseln suche. „Weißt du zufällig, wo die Schlüssel zu meinem Jaguar sind?"

Sie deutet auf unseren eineinhalb Jahre alten Sohn Zakk. Er hat sie im Mund und sabbert sie voll. Ich sehe mich nach etwas um, das ich ihm als Tausch für die Schlüssel anbieten kann und entdecke eine Zuckerstange, die hier wohl schon seit letztem Weihnachten herumliegt, aber ich muss nun mal tun, was ich tun muss.

Ich hebe die leicht angekaute Süßigkeit auf und gehe zu dem lachenden Jungen hinüber. „Schau mal, was Daddy hat." Ich wackle mit der Zuckerstange vor ihm herum und seine blauen Augen fangen an zu glänzen. Er hat meine Augen und das seidige, blonde Haar seiner Mutter.

Lexi räuspert sich und ich drehe mich zu ihr um. „Auf gar keinen Fall. Such dir etwas anderes, das du ihm anbieten kannst."

Mit einem Brummen bringe ich die Zuckerstange in die Küche und werfe sie weg. Das hätte schon längst mal jemand machen sollen. Ich hole einen seiner kleinen Kekse und nehme ihn mit zurück in das Wohnzimmer, in dem meine gar nicht einmal so kleine Familie gerade ist.

Vor der Tür kommt mir Lexi mit meinen Autoschlüsseln in der Hand entgegen. „Jetzt hab *ich* sie. Was gibst du mir dafür, huh?"

Ich nehme sie in die Arme, drücke ihren Körper dicht an meinen und flüstere in ihr Ohr, „Ich gebe dir jetzt einen Kuss und noch viel mehr heute Abend, wenn wir im Bett sind."

„Abgemacht", sagt sie und gibt mir die Schlüssel, während sie mit ihren Lippen immer näher kommt.

Obwohl wir nun schon seit einigen Jahren zusammen sind, bringen mich ihre Küsse immer noch aus der Fassung. Hitze breitet sich in mir aus, als ihre süßen Lippen die meinen berühren. Sie öffnet ihren Mund und ich spiele mit ihrer Zunge.

Ich reibe mich an ihrem weichen Körper und würde alles dafür geben jetzt für eine Weile nach oben verschwinden zu können. Ihre Hand streicht über meinen Hintern und in meinem Bauch breitet sich ein warmes Gefühl aus.

Dann zieht sie an meinem Hemd. „Papi, hey, Papi!", schreit mein vier Jahre alter Sohn Zane. „Hey, kann ich mitkommen?"

Es war anscheinend seine Hand auf meinem Hintern. Ich beende den Kuss mit meiner Frau und lehne meine Stirn gegen ihre. „Wie viel mehr von denen wollte ich nochmal haben?"

„Du hast gesagt, dass du noch ein paar mehr willst, aber ich habe so langsam das Gefühl, dass dir drei reichen." Sie streicht mir über die Wange und ich nehme ihre Hand und drücke einen Kuss auf die Handfläche.

„Ja, für jetzt sind drei mehr als genug, vielleicht sogar für immer." Ich drehe mich um und streiche über Zanes kleinen, blonden Kopf. „Hey, Kumpel, ein anderes Mal, okay? Papi muss einen Mann vom Flughafen abholen und es kann ein wenig anstrengend sein, aufzupassen, dich nicht zu verlieren, wenn so viele Leute da sind. Ich bin bald wieder Zuhause."

„Kannst du mir dann wenigstens was mitbringen, vielleicht einen Hund oder ein Kätzchen?", fragt er mich, während er einen Schmollmund macht.

„Oh! Ein Kätzchen!", schreit Zoey, als sie aus dem Raum rennt.

„Nein! Habt Erbarmen mit mir! Lexi, diese Kinder !" Ich gehe in Richtung Tür, während sich Zoey an meinem einen Bein und Zane an dem anderen festhält. Sie kichern wie verrückt, als sie versuchen, mich aufzuhalten.

Lexi nimmt das Baby hoch und folgt mir. Sobald ich and der Tür bin, bringt sie die Kinder mit einem einzigen „Stopp" dazu, von mir abzulassen.

Sie lassen mich los, als ob Lexi irgendeinen Zauber angewandt hätte. Ich schaue sie an. „Das musst du mir beibringen, du bist ein Jedi Meister."

„Gut erkannt", sagt sie und scheucht die Kinder zurück ins Haus. Sie küsst mich kurz auf die Wange. „Komm schnell wieder zu mir zurück. Und danke nochmal, dass du dich für meinen Bruder Josh mit diesem Kerl triffst. Es ist wirklich lieb und ausgesprochen nett von dir, Max"

Ich schlage mir gegen die Stirn und drehe mich noch einmal um, weil mir der Besuch wieder einfällt, den wir heute erwarten. „Um wie viel Uhr kommen Kip und Peyton?"

„Peyton sagte, sie würden so gegen vier hier sein. Sie fliegen mit ihrem neuen Hubschrauber her, nachdem du ihm geholfen hast, die Fluglizenz zu erhalten."

„Cool, ich versuche, bis dann die Sache mit dem Kerl geklärt zu haben, damit wir uns zusammen mit euch am Pool entspannen können", sage ich und gehe zu meinem Auto.

Es scheint, als wäre mein Tag voll ausgeplant!

3

KIP

„Ich weiß, dass ich das Spielzeug in die Windeltasche gepackt habe, Peyton. Schau nochmal nach", sage ich, während unser ein Jahr alter Sohn Pax wie am Spieß schreit.

Rachelle, die beste Freundin meiner Frau Peyton, versucht, das Kind mit lustigen Grimassen abzulenken. Wir sind in meinem Hubschrauber und fliegen nach Houston, um das Wochenende mit unseren Freunden, den Lanes, zu verbringen.

Ich hatte nicht geahnt, dass Pax ausrasten würde, wenn er nach dem Aufwachen seinen kleinen Stoffbär nicht bei sich hatte. Peyton zieht mit einem triumphierenden Gesichtsausdruck den Bär aus der Tasche.

„Hier ist er! Ich habe ihn", ruft sie über sein Geheul hinweg. „Hier, schau mal, Baby, Mami hat ihn gefunden."

Er macht seinen Mund zu, schnieft und streckt seine Hand nach dem Spielzeug aus. Ich verdrehe die Augen in Richtung meiner Frau. „Du musst wirklich mehr an ihm arbeiten. Er ist ein ziemlich anstrengendes Kind."

„Er ist dein Sohn. Er ist genauso wie du, Kip. Von seinem dunkelblonden Haar bis zu seinen dunkelblauen Augen, der Junge ist genau dein Abbild, und wohl auch genauso schnell gereizt wie du." Sie tätschelt meine Hand.

„Ich bin gar nicht immer schnell gereizt, Peyton", sage ich. Gleichzeitig passe ich unsere Geschwindigkeit an, als wir in eine dunkle Wolkenbank fliegen.

„Nein, natürlich nicht", sagt sie mit einem Lachen. Sie dreht sich um und wirft Rachelle auf dem Rücksitz einen Blick zu. „Dieser Mann ist nie schnell gereizt aber lass mich dir etwas sagen. Wenn du das letzte Ei isst ohne ihm ein neues zu machen und es auch noch Sonntagvormittag ist, dann nimm dich in Acht! Dieser Mann wird dir die Leviten lesen und dir klar machen, dass so etwas niemals wieder passieren darf."

Ich erinnere mich an diese Situation, aber ich war nach einer schrecklichen Nacht, in der unser Sohn seinen ersten Zahn bekommen hatte, einfach hundemüde und es war auch kein Kaffee mehr da.

Vor uns taucht die Villa auf und ich sehe, dass der Landeplatz für mich frei gemacht wurde. Max und ich sind seit ein paar Jahren befreundet, aber es kommt mir schon wie eine Ewigkeit vor. Er und seine Frau sind für mich wie Geschwister.

Nicht lange nach der Landung rennen uns schon die Zwillinge entgegen. Zoey ruft „Onkel Kip, Tante Peyton!"

Ich breite meine Arme aus und sie rennt direkt in die Umarmung. Sie hält meine Wangen mit ihren kleinen Händen fest und verteilt kleine Küsse auf meinem ganzen Gesicht. „Wie geht es meinem Mädchen?"

„Mir geht's gut. Wie geht es meinem Pony?", fragt sie. Letztes Jahr habe ich ihr und ihren Brüdern Ponys zu Weihnachten geschenkt und sie leben auf unserem Grundstück in Los Angeles.

Ihr Bruder Zane zieht an meinem Hosenbein. „Ist mein Pony auch brav, Onkel Kip?"

„Ja, das ist es", sage ich. Ich lasse Zoey hinunter und wuschle dem kleinen, blonden Jungen durch das Haar.

Lexi kommt mit ihrem Baby Zakk auf der Hüfte nach draußen. Ihre langen Beine stecken in einer kurzen, rosafarbenen Hose und ein kleines, weißes T-Shirt bedeckt ihren trainierten Oberkörper. Sie ist rundum eine wahre Schönheit. Max hat einmal erzählt, wie sie aussah, als er sie kennengelernt hatte, und ich kann ihm kaum glauben.

Er erzählte mir, dass sie eine Streberin war, die sich hinter einer Eulenbrille versteckte und ihren atemberaubenden Körper unter viel zu großen Kleidern verbarg. Es fällt mir schwer, das zu glauben. Sie läuft mit großen Schritten zu uns und umarmt mich. „Ich bin so froh, dass ihr alle hier seid."

Peyton nimmt das Baby aus dem Kindersitz und zieht Lexi in eine Umarmung. „Danke für die Einladung." Sie hält Lexi unseren Sohn entgegen. „Willst du tauschen? Ich muss doch meinem Zakkie Schatz einen Kuss und einen Drücker geben. Ich hab das kleine Äffchen vermisst."

Lexi nimmt Pax auf ihren Arm und gurrt ihn an „Wer ist ein süßer, kleiner Junge?"

Er gluckst und greift nach einer Strähne ihres langen, blonden Haares. Lexi lächelt Rachelle zu, die aus dem Hubschrauber gestiegen ist. „Wie schön! Du hast es geschafft mitzukommen. Ich bin ja so froh. Hilda, unsere Haushälterin und Köchin, freut sich schon sehr darauf, dieses Wochenende mit dir zusammen zu kochen. Sie redet über nichts anderes mehr, als dass sie mit jemandem zusammen kochen wird, der an der Universität von Kalifornien Kochkünste studiert."

„Ich freue mich schon darauf, von ihr zu lernen. Nach dem, was Kip und Peyton mir erzählt haben, ist sie eine fantastische Köchin", sagt Rachelle, während sie mit ihrer Hand über Zanes Kopf streicht. Er greift nach ihrer Hand.

„Du bist wirklich sehr hübsch", sagt er zu ihr, „hast du einen Freund?"

Sie kichert. „Danke und nein. Hast du Interesse, Zane?"

Er lacht und wird rot. „Vielleicht."

Wir lachen alle, während wir ins Haus gehen.

Es scheint, als hätte Rachel endlich einen Mann gefunden!

4

BLAKE

Eine ausgelassene Gruppe, geführt von Lexi, Max' Frau, betritt die Villa. Der Mann und die Frau, die hinter ihr laufen, kommen mir entfernt bekannt vor. Vor allem der Mann. Zane, Max' kleiner Sohn zieht jemanden hinter sich durch Tür. „Komm schon, Rachelle!"

Mein Herz setzt einen Schlag aus und ich vergesse zu atmen. Sie hat lange, schwarze, seidige Haare, die ihr bis zur Hüfte reichen. Sie ist recht zierlich, um die 1,60 m groß und ihre Augen strahlen in dem schönsten Blau, das ich je gesehen habe. Sie werden von dichten, schwarzen Wimpern eingerahmt. Ihre Haut ist hell wie Porzellan und ihre Wangen sind leicht gerötet. Ihre Lippen sind rot und bilden von Natur aus einen leichten Schmollmund. Ich laufe zu ihr hinüber, so als ob sie mich mich mit einem unsichtbaren Faden zu ihr ziehen würde. „Hi, ich heiße Blake Chandler."

Sie lächelt mich an und wird rot, während die anderen lachen. „Hallo, Blake Chandler."

Max tritt von hinten an mich heran und klopft mir auf die Schulter. Er deutet auf den Mann mit den dunkelblonden, glatten Haaren, die bis zu seinen Schultern reichen, und den dunkelblauen Augen.

„Das ist Kip Dixon. Ja, der Musiker Kip Dixon Er trägt nur gerade kein Make-up. Er verwendet es seit letztem Jahr nicht mehr."

„Ja, ich weiß, ich hab ihn vor ein paar Monaten in einer Talk Show gesehen." Ich strecke ihm meine Hand entgegen. „Freut mich, dich kennen zu lernen, Kip." Er schüttelt meine Hand und ich wende mich der Frau neben ihm zu. Sie hat lange, blonde Locken, die ihr bis zur Hüfte gehen. Ihre Augen sind eine Mischung aus grün und braun und sie ist sehr schön. „Du bist dann wohl seine Frau."

Sie nimmt meine Hand und schüttelt sie. „Hi Blake, ich bin Peyton. Diese junge Dame hier ist meine beste Freundin, Rachelle Stone. Sie geht auf die Universität von Kalifornien. Wo kommst du her?"

„Lubbock", sage ich und wende mich der schwarzhaarigen Schönheit zu. „Was studierst du dort?"

„Kochkünste. Und was macht du so, Blake?", fragt sie mich.

Ich habe keine verdammte Antwort auf diese Frage. Ich mache so wenig wie überhaupt möglich, aber ich will nicht, dass sie das weiß. „Ich bin quasi reich, deshalb suche ich nach etwas, was ich tun kann."

„Quasi reich?" Ihre Augen verengen sich zu Schlitzen.

Max rettet mich. „Er will investieren. Er hat ein bisschen Geld von seinen Eltern geerbt, als diese starben, und hat in Lotterien im ganzen Land gespielt. Einige davon hat er gewonnen und jetzt hat er ein nettes Sümmchen. Er ist hier, damit ich ihm das ein oder andere darüber beibringen kann, wie man sein Geld anlegt, dass es noch mehr wird, und um so wenig wie möglich davon an die Regierung abtreten zu müssen."

Peyton hebt ihren Zeigefinger und schaut mich mit einem seltsamen Gesichtsausdruck an. „Du! Ich glaube, ich kenne dich. Nun ja, nicht wirklich kennen in dem Sinne, aber bist du nicht nach Los Angeles gefahren und hast deine Mutter im Atlantik verstreut?"

„Ihre Asche, ja!" Ich mustere sie intensiv und klopfe mir auf das Bein. „Ja, ihr zwei seid das. Ich wusste, dass ich euch von irgendwoher kannte. Die Welt ist klein!"

Rachelle stupst Peyton an der Schulter. „Ihr kennt den Kerl also?"

„Bevor das Baby auf die Welt kam, gingen Kip und ich am Strand entlang und sahen, wie er die Asche in das Wasser rieseln lies. Wir blieben stehen und redeten mit ihm. Er erzählte uns die herzerwärmende Geschichte über den gemeinsamen Tod seiner Eltern. Auf eine traurige Weise war es richtig ergreifend."

Rachelle sieht mich mit einem weichen Ausdruck in den Augen an und berührt meine Hand. „Das tut mir leid. Kommst du damit klar?"

„Es geht mir gut. Sie starben glücklich. Ich muss dir nicht leidtun." Ich schenke ihr ein Lächeln und verspüre den starken Drang, ihre Hand in meine zu nehmen.

Max rettet mich, bevor ich einen Idioten aus mir mache. Er klopft mir nochmal auf die Schulter und sagt „Warum lassen wir sie nicht erstmal ankommen und treffen uns dann alle draußen am Pool."

Alle stimmen zu und Lexi zeigt den Gästen ihre Zimmer. Sie schaut mich über ihre Schulter hinweg an. „Ich hoffe, es macht dir nichts aus, dir ein Bad mit Rachelle zu teilen. Sie schläft in dem Zimmer neben deinem."

Ich schüttle meinen Kopf. „Ich bin mir sicher, dass wir uns nicht im Weg stehen werden."

Nicht, dass ich das nicht gewollt hätte. Ich will ihr definitiv im Weg stehen!

5

RACHELLE

„Kannst du mir den Bikini zubinden?", frage ich, als ich Peytons Schlafzimmer betrete.

Kip hatte bereits das Baby mit hinunter an den Pool genommen. Peyton und ich ziehen uns gerade unsere Bikinis an und meiner macht mir Probleme. Sie bindet ihn fest zu.

„Nicht, dass diese Babys rausrutschen", bemerke ich mit einem Lachen. „Also, der Kerl, Blake, wie findest du ihn?", fragt sie mich.

Ich hatte gerade gar nicht an ihn gedacht, zumindest nicht in den letzten paar Sekunden. Er ist groß, ich würde ihn auf 1,90m schätzen. Seine blonden Locken reichen ihm gerade bis auf die breiten Schultern. Außerdem hat er unglaubliche blau-braune Augen. Seine ganze Form ist so symmetrisch, wie ich es noch nie bei einem Menschen gesehen habe. Er sieht gut aus, nicht auf eine süße, jungenhafte oder liebenswerte Weise, er sieht einfach nur richtig gut aus.

„Er ist ganz in Ordnung", antworte ich.

Peyton schnaubt. „Ja, klar. Ganz okay. Der Kerl sieht verdammt gut aus. Und ich weiß, dass du seinen Monster-Bizeps gesehen hast. Verdammt, Rachelle, kannst du dir vorstellen, wie es wäre, in seinen Armen zu liegen?"

Wir kichern und ich ziehe mir einen dünnen, weißen Überwurf

aus durchsichtigem Stoff über meinen roten Bikini, während wir aus dem Zimmer gehen. „Fang gar nicht erst damit an, Peyton! Du und Kip wollt mich ständig verkuppeln."

Sie schlingt ihren Arm um meine Schulter und drückt mich in einer Umarmung an sich. „Wir wollen doch nur, dass du die Vorzüge einer guten Beziehung genießt, Shelley."

Als wir zu den Glastüren kommen, sehe ich die Männer am Rand des Pools sitzen. Ich kann Blakes muskulösen Oberkörper, diesmal nicht unter einem T-Shirt versteckt, sehen. Ich ziehe scharf die Luft ein und balle meine Hände zu kleinen Fäusten.

„Verdammte Scheiße!", zischt Peyton. „Schau dir das mal an."

„Er ist hinreißend", murmle ich, „so muskulös."

Peyton muss mich weiter ziehen, weil meine Beine aus irgendeinem Grund stehen geblieben sind. „Komm schon, lass uns mit den Kindern spielen."

Ich will mit jemandem spielen, aber derjenige ist definitiv kein Kind!

6

BLAKE

Kip pfeift, als er über seine Schuler schaut. Ich drehe mich um, um herauszufinden, was er entdeckt hat und meine Augen fallen mir fast aus dem Kopf. „Oh mein Gott!", flüstere ich.

Rachelles Beine sind zwar nicht so lang wie die von Peyton oder Lexi, aber sie haben genau die richtige Länge und Form für ihren Körper. Sie sieht aus wie eine kleine Puppe, perfekt proportioniert. Ihre Brüste füllen das kleine, rote Bikinioberteil aus und das Höschen rahmt ihren kurvigen Hintern perfekt ein.

„Atme, Blake", flüstert Max und gibt mir einen Stoß in die Rippen.

Peyton und Rachelle gehen sofort zu Lexi ins Wasser, die den kleinen Zakk und Pax in ein aufblasbares Boot zieht. Die Zwillinge tragen Schwimmflügel.

Max, Kip und ich sitzen am Rand des Pools und lassen unsere Beine ins kühle Wasser hängen. Ich beobachte Max' Sohn Zane, der geradewegs auf Rachelle zu schwimmt. Er schlingt seine Arme um ihren Körper und ich bin plötzlich eifersüchtig auf das Kind.

„Hi", sagt er. Sie lächelt ihn liebevoll an und streicht ihm mit ihrer Hand über seinen Kopf.

„Hallo, Süßer."

Kip stupst mich mit seinem Ellenbogen an. „Sie kann großartig mit Kindern umgehen."

„Huh? Kinder?", stammle ich, während ich ihrer Unterhaltung mit dem kleinen Jungen zusehe.

Max nimmt seine Sonnenbrille ab und gibt sie mir. „Hier, setz sie auf, damit sie keinen Anfall kriegt, wenn sie dich beim Starren erwischt. Dann kannst du sie anschauen, ohne, dass sie davon was mitbekommt."

Ich setze die dunkle Sonnenbrille auf und versuche, meinen Kopf so zu bewegen, dass sie nicht mitbekommt, wie intensiv ich sie mustere.

Ihr kleiner, heißer Körper löst in mir Hitze an Stellen aus, an denen ich schon lange keine mehr gefühlt habe.

„Wie ist sie wirklich so, Kip?", frage ich ihn, „ist sie liebenswert oder eine totale Schlampe? Bitte sag mir, dass sie eine schreckliche Macke hat, mit der ich niemals leben könnte. Denn sie stielt mir mein Herz viel zu schnell."

„Ich wünschte, ich könnte dir hier behilflich sein, mein Freund", antwortet Kip, „doch in Wirklichkeit ist sie total selbstlos und ziemlich nett. Sie ist lustig und die beste Köchin überhaupt. Ich habe sie gefragt, ob sie mir die Ehre erweisen würde, meine persönliche Köchin zu sein, aber sie hat abgelehnt. Nach ihrem Abschluss will sie ihr eigenes Restaurant eröffnen, obwohl sie weiß, dass es doch nur Träumereien sind. Ihre Familie hat dafür nicht genug Geld."

Sie dreht ihren Kopf, um Zoey zuzuschauen, die will, dass ihr jemand dabei zusieht, wie sie wie ein Fisch schwimmt. Ihre dunklen, seidigen Haarsträhnen fallen in einer langsamen Bewegung über ihre Schulter und ihre Brust hebt sich, als sie einatmet. Aus irgendeinem verdammten Grund sehe ich alles wie in Zeitlupe.

„Seht ihr auch alles in Zeitlupe?", frage ich.

Beide lachen und Max seufzt. „Erinnerst du dich daran, als du Peyton zum ersten Mal gesehen hast, Kip?"

Er nickt und hebt die Bierflasche hoch, die neben ihm auf dem

Boden steht. „Als wäre es gestern gewesen. Ich weiß, dass du dich noch daran erinnerst, als du Lexi das erste Mal gesehen hast."

Max lehnt sich zurück und stützt sich auf seinen Handflächen ab. Er schaut hinauf in den klaren, blauen Himmel. „Das war echt fantastisch. Nun ja, nicht das erst Mal, als ich sie gesehen habe. Das arme Mädchen hatte ja keine Ahnung, was sich hinter diesen viel zu großen Kleidern und dem streberhaften Aussehen verbarg. Sobald ich ihr diese Kleider ausgezogen und diesen dämlichen Knoten, zu dem sie ihre Haare immer frisierte, gelöst hatte, wusste ich, dass sie die Richtige für mich ist."

„Verdammt", murmle ich, „ich bin erledigt."

Beide nicken und Max reicht mir ein Bier aus der kleinen Kühlbox neben sich. „Ich hoffe, dass es für dich um einiges leichter wird als für uns beide, Kumpel."

„Was meinst du damit?", frage ich ihn, „Was soll denn schon schief laufen?"

Die beiden lachen wieder und Kip klopft mir auf den Rücken. „Frag das bloß nicht."

Ich nehme einen tiefen Schluck und beobachte Rachelle, die den kleinen Jungen auf ihre Schultern nimmt. Er springt wieder hinunter und quietscht vor Vergnügen. Zoey paddelt zu Max und spritzt uns an.

„Papi, komm rein und lass mich von deinen Schultern springen, wie Zane es mit Shelley macht." Sie spritzt noch ein bisschen mehr Wasser auf uns.

Max bedeutet uns mitzumachen. „Kommt schon, Jungs, es ist Zeit, nass zu werden."

Wir gleiten in das kühle Wasser und schwimmen zu den Frauen und Kindern hinüber. Ich komme bei Rachelle an, als Zane versucht, zurück auf ihre Schultern zu klettern.

Ich packe den kleinen Körper und setze ihn auf meine Schultern. „Lass mich mal, Rachelle."

„Hey", quengelt Zane, „Ich will zu Shelley."

„Gib ihren Schultern eine kleine Pause, Kleiner. Meine sind viel kräftiger." Seine kleinen Zehen krallen in mein Fleisch und ich schaue sie mit Verwunderung an. „Wow! Du hast nicht mal gezuckt, als er auf deine Schultern geklettert ist. Seine Zehen sind wie die Krallen eines Adlers."

Sie kichert. „Ich nehme an, dass ich nicht so schwächlich bin wie du."

Schwächlich! Verdammt!

Der Junge springt herunter. Durch den Abstoß schwanke ich ein bisschen, und meine Schulter stößt an ihre Brust. Ich weiß, dass mein Gesicht knallrot ist, als sie danach greift. „Hoppla! Oh mein Gott, Rachelle, es tut mir leid."

Sie sieht mich mit einem Stirnrunzeln an und reibt ihre Brust. „Schon in Ordnung, Blake. Es hat trotzdem ein bisschen wehgetan."

Meine Hand schnellt vor, um ihr zu helfen und legt sich auf ihre, mit der sie ihre Brust reibt. „Hey", kreischt der kleine Zane „Fass das nicht an!"

Max dreht sich um und lacht laut los und Kip schüttelt seinen Kopf. Ich hebe meinen Kopf und sehe Rachelle, die mit offenem Mund dasteht. Sie geht einen Schritt zurück. „Ich schaffe das schon, danke, Blake."

Ich bin so ein Idiot!

7

RACHELLE

Der Duft von Koriander hängt in der Luft, als Hilda und ich ihre hochgelobten Enchiladas und meinen berühmten Ceviche zubereiten. Sie hatte spanische Musik zum Kochen eingelegt und wir tanzen durch die Küche.

Ein großer Schatten fällt durch die Tür. „Braucht ihr Hilfe?", fragt Blake.

Ich schaue auf. Er kommt gerade frisch aus der Dusche, sein blondes Haar fällt in feuchten Locken. Sein Geruch betäubt meine Sinne. Er riecht nach Wald und nach Mann. Als er neben mich tritt, muss ich mich dazu zwingen, nicht tief einzuatmen.

Er trägt ein eng anliegendes, schwarzes T-Shirt und enge blaue Jeans, die seine muskulösen Beine betonen. Sein großer Körper neben mir lässt Schmetterlinge in meinem Bauch flattern. Ich deute auf den hölzernen Messerblock.

Er zieht eines heraus und sieht mich an. „Was jetzt?"

Aus irgendeinem Grund kommt kein Wort über meine Lippen. Meine Knie werden langsam weich. Das ist mir noch nie passiert. Ich bin mit vielen gut aussehenden Typen befreundet, doch keiner von ihnen hatte jemals diesen Einfluss auf mich gehabt.

Ich schlucke und deute auf die Jalapenos. „Kannst du die klein schneiden?"

„Na klar", sagt er, nimmt sie und sieht sich um. „Ein Schneidbrett?"

Genau hinter ihm ist eines und ich deute darauf. „Hinter dir."

Er dreht sich um und nimmt es sich. Hilda bringt ihm ein Bier und stellt es vor ihm auf die Arbeitsfläche. „Bitteschön, Blake. Kochst du gerne?"

„Ich denke, ich könnte es mögen, wenn ich wüsste, wie man manche Dinge zubereitet. Seit meine Mutter nicht mehr da ist und nicht mehr für mich kocht, bestelle ich meistens etwas oder esse tiefgekühlte Fertiggerichte." Er halbiert die Schote. „Mach ich das richtig, Rachelle?" Er stupst mich mit seinem Ellenbogen in die Seite und ich spüre, wie ein Stromschlag durch meinen Körper fährt.

Ich greife zu ihm hinüber, wobei ich aus Versehen seinen Oberkörper mit meinen Brüsten streife, und greife eine Jalapeno. Mein Körper zittert und ich ringe darum, die Fassung wieder zu erlangen. „So macht man das", sage ich, während ich sie auf sein Schneidbrett lege und in kleine Stücke schneide.

Sein Körper ist angespannt während er mich beobachtet. „Okay, ich habe es verstanden." Er schaut mich an und lächelt. „Ich mag dein Kleid. Korallenrot steht dir."

Mir entwischt ein kleines Lächeln und es breitet sich auf meinem Gesicht aus. „Danke. Dir steht schwarz gut."

Er schaut sich um und sagt, „Danke, Rachelle. Trinkst du nichts? Ich habe bemerkt, dass du noch gar nichts hast. Du willst wohl etwas anderes. Vielleicht magst du kein Bier."

„Ich bin noch zu jung", sage ich und mache mich wieder daran, den Koriander zu hacken.

„Oh!" Er hört mit dem Schneiden auf und mustert mich von oben bis unten. „Wie alt bist du?"

„Zwanzig. Morgen ist mein Geburtstag." Ich stoppe mich, bevor ich noch mehr sage kann. Ich habe das noch nie jemandem erzählt. Ich hasse es, wenn viel Aufhebens um mich gemacht wird und

Geburtstage sind eine solche Gelegenheit, bei denen die Leute einen großen Wirbel veranstalten, wenn sie davon wissen.

„Morgen! Was hast du für deinen Ehrentag geplant?" Er dreht sich zu mir um und wartet auf meine Antwort.

Ich schüttle den Kopf. „Außer die weiß niemand davon. Um ehrlich zu sein, will ich nicht, dass jemand anderes davon erfährt. Ich weiß auch nicht, warum ich es dir erzählt habe. Vergiss es einfach, okay."

„Ich bezweifele, dass er es vergessen wird, genauso wenig wie ich", sagt Hilda, als sie einen großen Topf mit Enchiladas in den Ofen schiebt. „Was ist dein Lieblingskuchen?"

Ich schüttle den Kopf. „Wirklich. Ich will nicht, dass sich jemand die Mühe macht. Ich hasse Geburtstage."

Blake dreht sich um und lehnt sich gegen die Arbeitsplatte. Seine Arme sind vor der Brust verschränkt, wodurch sein großer Bizeps zuckt. „Warum hasst du sie? Und dazu noch deinen einundzwanzigsten Geburtstag. Er ist wichtig. Ich weiß, ich bin letztes Jahr einundzwanzig geworden und ich habe mit meinen Freunden kräftig gefeiert."

„Nun ja, ich mag Partys nicht sonderlich gerne, also lass es gut sein", sage ich, nehme den Koriander und werfe ihn in die große Edelstahlschüssel.

Er schaut mich immer noch an, als ich die Tomaten nehme und zur Spüle gehe, um sie zu waschen. Ich sehe, wie er und Hilda einen Blick austauschen und werde sauer. Am meisten auf mich selbst. Ich hätte es einfach für mich behalten sollen.

Wann werde ich es jemals lernen?

Hilda nimmt ein paar Tischdecken aus dem Schrank. „Kommst du allein zurecht, Rachelle? Ich muss das Esszimmer fertig machen."

Ich winke sie davon. „Ja, geh nur und mach, was du zu tun hast."

Blake scheint mir gegenüber ein bisschen kühler geworden zu sein. Es ist wahrscheinlich am besten so. Er lebt immerhin in einem anderen Staat als ich. Ich wohne in Kalifornien und er in Texas. So geht es meistens. Ich weigere mich, jemanden an mich heranzulassen und ihm meine Gefühle zu zeigen. Sobald ein Kerl das kapiert hat, sucht er sich ein anderes Mädchen.

„Weißt du, ich kann fast hören, wie die Gedanken in deinem Kopf rattern", sagt er, als er hinter mich tritt. „Max hat mir erzählt, dass du mal für kurze Zeit in einem Kinderheim gelebt hast. Nur, weil deine Mutter nicht gut zu dir war, bedeutet das nicht, dass du dein Leben lang versuchen musst, bloß niemandem zur Last zu fallen."

Ich wirble herum. Er steht so verdammt nahe, dass ich sein Shampoo riechen kann. Es riecht frisch und sauber und ich würde am liebsten mit meinen Händen durch die feuchten Locken fahren, damit sie den Geruch annehmen. Aber das werde ich nicht tun. „Er hätte es dir nicht erzählen dürfen."

„Die Menschen reden, Rachelle. Sie erzählen einander Dinge. Das ist es, was Freunde machen." Er berührt mit seinen Fingerspitzen meine Wange und streicht über meinen Wangenknochen. „Du hast eine wunderschöne Gesichtsform."

Ich blinzle und schaue in seine blau-braunen Augen. „Du bist ganz schön direkt."

„Und du bist perfekt", flüstert er mit leiser Stimme.

„Hoppla!", höre ich Kip sagen, als er in die Küche kommt. „Ich muss nur Pax' Milchflasche füllen und dann bin ich wieder weg."

Er geht zum Kühlschrank und gießt Milch in die Flasche. Ich bringe etwas Abstand zwischen Blake und mich. „Kein Grund zur Eile, Kip. Wir sind nur am Kochen."

„Es riecht wunderbar", sagt Kip. „Macht ruhig weiter, ihr zwei." Er geht aus der Küche und ich spüre Blakes warmen Körper hinter mir.

Seine Hände legen sich über meine Arme und meine Knie geben nach, als seine Lippen über meine Schulter streifen. „Ich finde dich faszinierend."

Mein Herzschlag setzt aus und mein Körper zittert. Er ist einfach zu viel. Es ist zu intensiv und er ist wahrscheinlich ein Aufreißer. „Hör zu, ich weiß, dass du normalerweise deinen Willen mit Frauen bekommst, aber ich bin nicht so leicht zu haben. Du verschwendest deine Zeit mit mir."

Er schiebt mein Haar zur Seite. Seine warmen Lippen berühren meinen Hals und ich stöhne.

Verdammt! Das war ein Fehler!

Er legt seine Arme um meinen Körper und er wiegt mich sanft hin und her, während er auf meinem Nacken Küsse verteilt und bei meinem Ohr innehält. „Soll ich aufhören, Rachelle?"

Bloß nicht. Ich will nicht, dass er damit aufhört. Es fühlt sich unglaublich an!

„Stopp", sage ich. Ich versuche, meinen Körper anzuspannen aber er rebelliert gegen mich, während Blake ihn weiterhin festhält. Mein Körper weigert sich dagegen, sich in Blakes starken Armen anzuspannen.

Er lässt mich gehen und ich stütze mich mit meinen Händen auf der Arbeitsfläche ab, um aufrecht zu stehen. Mein Gehirn schreit mich an, dass ich mich zu ihm umdrehen wieder in seine großen Arme werfen soll. Aber ich kann nicht. Ich will den Schmerz nicht durchleben, den ich durch das Unvermeidliche verspüren würde.

„Die Schule ist für mich das Wichtigste. Ich kann mich nur auf eine Sache voll konzentrieren und meine Karriere ist das, was ich im Moment will", sage ich, während ich mich wieder fange.

„Hmm", sagt er und geht ein paar Schritte zurück. „Schule, huh? Eins nach dem anderen, huh? Das hört sich langweilig an und du kommst mir alles andere als langweilig vor, Rachelle."

„Ich bin langweilig. Extrem langweilig. Du wärst ziemlich frustriert mit mir, das kann ich dir versichern." Ich wische eine einzelne Träne weg, die mir über die Wange rollt. „Das passiert immer. Sie alle verlassen mich."

„Wie viele?", fragt er, während er sich über die Küchentheke lehnt und mich ansieht. Trotzdem hält er durch die Kücheninsel Abstand von mir.

„Wie viele Männer oder Jungs haben dich verlassen?", fragt er und faltet seine Hände. Er stützt seine Ellenbogen auf der Arbeitsfläche ab und legt seinen Kopf auf die gefalteten Hände.

„Alle." Ich schaue auf und sehe ihn böse an. „Alle, okay? Bist du jetzt zufrieden? Ich bin von allen Männern, mit denen ich je zusammen war, verlassen worden. Ich habe noch nie jemanden verlassen, ich bin immer diejenige, die verlassen wird. Deshalb will ich nicht wieder verletzt werden. Und ich kann jetzt schon sagen, dass du, Blake, mir sehr wehtun würdest. Ich fühle es bis in meine Zehenspitzen, dass du derjenige wärst, der das, was von meinem Herz übrig ist, brechen würde."

Er richtet sich wieder auf und sieht mich mit einem Stirnrunzeln an. „Wie kannst du dir da so verdammt sicher sein? Ich bin ein guter Kerl. Ich war bisher nur mit ein paar Mädchen zusammen und wir haben uns immer im Guten getrennt. Wir begegnen uns immer noch freundlich, wenn wir uns zufällig über den Weg laufen. Keiner von uns ist sauer auf den anderen. Warum bist du dir also so sicher, dass ich dich verletzen würde?

Ich schaue zu Boden und will ihm nicht antworten, doch mein Mund öffnet sich von allein. „Weil ich dich seit dem Moment, in dem ich dich gesehen habe, wollte. Im Bruchteil einer Sekunde wollte ich dich komplett. Deshalb weiß ich, dass du mir wehtun wirst." Ich renne aus der Küche und bin sauer auf mich selbst.

Ich hatte noch nie so die Kontrolle verloren und meine Gefühle offen gezeigt. Ich behalte meine wahren Gefühle immer für mich. So bin ich nun mal. Dieser Mann verfügt über irgendeine Art von Magie über mich und das ist äußerst gefährlich.

Ich muss sofort hier weg!

BLAKE

Ich schaue zu, wie Rachelle aus der Küche rennt und ich weiß, dass ich sie gehenlassen sollte. Ich sollte meine Sachen packen und heimfahren. In ihrem kleinen, hübschen Kopf geht viel vor sich.

Allerdings kann ich mich nicht davon abhalten, ihr zu folgen. Ich muss ihr zeigen, dass sie im Unrecht ist und dass ich ihr niemals wehtun würde. Wenn sie mir eine Chance gibt, dann würde ich sie nie verlassen.

Im Vorbeilaufen sehe ich Hilda im Esszimmer und strecke meinen Kopf in den Raum. „Hey, ich hab Rachelle etwas verärgert. Es scheint so, als müsstest du das Abendessen allein fertig machen. Tut mir leid."

Hilda nickt. „Schon in Ordnung. Sie ist ein sensibles Mädchen. Max war genauso, bis er Lexi fand. Sie braucht einfach nur einen guten Mann in ihrem Leben. Einen guten Menschen, der ihr zeigt, dass nicht jeder so wie ihre Eltern ist. Dass nicht jeder sie bei fremden Leuten zurücklässt, die sich um sie kümmern sollen."

Ich nicke zustimmend. „Es ist furchtbar, was manche Eltern ihren Kindern antun."

„Das stimmt", sagt sie und schaut mich dann ernst an. „Blake, ich kenne dich nicht. Ich will mich nicht einmischen, aber dieses Mädchen, nun ja, sie hatte ein schwieriges Leben und wenn du nicht mehr als ein weiterer Stein in der Mauer sein wirst, die sie um ihr Herz gebaut hat, dann lass sie besser in Ruhe."

Ich nicke und lächle sie an, bevor ich davonlaufe. Hilda hat recht. Wenn ich nicht alles für sie sein kann, dann sollte ich sie allein lassen. Rachelle hat mir erzählt, dass ich das, was von ihrem zerbrechlichen Herz übrig ist, brechen würde. Ich kann nicht in die Zukunft sehen, es gibt nie eine Garantie.

Ich laufe weiter, bis ich in meinem Schlafzimmer angekommen bin. Ich höre ein Geräusch aus dem Badezimmer, das mit Rachelles und meinem Schlafzimmer verbunden ist. Ich gehe hinüber und bleibe direkt vor der Tür stehen.

Ich sollte wieder umdrehen. Ich sollte sie allein lassen. Meine Hand legt sich auf den Türknauf, ich drehe daran und stelle fest, dass sie nicht verschlossen ist. Ich sollte weggehen. Und schon gar nicht sollte ich die Tür öffnen und in ihre Privatsphäre eindringen.

Zum Teufel damit!

Ich höre das Wasser im Waschbecken und weiß, dass ich sie nicht mit sprichwörtlich heruntergelassener Hose überraschen werde. Ich öffne die Tür und sie wirbelt herum. Ihr Mund steht offen und sie hat Tränenspuren auf den Wangen. „Es tut mir leid", sage ich und gehe direkt auf sie zu. Ich nehme sie in meine Arme und lege meinen Mund auf ihren.

Ihr Körper spannt sich an und sie drückt mit ihrer Hand gegen meinen Brustkorb. Ich wickle eine lange Haarsträhne um meine Hand und ziehe sie zurück, wodurch sich ihre Lippen unter meinen öffnen. Meine Zunge dringt in ihren Mund ein und ihr leises Stöhnen erfüllt mich mit Erleichterung.

Es gefällt ihr!

Mein Körper steht in Flammen. So habe ich mich noch nie gefühlt. Ich hebe sie hoch und schlinge meine Arme um ihre zierliche Taille. Ich trage sie zurück in mein Zimmer. Ihre Arme legen sich um meinen Nacken, als sie meinen Kuss erwidert.

Ich lege sie auf das Bett, unterbreche jedoch für keine Sekunde unseren Kuss. Sie könnte womöglich wieder flüchten und ich brauche ihr Vertrauen, sie muss mir vertrauen, sie muss mich so sehr wollen, wie noch niemanden zuvor.

Ihre Hände verheddern sich in meinen Locken, als meine Hand über ihre Schulter und ihren Arm, bis zu ihrer Hüfte gleitet. Als ich meine Hand zurück über ihren Arm streiche, zittert sie und ich kann die Gänsehaut fühlen, die meine Berührung auf ihrer Haut ausgelöst hat.

Ich verlagere mein Gewicht ein wenig, damit ich meine Hände über ihre Oberschenkel streichen kann. Eine ihrer Hände fährt über meinen Rücken und sie stöhnt in meinen Mund, was kleine Erschütterungen in meinem ganzen Körper auslöst. Unser Kuss wird leidenschaftlicher und ich erkunde jeden Zentimeter ihres süßen Mundes. Ich ertaste alles, was ich finden kann. Ich weiß nicht, ob sie mich jemals wieder so nah an sich heranlassen wird.

Die Haut an ihrem Oberschenkel ist weich und samtig. Ich schiebe ihr kurzes Kleid ein Stück nach oben und streiche mit meiner Hand über ihren flachen Bauch. Er zuckt unter meiner Handfläche. Sie fühlt sich warm und einladend an, als ich meine Hand weiter nach oben bewege, bis ich ihre Brust berühre.

Ich ertaste eine perfekte Wölbung gespannter Haut, was mein Verlangen nach ihr weiter verstärkt. Ich fahre mit meiner Hand über ihren seidigen BH und umfasse eine Brust. Sie legt eines ihrer Beine über meine und presst ihr weiches Zentrum an mich.

Ich sollte sie ein paar wichtige Dinge fragen, aber ich habe unglaublich große Angst davor, den Kuss zu beenden. Meine Hand findet ihren Weg zu dem Verschluss des BHs an Rachelles Rücken und öffnet ihn. Dadurch liegt der Teil ihres Körpers frei, der mich von Anfang an fasziniert hat.

Jetzt, da der BH offen ist, lege ich meine Hand zurück auf ihre Brust und schiebe den BH zur Seite. Ich berühre ihr weiches Fleisch und finde ihren harten, erregten Nippel. Ich kneife ihn zwischen meinen Fingern, was sie wieder zum Stöhnen bringt.

Oh mein Gott, wie wird sich dann erst Sex mit ihr anfühlen?

RACHELLE

Mein Herz schlägt so schnell, dass ich das Gefühl habe, fast in Ohnmacht zu fallen. Mein Körper reagiert so anders auf ihn. Ich kann mich nicht zurückhalten und lasse meine Hände über seinen ganzen Körper wandern. Ich drücke meinen Körper an seinen, als ob ich ihn zum Leben bräuchte.

Ich bin noch nicht einmal zurückgezuckt, als er meinen BH aufgemacht und meine bloße Brust in seine große starke Hand genommen hat. Ich bin wie Wachs in seinen Händen. Das ist mir noch nie so gegangen.

Sein Kuss wird sanfter und schließlich löst er seine Lippen von meinen. Oh mein Gott, ich lege meine Hand in seinen Nacken, um diesen sinnlichen Mund wieder zu meinem zu ziehen.

Wer bin ich?

Seine Augen sind dunkel und voller Verlangen, seine Lippen sind von unserem leidenschaftlichen Kuss geschwollen und ich habe noch nie etwas so schönes in meinem ganzen Leben gesehen. Wenn er jetzt wirklich von mir ablassen will, dann bin ich versucht, ihn umzubringen.

Er fährt mit einem Finger über meine Lippen. „Baby, ich hab kein Kondom dabei."

Mein Gehirn befiehlt mir, dem sofort ein Ende zu machen. Ich erlaube es keinem Mann, ohne Kondom mit mir zu schlafen, auch wenn ich die Pille nehme, um meine Periode zu regulieren. Aber dieser hier ...

„Bist du getestet? Bist du gesund?", frage ich ihn.

Seine Lippen verziehen sich zu einem Lächeln und er nickt. „Nimmst du irgendein Verhütungsmittel?"

Ich nicke und sein Lächeln wird größer. Er schaut mir in die Augen, als ob er direkt in meine Seele blicken könnte. Er schluckt und sagt, „Ich will nicht mit dir schlafen, bis du mir nicht vertraust, Rachelle. Ich will, dass du dich bei mir sicher fühlst."

„Wir machen also nicht weiter?", frage ich, und meine Stimme verrät meine Enttäuschung.

Er lächelt und schmunzelt. „Ich bin froh, dass du enttäuscht bist." Er zwickt meine Nase. „Ich hatte so langsam das Gefühl bekommen, dass du das alles hier nicht willst."

„Ich weiß, dass ich verschlossen bin, Blake. Ich öffne mich niemandem komplett, das habe ich noch nie getan. Du machst mir Angst." Ich schaue direkt in seine Augen, damit er erkennen kann, wie ehrlich ich mit ihm bin. „So bin ich normalerweise nicht."

„Wir müssen nichts überstürzen. Wir können uns so viel Zeit lassen, wie du willst." Er fährt mit seiner Hand über meinen Oberkörper und nimmt eine Brust in seine Hände. „Wenn du willst, können wir noch ein bisschen rummachen. Aber ich werde nicht mehr von dir verlangen, bis wir uns nicht besser kennen."

Oh mein Gott, dieser Mann ist fantastisch!

Ich beiße auf meine Unterlippe. „Du bist anders, weißt du?"

Er nickt. „Du auch."

Ich lege meine Hand in seinen Nacken und ziehe in zu mir herunter. Seine Lippen legen sich auf meine und seine Zunge dringt in meinen Mund ein, während er meine Brust sanft drückt und seinen Daumen neckend über meinen Nippel reibt.

Er löst seine Lippen von meinen und drückt kleine Küsse auf meinen Hals und meinen Oberkörper. Dann nimmt er eine Brust in seinen Mund und saugt daran. Schockwellen rasen durch meinen Körper und ich wölbe mich ihm stöhnend entgegen.

Eigentlich mag ich es nicht, wenn jemand an meinen Brüsten saugt, aber er macht das so viel besser, als alle zuvor. Seine andere Hand legt sich auf meine zweite Brust und knetet sie, während er weiter an der anderen saugt.

Ich streiche mit meiner Hand über seinen Hinterkopf und fahre mit meinen Fingern durch seine Locken. Meine andere Hand lasse ich über seinen muskulösen Rücken gleiten. Ich genieße den Umriss seiner harten Muskeln.

Ich kann es kaum glauben, dass dieser Mann mich will. Nicht nur heute Nacht für Sex, sondern für eine Beziehung.

Mit mir!

Mein Kopf spielt verrückt, als ich mir sein Glied vorstelle.

Es schwillt an und presst sich seitlich gegen mein Bein, als er sich neben mich legt und sich an mich drückt. Ich streiche mit meiner Hand seinen Rücken hinunter, bis ich an seine Hüfte komme. Dann lasse ich sie langsam noch ein Stückchen tiefer sinken.

Sein Körper fühlt sich warm an meiner Hand an und ich bewege meine Hand weiter, bis ich sein pralles Glied ertaste. Soweit ich erkennen kann, ist es ziemlich lang und dick. Ich reibe es durch die Jeans hindurch.

Blake fährt mit einer Hand zwischen meine Beine und reibt über mein Seidenhöschen. Die Hitze, die seine Hand in mir hervorruft, bringt mein Innerstes zum Kochen. Ich will diesen Mann so sehr, dass es mich fast umbringt.

Meine Kleider fühlen sich kiloschwer an. Ich will sie ausziehen, ihn auch und seine warme Haut direkt auf meiner spüren. Er löst seinen Mund von meiner Brust und verteilt Küsse auf meinem Oberkörper und auf meinem Bauch.

Seine Lippen fahren über die Haut an meinem Bauch und er fragt, „Darf ich dir dein Kleid ausziehen?"

Er muss wohl meine Gedanken gelesen haben. „Bitte."

Er schiebt mein Kleid langsam nach oben, während er jeden Zentimeter entblößter Haut küsst, den er finden kann. Er zieht es mir über den Kopf, danach nimmt er die Träger meines BHs und zieht ihn mir komplett aus.

Ich habe nur noch mein Höschen an, während er mich von oben bis unten betrachtet. Er fährt mit seinen Fingerspitzen über meine Brüste und den Bauch bis hinunter zu meinen Beinen. „Du bist perfekt, Baby."

Ich ziehe zitternd die Luft ein. Ich habe es noch niemandem erlaubt, mich einfach nur so anzusehen. Es ist ein bisschen nervenaufreibend, aber die Art, wie seine Augen leuchten, während er jeden Zentimeter von mir in sich aufnimmt, fühlt sich gut an. Es fühlt sich so an, als würde alles in Ordnung kommen.

Langsam finden seine Augen und seine Hände ihren Weg zurück zu meinem Gesicht und er streichelt mit seinen Fingern über meine Wangen. „Danke, ich weiß, dass das nicht einfach für dich ist."

„Das ist es wirklich nicht. Ich zeige mich nie so verletzlich." Er fährt mit seinen Händen durch mein Haar.

„Ich bin froh, dass du mich so an dich herankommen lässt. Ich verspreche dir, dass du es nie bereuen wirst", sagt er und berührt dann meine Lippen mit den seinen. Er küsst mich so sanft, dass ich fast weinen muss.

Er wird es mir nicht einfach machen!

10

BLAKE

Ich berühre ihre Lippen und fahre leicht mir meiner Zunge darüber. Ich lasse meine Fingerspitzen federleicht über ihre nackte Brust wandern. Ihr Körper ist wunderschön, zierlich und doch so füllig. Üppige Brüste, die sich danach sehnen, von mir berührt zu werden.

Heute Nacht geht es nicht um Sex, sondern darum, mehr voneinander zu erfahren. Ihr ganzes Leben lang hat sie ihr wahres Ich tief in sich versteckt gehalten und ich will, dass sie sich mir komplett öffnet.

Ihre Hand drückt gegen meinen Oberkörper und sie streicht über meine Brustmuskeln. Ich merke, dass sie es mag, wie sich meine Muskeln anfühlen. Ich weiche ein Stück zurück und ziehe mir das T-Shirt über den Kopf. Ich muss lachen, als ihre Augen leuchten, während sie mich betrachtet.

Ich nehme ihre Hand und lege sie auf meine Bauchmuskeln. Sie lächelt. „Wie hast du es geschafft, diesen Sixpack zu bekommen?"

„Auf die übliche Weise, mit hartem Training", ich wackle mit meinen Augenbrauen. „Wenn ich keine Videospiele spiele, dann trainiere ich. Ich habe ein ganzes Fitnessstudio im Wohnzimmer meiner Eltern. Ich gehe nicht mehr hinein, um mich auszuruhen und fern zu sehen, wie früher, als sie noch da waren."

Sie runzelt ihre Stirn. „Ist das nicht recht einsam? Ich meine, ich lebe jetzt schon seit fast drei Jahren allein. Meine Wohnung in Los Angeles hat schon immer nur mir gehört, also habe ich niemanden, den ich dort vermissen könnte. Du dagegen hast mit deinen Eltern zusammen in einem belebten Haus gelebt. Du musst sie doch vermissen."

Ihre Haut ist hell und glänzt in dem dunklen Zimmer. „Es stimmt, ich vermisse sie. An manchen Tagen mehr, an manchen weniger, aber ich vermisse sie mehr als ich es mir anmerken lasse."

Die Art, wie sie mit ihrer Hand über meinen Bauch streichelt, lässt mich erzittern, was ihr nicht entgeht. „Du versteckst auch einen kleinen Teil von dir, oder etwa nicht?"

Es fällt mir nicht leicht, gerade mir das selbst einzugestehen, aber sie hat recht. „Anscheinend."

„Warum wohnst du noch immer dort?", fragt sie mich und ihre leichte Verwunderung spiegelt sich in ihrem Gesicht wieder. „Ich meine, warum kaufst du dir nicht eine große Villa wie diese hier, genauso wie es andere Milliardäre auch machen?"

„Ich glaube, ich hatte bisher noch keinen Grund dafür. Im Moment geht es mir gut so. Und ich bin noch nicht soweit, mein Zuhause zu verlassen." Ich lehne mich vor und rieche an ihrem Hals. Ich finde die Art, wie ihre Haare nach Heckenrosen duften, unglaublich.

Sie streicht über meine Wange. „Vielleicht sollte ich dir bei der Suche helfen. Das könnte Spaß machen. Wo willst du denn leben?"

„Ich habe keine Ahnung. Wo immer du bist, ist perfekt", sage ich mit einem Glucksen.

Ihre Hände streichen meinen Rücken rauf und runter, was mir Schauer über den Rücken jagt. Ihre Worte klingen sanft als sie sagt, „Wir werden sehen, ob du später immer noch so denkst, Blake. Niemand sonst hat es bis jetzt getan."

Ich bekomme einen Kloß im Hals, wenn ich daran denke, wie sie sich fühlen muss. Ihre eigene Mutter hatte sie aufgegeben, natürlich denkt sie, dass sie nicht liebenswert ist. Ich presse einen Kuss auf ihren Hals und suche mit meinen Lippen nach ihren.

Ich weiche ein Stück zurück und sehe sie an, während ich über ihre Lippen fahre. „Bleibe heute Nacht bei mir."

„Hier, in diesem Bett?" Sie klopft auf die Decke, auf der wir liegen.

„Ja, lass mich dich die ganze Nacht halten. Ich verspreche die, dass ich nichts versuchen werde."

„Zieh deine Jeans aus und komm unter die Decke. Ich glaube, ich weiß, wie das funktioniert. Um ehrlich zu sein bin ich noch nie eine ganze Nacht lang einfach nur im Arm gehalten worden."

Ich stehe auf, lasse meine Jeans zu Boden fallen und schleudere die Schuhe weg, während sie die Decke herunterzieht. Ich lege mich neben sie und ziehe sie an mich heran. Ich verteile kleine Küsse auf ihrer Wange und seufze.

„Es wird schwer sein, nicht über dich herzufallen, aber ich will, dass du mir vertraust." Meine Hände streichen unter der Decke über ihre Brüste.

„Ich würde dir gerne vertrauen, Blake. Wenn es dir hilft, dann sage ich dir, dass ich mich sehr beherrschen muss. Ich würde dich gerne an meinem ganzen Körper spüren." Ihre Hand fährt über meine Schulter und ich kann die Lust in ihren blauen Augen sehen.

Ich will jedoch mehr als nur Lust in ihnen sehen. Ich küsse ihre Stirn und flüstere, „Mit dir brauche ich mehr als nur Sex. Ich habe das Gefühl, dass wir eine richtige Verbindung aufbauen können, wenn wir es langsam angehen."

Das wird eines der schwierigsten Dinge sein, die ich je getan habe, aber ich muss meinem Instinkt folgen.

11

RACHELLE

Ich wache von einem warmen Atem in meinem Nacken auf. Ein Arm ist um meine Hüfte geschlungen und ein Bein liegt über meinem. Anscheinend hat mich Blake die ganze Nacht lang bestizergreifend festgehalten. Ich hatte eigentlich erwartet, dass er mich in der Nacht loslässt und sich von mir wegdreht.

Wir hatten uns im Flüsterton unterhalten, bis wir schließlich einschliefen. Er nahm mich in seine starken Arme und ich hatte mich noch nie so wohlgefühlt.

Ich fühlte mich sicher und umsorgt und es fällt mir schwer zu glauben, dass dieser Mann vor weniger als vierundzwanzig Stunden noch ein Fremder für mich gewesen war.

Ich spüre eine Bewegung hinter mir und etwas Langes, Pochendes presst sich an meinen Rücken. Da hat wohl jemand eine Morgenlatte. Mal schauen, ob er die Beherrschung, die er gestern an den Tag legte, aufrechterhalten kann.

Ich drehe mich um und drücke einen Kuss auf seine Nasenspitze. Sein schönes Gesicht ist voller kleiner blonder Stoppeln und ich verspüre den Drang, es zu berühren. Ich streiche mit meiner Hand über seine Wange und seine blau-braunen Augen öffnen sich.

Er fängt sofort an zu grinsen. „Hey.“

Ich presse meine blanken Brüste an seinen Oberkörper. „Hey."
Ich schlinge meine Arme um seinen Hals und kuschle mich an ihn.

„Was für eine tolle Art aufzuwachen", sagt er. Er drückt einen
Kuss auf meinen Kopf und mir wird warm, als ich meinen Körper an
seinen lehne. „Daran könnte ich mich gewöhnen."

Ich auch und das ist ein sehr großes Problem!

„Wir sollten besser aufstehen. Wir reisen heute ab. Ich will nicht,
dass sie auf mich warten müssen", sage ich und löse mich von ihm.

Seine Hände schließen sich hinter meinem Rücken und er stoppt
meine Bewegung. „Was wird aus uns, Rachelle?"

„Ich lebe in Los Angeles und du in Lubbock. Warum sagst du mir
nicht, was aus uns wird?", sage ich mit Tränen in den Augen.

„Ich könnte dich nach Hause bringen. Ich könnte einen Privatjet
mieten und dich nach Hause bringen." Seine Hände streichen über
meinen Rücken und senden Wellen des Verlangens durch meinen
Körper.

„Was ist aus dem Vorsatz, es langsam angehen zu lassen, geworden?", frage ich, während ich darüber nachdenke, warum das nie
funktionieren kann. „Ich werde mit Peyton und Kip zurück fliegen.
Wir können miteinander telefonieren und uns besser kennenlernen,
bevor wir den nächsten Schritt machen."

Seine Arme ziehen mich enger an sich und an seine Erektion.
„Bist du dir sicher? Denk daran, wie schön es wäre, jeden Tag so wie
heute aufzuwachen. Denk daran, wie gut es sich angefühlt hat, in
meinen Armen zu schlafen."

„Das war schön. Schöner als alles, was ich bisher getan habe." Ich
verstumme und suche nach einem guten Grund, nicht weiterzuma-
chen. Ich finde keinen und er scheint das zu wissen.

„Ich werde dich nicht drängen. Komm, lass uns aufstehen und die
Zeit genießen, die uns noch bleibt, bis sie mit dir davonfliegen."

Er lässt mich los und steht auf und mir ist kälter als je zuvor.

Das wird sehr schwierig werden!

12

BLAKE

Zane hat sich an Rachelle geklammert und starrt mich böse an. Er schaut zu ihr auf, als er sich an ihr Bein hängt. „Du hast doch gesagt, dass du keinen Freund hast, Shelley!"

Sie lächelt ihn an und schaut mit einem Augenzwinkern zu mir hinüber. „Habe ich auch nicht."

Ich trete einen Schritt nach vorn und lege meinen Arm um sie. „Doch, das hast du. Natürlich nur, wenn du willst."

Zane streckt mir seine Zunge raus. „Sie gehört mir!"

Ich lehne mich vor und wuschle durch sein blondes Haar. „Ist sie nicht ein bisschen zu alt für dich?"

Er schüttelt den Kopf. „Sie ist schön und lieb und sie gehört mir!"

Max schnappt sich das Kind und wirft ihn in die Luft. „Ich bin mir sicher, Rachelle hat genug Liebe für alle, Zane!

Er warf das Wort „Liebe" so mühelos in den Raum, dass Rachelle die Stirn runzelte.

Zu schnell, zu bald!

Jetzt, da Zane aus dem Weg ist, lege ich meinen Arm um ihre kleinen Schultern und ziehe sie mit mir fort. Ich muss sie noch mindestens einmal küssen, bevor sie in den Hubschrauber steigt, der sie mir wegnimmt, bevor ich sie dazu überreden kann, mich mit ihr zu kommen zu lassen.

Vor uns taucht das Pool-Haus auf und ich ziehe sie hinein. Während die Tür hinter uns zufällt, wirft sie ihre Arme um mich herum und ihre Lippen liegen auf meinen, bevor ich die Möglichkeit habe, sie nach einem Abschiedskuss zu fragen.

Ihr Mund ist heiß und sie küsst mich, als hätte ich die Luft, die sie zum Leben braucht. Ihre Finger krallen sich in mein Haar und sie presst ihren kleinen Körper gegen meinen. Ich löse mich von ihr und schaue sie an.

Ich streiche ihr dunkles Haar zurück. „Nur ein Wort, Baby, und ich komme zu dir. In dem Moment, in dem du mich darum bittest. Hast du das verstanden?"

Ihre Augen suchen meine. „Meinst du das ernst?"

Ich nicke und presse meine Lippen wieder auf ihre. Ich dränge sie zurück, bis sie gegen die Wand stößt und hebe ihren Hintern hoch, während sie ihre Beine um meine Hüfte schlingt. Ich reibe mich an ihr und wünsche mir nichts sehnlicher, als dass sie ihre Meinung ändert.

Ihre Brust hebt und senkt sich mit ihren flachen Atemzügen. „Ich muss los."

Und mit diesen Worten lasse ich sie gehen und bete darum, dass sie sich dazu entscheidet, mich zu ihr kommen zu lassen. Und zwar eher früher als später.

13

GEGLÜCKTE INVESTITIONEN

Blake

Ich schaue aus dem Fenster, während ich mit Rachelle telefoniere. Der Vollmond füllt die letzte Fensterscheibe komplett aus und ich lege meine Hand dagegen. Derselbe Mond scheint jetzt gerade über ihrem süßen Kopf. Genau da, wo ich jetzt gerne wäre.

„Abschlussprüfungen, hm?", frage ich niedergeschlagen.

„Ja, morgen ist die letzte", sagt sie. „Aber ich brauche immer ein paar Tage, um mich von dem ganzen Stress zu erholen, den ich mir selbst mache, damit ich alle Prüfungen bestehe. Willst du wissen, welches Rezept ich für meine Backstunde morgen früh ausgewählt habe?"

„Ist es eines aus dem Kochbuch mit den französischen Gerichten, das mir meine Mutter einmal geschenkt hat?", frage ich, während ich mit meinen Fingern über das Glas streiche und die Umrisse des Mondes nachfahre.

„Ja, genau", sagt sie, „Ich füge nur noch ein bisschen mehr Französische Vanille hinzu und verwende Vollkornkekse und Schlagsahne anstelle des Löffelbiskuits. Ich nenne es Taramisu statt

Tiramisu. Zu Ehren deiner Mutter, Tara Chandler. In der gedruckten Version werde ich ihr auch das Rezept widmen."

Mein Herz schlägt bei ihrer süßen Geste schneller. „Sie wäre begeistert, Baby. Sie war zwar keine gute Köchin, aber sie strengte sich weiß Gott hart genug an. Du solltest mich dich besuchen lassen, um das Ende deiner Abschlussprüfungen mit dir zu feiern. Ich könnte dich ausführen oder wir könnten daheim bleiben oder irgendwas anderes machen. Was immer du willst."

„Das ist nett von dir und ich weiß, dass viele Leute davon begeistert wären, Blake. Aber ich will einfach ein wenig allein sein. Ich hoffe, du verstehst das. Es war einfach eine Menge Stress." Sie stockt und ich höre sie tief seufzen. „Oh, und für den Kurs, in dem ich lerne, verschiedene Proteinarten zu kochen, habe ich mir den Schinken ausgesucht. Willst du wissen, warum?"

„Auf jeden Fall", ich atme tief ein und frage mich, wie lange sie mich noch von sich fern halten will. Sie gibt mir in unseren Gesprächen so viel über sich preis. Sie erzählte mir so viele Dinge übers Telefon, die sie mir persönlich wahrscheinlich niemals sagen würde. „Bitte sag es mir, Baby."

„Ich habe den Schinken ausgewählt, weil ich mein Rezept Cam Ham nennen wollte. Deinem Vater zuliebe, Schatz. Ich spritze eine Jalapeno-Frischkäse Mischung in das Fleisch. Wie findest du das? Oh! Ich werde ihm auch das gedruckte Rezept widmen."

Ihre Stimme ist hoch und sie ist sehr aufgeregt. „Ich denke, dass du die liebenswerteste und mitfühlendste Frau bist, die ich kenne."

„Ach was! Es gibt viel bessere Frauen als mich. Wie auch immer, es ist richtig aufregend, denn das College stellt ein Kochbuch zusammen, das auf der ganzen Welt verkauft wird und die Namen deiner Eltern werden darin stehen. Das ist der wahre Grund, warum ich mich dafür entschieden habe. Damit du ein Kochbuch hast, in dem ihre Namen stehen. Du hast mir mal erzählt, dass deine Mutter Unmengen an Kochbüchern besaß."

Diese Frau ist einfach unglaublich. „Es ist bemerkenswert, dass du an so was gedacht hast, Rachelle. Du weißt einfach, wie du mir etwas Gutes tun kannst. Lass mich nun auch etwas für dich tun, Baby."

„Es ist nichts besonderes, wirklich. Es hat mir Spaß gemacht, mir die Rezepte auszudenken. Ich habe auch welche für meine Großeltern entworfen. Es ist keine große Sache. Wie auch immer." Sagt sie und ihre Stimme wird weicher und ein ganzes Stück leiser, „vermisst du mich?"

„So unglaublich viel. Es ist wirklich nicht fair", ich knurre. „Sag mir, wie du das angestellt hast. Eine Nacht mit dir und du beherrschst meine Gedanken. Ich sehne mich danach, dich wieder in meine Arme schließen zu können."

„Du sehnst dich danach?", sie ist lange still und seufzt dann. „Ich mich auch."

Es macht mir zu schaffen, dass wir zusammen sein könnten, wenn sie nicht so große Angst davor hätte, dass ich sie verlassen könnte. Manchmal bin ich wütend darüber, doch dann denke ich wieder daran, dass ihre Mutter sie mit gerade einmal drei Jahren in einem Kinderheim voller fremder Menschen abgegeben hatte.

Wie verängstigt sie gewesen sein muss. Der Gedanke bricht mir das Herz, aber sie will nie darüber sprechen, wie es ihr damals ging. Sie sagt immer nur, dass sie sich an die Zeit nicht mehr erinnern kann.

„So, wie geht es dem neugierigen Nachbarn?", frage ich, weil sie sich häufig über einen jungen Mann beschwert, der die ganze Nacht lang Videospiele spielt.

„Ich glaube, er ist weg. Ich hab ihn letzte Nacht nicht gehört und es ist schon fast neun Uhr. Das bedeutet, dass er irgendwo hingegangen sein muss", sagt sie.

„Oder er hat eine Freundin, mit der er seine Zeit verbringt. Lexis Bruder Josh, mein Nachbar, hat mich jetzt schon öfters morgens, wenn wir die Zeitung aus der Einfahrt holen, gefragt, ob ich von einem Raumschiff oder so etwas entführt worden wäre, weil es in meinem Haus jetzt ruhiger ist als je zuvor."

„Warum?", fragt sie.

„Weil ich die Nächte nicht mehr damit verbringe, Videospiele zu spielen und dadurch Lärm zu verursachen. Stattdessen schaue ich mir im Schlafzimmer Filme an. Hauptsächlich Liebensgeschichten", ich warte ab, was sie dazu sagt.

„Du bist ja ein Spinner!"

„Vielleicht ein kleines bisschen."

Ich hatte mir einmal eine einzige Liebesgeschichte angeschaut und hatte dabei das dringende Bedürfnis, mir irgendwas anderes anzusehen – egal was. In Wirklichkeit trainiere ich wie ein Verrückter. Energie zu verbrauchen steht ganz oben auf meiner Prioritätenliste.

„Warum bringen Männer diesen Satz überhaupt? Frauen sind nicht doof! Was machst du also wirklich?"

„Sport. Okay, ich geb's zu! Zufrieden! Ich bin sportsüchtig", sage ich schließlich mit einem verrückten Lachen.

Sie ist erst still und holt dann Luft. „Heißt das, dass du sogar noch muskulöser bist als das letzte Mal?"

Mein Mund verzieht sich zu einem gerissenen Halblachen. „Ich weiß es nicht. Willst du, dass ich nach L.A. komme? Dann kannst du es mir sagen."

Ihr Zögern sagt mir, dass sie genau das will. Aber ich erwarte schon, dieselben Worte wie jedes Mal zu hören, als ich in den letzten zwei Wochen mit ihr gesprochen hatte.

,Ich weiß nicht recht.'

„Na ja, ich vermisse dich schon sehr", sagt sie.

Das sind nicht die Worte, die ich erwartet hatte!

Mein Herz bleibt stehen und ich warte. Ich halte das Telefon an mein Ohr, während ich meine Daumen drücke. „Rachelle, das wäre wirklich schön. Ich verspreche, aus deinen Leistungen keine große Sache zu machen. Ich schwöre es dir."

„Lass mich darüber nachdenken und ich rufe dich morgen nach meinen Prüfungen an. Die letzte ist am Nachmittag. Ich ruf dich an und sag dir Bescheid."

Das ist das erste Mal, dass sie nicht geradewegs „nein" gesagt hat, also nehme ich es so hin. „Okay! Ich werde auf deinen Anruf waren, Baby!"

„Gute Nacht, Blake."

„Gute Nacht, Rachelle."

14

RACHELLE

Regentropfen rollen am Fenster herunter, während ich meine letzte Prüfung beende. Der Tag war lang, aber er ist fast vorbei und ich kann nach Hause gehen und mit einer Tasse Kaffee ein Buch lesen.

Mir fällt wieder ein, dass Peyton mich zu einem besonderen Abendessen einladen wollte, um das Ende des Semesters zu feiern, aber ich würde lieber Zuhause runterkommen, allein. Kip und Peyton sind die besten Freunde, die ich je hatte.

Ich habe schon immer alle meine Freunde und die Männer, mit denen ich eine Beziehung hatte, auf Abstand gehalten. Menschen verwirren mich. Wenn ich allein bin, dann besteht kein Grund zu Sorge, dass was schief läuft. Ich betrüge mich nicht selbst, also ist es die sichere Variante.

Ich gebe meinen Test ab, nachdem ich die letzte Frage über Lebensmittelsicherheit beantwortet habe, und gehe aus dem Klassenzimmer. Es ist vier Uhr nachmittags, aber man würde es dem grauen, regenverhangenen Himmel nach nicht vermuten.

Selbst wenn ich wollte, dass Blake herkommt, würde er es bei diesem Wetter nicht schaffen.

Ich hätte ihm gestern sagen sollen, dass er herkommen soll. Ich weiß auch nicht, was mit mir nicht stimmt. Ich will so sehr, dass er zu mir kommt, wie ich die Luft zum Atmen brauche, aber ich kann mich nicht dazu überwinden, die Worte auszusprechen.

Ich mache meinen Regenschirm auf, aber eine Hälfe biegt sich nach oben und bricht, als der Wind an ihm zieht. Ich werfe ihn in den nächsten Mülleimer und renne zu meinem Auto. Die Lichter des kleinen, weißen 2012er Honda Accords leuchten auf, als ich den Wagen mit einem Knopfdruck aufschließe.

Ich lasse mich in den Fahrersitz fallen und schnalle mich an. Ich werfe einen Blick in den Spiegel in der Sonnenblende und sehe ein tropfnasses Mädchen mit großen Augen. Sie starrt zurück, während ihr das Wasser über das Gesicht läuft.

Ich denke lieber nicht darüber nach, dass ein Teil davon meine Tränen sind. Einige meiner Klassenkollegen, mit denen ich mit unterhalten hatte, erzählten mir von den Partys, die für sie organisiert werden. Andere redeten darüber, wo sie feiern würden.

Obwohl ich selbst daran schuld bin, versinke ich in Selbstmitleid, weil ich alle, die diesen Tag für mich zu etwas Besonderem machen wollten, zurückgewiesen hatte. Ich nehme mir ein paar Taschentücher aus dem Handschuhfach und wische mir die Tränen weg.

Mein Gesicht ist jetzt blass und meine Augen sehen riesengroß und müde aus. Ich bin müde. So verdammt müde, so ein Leben zu führen. Ich schüttle meinen Kopf und Wasser spritzt durch das ganze Auto, als der Regen aus meinem langen Haar geschüttelt wird.

Zumindest ansatzweise entschlossen, ein paar dringend notwendige Veränderungen in meinem Leben vorzunehmen, trete ich mit meinen Fuß auf das Gaspedal und fahre vom Parkplatz. Ich habe einen ganzen Monat keinen Unterricht und somit alle Zeit der Welt, da ich in dem Restaurant, in dem ich als Praktikantin arbeite, ebenfalls einen Monat lang frei habe.

Der Chef sagte mir, dass ich vorbeikommen könnte, wenn ich denn wollte, aber ich glaube nicht, dass ich Lust dazu haben werde. Ich werde nach Hause gehen, ein heißes Bad nehmen, meinen Schlafanzug anziehen und mich entspannen.

Allein.

15

BLAKE

Der Regen schlägt gegen die Windschutzscheibe des Wagens, den ich heute Morgen am Flughafen gemietet habe. Zum Glück hatte ich mich dazu entschieden, sehr früh loszufliegen, anstatt darauf zu warten, ob Rachelle mich zu sich einladen würden, wenn sie ihren Kurs beendet hatte.

Mit Hilfe des GPS und ihrer Adresse, die Kip mir gegeben hatte, warte ich vor ihrer Wohnung darauf, dass Rachelle nach Hause kommt. Mein Herz hämmert, weil ich keine Ahnung habe, wie sie auf das hier reagieren wird.

Ich bete darum, dass sie nicht denkt, dass ich mich in ihr Leben einmische. Aber um ehrlich zu sein denke ich, dass man nur wirklich in ihr Leben kommt, wenn man sich hineindrängt. Auf dem Beifahrersitz liegen ein Blumenstrauß und eine Flasche Rotwein.

Ein kleiner, weißer Honda fährt in die Parklücke vor ihrem Apartment. Kip sagte mir, dass sie einen kleinen, weißen Honda Accord hätte. Die Tür geht auf und sie springt aus dem Wagen, läuft direkt zu ihrer Erdgeschosswohnung und verschwindet darin.

Los geht's!

Ich brauche alles Glück der Welt, damit sie sich über meine

Anwesenheit freut. Ich renne mit den Blumen und dem Wein in der Hand durch den Regen. Ich bin schon jetzt komplett durchgenässt. Ich hämmere gegen die Tür. Ich hatte eigentlich nicht geplant, auf diese Art zu klopfen, aber durch den Regen fällt es mir schwer, so geduldig zu sein, wie ich es normalerweise wäre.

Die Tür geht auf. Ihre Augen sind groß und ihre Hand liegt über ihrem Mund. Dann fliegen ihre Arme um meinen Nacken und ihr Mund ist neben meinem Ohr. „Ich bin so froh, dich zu sehen!"

Gott sei Dank!

Ich hebe ihren kleinen Körper hoch und trage sie in die Wohnung. Dabei schließe ich die Tür und sperre den Regen und den Wind aus. Sie verteilt Küsse auf meinem Hals und auf meine Wange, bis ihre Lippen auf meinen liegen.

Hitze strömt durch meinen Körper und zwingt mich dazu, stehen zu bleiben. Meine Arme umschlingen ihren Körper, doch ich halte noch immer den Wein und die Blumen in einer Hand. Ich löse meinen Mund gerade lange genug von ihrem, um mich nach einer Ablagemöglichkeit umzusehen.

Sie reagiert besser auf mein Kommen, als ich dachte. Ich stelle die Sachen auf einen kleinen Tisch neben der Tür. „Hast du mich etwa vermisst?", frage ich sie mit einem Lachen.

„Halt deinen Mund und küss mich", sagt sie, bevor sie ihre Hand in meinen Nacken legt und mich zu sich zieht.

Ihr Mund ist heiß und ihre Zunge berührt meine. Ich kann gar nicht glauben, wie glücklich sie darüber ist, dass ich hergekommen bin. Ich küsse ihren Hals entlang und sage, „Ich bin definitiv froh, dass ich hergekommen bin, ohne auf deine Einladung zu warten."

Rachelle legt ihre Hände rechts und links an mein Gesicht. Ihre blauen Augen sind dunkel. „Ich wollte gerade eine heiße Dusche nehmen. Du bist auch tropfnass. Warum kommst du nicht mit?"

Ich stelle sie zurück auf den Boden und sage „Geh voran."

Sie nimmt meine Hand und zieht mich zu der einen Tür, die von dem kleinen Wohnzimmer wegführt. Ich Schlafzimmer ist klein, eine schokoladenfarbene Decke liegt auf dem schmalen Doppelbett. Die Vorhänge und die Fenster haben die gleiche Farbe.

Draußen donnert es, als sie die Tür zu dem kleinen Badezimmer öffnet und das Wasser in der Dusche anstellt. Sie dreht sich wieder zu mir um und beginnt, die blauen Knöpfe meines Hemdes zu öffnen.

Sobald sie alle aufgeknöpft hat, fährt sie mit ihren Händen über meine trainierten Bauchmuskeln. „Oh, sogar noch besser als ich sie mir vorgestellt hatte." Als ihre Hände den Knopf an meiner Jeans öffnen wollen, halte ich sie auf.

Ich ziehe ihr das rote T-Shirt über den Kopf und öffne den roten Seiden-BH. Ihre Brüste stehen keck ab und die Nippel haben sich durch die Kälte aufgerichtet. Ich streiche mit meinen Händen darüber. „Sogar noch besser als in meiner Erinnerung. Wunderschön."

Mit einem Lächeln macht sie die Knöpfe und den Reißverschluss meiner Jeans auf und zieht sie mir aus. Ich stehe nur noch in meinen schwarzen, engen Boxer Shorts da, in die sie auf beiden Seiten ihre Daumen hängt.

„Uh, uh", sage ich, während ich sie wegschiebe.

Ich öffne ihre Jeans und ziehe sie herunter, wobei ihr rotes Seidenhöschen zum Vorschein kommt. Sie lächelt, bevor sie meine Unterhose nach unten schiebt. Ich ziehe ihr gleichzeitig ihr Höschen aus und wir stehen uns schließlich nackt gegenüber.

Sie nimmt meine Hand und tritt in die Dusche. Ich folge ihr. Das heiße Wasser tut uns beiden gut, da uns durch den Regen kalt geworden ist. Rachelle gibt ein wenig von dem fruchtig riechenden Shampoo in meine Hände und dreht sich dann von mir weg.

Ich reibe meine Hände aneinander und fahre mit ihnen über ihr langes, schwarzes Haar. Es bildet sich Schaum und ich massiere ihre Kopfhaut, während sie ein leises Stöhnen von sich gibt. Danach lehne ich sie unter den Wasserstrahl, um das Shampoo auszuwaschen.

Als sie ihre Augen aufschlägt, sehe ich keinen einzigen Tropfen Make-up auf ihrem Gesicht. „Du bist eine wahre Schönheit."

Mein Mund liegt auf ihrem, ohne dass ich mich daran erinnern könnte, mich vorgebeugt zu haben. Meine Hände gleiten über ihre schmalen Schultern, über ihre Arme, bis hin zu ihrer zierlichen Hüfte. Ihre Hände greifen in meine Haare und sie lässt mich unseren Kuss vertiefen.

Ich presse ihren kleinen Körper an die Duschwand und lasse meine Hände tiefer gleiten, bis sie ihre Pobacken umfassen. Es kostet mich sehr viel Kraft, sie nur zu streicheln. Ich will sie hochheben und mit meinem Penis in sie stoßen. Aber das werde ich nicht tun. Noch nicht.

Ich löse meinen Mund von ihrem, lasse sie los, greife nach dem Shampoo und gebe ein bisschen davon auf ihre Hand. „Jetzt bist du dran."

Sie lächelt, als ich mich von ihr weg drehe und mich zurücklehne, damit sie an meinen Kopf kommt. Sie reibt das Shampoo sanft ein. Danach spült sie es aus. „Eigentlich hatte ich geplant, ein langes und heißes Bad zu nehmen, sobald ich nach Hause komme. Aber ich muss zugeben, das hier ist viel besser."

Als das Shampoo komplett ausgewaschen ist, stelle ich mich wieder aufrecht hin, nehme sie in meine Arme und hebe sie hoch. „Was hattest du denn sonst noch so geplant, das ich verbessern könnte?"

„Ich hatte vor, mich in mein Bett zu kuscheln und ein Buch zu lesen", sagt sie mit einem Grinsen.

„Dann machen wir das. Ich bin nicht hier, um deine Pläne zu durchkreuzen. Ich will sie nur verbessern", sage ich und verteile dann kleine Küsse auf ihrer reizenden Nasenspitze.

Nachdem ich das Wasser abgestellt habe, trage ich sie aus der Dusche und entdecke weiße, flauschige Handtücher, die auf einem Handtuchhalter hängen. Ich wickle sie in eines davon ein und schlinge danach ein anderes um meine Hüfte, nachdem ich damit durch mein Haar gefahren bin.

„Deine Locken sind großartig", sagt sie mit einem Flüstern.

Sie drückt ihre langen, dunklen Strähnen mit dem Handtuch aus. Ich hebe sie hoch und trage sie in ihr Schlafzimmer, wo ich sie spielerisch auf das Bett werfe. Sie kichert und ich merke, wie dabei Stromblitze durch meinen Körper schießen.

„Hol dein Buch und ich besorge uns den Wein und ein paar Gläser. Und ziehe bloß nichts an. Du und ich werden nackt in deinem Bett liegen, während wir uns gegenseitig aus dem Buch vorlesen." Ich höre ihr Lachen, während ich aus dem Schlafzimmer gehe.

In ihrer Küche finde ich schnell heraus, wo sie die Gläser aufbewahrt und nehme ein paar Weingläser mit. Ich entdecke eine Glasvase und fülle sie mit Wasser, damit ich die Blumen, die ich ihr mitgebracht habe, hineinstellen kann.

Ich nehme die Blumen, den Wein und die Gläser mit zurück und sehe, wie sie, in die Decke gehüllt, in ihrem Nachttischschränkchen wühlt. Sie schaut zu mir auf, während sich ein Lächeln auf ihrem Gesicht ausbreitet.

„Du hast mir Blumen mitgebracht? Warum habe ich sie vorhin noch nicht bemerkt? Sie sind wunderschön. Stell sie auf meine Kommode, damit ich sie ansehen kann."

Ich stelle die Blumen darauf ab und nehme den Wein und die Gläser mit zu der anderen Bettseite, wo ich sie auf das Nachttischschränkchen stelle. Sie schlägt die Decke für mich zurück und klopft auf das Bett. Ich lasse das Handtuch fallen und ihre Augen richten sich genau auf meine Mitte.

Sie wendet sich schnell mit roten Wangen ab. Ich klettere in das Bett und tue so, als ob ich ihre Reaktion nicht bemerkt hätte. Ich decke mich zu, lehne mich zu ihr hinüber und schaue mir den Umschlag des Buches, das in ihrem Schoß liegt, an.

„Heiß", bemerke ich, als ich es hochhebe. Ein großer Mann mit dunkelblondem Haar hält eine blonde Frau in seinen Armen. „Lass mal sehen, worum es geht." Ich drehe mich um, greife nach einem Glas, fülle es mit Weißwein und reiche es ihr.

Sie nimmt es und lächelt schüchtern. „Danke. Wir können uns auch ein anderes Buch aussuchen. Ich habe meinen Kindle im Nachttischschränkchen. Ich finde bestimmt etwas, das dir besser gefällt."

Ich schenke mir ein Glas Wein ein, nehme einen Schluck und drehe mich wieder zu ihr um, während ich das Glas abstelle. „Nein, das Buch ist in Ordnung."

Ich hebe es hoch. „Ich lese dir zuerst etwas vor." Ich ziehe sie zu mir heran, so dass sie auf meiner Brust liegt und schlinge einen Arm um sie herum. Ich halte das Buch hoch und fange an, die erste Zeile zu lesen. „Vor langer, langer Zeit lebte eine Prinzessin, die sich danach sehnte, ihren Prinzen zu finden."

16

RACHELLE

Meine Haut steht in Flammen, wo sie Blakes Brust berührt. Er liest mir vor und ich kann nur daran denken, wie sehr ich will, dass er mich auf das Bett drückt und mich heiß und innig liebt.

Er legt das Buch weg und drückt mich an sich. „Ich will dir ein Angebot machen. Bevor wir in dem Buch weiterlesen, das du ausgesucht hast."

Ich schaue ihn an. „Was genau willst du mir anbieten? Ich nehme keine Almosen an, Blake."

Er schüttelt den Kopf, wodurch seine kleinen Locken um sein Gesicht herumhüpfen. „Es sind keine Almosen. Es ist eine Investition. Ich würde dir gerne ein Restaurant kaufen. Egal, an welchem Ort auf der Welt du es haben willst."

Ich würde sein Angebot so gerne annehmen, dass ich es praktisch schon vor mir sehe. Menüpläne schießen mir durch den Kopf, noch bevor ich sprechen kann. Ein eigenes Restaurant zu besitzen, ist mein einziger Wunsch.

„Ich kann das nicht annehmen, Blake", sage ich und schaue weg, „es ist sehr nett von dir. Aber ich kann es nicht annehmen. Danke für das Angebot."

„Warum nicht?", fragt er. „Ich weiß, dass das so ziemlich das einzige ist, was du in diesem Leben haben willst und ich kann dir dabei helfen, deinen Traum wahr werden zu lassen. Lass mich. Bitte."

Ich schüttle meinen Kopf. „Ich kann nicht. Blake, ich weiß doch überhaupt nicht, wie man ein Restaurant leitet. Ich kann kochen, aber das ganze Geschäftliche, nun ja, davon habe ich keine Ahnung."

„Wir können doch jemanden finden, der sich damit auskennt, oder etwa nicht?", fragt er. „Eigentlich könnte ich sogar genau da weiter machen, wo ich mit dem College aufgehört habe. Mir hat nur noch ein Semester bis zu meinem Bachelorabschluss in Betriebswirtschaft gefehlt. Ich könnte mein Studium beenden und einen Teil des Geschäftes leiten."

Wie fantastisch wäre es wohl, wenn ich mein eigenes Restaurant hätte, in dem ich kochen könnte, was ich wollte?

„Also wäre es auch deines. Ich könnte dann einfach nur für dich arbeiten. Es muss gar nicht meines sein." Ich ziehe mit meiner Hand eine Line über seinen festen Bauch.

„Nein", sagt er, als er meine Hand an seine Lippen führt und süße Küsse darauf verteilt. „Ich will, dass dir alles gehört. Ich kann dir helfen, aber es wird alles dir gehören."

„Blake, was ist, wenn ich das alles nicht kann und kein Geld verdiene? Ich könnte dir das nicht antun", sage ich, während ich meinen Kopf an seiner breiten Brust verstecke. „Es ist einfach zu viel."

„Ich habe eine Menge Geld, Rachelle. Glaube mir, es ist nicht zu viel."

Das ergibt ein bisschen Sinn. „Vielleicht wäre es eine gute Idee. Ich würde gerne hier in Los Angeles ein Restaurant eröffnen. Es könnte Spaß machen, ein Lokal zu finden und alles aufzubauen."

„Dann sag ja, Baby. Nicht vielleicht, sondern ja!" Er kitzelt mich leicht an den Rippen, was mich zum Lachen bringt.

Er hört damit auf und ich bekomme kaum noch Luft. Er schaut mich mit einer sehr ernsten Miene an. Ich lege meine Handflächen auf seine Wangen und sage, „Ja."

Überraschung mischt sich in seinen ernsten Gesichtsausdruck

und er lächelt. „Habe ich gerade das Wort ‚ja' aus deinem perfekten, roten Mund vernommen?"

Ich nicke und er lacht. Irgendetwas tief in mir drinnen macht mich unendlich scharf auf diesen unglaublichen Mann, weshalb ich über ihn klettere, bis ich mit gespreizten Beinen auf ihm sitze und meine heiße Mitte an seine Hüfte presse.

„Was machst du da?", fragt er, als ich meinen Körper an seinem nach oben ziehe, wobei ich an seinen straffen Muskeln entlang gleite.

„Ich würde es wirklich begrüßen, wenn du etwas mehr machen würdest, als nur mit mir zu kuscheln." Ich greife nach oben, um mit meinen Händen durch sein Haar zu fahren.

Er greift nach meinen Handgelenken, hält mich fest und schaut mir tief in die Augen. „Du musst das nicht machen, nur weil ich dir helfe. Ich habe es dir nicht aus diesem Grund angeboten."

Ich erwidere seinen Blick. „Und das ist auch nicht der Grund, warum ich das hier machen will. Dass du hier aufgetaucht bist, war das Romantischste, was jemals jemand für mich getan hat. Du hast mich aus meiner Komfortzone geholt und ich war glücklicher als je zuvor. Jetzt will ich nur sehen, ob du mich noch glücklicher machen kannst, als ich es im Moment ohnehin schon bin."

Seine blau-braunen Augen verdunkeln sich und das Blaue in ihnen verschwindet fast komplett. Er zieht an meinem Haar, als er mit seiner Hand durch meine Mähne streicht. „Du willst das also wirklich? Denn es wird nicht nur reiner Sex sein, Baby."

„Was wird es denn dann sein?", frage ich verwirrt.

„Ich werde mich dir hingeben und du dich mir. Dadurch wird das, was wir beide haben, gefestigt. Ich bin sehr besitzergreifend, was dich angeht. Wenn ich von dir Besitz ergreife, dann wirst du für immer mir gehören."

Ich würde lachen, wenn er gerade nicht so verdammt einnehmend wäre. Er fährt mit seiner Hand über meinen Rücken und wiederholt dasselbe mit der anderen, wodurch er mich zu ihm herunter zieht. Sein Körper ist heiß und meiner zittert vor Verlangen nach ihm.

„Mach, dass ich dir gehöre", flüstere ich, obwohl ich große Angst vor der wirklichen Bedeutung meiner Worte habe.

„Wie du willst, Rachelle."

Blake rollt mich auf den Rücken und wandert mit seiner Hand über meinen Oberkörper. Er nimmt eine Brust in seine Hand, lehnt sich über mich, küsst sie und zieht dann leicht daran. Als er sie noch ein bisschen fester drückt, verspüre ich ein Ziehen tief in meinem Bauch und stöhne auf.

Seine Hand fährt über meinen Bauch, bis sie zwischen meine Beine gelangt und dort sanft über meine glühenden Lippen streicht. Er rollt meine Knospe zwischen zwei Fingern und dreht sie, bis sie schmerzt.

Die Art, wie er an meiner Brust saugt und an meinem Kitzler zieht, lässt mich vor Verlangen erschauern und ich verzehre mich danach, ihn in mir zu spüren. Doch diesen Schritt geht er noch nicht und ich stehe kurz vor einem Orgasmus.

Das ist das erste Mal, dass mich ein Mann zum Orgasmus bringt. Ich war mir nicht sicher, ob ich durch die Berührungen eines Mannes kommen könnte. Aber Blake ist kein gewöhnlicher Mann. Er drückt noch einmal auf meinen Kitzler und zieht hart an meinem Nippel. Damit stößt er mich über die Klippe und ich rufe seinen Namen.

Meine Beine zittern, als er von meiner Brust ablässt und an meinem Körper nach unten gleitet. Er dringt mit seiner Zunge in mich ein, während er meine Knie mit seinen Händen nach oben zieht. Mein Körper pulsiert von dem Orgasmus und er probiert den Saft, den mein Körper durch seine Berührungen produziert hat.

Ich zittere, als seine heiße Zunge durch meine Falten gleitet und gegen die geschwollene Knospe stößt. Als er mich dort sanft küsst, krallen sich meine Hände in das Bettlaken. Seine Hände greifen um mich herum und krallen sich in meinen Hintern, während er meinen Körper zu sich zieht.

Sein süßer Kuss wird sofort härter und er knabbert an meiner Knospe, was mich zum Schreien bringt. „Blake, oh Gott! Blake, bitte nimm mich!"

Ich fühle, wie er lacht und an meinen Schamlippen mit einer Leidenschaft leckt, wie ich es noch nie zuvor erlebt hatte. Wie ein Tier leckt er jeden Bereich von mir, als ob er mich mit seinem Geruch markieren würde. Mit jedem Lecken hinterlässt er kleine Bisse.

Unter seinen Bemühungen wird mein Köper ultra-sensibel. Er knabbert und saugt an meinem Kitzler, dann hört er auf und schaut mich an. Ich schlage meine Augen auf, um zu sehen, warum er angehalten hat. Ich bin so kurz davor.

„Komm!", befiehlt er und starrt in meine Augen.

Während ich ihn ansehe, schießt ein Orgasmus durch meinen Körper und ich kann meinen Blick nicht von seinen dunklen Augen lösen. Er lächelt und verteilt kleine Küsse auf meinem Geschlecht, bevor er seinen Weg an meinem Körper nach oben küsst und sich auf mich legt.

Meine Vagina zieht sich zusammen, als ich die Spitze seines großen Penis spüre und komme fast noch einmal. Er kann nicht schnell genug in mich eindringen. Ich wölbe mich ihm entgegen und er drückt mich wieder zurück auf die Matratze.

„Langsam, Baby. Lass mich dich auf meine Art nehmen. Du gehörst jetzt mir. Um dich zu beschützen, auf dich aufzupassen und dich zu lieben. Lass mich das machen."

Er kommt näher heran und leckt mit seiner Zunge über meine geschlossenen Lippen. Ich öffne sie und er lässt seine Zunge hineingleiten. Ich kann mich selbst in meinem Mund schmecken, was mich gierig nach ihm macht. Trotzdem hält er sich zurück und mein Verlangen nach ihm wird immer stärker.

Sein Penis spielt mit dem Eingang meiner Vagina. Er presst kurz die Spitze hinein, dann reibt er ihn über meine Falten und drückt die samtige Spitze gegen meine Klitoris, die komplett geschwollen ist.

Mein Atem kommt in Stößen und er vertieft seine Küsse. Seine Zunge reibt über meine und berührt meinen Gaumen. Mein Körper zittert, als er sein Glied ein Stücken weiter in mich hinein schiebt.

Meine Hände wandern über seinen Rücken und ich drücke sanft auf seinen Hintern, um ihn tiefer in mich hineinzuziehen. Er zieht sich komplett aus mir zurück und stößt wieder leicht zu. Meine Scheide bebt bei dem Wunsch nach mehr.

Er dringt immer wieder mit kurzen, leichten Stößen in mich ein. Er reizt mich bis aufs Letzte und bewirkt damit, dass ich mich unter ihm winde, um sein Glied tiefer eindringen zu lassen. Er löst seinen Mund von meinem und grinst.

Er stößt hart in mich hinein und füllt mich mit seinem dicken, langen Glied komplett aus. Ich schnappe nach Luft, als er komplett in mich eingedrungen ist. Wärme schießt durch mich, als er innehält. Mein Körper muss sich dehnen, um sich an seine Größe zu gewöhnen.

Er zieht sein Glied langsam wieder aus mir heraus. Alles in mir schreit danach, dass er wieder in mich eindringt und ich muss die Tränen zurückhalten, die auszubrechen drohen, weil ich mich noch nie zuvor so gut gefühlt habe. Er senkt seinen Kopf, beißt in meinen Nacken und stößt wieder hart in mich.

Ich schlinge meine Beine um seine Hüfte in dem Versuch, ihn in mir zu behalten. Ich will nicht, dass er mich jemals verlässt. Ich will nicht, dass das hier endet.

Er zieht sich wieder zurück, während er meinen Hals und dann meine Schulter und meine Lippen küsst. Dann dringt er wieder mit voller Kraft in mich ein. Seine Stöße sind tief und hart und in meinem Mund imitiert seine Zunge die Bewegungen seines Gliedes.

Meine Hände streichen ungehemmt über seinen ganzen Rücken und fahren durch seine Haare, bevor sie zu seinem Hintern wandern und die Art, wie sich seine Muskeln bewegen, bewundern. Es ist überwältigend und ich kann kaum glauben, wie glücklich ich bin.

Eine Träne löst sich und kurz darauf auch eine zweite, während mein Körper sich seinem entgegen wölbt. Ich hatte noch niemals etwas oder jemanden so sehr gebraucht und das macht mir Angst. Aber ich kann nicht aufhören. Ich muss ihn in mir spüren, wie er einen Schmerz in meinem Inneren streichelt und lindert, der mich schon so lange begleitet, dass ich dachte, er wäre längst ein Teil von mir geworden.

Das ist er jedoch nicht. Ich fühle, wie er mich verlässt. Es ist, als ob ihn jemand austreiben würde, während Blake meinen Körper nimmt und zu seinem macht. Anscheinend will sein Körper kein bisschen dieses Schmerzes, das meiner so lange tief in sich verborgen hat. Ich stoße das alles von mir weg und es bleibt eine leere Stelle, wo er einmal gewesen ist.

Freude und Glück füllen langsam die Leere und meine Tränen versiegen, während er mich liebt. Ich wölbe mich ihm entgegen und möchte ihn spüren lassen, wie glücklich er mich macht. Ich will ihm genauso viel Lust bereiten, wie er mir.

Die Zeit steht still, als ich in Millionen Teile zerspringe und mich dann neu zusammensetze, als er sich anspannt und mich mit seiner Hitze füllt, während er mich festhält.

Das war kein bisschen mit dem Sex zu vergleichen, den ich bisher erlebt hatte, kein einziges bisschen!

17

BLAKE

Ich betrachte ihr süßes, schlafendes Gesicht, während ich sie in meinen Armen halte. Sie würde Himmel und Hölle versetzen müssen, damit ich sie wieder gehen lasse. Ihr Körper reagiert auf meinen, wie kein anderer je zuvor.

Sie braucht mich mehr als ihr bewusst ist. Sie verbirgt einen tiefen Schmerz in sich und nur meine Liebe kann sie davon befreien. Ihr Körper gab sich mir ohne Widerstand hin. Ihr Verstand wird ein bisschen länger brauchen.

Die ersten Sonnenstrahlen fallen durch die Schlitze an der Seite des Vorhangs und ich stehe vorsichtig auf, um ihr eine Überraschung zu bereiten. Ein kleines Frühstück im Bett soll ihr zeigen, wie viel sie mir bedeutet.

Sie versuchte, mir noch mehr Lust zu bereiten, indem sie mich in ihren Mund nahm, aber ich ließ sie nicht. Ich wollte, dass unser erstes Mal ihr und ihr allein galt. Ich hatte auch so sehr viel Spaß.

Ich fühlte mich in ihr wie zu Hause. Es war ein Erlebnis, das ich nie für möglich gehalten hätte. Nackt wie Gott mich schuf durchsuchte ich ihren Kühlschrank, doch stellte fest, dass er so gut wie leer war.

Das werde ich ändern müssen!

Ich schleiche zurück ins Schlafzimmer und nehme mein Handy aus der Tasche meiner Jeans. Zurück im Wohnzimmer schaue ich nach, welches Restaurant in der Nähe liegt. Ich finde eines und rufe dort an, um uns etwas zum Frühstück zu bestellen.

Ich gehe zurück ins Bad, ziehe meine Jeans an und hole die Schlüssel meines Mietwagens. Ich werfe einen Blick auf Rachelle, die immer noch selig schläft, wobei sie fast unhörbar schnarcht.

Ich gehe hinaus, hole meine Tasche von der Rücksitzbank des Autos und gehe wieder in die Wohnung. Ein Auto fährt vor und eine junge Frau steigt mit einer Essenstüte in der Hand aus. „Blake Chandler?"

„Ja. Ist das für mich?", frage ich, während ich ihr entgegenlaufe.

Ihre Augen schweifen über meinen Körper und sie seufzt. „Guten Morgen. Ich hoffe, es schmeckt dir. Du solltest mal ins Restaurant kommen. Vielleicht zum Mittagessen. Ich arbeite heute bis um zwei."

Ich lache. „Mal schauen, was meine Frau vorhat."

Das junge Ding wird rot und nuschelt, „Verdammt! Okay, danke für die Bestellung." Sie steigt zurück in den Wagen und ich betrete wieder die Wohnung.

Ich finde ein paar Teller, nehme die Omeletts aus der Styroporschachtel und richte sie so schön ich kann auf den Tellern an. Danach lege ich die roten und grünen Paprika künstlerisch darauf.

Ich hatte uns Sekt-Orange dazu bestellt und fülle ein paar Saftgläser mit der süßen Flüssigkeit. Ich sehe etwas Rotes und entdecke eine einzelne Rosenknospe, die jemand mit in die Tüte gelegt hatte. Ich lächle, als ich daran denke, wie ich der Person, die meine Bestellung aufnahm, erzählte, dass ich meiner Freundin Frühstück im Bett servieren möchte.

Ich finde eine winzige Vase, fülle sie mit Wasser und entdecke ein Tablett, auf dem ich alles tragen kann. Rachelle regt sich, als ich das Schlafzimmer wieder betrete. Sie reibt mit dem Handrücken über ihre Augen und streckt sich.

„Hey", sage ich leise, „ du schaust aus, als hättest du gut geschlafen."

Ihre Wangen sind gerötet, wahrscheinlich weil meine Bartstoppeln während unserer ausgiebigen Küsse an ihnen gerieben haben. Sie setzt sich auf und stöhnt. „Oh mein Gott, ich bin so wund."

„Mission erfüllt, würde ich sagen", bemerke ich mit einem kleinen Lachen. Ich nehme das Tablett und stelle es auf das Nachttischschränkchen neben ihr. „Ich wollte dir eigentlich selber Frühstück machen, aber dir fehlen ein paar Kleinigkeiten, genauer gesagt Nahrungsmittel, um auch nur irgendwas zu kochen. Deshalb habe ich uns etwas bestellt und ich glaube, ich könnte später eine Verabredung zum Mittagessen haben, wenn ich das Teenager-Mädchen richtig verstanden habe."

„Du bist vergeben", sagt sie mit einem Grinsen, schnappt sich eine Locke meines Haares und zieht mich zu sich heran. „Sie wird mit der Enttäuschung leben müssen." Sie drückt mir einen Kuss auf die Wange und lässt mich los. „Was hast du uns besorgt?"

Ich stelle das Tablett auf ihrem Schoß ab und sie sieht das Essen hungrig an. „Ich bin am Verhungern. Ich habe seit gestern in der Früh nichts mehr gegessen."

Ich klettere neben sie ins Bett und runzle die Stirn. „Du solltest nicht so viel Zeit zwischen den Mahlzeiten lassen, Baby. Ich gehe später mit dir einkaufen. Wir werden deine Wohnung mit Essen füllen. Ich will, dass du mir etwas zum Abendessen kochst, das du gerne machst. Zum Mittagessen führe ich dich in dein Lieblingsrestaurant aus."

„Du musst das nicht ...", sagt sie.

Ich lege ihr einen Finger auf die Lippen. „Es ist nur, dass wir die Konkurrenz zu deinem Restaurant unter die Lupe nehmen können. Mach dir keine Sorgen, ich weiß, dass du es nicht magst, wenn jemand viel Aufhebens um deine Leistungen macht."

„Also ist es eher eine Art Aufklärungsmission?", fragt sie mit einem Lächeln, „Ja, das wäre in Ordnung."

Ich glaube nicht, dass ich jemals einer Frau begegnet bin, die so darauf versessen ist, dass ihr niemand etwas Gutes tut!

18

RACHELLE

Während draußen wieder ein Regensturm wütet, ziehe ich mich nach einer weiteren unglaublichen Dusche mit Blake an. Der Mann ist mehr als großzügig im Bett. Ich erhasche einen Blick auf mein Spiegelbild, als ich den letzten Knopf meiner Bluse schließe.

Es erinnert mich an ein Bild meiner Mutter, das im Haus meiner Großeltern hängt. Ihre Haare sind dunkelbraun, während meine schwarz sind, aber sie sind vollkommen glatt, genau wie meine. Wie ich hat auch sie blaue Augen und trägt auf dem Bild sie ein blassblaues T-Shirt.

Der Schmerz, den Blake vertrieben hatte, kommt mit einem Mal wieder zurück. Die Realität des Lebens setzt wieder ein und ich weiß, dass das mit Blake nicht halten wird. Es kann nicht halten. Dafür ist es viel zu märchenhaft.

Was habe ich letzte Nacht bloß getan?

Der Kerl erzählt mir, dass er mir ein Restaurant kaufen würde und als nächstes werfe ich mich in seine Arme.

Was bin ich nur für eine Schlampe!

Wer macht so etwas? Wer gibt sich jemandem, den er kaum kennt, so hin, nur weil dieser jemand ihm etwas gegeben hatte?

Eine Schlampe, so jemand macht das!

Mit langen Schritten gehe ich ins Wohnzimmer, um Blake zu sagen, dass ich sein Angebot nicht annehmen kann. Er sitzt auf dem Sofa und spielt auf seinem Handy. Er sieht mit einem Lächeln auf seinem hübschen Gesicht auf. Es verzieht sich jedoch schnell zu einer besorgten Miene, als er mich sieht.

„Was ist los, Baby?“

Er will aufstehen, aber ich bin schneller und lege meine Hände auf seine breiten Schultern. „Ich habe darüber nachgedacht und ich kann das Angebot, das du mir gestern gemacht hast, nicht annehmen.“

„Nein“, sagt er und schüttelt seinen Kopf. „Auf gar keinen Fall, Rachelle. Das war so abgemacht. Du kannst nicht einfach so ablehnen. Ich brenne darauf, den Plan in die Tat umzusetzen, und ich werde mich nicht von dir aufhalten lassen. Ich will, dass deine Angst oder was auch immer es ist, verschwindet. Ich akzeptiere kein nein.“

„Blake, ich schäme mich.“ Ich setze mich ihm gegenüber auf das Sofa und lege den Kopf in meine Hände. „Du hast ja keine Ahnung, wie sehr ich mich jetzt schäme.“

„Wofür?“ Er schaut mich an, als hätte ich den Verstand verloren.

„Weil ich mich in deine Arme geworfen habe, nachdem du mir so etwas Fantastisches gegeben hast. Wie eine verdammte Hure!“

„Eine Hure?“ Er steht auf und kommt zu mir herüber. Seine Hand legt sich sanft auf meine Wange. „Baby, du bist alles andere als das. Du bist der liebenswerteste Mensch, den ich kenne, und ich habe großen Respekt vor dir. Sag nie wieder so etwas über dich selber.“ Er nimmt mein Kinn in seine große Hand und zwingt mich, ihn anzusehen. „Hast du mich verstanden, mein Engel? Sag mir, dass du mich verstanden hast.“

„Blake, das war total billig von mir. So etwas Ähnliches würde meine Mutter tun, um zu bekommen, was sie will.“ Ich wende meinen Blick ab, obwohl er mein Kinn fest in seiner Hand hält.

„Schau mich an“, sagt er in befehlshaberischem Ton. „Rachelle Stone, schau mich an!“

Meine Augen wandern langsam zu seinen zurück. „Es gibt nichts, was du noch sagen könntest, um meine Meinung zu ändern."

„Du bist nicht deine Mutter." Er lässt mein Kinn los und läuft von mir weg.

Er verschwindet um die Ecke ins Schlafzimmer. Ich nehme an, er lässt mich allein, damit ich über seine Worte nachdenken kann. Meine Gedanken rasen, als ich über das, was ich getan habe, nachdenke.

Ich bewege mich eine bisschen und ein kurzer Schmerz durchzuckt meinen Körper, ausgelöst von dem Muskelkater, den ich durch die Art, wie mein Körper auf ihn reagiert, bekommen habe. Wie er mich komplett ausgefüllt und gedehnt hatte, so dass wir perfekt zusammenpassten.

Ich schlinge meine Arme um mich und erschaudere bei dem Gedanken an das fantastische Gefühl. Ich fühlte mich zum ersten Mal komplett. In seinen Armen, als er mich komplett umgab, fühlte ich mich ganz.

Er tritt aus dem Schlafzimmer. Meine Aufmerksamkeit richtet sich auf etwas in seiner Hand. Er hält mir eine lange, goldene Kette entgegen. Etwas Rundes hängt daran. Ich nehme es in meine Hand und sehe ein Bild von einem liebenswürdigen, kleinen, dunkelhaarigen Mädchen von etwa zwei oder drei Jahren. Auf ihrem süßen Gesicht liegt kein Lächeln. Allerdings auch kein Stirnrunzeln, einfach gar nichts. Ein leerer Blick in die Kamera.

„Was ist das?", frage ich.

„Das bis du, Baby." Blake kniet sich vor mich hin. „Max hat deine Pflegefamilie angerufen. Sie sagten, sie hätten das noch. Es war das einzige Bild, das sie von dir bekommen konnten. Sie schickten es mir zu, als ich sie anrief, um mit ihnen über dich zu reden."

Mein Kopf schnellt zu ihm herum. „Blake! Das hättest du nicht tun sollen! Wie kannst du es wagen!"

Er legt einen Finger auf meine Lippen. „Baby, du bist mir wichtig. Ich muss wissen, was dir alles passiert ist, um verstehen zu können, was in deinem Kopf vor sich geht."

„Nicht viel, um ehrlich zu sein. Okay, hier geht wirklich nicht viel vor sich." Ich deute auf meinen Kopf. „Ich lebe, ich existiere. Das ist alles, was ich mache. Hier laufen keine großen Gedankengänge ab und ich denke auch nicht viel über Dinge nach."

„Nun ja, ich will dir helfen, das in Ordnung zu bringen. Du musst verstehen, dass mir letzte Nacht etwas klar geworden ist, als ich dich gehalten und geliebt hatte. Du brauchst mich. Du brauchst mich mehr, als du glaubst. Lass mich dir also dabei helfen, deine Zukunftsträume wahr werden zu lassen." Er streicht durch mein Haar und seufzt.

„Ich kann nicht."

„Es war Max, der mir gesagt hat, dass es eine gute Investition wäre, dir dabei zu helfen, dein eigenes Restaurant zu eröffnen. Sowohl finanziell als auch persönlich. Er sorgt sich um dich, Rachelle. Wie ein Bruder sich um seine kleine Schwester sorgt. Er sieht, dass du mit den gleichen Dingen zu kämpfen hast, wie er früher." Seine Hand streicht über meine Schulter und zieht mich zu sich.

Ich verstecke mein Gesicht an seiner Brust und fühle mich hilflos. „Max ist ein guter Mann. Ich schaue zu ihm auf, wie zu einem großen Bruder. Er und ich haben dasselbe in unserem kurzen Leben durchgemacht. Er denkt, ich brauche das?"

„Das tut er und ich tue es auch. Auch wenn das Restaurant den Bach runter geht, macht das keinen Unterschied. Ich kann es immer noch von der Steuer abschreiben und ich behalte so oder so mehr Geld als ich an das Finanzamt abtreten muss. Es ist eine Win-Win-Situation, Baby", sagt er und drückt mich fester an sich.

„Blake, ich ...ich ...", stammle ich und verstumme. „Okay, ich nehme dein Angebot an. Danke."

Er platziert sanfte Küsse auf meinem Kopf. „Gut. Lass mich dich jetzt zum Essen ausführen und zeig mir, was für ein Restaurant du eröffnen willst."

Mein Herz rast, als ich ihn nach draußen zu meinem Auto führe. Ich habe noch nie so einen großen Teil meines Lebens in die Hände eines anderen Menschen gelegt und es bereitet mir höllische Angst.

19

BLAKE

Wir aßen in einem ziemlich neuen Restaurant mit dem Namen „Leona" in Venice Beach zu Mittag. Die Inneneinrichtung war kühl und edel aber nicht so exklusiv, dass es die Gäste abschrecken würde. Das Essen war sehr lecker und Rachelle war sich sicher, dass sie es sogar noch ein bisschen besser hinbekommen würde.

„Das ist also die Konkurrenz?", frage ich, als wir zurück in ihre Wohnung gehen.

Sie trägt den Anhänger, der sie als dreijähriges Kind zeigt, um den Hals. Es ist eine Erinnerung an ihr früheres Selbst, etwas, das sie anscheinend verdrängt hat und von dem nur ich weiß, dass es existiert. Es ist wie ein Geschwür in ihren Kopf, das sie davon abhält, ihr Leben wirklich zu leben.

„Das ist es. Ich will etwas Ähnliches machen, und doch soll es komplett anders sein, wenn du weißt, was ich meine." Sie setzt sich auf das Sofa und zieht ihre High Heels aus.

Ich setze mich an das andere Ende, nehme ihre Füße in meine Hände und massiere sie. „Du weißt schon, dass du die Schuhe wahrscheinlich nicht tragen solltest, wenn dir die Füße darin wehtun?"

Sie lacht und schaut weg. „Die meisten Menschen würden das so sehen. Ich habe keinen Schrank voller Schuhe und die, die ich habe, sind ziemlich billig, und billig und bequem passen anscheinend nicht zusammen."

Ich nehme mir vor, ihre Größe herauszufinden und ihr ein paar erstklassige Schuhe zu kaufen. „Wie dem auch sei, du willst also ein Restaurant wie das Leona's aufmachen, nur ganz anders. Klar verstehe ich das. Was kann man bei der Aussage denn nicht verstehen?"

Sie deutet mit einem Lächeln auf mich. „Siehst du? Du hast mich verstanden. Ich weiß zwar nicht wie, aber du tust es."

Ich ziehe an ihrem Bein, bis sie auf dem Sofa liegt und gleite an ihrem Körper nach oben, bis meine Lippen die ihren berühren. Sie ist winzig unter mir und so zerbrechlich, dass es fast schon weh tut, sie anzusehen.

Sie schlingt ihre Arme um meinen Hals uns stöhnt in meinen Mund, als sich unsere Zungen berühren. Ich nehme sie in meine Arme und gehe mit ihr ins Schlafzimmer.

Mein Verlangen nach ihr ist überwältigend. Ich lege sie auf das Bett und ziehe sie und danach mich selbst aus, während sie mich dabei beobachtet, wie ich jedes Kleidungsstück ablege. Ihre Augen wandern über meinen Körper, bis sie meine finden. „Du bist wirklich hinreißend, Blake."

Ich stürze mich spielerisch auf sie. „Du bist hinreißend."

Ihre Lippen berühren mein Ohr. „Lass mich dir zeigen, was du mir bedeutest."

Mit einem heißen Kuss drückt sie sich an mich. Ich löse mich von ihren Lippen und schaue in ihre blauen Augen. „Noch nicht, Baby. Lass mich dir zeigen, was du mir bedeutest. Ich will, dass du dich sicher und wie etwas Besonderes fühlst. Ich will, dass du mich spürst, bis du verstehst, was es ist, das ich habe, das du brauchst."

Ihre Augen werden groß, als ich mit einem harten Kuss von ihrem Mund Besitz ergreife. Ich streiche mit meiner Hand über ihren festen Bauch und über den oberen Teil ihrer Schenkel. Ich lege meinen Körper über ihren und presse mich an sie.

Sie wölbt sich nach oben, bereit, mich aufzunehmen. Ich reize sie, reibe mein hartes Glied an ihr, dringe aber nicht in sie ein. Sie windet sich unter mir und stöhnt. Ich löse meinen Mund von ihrem und sehe sie an. „Sag die Worte, die ich hören will."

„Welche Worte?", fragt sie mit abgehacktem Atem.

Ihre Starrköpfigkeit wird sie eines Tages noch umbringen. Ich reibe mein Glied um den Eingang ihrer absolut heißen und nassen Scheide und sie wölbt sich mir entgegen. Ihr Körper fleht mich an, sie auszufüllen, aber ihr Mund gehorcht nicht.

Ihre Augen blitzen. „Bitte, Blake."

„Sag es mir, dann gebe ich dir, was du willst." Ich streiche mit der Spitze meines Gliedes etwas höher und drücke es gegen ihren pulsierenden Kitzler, was ihr ein Stöhnen entlockt.

Ihre Hand fährt über meinen Hintern, krallt sich an ihm fest und drückt mich nach unten. „Blake! Komm schon, bitte. Du quälst mich."

„Es sind nur drei Worte. Und keine Angst, es ist nicht ich liebe dich. Ich kann noch ein bisschen warten, bis du dir dessen bewusst wirst." Ich küsse sie hart und reibe mich an ihr, ohne in sie einzudringen.

Sie stöhnt, sobald ich ihre süßen Lippen freigebe. „Ich brauche dich, Blake. So wie niemanden oder nichts zuvor. Ich brauche dich."

Auf meinem Gesicht breitet sich ein Grinsen aus und ich drücke meine Lippen an ihr Ohr, während ich mein Glied tief in sie stoße. „Ich brauche dich auch, Baby."

Ihr Stöhnen lässt ihre Brust erzittern und sie klammert ihre Beine um meine Hüfte, als sie sich mir entgegen wölbt. Sie will mich tief in sich haben. Ich ziehe mich komplett zurück und drücke gegen ihre Beine, damit sie mich loslässt.

„Ich drehe dich jetzt um." Ich nehme sie, werfe sie auf ihren Bauch und ziehe sie zu mir zurück. Ich lasse lediglich meine Spitze in sie gleiten und sage, nur um die süßen Worte noch einmal zu hören, „Sag es noch einmal, Rachelle."

„Verdammt, Blake! Ich brauche dich!", schreit sie und drückt ihre Hüften zurück.

Ich stoße hart in sie, greife eine Handvoll ihrer langen Haare und ziehe sie daran zurück. Sie stöhnt auf und lässt ihren Kopf auf das Kissen fallen.

Ich ziehe mich fast komplett aus ihr heraus und ramme wieder hart in sie hinein. Sie wölbt sich zurück, ihr Schrei wird von dem Kissen erstickt. Ich stoße immer härter in sie, bis ihr Körper zittert und sie aufgrund der Stärke schreit.

Ihr Kanal beginnt, sich um mein Glied anzuspannen, als sie kommt und mich mit sich nimmt. Ich reite die Welle des heftigen Orgasmus aus, bis wir beide ruhiger werden. Unser schwerer Atem ist das Einzige, was den dunklen Raum erfüllt.

Ich lasse sie herunter und lege mich neben sie, dabei streiche ich mit meiner Hand über ihren Rücken. Sie atmet tief ein und versucht, sich wieder zu beruhigen. Sie dreht sich mit ihrem schweißnassen Körper zu mir um, als sie sich auf ihre Seite rollt.

Ich streiche über ihre Wange und schaue in diese tiefen, blauen Augen und weiß, dass ich in ihr all das gefunden habe, von dem ich nicht einmal wusste, dass ich es suchte. Ich fahre mit meinem Finger über ihre weichen Lippen und sie verzieht sie zu einem süßen Lächeln.

Mein Herz explodiert mit all den Gefühlen, die ich für sie hege. Ohne nachzudenken sage ich, „Ich liebe dich, Rachelle."

Fortsetzung folgt …

20

GLÜCKLICHE TRENNUNG

Rachelle

Draußen heult die Alarmanlage eines Autos auf und reißt mich aus meinem tiefen Schlaf. Blake hat mich fest in seine Arme geschlossen und sein Atem bewegt ein paar Haare an meinem Nacken, die mich kitzeln. Ich versuche, mich ein bisschen zu bewegen, aber er hält mich nur noch fester.

Wird es immer so sein, wenn Blake mich liebt?

Werden meine Bewegungen immer von ihm eingeschränkt sein? Ist das die einzige Art und Weise, wie er alles haben will? Kann ich so leben?

Nachdem wir miteinander geschlafen hatten, sagte er mir, dass er mich lieben würde. Oder wohl eher, nachdem er mit mir geschlafen hatte. Er lässt mich überhaupt nichts für ihn machen. Es ist noch untertrieben zu behaupten, dass er erdrückend ist.

Ich trage die Kette mit meinem Bild in dem Anhänger, die er mir gegeben hatte. Es zeigt mich als Dreijährige und meine emotionslose Miene stört mich unglaublich.

Die Tatsache, dass er meine Pflegemutter angerufen hatte, ist ein weiterer Grund zur Sorge. Man könnte ihn eigentlich als Stalker bezeichnen. Aber natürlich redet er es mit dem Argument schön, dass er herausfinden will, wie er mir helfen kann.

Aber ich kann mich nicht daran erinnern, ihn nach seiner Hilfe gefragt zu haben!

Es ist mir etwas unangenehm, dass er mich als solches Wrack sieht, dass er überhaupt auf den Gedanken gekommen ist, dass ich Hilfe bräuchte. Ich meine, er ist hier und denkt darüber nach, wie er mir helfen kann und sieht dabei nicht, dass er ein Milliardär ist, der immer noch in dem winzigen, alten Haus lebt, in dem ihn seine Eltern aufgezogen haben.

Ich will damit sagen, dass er auch Probleme hat, um die er sich nicht kümmert!

Und was genau soll jetzt passieren? Denkt er etwa, dass er bei mir einzieht und wir heiraten? Denkt er darüber nach, hier in Los Angeles eine Villa zu kaufen, in der wir für immer und ewig leben werden?

Ich will nicht für immer in Los Angeles bleiben. Ich will in einer Gegend leben, in der es Wälder und richtige Jahreszeiten gibt. Frühling, Sommer, Herbst und Winter. Ich komme aus Texas, wo es mit Ausnahme von ein paar kalten Tagen immer Sommer ist, sonst gibt es kaum Jahreszeiten.

Jetzt bin ich hier in Kalifornien, wo es auch nicht viel anders ist. Ich wollte schon immer in Colorado, Montana oder Wyoming leben. Aber Herr Ich-hab-das-Sagen und Lass-mich-dir-helfen hat das wahrscheinlich nicht in unserer Zukunftsplanung.

,Unsere Zukunft', da muss ich noch einmal drüber nachdenken!

Es ist die dritte Nacht in ein wenig mehr als zwei Wochen, die wir miteinander verbringen und schon liebt er mich und wir brauchen uns gegenseitig. Ganz bestimmt nicht! Auf gar keinen Fall!

Ich verstehe nicht, warum mein Körper auf seinen reagiert, als ob er meine Luft zum Atmen wäre. Als ob ich nur seine Luft atmen könnte und sonst keine. Ich frage mich, ob das so ist, weil er so verdammt gut aussieht oder weil er so durchtrainiert ist oder ist es vielleicht eine Kombination aus beidem?

Niemand, der von seinem Monsterglied ausgefüllt wird und sich dabei an seinen Locken festkrallt, die in dem schwachen Licht wie ein Heiligenschein leuchten und um sein hübsches, verdammtes Gesicht hängen, würde behaupten, dass er ihn nicht bräuchte!

Verdammt ja, ich brauche ihn, wenn er hier bei mir ist, gutaussehend und mit seinen stahlharten Muskeln, die sich unter meiner Berührung anspannen und er wenn mich ansieht. Verdammt ja, ich will, dass er mich mit seinem pulsierenden, harten, dicken und langen Glied ausfüllt, das sich wie eine satinbezogene Stange Zement aus purer Lust anfühlt!

Wer zur Hölle würde das nicht?

Ich muss über die zwei Frauen nachdenken, mit denen er eine Beziehung gehabt hat. Warum hatten sie sich von ihm getrennt oder hatte er sich zuerst von ihnen getrennt? Und warum gingen sie immer noch freundlich miteinander um?

Wahrscheinlich, damit sie das ein oder andere Mal unter ihm liegen können, um eine neue Dosis von Doktor-Fickt-So-Gut zu bekommen.

Ich weiß nicht, ob ich vor Blake nur einfach richtig schlechte Liebhaber hatte. Aber kein einziger der Kerle, mit denen ich Sex hatte, kam annähernd an ihn heran. Er ist ein Meister! Zweifellos ein Meister!

Der Kerl sah mich an, befahl mir zu kommen und ich gehorchte. Kein zusammenhängender Gedanke ging mir dabei durch den Kopf. Er stimulierte mich kein bisschen. Er befahl mir, es zu tun und mein Körper dachte sich wohl, natürlich, alles was Sie sagen, Meister'.

Ich kann so nicht leben. Er wird über mich herrschen, wie ein König über sein Königreich. Wie ein Hirte über seine Schafe herrscht. Ich bin kein Schaf und ich muss nicht beherrscht werden. Seine weichen Lippen küssen meinen Nacken und er murmelt, „Ich liebe dich, Baby."

Was für ein Arschloch!

Ich stoße ihn mit meinem Ellenbogen in die Rippen. „Lass mich aufstehen, Blake!"

Er zuckt zusammen und lässt mich los. „Oh, tut mir leid, Baby."

„Ich muss aufs Klo, verdammt!", sage ich, während ich aufstehe und ins Bad stampfe.

„Alles in Ordnung, Baby?", fragt er.

Ich knalle die Badezimmertür zu, ohne ihm eine Antwort zu geben.

21

BLAKE

Ich schiebe ein Kirschgebäck zu Rachelle, während sie unablässig auf ihrem Handy herumtippt. Ich frage sie, „Willst du reden?"

Sie schüttelt den Kopf und schiebt das Essen wieder zurück, während sie mich allem Anschein nach ignoriert. Ich habe keine Ahnung, was ich getan haben könnte, um sie zu verärgern, aber sie ist definitiv aus irgendeinem Grund sauer.

Ich nehme den Teller mit dem Gebäckstück und trage es zurück in die kleine Küche. „Was willst du heute machen, Baby?"

Sie hört auf, auf ihrem Handy herum zu tippen. Ich werfe ihr einen Blick zu und sehe, wie sie mich aus welchem Grund auch immer zornig anstarrt. „Oh, du hast den Tag noch nicht geplant?"

„Das klang ziemlich sarkastisch. Und wenn du es genau wissen willst, hatte ich mir überlegt, dass wir uns nach einem Ort für dein Restaurant umsehen könnten." Ich gehe zurück ins Wohnzimmer und setze mich neben sie auf das Sofa.

Sie rutscht ein Stückchen weg und tippt wieder auf ihrem Handy herum. „Ich will das heute nicht machen."

„Okay", sage ich, lehne mich hinüber und stupse ihre Schulter mit meiner an. „Willst du ein bisschen rummachen?"

Ihre dunkelblauen Augen schauen direkt in meine. „Nein!"

Ich lege meine Hand auf ihre Hand, drücke sie herunter und nehme ihr Kinn in meine andere Hand. „Okay, sag schon. Warum bist du so sauer?"

„Du hast mich die ganze Nacht lang an dich gedrückt!", sagt sie mit zusammengebissenen Zähnen, als ob ich ein Verbrechen begangen hätte. „Ich konnte mich nicht einmal bewegen, bis ich dich in die Rippen gestoßen hatte, damit du mich loslässt."

„Deshalb hast du das gemacht?" Ich reibe die Stelle an meinem Brustkorb, die immer noch ein bisschen weh tut. „Baby, du hättest mich auch einfach wecken können, dann hätte ich dich losgelassen. Kein Grund gewalttätig zu werden." Ich lache und sie sieht mich böse an.

„Ich habe zweimal versucht, von dir wegzukommen. Glaubst du etwa, dass ich es *brauche*, im Schlaf von dir festgehalten zu werden? Glaubst du, dass ich es *brauche*, umsorgt zu werden? Glaubst du etwa, ich will das?" Die Art, wie sich ihre Augen verdunkeln, und zwar nicht auf angenehme Weise, löst die Frage in mir aus, was wirklich in ihrem Kopf vor sich geht.

„Schau, das ganze Problem mit deinen Verlustängsten ist kompliziert, aber das ist ein Paradebeispiel für ..."

Sie schreit und steht auf. „Hör auf! Hör einfach auf!" Sie wirft die Hände in die Luft und läuft in dem kleinen Wohnzimmer auf und ab. „Du bist kein Therapeut. Ich bin nicht einmal auf der Suche nach einem, weil ich nicht so kaputt bin, wie du mich darstellst."

„Ich habe nie behauptet, dass du kaputt wärst, Rachelle!" Ich stehe auch auf. „Ich will doch nur helfen ..."

Sie hält eine kleine Hand hoch, um mich zu stoppen. „Mir helfen, das weiß ich. Das hast du in den letzten Wochen seit wir uns kennengelernt haben, mehr als einmal gesagt. Und überhaupt Blake, wer zur Hölle sagt einem nach zwei Wochen, dass er ihn liebt, hm? Wenn wir gerade schon von Problemen reden!"

Sie hätte mich auch in den Bauch boxen können und damit die gleiche vernichtende Wirkung erzielt. „Rachelle! Tu nicht so, als ob du mich nicht auch lieben würdest. Du willst es nur noch nicht zugeben."

Ihre Augenbrauen ziehen sich hoch. „Wie bitte? Liest du jetzt etwa auch Gedanken, Herr Ich-weiß-alles-und-du-solltest-mir-erlauben-dein-Leben-zu-kontrollieren?"

Ich verdrehe die Augen und murmle, „Das ist ein ganz schön langer Nachname, Baby. Ist ja auch egal. Dass du mich auch liebst, kann ich in der Art, wie du auf mich reagierst, erkennen, wenn du es genau wissen willst."

Sie lacht laut auf, macht mit der Hand eine große Geste und verbeugt sich vor mir. „Dann lass mich die Erste sein, die sich vor Ihnen verbeugt, König des großartigen Sex! Du bist ein sehr guter Liebhaber, Blake. Mein Körper mag, was du machst, okay? Das heißt noch lange nicht, dass ich dich liebe! Okay?"

„Unsere Verbindung geht tiefer als nur Sex und das weißt du auch, Rachelle. Deine Verlustängste bringen dich dazu, so etwas zu sagen und dich so zu verhalten. Du versuchst lieber, mich wegzustoßen bevor du dir erlaubst, dich richtig in mich zu verlieben. Aber das bringt gar nichts, denn ich gehe nirgendwo hin. Ich bleibe hier, Baby, und zwar länger." Ich setze mich wieder hin und sie starrt mich böse an.

„Hau ab! Hau verdammt noch mal ab, Blake!", kreischt sie. „Du kannst mir nicht erzählen, dass du nicht von hier weggehst. Das ist mein Haus, verdammt nochmal. Mein beschissenes Geld bezahlt die Rechnungen und ich entscheide, wer hier bleibt. Nicht du! Du bist hier nicht der Chef!"

Ich atme tief ein und versuche die Situation wieder zu beruhigen. „Baby, setz dich bitte hin und lass uns in Ruhe darüber reden. Ich weiß, dass es noch früh ist, aber wie wäre es mit dem übrigen Sekt-Orange von gestern, damit du dich wieder beruhigst?"

„Schlägst du etwa vor, dass es hilft, mich betrunken zu machen, damit ich in deine Vorstellung einer Beziehung nach dem Muster der Stepford Wives passe?", zischt sie. „Ich bin ich. Mit allen Macken und Kanten. Das bin ich, verdammt nochmal!"

„Deine einzige wirkliche Macke ist, dass du denkst, es nicht zu verdienen, geliebt zu werden, Rachelle."

„Und deine ist, dass du ein Kontrollfreak bist." Sie setzt sich an das andere Ende des Sofas und schaut von mir weg.

Ich bleibe still, hoffe, dass sie sich beruhigt und versteht, dass ihr Komplex, der daher stammt, dass sie von ihrer Mutter bei fremden Menschen allein gelassen und dort zurückgelassen wurde, hinter all dem steckt und sonst nichts. Sie lehnt sich zurück, nachdem sie ein paar Minuten lang starr auf den Boden gesehen hat.

Ich rutsche ein kleines Stück zu ihr hinüber und ihre Augen verengen sich. Ich wünschte, ich hätte ein bisschen länger gewartet. „Raus!", schreit sie, springt auf und deutet auf die Wohnungstür. Sie rennt in ihr Schlafzimmer und ich höre, wie Gegenstände herumgeräumt werden.

Als ich das Schlafzimmer betrete, sehe ich, wie sie alle meine Sachen in meine Tasche wirft. Ich laufe zu ihr hinüber und schiebe sie mit meiner Schulter zur Seite. „Ich mache das. Ich gehe. Wenn du das wirklich willst, dann gehe ich, Baby."

Ich wünschte, ich könnte wütend auf sie sein, aber alles, was ich fühle, ist eine tiefe Traurigkeit, weil sie ihre Gefühle für mich beiseiteschiebt. Als alle meine Sachen gepackt sind, drehe ich mich zu ihr um. Sie läuft davon und macht die Wohnungstür auf.

Sie sieht mich mit einem verletzten und wütenden Blick an. „Blake, kehre erst einmal vor deiner eigenen Haustür, bevor du dich um meine Probleme kümmerst. Denk einmal darüber nach, wie du den Tod deiner Eltern verarbeiten kannst, bevor du mir helfen willst. Ich bin nicht kaputt, ich bin nur ein Mensch, dem Mist passiert ist, genau wie du auch."

Sie hat recht und ich erkenne erst jetzt, wie sehr. „Es tut mir leid, Rachelle. Du hast recht, ich kann niemandem etwas Gutes tun, bis ich meine eigenen Probleme nicht gelöst habe."

Ich gehe zu meinem Auto und sie gibt ein leises Geräusch von sich, weshalb ich mich umdrehe und ihre traurigen Augen sehe. „Blake." Sie zögert, während Tränen ihre geröteten Wangen hinunterrollen. „Ich wünsche dir ein schönes Leben." Sie schließt die Tür und lässt mich mit dem, was ich angerichtet habe, zurück.

Was habe ich bloß getan?

22

KIP

„**D**as Kind kann kaum laufen und schon falle ich über seine beschissenen Sachen!", schreie ich, während ich meinen Zeh halte, den ich mir an Pax' Spielzeug-LKW, der anscheinend aus echtem Stahl gemacht ist, gestoßen hatte.

Peyton sieht mich schräg an. „Ich denke, es ist an der Zeit, dass du aufhörst, ständig mit Schimpfworten um dich zu werfen, Daddy."

Pax nimmt mir sein Spielzeug ab und schaut mich mit einem Lachen an. „Dada", sage er. „'schissen."

Ich ziehe meine Augenbrauen hoch, als Peyton mich böse ansieht. „Ich muss los, Blake treffen. Bis dann." Ich renne praktisch aus dem Zimmer und zur Garagentür.

Ich steige in meinen großen Pick-up mit Allradantrieb. Blake rief mich an und wollte mich auf ein Drink in der Bar um die Ecke treffen. Anscheinend haben er und Rachelle sich gestritten und er braucht einen Rat.

Sein kleiner Mietwagen steht auf dem Parkplatz und er steigt aus, als er mich sieht. Er winkt mir zu und ich springe aus dem Wagen und laufe ihm entgegen. „Hey, Kumpel. Tut mir leid, dass du eine schwere Zeit durchlebst. Sie ist eine harte Nuss, so viel kann ich dir verraten."

Er schaut mich an, als hätte ich etwas Verrücktes gesagt. „Als ich sie zum ersten Mal sah, habe ich dich gefragt, ob mit ihr was nicht stimmt und du meintest, dass mit ihr alles in Ordnung wäre. Du hast sie in höchsten Tönen gelobt, wenn ich mich recht erinnere."

„Habe ich das?", frage ich ihn, während ich ihm auf die Schulter klopfe und wir gehen in die Bar. „Ich bin mir ziemlich sicher, dass ich dir von ihren Problemen mit Intimität erzählt habe, oder etwa nicht?"

„Nein, das hast du nicht, Kip!", sagt Blake, als er vor mir die dunkle Kneipe betritt.

„Ihren Ausweis", verlangt der Türsteher von Blake.

„Er ist volljährig und gehört zu mir", sage ich und der Türsteher lässt uns hinein.

Blake dreht sich mit seinem Geldbeutel in der Hand um. „Kein Eintritt?"

„Nicht für mich, Kumpel." Ich führe ihn zu einer Sitzecke, wo er sich auf die eine und ich mich auf die andere Seite setze. „Also, sag mir, was passiert ist."

„Ich weiß gar nicht, wo ich anfangen soll", klagt er traurig.

„Du weißt ja, wie es ist. Wir alle machen so etwas durch", sage ich ihm, als die Kellnerin mit einer Flasche Hypnotiq und zwei Schnapsgläsern an unseren Tisch kommt.

„Du hast doch noch gar nichts bestellt", sagt Blake, während er mich über den Tisch hinweg anschaut.

„Sie wissen, was ich mag. Magst du das?", frage ich ihn mit einer Handbewegung zu der blauen Alkoholflasche.

Er zuckt mit den Schultern. „Ich habe es noch nie probiert."

Ich nicke der jungen Kellnerin in dem engen schwarzen Oberteil und dem kurzen Rock zu. „Das ist alles."

Ich beobachte Blake und bemerke, dass er das schöne Mädchen gar nicht ansieht, als es von unserem Tisch wegläuft. „Ach du meine Güte, du bist ja total in Rachelle verschossen. Da hast du dir aber einen harten Job ausgesucht, das muss ich dir lassen." Die Art, wie seine Augen aussehen, zeigt mir, dass seine Gefühle für Rachelle echt sind. „Ich sag dir, wie du die Sache wieder geradebiegen kannst, Kumpel."

Er hört meinem Rat aufmerksam zu und ich hoffe, dass ich die Situation dadurch nicht noch schlimmer mache als sie sowieso schon ist.

23

PEYTON

Pax kaut auf Rachelles Handy herum. Zum Glück hat es ein wasserdichtes Gehäuse. „Er hatte also die Unverfrorenheit, dich im Schlaf festzuhalten, als ob du sein Eigentum wärst?", frage ich sie, als sie mir erzählt, dass Blake sie die ganze Nacht lang in seinen Armen gehalten hat. „Dieser Bastard!"

Ich schlage mir die Hand auf den Mund, als Pax mich anschaut und dann sagt, „Astard".

Meine Wangen röten sich. „Jetzt muss ich Kip dazu bringen, dieses Wort zu sagen, wenn Pax dabei ist, damit er mir nicht die Schuld an dem neuen Wort geben kann, dass Pax gerade eben in sein begrenztes Vokabular aufgenommen hat. Verdammt!"

„Dammt", plappert Pax ihr nach.

Rachelle greift nach ihrem Drink und deutet in Richtung meines Sohnes. „Eines Tages wird sogar dein kleiner Paxie-Bär ein erwachsener Mann sein und wie wird er Frauen dann behandeln? Bestimmt so, als ob sie ihm gehörten."

„Du solltest mit dem Gin besser langsam machen, Shell. Ich meine, es ist schon dein zweiter und du siehst ein bisschen benommen aus." Ich hebe Pax hoch und halte ihn an meiner Hüfte.

Sie schaut ihr halbvolles Glas an. „Wie viel verdammten Alkohol hast du da hineingetan, Peyt?"

„Eine Kappe auf eine ganze Cola. Du verträgst nicht wirklich viel, Shelley. Tut mir leid, aber ich muss dir die Wahrheit sagen."

Mit einem Seufzen stellt sie das Glas ab. „Warum ist das Leben nur so kompliziert? Warum macht es mich so wütend, wenn ich daran denke, dass mich ein Mann in seinen Armen hält, während ich schlafe? Warum macht es mich so wütend, wenn ich daran denke, dass er mich nie wieder die ganze Nacht lang in seinen Armen halten wird? Warum, Peyttie, warum?"

„Weil du willst, dass er genau das tut, Süße. Wir alle wollen, dass sich jemand um uns kümmert. Aber der Kopf versteht das oft nicht. Ich dachte, dass ich Kip nicht bräuchte, um mich um unseren Sohn zu kümmern. Jetzt kann ich es mir gar nicht vorstellen, alles allein zu machen." Ich stehe mit Pax auf der Hüfte auf, um zu ihr zu gehen, und lege ihr meinen Arm um die Schulter.

Sie versteckt ihren Kopf an meiner Brust. „Ich liebe ihn, hab ich recht?"

„Ich denke, es ist sehr wahrscheinlich, dass du es tust, Süße. Es ist nicht alles schlecht daran, das verspreche ich dir." Ich tätschle ihre Schulter und sie fängt an zu weinen.

Es bricht mir fast das Herz, als sie sagt, „Was ist, wenn ich es zulasse, mich in ihn zu verlieben und er mich dann, genau wie meine Mutter, verlässt. Wenn sie das einem kleinen, reizenden, drei Jahre alten Mädchen antun konnte, dann könnte er es auf jeden Fall einer gemeinen, alten, einundzwanzigjährigen Frau antun."

Das könnte er wirklich tun, ich weiß, dass er es könnte, und ich weiß auch, dass es sie zerstören würde, aber was ist denn schon das Leben, wenn man nie etwas riskiert?

„Ja, du hast recht. Riskier bloß nichts. Bleib lieber allein. Mach, was du die ganze Zeit schon gemacht hast. Lass die Liebe aus dem Spiel. Da war doch neulich dieser Typ. Wie hieß er nochmal, Rick? Ja, Rick. Ruf ihn doch mal an. Du könntest dich nie in dieses Arschloch verlieben." Ich klopfe ihr auf den Rücken und sie lacht leise.

„Er war schrecklich, Peyton. Ich hab dir nur etwa die Hälfte von dem erzählt, was er alles getan hat. Ich hatte Angst, du würdest ihm in den Arsch treten." Sie schaut zu Pax, der bereits versucht, das Wort mit seinen Lippen zu formen. Ich stecke ihr Handy wieder in seinen Mund.

„Ups, ich meine Popo. Ich hatte Angst, dass du ihm in den Popo treten würdest, wenn du wüsstest, was er mir alles angetan hat. Es war erniedrigend und ich habe ihn trotzdem gelassen. Ich habe zugelassen, dass mir so etwas passiert ist. Warum? Warum denkst du habe ich das getan?"

Jetzt zeigt sie mir ihre wahren Gefühle und ich sehe, dass sie mehr Hilfe braucht, als sie immer den Anschein macht. „Ich glaube, dass du eine Auszeit von Männern brauchst. Vielleicht ist es doch keine so schlechte Idee, mit jemandem zu reden, der sich mit solchen Dingen auskennt. Keiner von uns ist perfekt. Jeder braucht hin und wieder einmal Hilfe."

Sie schaut mich an und ich sehe die Tränen auf ihren Wangen. „Aber gleich ein Seelenklempner? Ich will nicht als Spinner dastehen, Peyton. Glaubst du wirklich, dass ich einen Seelenklempner brauche?"

„Nennen wir ihn nicht so. Nennen wir ihn lieber einen guten Freund, der über viele Dinge Bescheid weiß und der einem aushilft. Ich finde einen für dich."

Sie schüttelt mit dem Kopf. „Peyton, das kann ich mir nicht leisten."

„Du weißt genau, dass ich dich das nicht bezahlen lasse. Immerhin helfe ich meiner Freundin. Weiter nichts."

Die Art, wie sie ihr ganzes Gewicht, was nicht wirklich viel ist, auf mich stützt, zeigt mir, dass sie mich mehr denn je braucht. Sie hat mich einmal gerettet, jetzt kann ich ihr helfen. Sie ist ein gutes Mädchen, mit einem guten Kopf auf ihren schmalen Schultern.

Ihre nächsten Worte sind leise, als ob sie erschöpft wäre. „Peyton, es ist nur so, dass das, was Blake und ich haben, so intensiv ist. Es ist fast so, als ob ich ihn wirklich bräuchte. Und warum macht mich das so wütend?"

„Das macht es dich einfach aus irgendeinem verrückten Grund", sage ich, während ich sie festhalte und Pax mit seiner kleinen Hand über ihr langes, schwarzes Haar streicht.

Es wäre schön, wenn das Leben ein kleines bisschen einfacher wäre!

24

BLAKE

Es regnet in Strömen, als ich die junge Frau, mit der mir Kip eine Verabredung organisiert hat, um Rachelle eifersüchtig zu machen, in das Restaurant ausführe, in dem Rachelle arbeitet. Peyton erzählte Kip, dass Rachelle wieder arbeitet, obwohl sie es eigentlich noch gar nicht müsste.

Kip fand diesen Groupie und sie ist echt heiß. Blond, mit kurzem, engem, rotem Kleid und unglaublich hohen High Heels. Zwar überhaupt nicht mein Typ, aber trotzdem heiß. Auf dem Weg hierher hat sie ihr Make-up nicht nur einmal, sondern ganze sechs Mal, wirklich, sechs Mal überprüft. Drei Mal davon hat sie ihren roten Lippenstift neu aufgetragen.

Falls ich sie küssen sollte, würden meine Lippen abrutschen und genauso rot sein wie ihre jetzt. Ihre Brüste und der Hintern sind auch kein Stück echt. Aber hey, ich brauche eine kleine Begleitung und dafür reicht sie völlig aus.

Das Restaurant, in dem Rachelle ihr Praktikum absolviert, ist eine Fünf-Sterne-Schönheit. Allerdings nicht nach der Meinung meiner Begleitung, Cleo. Sie sagt, dass sie Kleopatra heißt. Ich bezweifle das, aber warum sollte eine Frau, die so gut wie jede natürliche Form ihres Körpers geändert hat, nicht auch ihren Namen ändern?

Wir setzen uns, bestellen ein paar Drinks und ich beobachte, wie Cleo sich in dem Raum umsieht. Sie lehnt sich näher an mich heran und flüstert, während sie ihren Champagner Cocktail in ihrer langen, dünnen Hand mit den roten, künstlichen Fingernägeln hält, „Nicht wirklich besonders für ein Fünf-Sterne-Restaurant. Dieser Drink ist verdünnt und ich bin nicht gerade beeindruckt. Ist das Miley Cyrus? Was für ein Loch!"

„Ein Loch, hm? Ich weiß ja nicht, aber mir gefällt es hier. Und ich habe gehört, dass das Essen ausgezeichnet sein soll", sage ich, als ich die Karte in die Hand nehme, um mir ein Gericht auszusuchen.

Cleo lehnt sich zurück und nippt an ihrem Drink. „Bestell mir etwas, Großer. Ich esse sowieso fast nichts. Ich muss immerhin diese Figur halten." Ihre knochige Hand fährt über ihren Körper, der keinerlei Kurven hat.

„Ja, das ist ein wahres Wunder", sage ich und meine eigentlich, dass die Tatsache, dass sie noch lebt, ein Wunder ist.

Ihre dunklen Augenbrauen ziehen sich hoch, als sie ihr halb-volles Glas in meine Richtung schwenkt.

„Ein Wunder? Also das, was du vorhast, ist ein Wunder. Aber ich bin mir sicher, dass du das selbst am besten weißt. Wie stehen die Chancen, dass du und ich nach dem Essen ein bisschen miteinander spielen können? Ich wette, dass ich dich zum Schreien bringen kann!"

Oh! Davon bin ich überzeugt!!!

Ich lächle und hebe einen warnenden Finger. „Aber wirklich, Cleo, benimm dich."

„Niemals!", sagt sie und trinkt den Rest ihres Drinks in einem Zug leer. Sie schnippt mit dem Finger. „Garcon, noch einen, bitte!"

Die Nacht zieht sich hin, während meine Begleitung Drink nach Drink bestellt und ihre Nase über das Essen rümpft. „Das geht ja gar nicht! Wer hat diesen Fraß gekocht?"

Ich falle fast vom Stuhl und muss tief einatmen. „Cleo, ich denke nicht, dass das eine gute Idee ist."

Sie schnippt mit ihren langen Fingern und der Kellner läuft davon. „Ich hole sie, Madam."

Scheiße! Er holt sie hierher!

Cleo sieht zu mir und auf meinen Teller mit dem leckeren Hühnchen und faucht mich an. „Keine Sorge, Liebster. Ich sorge dafür, dass der Wicht, der dein Hühnchen gequält hat, auch das in Ordnung bringt."

„Meines ist sehr gut, bitte sag nichts über mein Essen." Ich sehe Rachelle ganz in Schwarz, ihre Haare sind zu einem Zopf zusammengebunden.

Sie läuft auf Cleo zu, die aufsteht und sich zu ihr umdreht, so dass sie micht nicht bemerkt. Cleo wedelt mit ihrem Finger in Rachelles Gesicht herum und legt los, bevor Rachelle auch nur ein Wort sagen kann. „Du glaubst also, du könntest kochen. Ich sage dir, dass das völliger Schwachsinn ist! Du hast in der Küche nichts verloren. Der Salat war geschmacklos, ich habe einen Bissen gegessen und konnte ihn schon nicht ausstehen. Und wie kannst du das als Lachs bezeichnen? Das ist Kabeljau, du Miststück!"

Rachelle hebt ihre Augenbrauen. „Meine Dame, wenn Sie denn wirklich eine sind, ich versichere Ihnen, dass der Fisch auf Ihrem Teller Lachs ist. Er ist rosa, während Kabeljau weiß ist. Wenn Sie möchten, koche ich Ihnen etwas anderes."

Cleo bewegt ihren Arm und deutet auf mich. „Und das Hühnchen meines Mannes ist roh."

Ich bin mir sicher, dass ich aussehe als hätte mich der Blitz getroffen, als Rachelle um Cleo herum schaut und mich sieht. Ich lächle und winke leicht. Ihr Gesicht, ihr Hals und das, was von ihrem Arm sichtbar ist, werden rot. Sie wendet sich wieder an Cleo. „Hast du gerade dein Mann gesagt?"

„Habe ich", sagt Cleo und nickt. „Also, wie denkst du, dass du das wieder hinbekommst?"

„Wie konntest du nur?", fragt mich Rachelle, als sie davonläuft.

Wie konnte ich nur?

„Was ist ihr Problem?", fragt Cleo. Sie setzt sich wieder hin und ich winke den Kellner herbei.

„Sir?", fragt er.

Ich flüstere in sein Ohr, „Schicken Sie diese Frau mit dem Taxi nach Hause und ich gebe Ihnen tausend Dollar. Das verspreche ich Ihnen." Ich stecke ihm einen Einhundert-Dollar-Schein zu, er sieht ihn an und grinst.

„Schon erledigt, Sir."

Ich lächle Cleo an. „Hey, ich muss mal wohin." Ich stehe auf und sie winkt mich weg, während sie ein weiteres Glas Alkohol runterkippt.

Rachelle tobt vor der Frauentoilette, sofern man eine zierliche, 1,57m kleine Frau als tobend bezeichnen kann. Ihre geröteten Augen treffen meine und sie macht auf der Stelle kehrt und geht wieder in die Toilette.

Ich bleibe vor der Tür stehen. Vor zwei Wochen hatte sie mich aus ihrer Wohnung geworfen. Vor zwei Wochen hatte ich ihr Gesicht zum letzten Mal gesehen. Vor zwei Wochen hatte ich zuletzt von ihren süßen Lippen gekostet.

Eine Frau kommt heraus und ich packe sie am Arm. „ Wie viele Frauen sind da drinnen?", frage ich sie verzweifelt.

„Nur eine", sagt sie, während sie mich mustert, „ich glaube, sie arbeitet hier."

„Gut, danke." Ich lasse sie los und fahre mit meinen Händen über mein weißes, gestärktes Hemd und meine schwarze Hose.

Ich lege meinen Kopf auf die linke Seite, bis er knackst, und stemme meine Hände in die Hüfte, dann wiederhole ich das Ganze auf der rechten Seite und öffne die Milchglastür. Mein Engel steht am ersten Waschbecken und ihr laufen Tränen über die rosafarbenen Wangen.

Mein Herz zerbricht in eine Million Stücke und ich strecke meine Arme aus. „Baby!"

Sie spritzt mir Seifenwasser in die Augen und nimmt mir damit die Sicht.

25

RACHELLE

„Warum bringst du eine andere Frau hierher, Blake?",
schreie ich ihn an.

Er wischt sich das Seifenwasser aus seinen geröteten Augen. Wenigstens sehen seine Augen jetzt auch so aus, als hätte er geweint, genau wie meine. Er schnellt mit einer Hand nach vorn und packt mich am Handgelenk.

„Um zu sehen, wie du reagierst, und du hast viel mehr getan, als ich erwartet hätte, Rachelle." Er zieht an mir, um mich in seine Arme zu nehmen, aber ich bleibe standhaft.

„Das war grausam. Das weißt du ganz genau und ich kann nicht glauben, dass du mir so etwas antun würdest", kreische ich.

Seine Hand an meinem Handgelenk sendet Hitzewellen durch meinen Körper und ich schüttle ihn ab. Er hat einen verletzten Ausdruck auf Gesicht, als er seine Hand anschaut. „Baby, bitte hör damit auf."

Ich drehe mich um, um die Frauentoilette zu verlassen, doch seine Hand landet auf meiner Schulter und wirbelt mich zu ihm herum. Meine Hand schießt vor und landet auf seinem harten Bauch. Alles in mir zieht sich zusammen.

Obwohl ich stocksauer auf ihn bin, lässt sich mein Körper gegen seinen fallen. Seine Arme legen sich um meine Schultern und ziehen mich näher an ihn heran. Seine weichen Lippen berühren meinen Kopf und ich fange innerlich an zu zittern.

Mit einem leisen Stöhnen fahre ich mit meinen Händen über seine Brustmuskeln und meine Knie werden weich. „Blake, ich ...“ Ich halte meinen Mund, bevor er das sagt, was er eigentlich sagen will.

„Was willst du, Rachelle? Ich gebe dir alles, was du willst.“ Seine Hände streichen über meinen gesamten Rücken und durch meinen Zopf.

Er platziert süße Küsse auf meinem Haar und dann, als ich aufblicke, auf meinem ganzen Gesicht. „Dich“, sage ich und er hebt mich hoch und läuft vorwärts, bis mein Rücken gegen die Milchglastür stößt.

Er drückt sich an mich, als er seine Lippen auf meine legt und ich bin verloren. Ich kann nicht mehr länger dagegen ankämpfen. Ich brauche ihn. Ich brauche es, dass er mich so nimmt. Ich denke, das wird immer so bleiben.

Meine Brüste drücken gegen seine harten Brustmuskeln, während seine Zunge mit meiner spielt. Ich lege meine Hand um seinen Hinterkopf, damit er mich härter küsst. Meine andere Hand zieht an den Knöpfen seines Hemdes. Ich muss mit meiner Hand über seine seidige, weiche Haut streichen, die sich über seine steinharten Muskeln, die sich unter seinem Hemd verstecken, spannt.

Ich schmelze dahin, als meine Handfläche seine Brustmuskeln berührt. Mein Bauch zieht sich zusammen und ich stöhne bei dem wunderbaren Gefühl auf. Seine Hände arbeiten an seiner Hose und ich kann sein hartes Glied spüren, als er es aus der Hose zieht und an mich presst.

Er zieht meine Hose herrunter und schiebt mein Höschen zur Seite und ich schlinge meine Beine um ihn herum. Sein riesiges, steifes Glied dringt unglaublich langsam in mich ein und nimmt mir dabei den Atem.

Meine Lippen zittern und ich löse unseren Kuss. Seine Stirn liegt an meiner und wir schauen uns in die Augen, während er langsam in mich rein und raus gleitet. Sein Mund bewegt sich als er sagt, „Ich liebe dich, Rachelle."

Tränen rollen über meine Wangen und ich will ihm sagen, dass auch ich ihn liebe, aber ich schaffe es nicht. Er ist zu gefährlich für mich. Sieh nur, was er mit mir auf der Toilette des Restaurants anstellt, in dem ich arbeite!

„Härter", flüstere ich.

„Wie du willst", sagt er, zieht sich dann zurück und stößt hart in mich. Immer und immer wieder hämmert er in mich, bis ich nicht mehr kann und um ihn herum zerspringe.

„Blake", stoße ich seinen Namen mit einem Atemzug aus, während ich meinen Orgasmus erreiche, der ihn mit sich nimmt.

„Rachelle", sagt er mit einem rauen Flüstern. „Baby, ich liebe dich."

Er versteift sich und stöhnt, als er seine heißen Säfte in mich hinein schießt. Mein Körper zittert, weil er weiß, dass Blake mich loslassen muss und das auf gar keinen Fall will. Meine Füße berühren den Boden, als er mich loslässt.

Er tritt einen Schritt zurück und richtet seine Kleider, während ich meine in Ordnung bringe und wir gehen zu den Waschbecken, um unsere Hände zu waschen. Er richtet meinen Zopf, der zur Seite gedrückt wurde, als er mich gegen die Tür presste.

„Wann bist du fertig?", fragt er, während er mit seinen Händen durch mein Haar streicht und durch sie kämmt, um ein paar widerspenstige Haare zu bändigen.

„Um zehn, warum?", frage ich, als ich meine Hände abtrockne.

„Warum?" Seine blau-braunen Augen blitzen amüsiert auf, während er mich im Spiegel ansieht. „Weil ich die Nacht mit dir verbringen will, deshalb! Ich kann dich abholen und mit in mein Hotelzimmer nehmen. Es ist ganz nett eingerichtet und das Frühstück wird aufs Zimmer gebracht. Sie machen dort fantastische Crêpes. Ich bin mir sicher, dass deine viel besser sind, aber ihre sind auch ziemlich gut."

Ich drehe mich um und starre ihn mit leicht offenem Mund an.

„Blake, das hier", ich gestikuliere mit meinen Armen in der Damentoilette herum, „was gerade passiert ist, heißt nicht, dass wir wieder zusammen sind."

Jetzt fällt ihm die Kinnlade herunter und seine Hände schließen sich um meine Handgelenke. „Verdammt nochmal, Rachelle. Du behandelst mich wie ein Stück Dreck. Ich habe dich nicht im verdammten Damenklo gefickt. Ich habe mit dir Liebe gemacht, du Sturkopf. Du kannst mich nicht einfach links liegen lassen wie einen Idioten, der unbedingt deine süße Grotte kosten musste. Das ist eine schreckliche Art, jemanden zu behandeln, der so jemanden Verrückten wie dich liebt!"

„Verrückt? Du denkst also immer noch, dass ich verrückt bin?", sage ich mit kontrollierter Stimme, obwohl ich mich eigentlich nicht so fühle. „Hat Peyton dir erzählt, dass ich mit jemandem spreche? Wenn ja, dann muss ich ihr wahrscheinlich den Hals umdrehen."

„Du redest mit jemandem?" Verwirrung breitet sich auf seinem hübschen Gesicht aus. „Mit wem? Mit wem zur Hölle redest du? Und warum überhaupt? Du kannst mit mir reden, wann immer du willst."

Oh! Er weiß nicht, dass ich mit einem Therapeuten rede!

„Das geht dich nichts an, Blake. Lass mich jetzt los. Ich muss zurück zur Arbeit. Ich bin überrascht, dass sie noch niemanden geschickt haben, um mich zu suchen." Ich zapple herum, dass er mich loslässt, was er schließlich auch tut.

Ich sehe meine Handgelenke an und bemerke, dass sie an den Stellen rot sind, an denen er mich so fest gehalten hat. Ich halte sie hoch, damit er sehen kann, was er mir angetan hat. „Schau es dir an, du Kontrollfreak!"

„Oh mein Gott. Baby, es tut mir so leid", sagt er, als er mich in seine Arme schließt.

Er riecht so verdammt gut. Ich muss mich zwingen, nicht einzuatmen, um meinen Verstand zu behalten. „Lass mich bitte gehen."

Er lässt mich widerstrebend los. Seine Hand greift nach meinem Kinn und zwingt mich, ihn anzusehen. „Ich werde draußen warten, wenn du fertig bist. Wir müssen reden. Ich lasse dich nicht gehen. Sag demjenigen, mit dem du auch immer du redest, dass du einen

Mann hast, der nicht davor zurückschreckt, für das zu kämpfen, was er will. Und zwar sowohl körperlich als auch geistig, Baby."

Er lässt mein Kinn los, kneift mir in die Nase und dreht sich um, verlässt die Damentoilette und lässt mich mit offenem Mund zurück.

Er würde wirklich um mich kämpfen!

26

BLAKE

Der Parkplatz ist dunkel, als ich im hinteren Bereich parke. Ich befürchte, dass Rachelle nicht herauskommt, wenn sie mich sieht, aber ich muss mit ihr reden. Eine Hintertür öffnet sich und ein Lichtstrahl fällt heraus. Jemand späht um die Ecke, verschwindet wieder und kurz darauf kommt Rachelle um die Tür und tritt heraus.

Ich lasse sie zu ihrem Auto gehen und folge ihr dann in sicherem Abstand. Eigentlich hatte ich geplant, zu ihrer Wohnung zu gehen und dort auf sie zu warten, aber dann kam mir der Gedanke, dass sie vielleicht gar nicht dorthin zurückkehren würde, weil sie sich wahrscheinlich schon dachte, dass ich dort auf sie warten könnte.

Und die Antwort ist ,ja'. Ich bin ein richtiger Stalker!

Aber ich habe gute Absichten. Ich werde sie nicht verletzen oder sie zu etwas zwingen, das sie nicht will. Außer, dass sie mit mir redet. Ich werde versuchen, sie dazu zu bringen, mit mir zu reden.

Sie fährt in eine Parklücke vor ihrer Wohnung und ich weiß, dass ich schnell einparken und ihr folgen muss, damit sie mich rein lässt. Ich parke und schließe das Auto mit der Hand ab, so dass sie das Auto nicht piepen hört, sich umdreht und mich entdeckt.

Ohne ein Geräusch zu machen nähere ich mir ihr, während sie

die Tür aufschließt und als sie sie öffnet, lege ich ihr meine Hand in den Rücken. Sie wirbelt herum und boxt mich in den Bauch, bevor sie mir an das Schienbein tritt.

„Au!", schreie ich.

„Oh Gott! Blake, es tut mir leid. Ich dachte, du wärst ein Mörder oder irgendein Verrückter!"

Sie streicht mit ihren Händen über meinen Kopf, als ich mich vorbeuge, um wieder zu Atem zu kommen. Das zierliche Ding hat mich echt fertig gemacht.

„Ich kann kaum glauben, wie schnell und stark du bist", stoße ich hervor.

Sie zieht mich in die Wohnung und ich stolpere hinterher und lasse mich auf das Sofa fallen. „Es tut mir wirklich leid. Ich hol dir einen Eisbeutel. Du hättest dich aber auch nicht so anschleichen dürfen."

„Ich war mir nicht sicher, ob du mich hineinlassen würdest und wir müssen reden, du und ich. Der Kerl, mit dem du meinst, dass du reden kannst, wer auch immer es ist, könnte mehr wollen, als du denkst."

Rachelle kommt zurück, zieht mir die Schuhe aus und dreht mich so, dass ich auf dem Sofa liege. Sie rennt in ihr Schlafzimmer, schnappt sich ein paar Kissen und schiebt sie hinter meinen Kopf. Sie setzt sich hin und legt meine Beine über ihren Schoß, danach legt sie den Eisbeutel auf mein verletztes Bein.

„Ich rede mit keinem anderen Kerl, Blake. In Wirklichkeit hat Peyton eine Freundin, eine Frau, sie ist Therapeutin und ich habe ein bisschen mit ihr geredet. Nicht wirklich viel, weil ich mich noch nicht so richtig wohl bei ihr fühle." Sie nimmt den Eisbeutel weg und reibt mit ihrer Hand über die schmerzende Stelle.

„Deine Hand fühlt sich so viel besser an als der Eisbeutel, wenn du wirklich willst, dass es weniger wehtut", sage ich mit einem Grinsen.

Mit einem Lächeln reibt sie ihre Hand weiter darüber. „Es tut mir wirklich leid, dass ich dir wehgetan habe."

„Auf welche Weise?", frage ich. „Denn du hast mich auf beide Arten verletzt. Körperlich und innerlich."

„Aber wie denn?", fragt sie und zieht ihre Augenbrauen zusammen, woran ich erkenne, dass sie es wirklich nicht versteht. „Wie könnte ich einen so perfekten Mann innerlich verletzen? Du könntest jeden Menschen haben, den du wolltest. Deshalb fühle ich mich nicht gut genug für dich. Was hält dich davon ab, dir ein anderes Mädchen zu suchen?"

„Ich will kein anderes Mädchen, ich will dich." Ich schaue tief in ihre blauen Augen und ihre geringe Selbstschätzung bricht mir das Herz. „Du bist das perfekte Mädchen für mich, Rachelle."

Sie schüttelt den Kopf und wendet sich ab. „Ich bin in gar nichts perfekt. Verstehst du? Das ist eines der Dinge an dir, die ich nicht so hinnehmen kann. Es kommt mir so vor, als würdest du mich auf irgendein Podest stellen. Ich werde hinunterfallen und dann wirst du mich so sehen wie ich wirklich bin, ein Mensch mit vielen Macken."

„Wir alle haben Macken, Baby. Jeder einzelne von uns hat Macken. Ich stelle dich auf kein Podest. Ich will nur, dass du erkennst, wie viel du wert bist. Es kommt mir so vor, dass du immer nur das Gute in anderen siehst aber nie in dir selber." Ich setze mich auf, um mit meiner Hand über ihre Schulter zu streichen, aber der Blick, den sie mir zuwirft, lässt mich innehalten und ich lehne mich wieder zurück.

„Blake, du bist perfekt! Dein Gesicht ist perfekt. Dein Körper ist perfekt. Du hast die perfekte Größe und deine Stimme hat eine perfekte tiefe und wunderbare Tonlage. Du riechst immer gut. Und damit meine ich wirklich immer. Ich stinke nach alten Turnschuhen, an denen schon der Hund herumgekaut hat, nachdem sie jemand im Regen draußen liegen gelassen und dann durch Katzenscheiße gezogen hat."

„Wow!", ich schaue sie mit großen Augen an. „Ich meine, wow! Rachelle, komm schon. Du weißt genau, dass das nicht stimmt. Du riechst immer gut. Ich bin derjenige, der zum Himmel stinkt, wenn ich schwitze."

Sie schüttelt den Kopf. „Und was sagst du dazu, dass deine Haare nach dem Aufwachen perfekt aussehen? Meine sind überall und deine schauen fantastisch aus. Du könntest praktisch aus dem Bett aufstehen, irgendetwas anziehen und hinausgehen. Frauen würden sich dir immer noch zu Füßen werfen."

„Ich finde deine Haare reizend, wenn du aufwachst. Es ist ein bisschen hier und ein bisschen dort und rahmt dein süßes, kleines Gesicht wie ein dunkler Heiligenschein ein." Ich fahre mit meinem Fuß über ihre Oberschenkel und sie seufzt.

„Du bist auch noch so ein perfekter Gentleman, Blake. Ich weiß gar nicht, warum du das mit mir überhaupt noch versuchen willst. Ich bin kühl und launisch. Ich verdiene dich nicht. Und um ehrlich zu sein fühle ich mich dadurch nur noch unzureichender als ohnehin schon." Ihre Brauen ziehen sich zusammen, als sie mein Bein ansieht und sanft darüber streicht. „Deshalb bin ich lieber allein. Dann muss ich mich nicht die ganze Zeit mit jemandem vergleichen."

„Ich verstehe nicht, warum du dich überhaupt mit jemandem vergleichen solltest." Ich setze mich auf und streiche mit meiner Hand über ihre Schulter. Sie schaut meine Hand an und wendet dann den Blick ab. „Du bist du und ich bin ich. Wir sollten uns gar nicht miteinander vergleichen."

„Das sagt sich leicht für dich, Mr. Perfect", sagt sie mit einem finsteren Blick.

„Ich sage dir etwas", ich lehne mich zurück und erzähle ihr, „ich werde zunehmen, meine Haare abschneiden und so viel fettiges Zeug essen, dass ich schlechte Haut bekomme. Wirst du mir dann eine Chance geben?"

Sie lacht. „Mach das besser nicht, aber es ist lieb von dir, es vorzuschlagen."

„Mal was anderes. Weißt du schon, wie du bei deinen Abschlussprüfungen abgeschnitten hast?", frage ich und sehe, wie ein kleines Lächeln über ihr Gesicht huscht.

Sie nickt und schaut mich an. „Ich habe in allen Prüfungen sehr gut abgeschnitten. Und in meinem Backkurs hat meine Lehrerin mein ‚Taramisu'-Rezept für einen Wettbewerb aufgestellt und es hat es auf den ersten Platz geschafft. Ich habe einen Pokal bekommen, der jetzt in ihrem Klassenzimmer steht und dazu einen Scheck über fünfhundert Dollar."

„Wow! Meine Mutter wäre so stolz. Ich meine, ich bin mir sicher, dass meine Mutter sehr stolz ist. Sie wäre absolut begeistert, wenn sie noch leben würde." Ich schaue nach oben und lächle. „Ist sie nicht fantastisch, Mama?"

Rachelle gibt mir einen Klaps auf den Oberschenkel und kichert. „Antwortet sie dir eigentlich auch, Blake?"

„Manchmal, in meinen Träumen", sage ich mit einem Grinsen. „Sie und mein Vater erzählen mir hin und wieder etwas in meinen Träumen. Sie haben mit zum Beispiel gesagt, dass du die Richtige für mich bist, Rachelle."

Sie schüttelt den Kopf und lächelt. „Sag so etwas nicht, Blake. Die Menschen denken sonst noch, dass du verrückt bist."

„Dann lass sie doch!", sage ich mit einem Lachen. „Was zur Hölle kümmert es mich, was die Leute denken? Du bist wirklich der einzige Mensch auf der Welt, dessen Meinung mir wichtig ist. Ich meine das wirklich so."

Ihre blauen Augen blitzen auf, als sie mich ansieht. „Meinst du das ernst?"

„Das tue ich, Rachelle. Du bist für mich wie ein heller Stern am dunklen Nachthimmel. Verstehst du? Ich war einsam, aber das habe ich nicht bemerkt, bis ich dich zum ersten Mal sah. Ich dachte, dass ich vollkommen glücklich wäre mit dem, was ich tat. Die ganze Nacht lang Computerspiele spielen, tagsüber trainieren und nichts tun."

Sie lacht. „Verdammt Blake, das hört sich toll an. Keine Sorgen auf der Welt."

„Das dachte ich auch. Ich gewann das Geld und hörte mit dem College auf. Ich dachte mir ‚wozu brauche ich noch Bildung'? Ich habe mehr Geld als ich in meinem Leben ausgeben könnte. Ich sagte mir ‚geh die Sache langsam an' und genau das habe ich dann auch gemacht." Während ich meine Beine von ihrem Schoß hebe, setze ich mich neben sie und lege meinen Arm hinter sie auf die Rückenlehne des Sofas, darauf bedacht, sie nicht zu berühren.

„Und es hat dir Spaß gemacht, oder?", fragt sie und knetet den Bund ihres schwarzen T-Shirts mit ihren Händen.

„Das hat es. Es war vollkommen ausreichend, bis ich dich sah. Bis ich dich berührte. Bis ich mich in dich verliebte." Ich warte und lasse meine Worte auf sie wirken.

Sie schaut mich mit Tränen in den Augen an. „Blake, warum sagst du mir immer wieder, dass du mich liebst, wenn ich nichts darauf erwidern kann?"

Ich berühre ihre zierliche Nasenspitze. „Weil ich will, dass du weißt, was ich fühle. Und ich kann es kaum erwarten, bis du mir die Worte sagst. Ich sehne mich danach, sie aus deinen rosigen, roten Lippen zu hören, aber ich kann warten, bis du sie ernst meinst."

Sie atmet tief ein und stößt ein langes Seufzen aus. „Siehst du? Du bist perfekt und ich sitze hier und schaue dem geschenkten Gaul ins Maul. Es macht mir Angst, wie sehr ich dich will. Ich kann damit nicht umgehen. Mein Körper hat sich bisher noch nie über meinen Kopf hinweggesetzt. Ich hasse das Gefühl."

„Dann sag mir, was dir dein Kopf von dir will", sage ich und berühre mit meiner Hand ihre Schulter. Allein durch diese Berührung schießt Hitze durch meinen Körper und ich sehe, wie sie meine Hand anschaut und erschaudert.

„Mein Kopf sagt mir, dass du mir wehtun wirst. Mein Kopf sagt mir, dass ich mich so sehr in dich verlieben werde, dass sich mein ganzes Wesen verändert." Ihre Wangen röten sich, weil sie sich schämt, mir so viel erzählt zu haben.

„Veränderungen sind unvermeidbar. Wir alle verändern uns, Baby. Warum meinst du, dagegen ankämpfen zu müssen?" Ich drücke ihre Schulter ein bisschen und mein Puls beschleunigt sich durch die Hitze, die sich in meinem Körper ausbreitet.

„Ich bin mit dem Leben, wie es jetzt ist, zufrieden. Kann ich wirklich ehrlich mit dir sein?" Sie dreht sich um und sieht mich an.

„Das hoffe ich doch. Das ist alles, was ich von dir will."

„Warum können wir nicht einfach Freunde mit gewissen Vorzügen sein? Hin und wieder kommst du her und bringst mich dazu, mich besonders und wunderbar zu fühlen, dann machst du mit deinem Leben weiter, so als würde ich nicht existieren. Und ich mache das Gleiche." Sie lächelt und ich sterbe innerlich.

Ich schüttle meinen Kopf und stöhne bei dem Wissen, dass sie mich nur für Sex und sonst nichts haben will. „Wie kannst du dich nur selbst so belügen und behaupten, dass guter Sex alles ist, was wir haben? Ich meine ernsthaft, Rachelle. Hat sich irgendetwas, was wir getan haben, billig angefühlt? Habe ich dir mit meinen Berührungen zu verstehen gegeben, dass das das Einzige ist, was ich von dir will?"

„Nein. Im Gegenteil fühle ich, dass du alles willst. Die ganze Nummer. Das Leben, die Liebe und das Glück. Das Verrückte daran ist, dass du denkst, ich könnte dir das geben. Aber das kann ich nicht." Sie lässt ihren Kopf hängen.

„Dann kannst du mir also nicht dein Herz geben? Genau das sagst du mir. Das Einzige, was ich will, ist dein Herz und du kannst es mir nicht geben." In meinem Kopf schwirren die Gedanken, während ich versuche, das, was sie mir gerade gesagt hat, zu verarbeiten.

„Blake, ich glaube nicht, dass ich es überhaupt vergeben kann." Ihre Stimme ist traurig und schwach, fürchterlich schwach. „Ich denke nicht, dass ich noch ein ganzes Herz habe. Siehst du, du hast recht mit meinen Problemen. Die Art, wie meine Mutter mich verlassen hat, hat einen Teil meines Herzens, meiner Seele mitgenommen. Ich bin kein ganzer Mensch mehr und werde es vielleicht nie wieder sein. Ich kann eine Weile so tun als könnte ich die wahre Liebe von jemandem sein, aber in Wirklichkeit kann ich es nicht."

„Sag das bitte nicht." Sie wickelt die Arme um ihren Oberkörper. „Sie ist ein schwacher Mensch, der nicht fähig war, zu lieben. Ich kann es ihr nicht übelnehmen. Ich kann ihr keine Schuld geben. Das ist einfach mein Schicksal. Als ich sechzehn war, kam sie an Weihnachten vorbei und ich fragte sie, wer mein Vater sei."

„Dann weißt du also, wer dein Vater ist? Wir sollten nach ihm suchen", sage ich.

„Nein, sie sagte, sie wüsste nicht, wer er war. Sie war die meiste Zeit betrunken und schlief mit beliebigen Männern. Von vielen wusste sie nicht einmal den Namen. Sie sagte, sie wollte sowieso niemandem diese Last auferlegen. Ich war allein ihre Last. Sie entschied, dass ich ihr zu lästig war und musste mich in diesem Kinderheim abgeben."

Ich verkneife mir, das zu sagen, was mir auf der Zunge liegt, weil sie offenbar davon überzeugt ist, dass sie ihrer Mutter ihre schreckliche Tat verziehen habe. Ich streiche über ihre Schulter und versuche ihr Trost zu spenden, obwohl sie der Meinung ist, niemanden zu brauchen.

„Dann also kein Vater. Okay. Was ist mit deiner Mutter? Ich meine, sie ist noch am Leben und was hält dich davon ab, jetzt eine Beziehung zu ihr aufzubauen?", frage ich.

„Sie trinkt immer noch zu viel, als dass ich es in ihrer Nähe aushalten würde. Ich habe sie vor zwei Jahren das letzte Mal gesehen. Um zehn Uhr morgens war sie sturzbesoffen und hielt noch immer eine Flasche billigen Wodkas in ihrer zitternden Hand. Ich weiß nicht, warum sie immer so betrunken ist. Aber ich bin mir sicher, dass es viel mit den Männern zu tun hat, die sie in ihr Leben lässt."

„Erzähl mit von den Männern in deinem Leben, Baby." Ich will es eigentlich gar nicht wissen, aber sie muss erkennen, dass sie ein ähnliches Leben wie ihre Mutter führt und wenn sie darüber spricht, realisiert sie es vielleicht.

„Du willst wirklich nichts von ihnen wissen. Einige waren ein bisschen gemein und andere haben mich missbraucht. Und alle verschwanden einfach ohne irgendeine Erklärung." Sie schüttelt langsam den Kopf. „Und du wirst es auch tun."

„Bist du dir sicher, dass sie alle mit dir Schluss gemacht haben? Denn ich würde gerne wissen, wie du unsere Trennung siehst. Ich meine, wie siehst du die Art, wie wir uns getrennt haben?"

„Ich habe es gestoppt, bevor es überhaupt anfangen konnte." Sie schlingt ihre Arme fester um sich. „Ich glaube nicht, dass das, was wir hatten, eine Beziehung war. Sie hatte noch gar nicht wirklich angefangen."

„Ich habe dir gesagt, dass ich dich liebe und du denkst, dass wir noch gar nichts hatten. Okay, Rachelle, verstehst du denn nicht, dass das gar nicht stimmt?" Ich tippe mit dem Finger auf ihre Schulter und sie schaut sie an.

„Nun ja, nicht wirklich. Ich meine, ich habe es dir nicht gesagt und wir haben auch nicht darüber gesprochen, nicht wirklich."

Ich schnaube und frage mich, ob sie überhaupt jemanden lieben kann. Irgendetwas in mir sagt mir, dass ich ihr helfen muss und am Ende dafür belohnt werde, aber mein Selbsterhaltungstrieb rät mir, so schnell wie möglich davonzurennen.

„Okay, wie ist die Beziehung zu deinem letzten Ex in die Brüche gegangen? Denke genau darüber nach, Rachelle."

Sie denkt ein paar Minuten still darüber nach und sagt dann, „Er nahm mich zu einem Abendessen bei seinen Eltern mit. Ich war ruhig, wie immer, wenn ich neue Leute treffe. Auf dem Heimweg hat er dann auf mir herumgehackt. Er warf mir vor, dass ich zu seinen Eltern unhöflich gewesen sei. Ich sagte ihm, dass ich mich nicht verändern könne. Danach rief er mich einfach nicht mehr an."

„Und du hattest das Gefühl, dass er dich verlassen hätte?", frage ich, weil sie so viele Dinge nicht wahrhaben will.

Sie sieht mich an, als wäre ich verrückt. „Ja, natürlich. Ich meine, er hat mich immerhin nicht mehr angerufen oder besucht, nicht wahr?"

„Hast du jemals versucht, Kontakt mit ihm aufzunehmen?"

„Nein. Das ist ja nicht meine Aufgabe, oder? Ich meine, wenn er mich gern gehabt hätte, dann hätte er sich doch wenigstens bemüht, richtig?", fragt sie mit einem zweifelnden Gesichtsausdruck.

„Hast du ihn gern gehabt?", frage ich.

„Irgendwie schon. Ich meine, er war okay. Er hat ein paar Dinge getan, die ich nicht mochte. Er war besitzergreifend und kontrollierend. Er wollte, dass ich etwas esse, was ich nicht mochte." Sie verzieht ihr Gesicht bei einer Erinnerung, die dieses Gespräch wieder wachgerufen hat.

„Erzähle mir davon."

„Kleine, eklige Teile in einem chinesischen Restaurant. Er schrie mich an, als ich mich weigerte, den Mist zu essen. Nicht, dass du es wirklich hören willst, aber er war im Bett ziemlich anspruchsvoll und ich mag es nicht, dass er mich zu einigen Dingen gezwungen hat. Ich bilde mir über bestimmte Dinge lieber eine eigene Meinung, aber er gab mir das Gefühl, dass ich es ihm schuldig wäre, gewisse Dinge mit ihm zu machen. Ich fühlte mich dadurch billig."

Dieser beschissene Bastard! Ich hätte nicht fragen sollen. Meine Hand ballt sich zu einer Faust und ich atme tief ein. „Genau deshalb brauchst du mich in deinem Leben, Baby. Ich sorge dafür, dass dir so etwas nie wieder passiert."

Sie sieht zu mir hoch und löst ihre Arme. Sie fährt mit ihrer Hand über meine Wange und ihre Augen nehmen einen verletzlichen Blick an, als sie mich anschaut. „Ich weiß, dass du das Beste für mich wärest. Ich bin diejenige, die nicht die Beste für dich ist, Blake. Versteh doch, dass ich das für dich tue."

Ich nehme ihre Hand und küsse ihre Fingerspitzen. „Bitte, Rachelle. Lass mich dich einfach lieben. Lass mich derjenige sein, der dir hilft. Ich flehe dich an, mir zu vertrauen und mich nahe an dich heranzulassen."

Ihre Lippen zittern und ich lehne mich vor, lege meine Lippen auf ihre, in dem Versuch, all ihre Schmerzen und Unsicherheiten mit meiner Liebe wegzuküssen. Ihre Arme schlingen sich um meinen Nacken und sie erwidert den Kuss.

Unser Kuss schmeckt salzig, weil sie leise weint. Sie ist so tief verletzt, dass ich sie in Wirklichkeit wahrscheinlich nicht davon befreien kann. Aber ich muss es dennoch versuchen.

Und wie ich es versuchen muss!

27

RACHELLE

Blake hält mich in seinen Armen, während wir auf dem Sofa liegen und er mich sanft küsst. Sein Körper liegt auf meinem und der Trost, den ich dadurch verspüre, sollte mich eigentlich glücklich machen, doch stattdessen macht er mir Angst.

Ich habe Angst davor, dass das hier zu Ende geht, was es mit Sicherheit auch tun wird. Er hat mit klar gemacht, dass ich diejenige war, die zumindest eine meiner früheren Beziehungen beendet hatte. Diese ganze Zeit dachte ich immer, dass es die Männer gewesen wären, die sich von mir getrennt hätten.

Wie kann ich ihn in mein versautes Leben hineinziehen, wenn ich nicht einmal merke, was für zerstörerische Dinge ich tue. Er ist perfekt und so lieb. Seine fröhlich-glückliche Lebenseinstellung ist aufgeweckt und vergnügt und ich würde sein wunderschönes Wesen nur beschmutzen. Er hat das nicht verdient.

So schwer es auch ist, es zuzugeben, aber ich passe am besten zu Männern, die genauso kaputt sind wie ich. Arschlöcher, die sich nicht binden können, genau wie ich. Menschen, die nicht komplett aus sich herausgehen können, weil sie nichts in sich haben, das sie geben könnten.

Blake ist ein Ritter in glänzender Rüstung, ein waschechter Prinz.

Ich bin jedoch nicht die Prinzessin, die er verdient. Ich bin die Magd, die Person, die kocht und saubermacht. Ich stehe in so vielen Dingen unter ihm.

Ich kann es nicht zulassen, dass er weiterhin an mich denkt. Es ist an der Zeit, das zu tun, was ich am besten kann und das ist, ihn fortzustoßen. Ich drücke gegen seine Brust und er bricht unseren Kuss. Mein Körper sehnt sich nach ihm, aber ich kann das nicht noch einmal erlauben.

„Du musst gehen, Blake."

Seine Augen nehmen einen verletzten Ausdruck an und ich ertrage es kaum. „Aber Rachelle, Baby, bitte tu das nicht."

Ich drücke härter gegen ihn und er setzt sich auf. „Ich kann das nicht. Ich kann dich entweder jetzt oder später verletzten. Ich denke nicht, dass es fair ist, dich noch länger hinzuhalten. Was auch immer wir haben, es ist vorbei."

Sein Gesicht wird blass, er schaut weg und bückt sich dann, um seine Schuhe wieder anzuziehen. „Weißt du was, Rachelle? Du hast recht! Es ist vorbei! Dir kann man nicht mehr helfen. Es ist kaum zu glauben, dass man einer gerademal Einundzwanzigjährigen nicht mehr helfen kann, aber genau das trifft auf dich zu."

„Du musst nicht so verletzend sein", sage ich mit zitternder Stimme. „Ich will dich immerhin auch nicht verletzen. Ich schütze dich vor einem größeren Schmerz als diesem hier. Ich tue das, weil du mir viel bedeutest."

Er schnaubt laut und steht auf, nachdem er seine Schuhe angezogen hat. „Dann sollte ich dir wohl danken, Schätzchen. Danke für die schöne Zeit. Ich lasse dich jetzt so etwas von allein, genau wie denkst, dass du es willst!"

Ich schaue zu Boden und habe das Gefühl, gerade einen großen Fehler zu machen, einen schrecklichen Fehler. „Blake, ich hoffe, du verstehst mich eines Tages. Ich bin ein Mensch, der nicht das zu bieten hat, was du suchst, was du verdienst."

Seine Wangen sind gerötet und in seinen Augen spiegelt sich mehr Schmerz als ich ihm zufügen wollte. „Ich verdiene dich. Ich kann deine andere Hälfte sein und du die meine. Du und ich gehören zusammen, Rachelle. Und wie kannst du es wagen, unsere Chance wegzuwerfen. Ganz allein! Aber das hast du schon getan und ich glaube, es ist nichts mehr zu sagen."

Ich folge ihm zur Tür und muss mit mir kämpfen, um ihm nicht zu sagen, was für ein Idiot ich bin und wie leid es mir tut und dass er bleiben soll, am besten für immer. „Blake, es tut mir wirklich leid, dass es so kommen musste. Das tut mir weh ..."

Er unterbricht mich, indem er seine Hand an mein Gesicht legt. „Hör auf, Rachelle. Wage es bloß nicht, zu sagen, dass es dir mehr wehtut als mir, denn es ist ganz offensichtlich nicht so. Wenn es dir genauso wehtun würde wie mir, denn mich bringt es um, dann würdest du das hier nicht tun. Ich würde das, was du mit mir machst, niemandem antun. Nicht einmal meinem ärgsten Feind, Rachelle. Leb wohl, für immer!"

Die Tür fällt hinter ihm ins Schloss und ich lehne mich gegen sie, als ich sie zuschließe und fange zu schluchzen an.

Was habe ich bloß getan?

28

GLÜCKLICHE LIEBE

Rachelle

Während ich meine nackten Füße in das warme Wasser von Peyton und Kips beheiztem Pool baumeln lasse, lehne ich mich auf meine Handflächen zurück und schaue durch meine dunkle Sonnenbrille in die Sonne.

Peyton zieht Pax auf einem kleinen, aufblasbaren Drachen herum. Der Junge spritzt mit dem Wasser und strampelt mit seinen kleinen Füßen. Sie sieht mich an und seufzt. „Das war es dann also? Kein Blake mehr. Ich mag den Kerl wirklich, Shelley."

„Ich auch und genau das war das Problem. Und die Tatsache, dass er mich zu sehr mag. Ich meine, was stimmt mit dem Kerl nicht?" Ich trete ins Wasser und runzle die Stirn.

Peyton lacht und spritzt mich voll. „Du denkst also, dass mit ihm etwas nicht stimmt, weil er dich mag? Sag mir doch bitte, warum mit jemandem etwas nicht stimmt, nur weil er dich mag. Ich meine, ich mag dich. Stimmt mit mir etwas nicht?"

„Nein, das mit dir ist anders. Ich will damit sagen, wir haben keine romantische Beziehung. Es ist schwer zu erklären, Peyton. Es ist so, als ob er mehr von mir bräuchte als ich ihm geben könnte, verstehst du?"

Sie lacht. „Verdammt! Was könnte der Kerl denn wollen, das du nicht hast? Drei Brüste an einer Frau?"

Pax sagt, „dammt, dammt, dammt." Er schwimmt herum und Peyton schlägt sich eine Hand auf den Mund. „Brüste, haha, Brüste."

Ich muss lachen und entschuldige mich sofort. „Tut mir leid, es hört sich nur so süß aus einem Kindermund an. Ich weiß aber, dass es nicht richtig ist."

„Kip wird so wütend auf mich sein. Ich bin sonst immer diejenige, die ihn ständig daran erinnert, aufzupassen, was er sagt, und jetzt habe ich dem Kind selbst drei schlechte Worte so kurz nacheinander beigebracht." Sie runzelt die Stirn.

„Hey, ich verrate dir ein kleines Geheimnis. Kip hat ihm das Wort ,verdammt' schon vor einiger Zeit beigebracht. Ich habe ihn dabei gehört, wie er auf Pax aufpasste und ihm seine Flasche richtete. Er muss wohl etwas verschüttet haben und als er das Wort sagte, plapperte Pax es sofort nach. Es ist also nicht deine Schuld, zumindest nicht komplett."

„Gut", sagt sie und bekommt wieder bessere Laune. „Kann das kleine Missgeschick gerade eben also unter uns bleiben?"

Ich nicke und lege mich auf den Betonboden. „Warum muss alles nur so kompliziert sein, Peyton? Warum war ich so eifersüchtig, als ich ihn mit dieser Frau sah?"

„Ich nehme an, dass das Leben keinen Spaß machen würde, wenn alles immer nach Plan liefe."

Sich nähernde Schritte dringen an mein Ohr, durch den Beton erscheinen alle Geräusche viel lauter in meinem Kopf. Kips Gesicht beugt sich über mich und er lächelt mich an. „Hey, Sonnenschein. Ich fange gleich mit dem Grillen an. Willst du bei uns bleiben? Peyton will einen lustigen Abend verbringen."

„Was genau soll ich machen, Kip?", frage ich, weil ich genau weiß, dass er will, dass ich etwas koche; das tut er immer.

Der Kerl will, dass ich einziehe und für sie als Köchin arbeite, aber ich weiß, dass er mir viel zu viel bezahlen würde, und das lasse ich nicht zu.

„Wie wäre es mit dem Spinat-Artischocken-Dip, den ich so gerne esse und zum Nachtisch vielleicht eines von deinen Gerichten, die du für deine Abschlussprüfungen gemacht hast? Du hast Peyton erzählt, dass du damit einen Preis gewonnen hast." Er mustert mich eindringlich und ich habe das Gefühl, dass er genau weiß, dass das Rezept nach Blakes Mutter benannt wurde.

„In Ordnung. Ich schreibe eine Liste mit den Zutaten, die ich brauche." Ich setze mich auf und er tritt einen Schritt zurück.

Er zieht einen kleinen Notizblock und einen Stift aus seiner Hosentasche. „Ich dachte mir schon, dass du ja sagst. Und schreib auf, welche alkoholischen Getränke du willst. Ich mache Schweinerippen, falls das deine Entscheidung zu deinem Getränk beeinflusst."

„Du bleibst heute Nacht hier, Shelley. Hörst du?" Peyton kommandiert wie eine große Schwester.

„Ja, Mama", sage ich mit einem Lachen. „In deinem Haus zu übernachten ist, wie die Nacht in einem Fünf-Sterne-Hotel zu verbringen. Ich werde mich niemals über deine Einladungen beschweren."

Kip geht in die Hocke und berührt meine Nasenspitze, womit er meine Aufmerksamkeit auf sich zieht. „Du weißt schon, dass du einen festen Platz hier hättest, wenn du unser Angebot, unsere persönliche Köchin zu sein, annehmen würdest. Die Wohnung des Koches ist dreimal so groß wie deine und ist im Lohn inbegriffen. Keine Rechnungen, Rachelle. Nur Geld, Geld, Geld für all deine harte Arbeit."

„Du solltest wirklich nochmal darüber nachdenken, Shelley", sagt Peyton, als sie ein bisschen Wasser in meine Richtig spritzt. „Und du würdest für all die Dinge, die du jetzt umsonst für uns machst, bezahlt werden."

Kip boxt mir leicht gegen den Arm. „Vielleicht nimmst du ja an, wenn ich dir noch zusätzlich ein Auto anbiete? Würde dich das überzeugen?"

Ich hebe warnend einen Zeigefinger. „Siehst du, genau das ist es! Deswegen nehme ich euer Angebot nicht an. Ihr würdet mir viel mehr bezahlen, als richtig wäre, und mir ständig neue Sachen geben. Ihr seid beide viel zu gute Freunde und ich könnte das niemals ausnutzen. Deshalb werde ich euch weiterhin kostenlos Essen kochen. Ihr kauft ja sowieso alle Zutaten ein und ich esse auch immer davon."

„Eines Tages nimmst du das Angebot an", sagt Kip mit einem Lachen.

Ich gebe ihm meine Liste. „Ich schätze das Angebot wirklich sehr. Denkt bitte nicht, dass es nicht so wäre."

„Ich weiß, Süße", sagt er und wendet sich an Peyton, „und was trinkt Mami heute Abend?"

Sie wirft ihm einen unanständigen Blick zu und lächelt dann. „Überrasche mich."

Als er sich wieder zu mir umdreht, sind seine Wangen rot. „Sie ist so eine gemeine Verführerin. Ich bin verdammt froh, dass ich sie geheiratet habe."

Ich lache und er wirft mir sein Eine-Million-Dollar-Lächeln zu, bevor er weggeht. Ich spritze Peyton ein wenig mit Wasser an, damit sie mich ansieht, anstatt ihrem stattlichen Mann hinterherzustarren und sage, „Ich kann gar nicht glauben, dass du jemals der Meinung warst, du würdest ihn nicht brauchen. Du brauchst ihn wie die Luft zum Atmen."

„Das stimmt", sagt sie mit einem Seufzen. „Sollte ich ihn jemals verlieren, würde mich das umbringen." Sie schüttelt mit dem Kopf, um den Gedanken abzuschütteln. „Ich versuche, nie daran zu denken. Aber hin und wieder schleicht es sich in meine Gedanken. Ich liebe ihn mit allem, was ich habe."

Ich lächle. „Und er liebt dich genauso sehr."

Ich ziehe meine Knie zu mir heran, umwickle sie mit meinen Armen und frage mich, warum ich nicht so frei sein kann, wie die beiden. Peyton streicht mit ihrer sanften Hand über meinen Fuß. „Auch für uns war es nicht immer einfach."

„Ja, das weiß ich. Ich war diejenige, die dich an jenem schicksalhaften Tag weinend am Flughafen gefunden hat. Ich weiß genau, was es alles gebraucht hat, um das zu finden, was ihr beide jetzt habt." Ich schließe meine Augen und schimpfe mich innerlich für meine Dummheit.

„Hast du versucht, ihn anzurufen, oder ihn sonst irgendwie zu erreichen?", fragt sie.

Ich schüttle den Kopf. „Es ist am besten, ihn gehenzulassen. Ich verdiene ihn nicht. Ich werde aber vielleicht Kips idiotischen Freund anrufen. Weißt du, ob Bobby Zeit hat?"

„Der Zug ist abgefahren. Er ist mit der Krankenschwester zusammen, die er bei Pax' Geburt kennengelernt hat. Und er ist seltsamerweise kein so ein Trottel mehr, wie er war, bevor er sie kennen gelernt hatte." Sie lacht und ich seufze.

„Dann sag Kip, er soll mir ein anderes Arschloch suchen."

Peyton schüttelt den Kopf. „Nein, meine Dame! Keine von denen mehr für dich!"

Dann werde ich einfach allein bleiben. Allein ist gut, niemand kann einem wehtun, wenn man allein ist.

29

KIP

„Hey, Kumpel! Was machst du an so einem schönen Samstagabend?", frage ich Blake über das Telefon, während ich unterwegs bin, um die Sachen für unser Grillen einzukaufen.

Seine Stimme hat einen müden Klang, den ich noch nie zuvor von ihm gehört habe. „Absolut gar nichts. Ich denke darüber nach, zurück nach Lubbock zu gehen."

„Dann musst du heute Abend vorbeikommen. Verbring die Nacht bei uns. Ich grille und akzeptiere kein nein als Antwort. Sag mir, was du trinken willst und ich besorge es."

„Bier, viel Bier. Aber nichts von diesem Mist, dass dich fit hält. Irgendein kräftiges Zeug, von dem ich hackedicht werde. Ich muss mich heute Abend so etwas von betrinken."

„Alter, du klingst deprimiert, das bist du doch sonst gar nicht. Ich nehme ein paar Bier und Shrimps mit, die wir auch auf den Grill legen können. Was sagst du dazu?", frage ich.

„Klar, danke. Ich komme bald hinüber. Ich muss dich aber warnen, dass ich heute Abend keine gute Gesellschaft bin. Aber ich will die Stadt nur ungern verlassen, ohne dich und deine Familie vorher zu besuchen. Ihr seid klasse, Leute. Bis dann."

Er legt auf, bevor ich ihm sagen kann, dass Rachelle dort sein wird.

Ach, was soll's. Schauen wir einfach mal, was passiert!

30

RACHELLE

„Verdammt, Peyton! Noch ein Schnaps! Nein!", schreie ich sie an.

„Komm schon, Mädchen. Ich habe nur selten eine Nacht ohne Paxie-Bär. Kips Eltern passen heute Nacht auf ihn auf und du und ich werden ein bisschen Spaß haben!" Peyton kippt ihren zweiten Patron hinunter und reicht mir meinen.

Ich nehme ihn und wir klettern oben auf den Wasserfall und springen runter, wobei wir uns an den Händen halten. Dabei lachen wir wie zwei Verrückte. Als wir wieder auftauchen, hören wir Kips dröhnende Musik, währen dieser mit seinem Hintern wackelt und Fleisch grillt.

„Yeah!", ruft Peyton, als wir aus dem Pool steigen. „Wackle mit dem Hintern, Baby!"

Wir kichern, als sie mich zum Poolhaus zieht. Drinnen steht ein großer Billardtisch. Sie hickst und sagt, „Lust auf eine Runde Billard? Ich sollte dich warnen, ich bin ziemlich gut."

Ich ziehe mein Bikinioberteil über meinen Brüsten zurecht, da es durch den Sprung ein wenig weggerutscht war. „Klar, aber ich habe Anfängerglück. Deshalb habe ich eine gute Chance zu gewinnen, auch wenn ich keine Ahnung habe, was ich eigentlich mache."

„Ist das etwa eine Herausforderung, kleines Mädchen?", fragt sie mit hochgezogenen Augenbrauen.

Ich ziehe meine ebenfalls hoch. „Auf jeden Fall, große Mami!"

Sie lässt die große Doppeltür, die an der Seite zum Pool hinausführt, offen. Eine Brise weht herein und Peyton führt mich zu einem Regal, in dem die langen Queues liegen, die wir zum Spielen benötigen.

„Der hier ist meiner", sagt sie, während sie einen aus dem Regal nimmt. Sie reicht mir einen anderen. „Der da ist auch nicht schlecht."

Kip kommt herein und stellt ein paar Drinks auf einen kleinen Tisch an der Seite. „Ich spiele gegen den Gewinner."

„Sind die für uns, Schatz?", fragt Peyton und deutet zu den Bierflaschen.

„Nein." Er nickt mit dem Kopf nach draußen und deutet auf etwas hinter sich. „Er hat deine und Rachelles Drinks."

Ich sehe um ihn und um die Ecke herum, hinter der Blake auftaucht. Er schaut mir in die Augen und dann zu Boden. Ich werfe Peyton einen Blick zu, aber sie zuckt nur mit den Schultern.

Ich ziehe einen Schmollmund und gehe wieder zu dem Billardtisch. Er scheint nicht mit mir reden zu wollen, deshalb ignoriere ich ihn.

Kip, dieser verdammte Kuppler!

BLAKE

*V*erdammt noch mal, Kip!

Ich versuche, Rachelle anzusehen, während sie und Peyton, beide nur in dürftigen Bikinis bekleidet, Billard spielen. Ich nehme einen großen Schluck von dem Bier, das Kip mir gegeben hatte, und schaue ihm in die Augen.

Er grinst. „Ignoriere sie, Kumpel."

„Wie denn!", zische ich. Sie kann uns nicht hören, weil die Musik fast ohrenbetäubend laut ist. „Sie ist praktisch nackt!"

Er sagt mit einem Glucksen, „Ich weiß. Es wird sie verrückt machen, wenn du so tust, als ob sie nicht da wäre."

„Ich spiele keine Spiele. Sie will nichts mit mir zu tun haben." Ich nehme einen weiteren Schluck von dem Bier und hoffe, dass es blad Wirkung zeigt.

„Ich habe vorhin ein bisschen von dem Gespräch der beiden mitbekommen. Es ist nicht so, dass sie nichts mit dir zu tun haben will, ihre Komplexe stehen ihr im Weg. Tu einfach so, als wäre sie nicht hier und warte ab, was passiert. Und wenn es nichts bringt, dann kannst du wenigstens mit der Sache abschließen und dein Leben weiterleben." Er stößt seine Flasche gegen meine und wirft mir dieses Eine-Million-Kip-Dixon-Lächeln zu.

RACHELLE

„Wie konnte er nur, Peyton?", zische ich sie über den Billardtisch hinweg an.

„Ich weiß. Ich werde ihm später den Arsch dafür aufreißen und danach so einiges mit seinem Hintern anstellen", sagt sie mit einem Grinsen, „spiel einfach weiter, als ob es dir nichts ausmachen würde."

Es macht mir aber etwas aus. Es bringt mich um, sein schönes Gesicht zu sehen. Ich stelle alles, was ich dachte, in Frage; ich will ihn. Ich will seine Hände auf mir. Ich will seine Lippen auf meinen. Ich kann ihn nicht sehen und ihn nicht wollen.

Sie trinkt einen Kurzen und ich streife sie, als ich um den Tisch herumgehe und in ihr Ohr flüstere. „Was ist, wenn ich ihn zurück will? Was soll ich tun?"

Ein fragender Ausdruck legt sich auf ihr Gesicht. „Willst du ihn denn zurück? Es war nur ein Tag."

„Ich lag völlig falsch. Ich kann das jetzt sehen. Es war dumm von mir, zu glauben, dass ich ohne ihn leben könnte. Ich will ihn zurück." Ich schaue in seine Richtig und bemerke, dass er Kip anschaut, während sie miteinander reden und mit ihrem Bier anstoßen.

„Dann ist es ganz einfach. Sag es ihm", erklärt Peyton und legt ihren Arm um mich. „Ich bin mir sicher, dass er dich ansieht, wenn du gerade nicht hinschaust. Beug dich weit vor und trink den nächsten Kurzen. Streck deinen kleinen Körper und ich beobachte ihn und sage dir, wie er darauf reagiert."

Ich mache genau das und werfe ihm einen Blick zu, um zu sehen, ob er herüber schaut. Doch das tut er nicht und ich treffe den Ball mit solcher Wucht, dass drei andere Bälle in die Löcher rollen.

„Verdammt!", ruft Peyton. Die beiden Männer sehen sie an.

Ich frage, „Was ist denn?"

Sie deutet auf den Tisch und sagt, „Du hast gewonnen, Shelley! Du hattest recht. Du hast wirklich Anfängerglück. Aber wir werden ja sehen, wie lange es anhält. Kip spielt als nächstes und er ist auch ziemlich gut."

Kip springt auf und joggt zu dem Tisch herüber. Kurz bevor er ankommt, dreht er sich um und deutet auf Blake. „Du spielst mit dem Gewinner, Kumpel."

Blake nickt, nimmt wieder einen Schluck von dem Bier und schaut auf sein Handy. Peyton setzt sich ihm gegenüber und fängt ein Gespräch mit ihm an. Kip gibt mir einen Schlag auf den Hintern und ich sehe ihn an, während ich meinen Hintern reibe.

„Aua!", sage ich, „Also, welche Bälle sind meine? Letztes Mal hatte ich nämlich keine Ahnung."

Kip bricht in Lachen aus. „Oh, Baby!", ruft er Peyton zu. „Sie hat dich geschlagen und wusste noch nicht einmal, welchen Ball sie eigentlich treffen sollte. Du musst ja ganz schön aus der Übung sein."

Sie zeigt mit dem Finger auf mich und ruft mir zu, „Mach ihn fertig, Rachelle!"

„Okay, ich versuche es", rufe ich über die laute Musik zurück. Dann sage ich zu mir selbst, „Ich weiß zwar nicht, wie ich das hinbekommen habe, aber ich versuche es trotzdem."

Kip ordnet die Bälle neu an, schenkt dann zwei Gläser Patron ein und kommt zu mir zurück. „Wir müssen das Spielfeld ebnen und da du so verdammt gut bist, müssen wir beide einen Kurzen trinken."

Unsere Arme verschlingen sich miteinander und ich schaue zur Seite und bemerke, dass sich weder Blake noch Peyton im Geringsten für uns interessieren. Ich leere das Glas auf Ex und gebe es Kip wieder zurück.

„Mach dich bereit, haushoch zu verlieren, Rockstar", sage ich, bevor ich mir den Mund mit meinem Handrücken abwische.

„Yeah!", ruft Peyton. „Sie macht dich gleich fertig, Schatz!"

Er verbeugt sich und sagt, „Bitte machen Sie den ersten Stoß, Prinzessin."

Ich stoße die Bälle in alle Richtungen und schaue ihn an, weil ich nicht weiter weiß. „Was muss ich jetzt machen?"

„Was immer du willst", sagt er mit einem erstaunten Blick, „Du hast jeweils vier versenkt."

„Dann nehme ich die gestreiften. Die finde ich schöner", sage ich, gehe einen Schritt zurück und lehne mich auf den langen Queue. Meine Augen zucken zu Blake, aber er spielt auf seinem Handy.

Ich will diese Runde auf jeden Fall gewinnen, dann muss er mit mir spielen. Ich versuche, mich bei jedem Stoß mit dem Rücken zu ihm zu drehen und mich nach vorn zu beugen, damit mein Hintern besser zur Geltung kommt. Aber ich erwische ihn kein einziges Mal dabei, wie er mich ansieht.

Kip lacht, als er mein Vorhaben erkennt, und stachelt mich weiter auf. „Versuch es erst gar nicht, Liebes. Er ist über dich hinweg. Er macht immerhin nur das, was du wolltest. Dich allein lassen, sein Leben weiterleben und so." Als er um den Tisch herumgeht, schlägt er mir hart auf den Hintern.

„Hey! Hör auf damit!", rufe ich und prüfe erneut, ob Blake zuschaut. Er muss sich doch fragen, warum ich so schreie. Aber wieder nichts. Er redet mit Peyton.

Nach drei weiteren Stößen schreit Kip auf, „Un-fucking-fassbar! Sie hat gewonnen!"

Ich springe auf und ab und schreie, „JA!!! Ha, nimm das, Kip." Ich tänzle zu ihm hinüber und haue ihm auf den Hintern.

„Reines Anfängerglück, Shelley. Du bist wirklich ein ahnungsloser Spieler", sagt er und geht dann zu dem Tisch, um uns zwei Kurze einzuschenken.

Er kommt wieder zurück, reicht mir ein Glas und winkt Blake zu uns herüber. Ich beiße mit auf die Lippe, weil ich mir ziemlich sicher bin, dass er will, dass Blake und ich unsere Arme miteinander verschlingen, so wie er es vorhin bei mir getan hat.

„Hier, Kumpel. Schling deinen Arm um ihren und leert euer Glas", leitet Kip Blake an, der genau das macht.

Allerdings schaut Blake mich nicht an, während wir die Kurzen so dicht beieinander leeren. Er löst seinen Arm von meinem und reicht Kip sein Glas. „Ich zeig dir jetzt einmal, wie man jemandem mit Anfängerglück in den Hintern tritt."

Kip und Peyton geben widerliche Geräusche von sich und ich runzle die Stirn. „Viel Glück, Blake."

„Das brauche ich nicht", sagt er, ohne mich anzusehen.

Er ordnet die Bälle an und zerstößt sie selbst. Ich erkenne, dass er sich mir gegenüber gerade nicht wie ein Gentleman verhalten will. Er locht zwei einfarbige Bälle ein, woraus ich schließe, dass er diese Sorte versenken muss. Er macht Stoß um Stoß und schafft es jedes Mal. Dann verfehlt er eine Kugel und ich springe auf und ab.

„Ich bin dran!" Ich bringe mich schnell in Position, während er zurücktritt und irgendein blaues Zeug auf die Spitze seines Queues reibt. Ich schaue mir meinen an und strecke Blake meine Hand entgegen. „Ich brauche auch was davon. Ich habe noch gar nichts auf meinem Queue."

Er lässt es in meine Hand fallen und erwidert, „Es wird dir zwar nicht helfen, aber mach ruhig."

Ich bin fest entschlossen, ihn dazu zu bringen, mich anzu-schauen. Deshalb beuge ich mich weit nach vorn. Kip pfeift bei dem Anblick und ich sehe, wie Peyton ihm auf den Kopf schlägt. Aber Blake schaut die beiden an und nicht mich.

Ich stoße zu und schaffe es auf welche Weise auch immer, drei meiner Kugeln einzulochen. Ich habe wirklich keine Ahnung, was da vor sich geht.

„Wow!", ruft Peyton, „Schau dir das an, Blake."

Er gähnt, geht zu dem Tisch, greift nach seiner Bierflasche und nimmt einen Schluck. Ich stoße wieder zu und verfehle jede Kugel.

Ich trete einen Schritt zurück und er kommt wieder näher, überlegt sich seinen nächsten Zug und gerade als er seine Position annehmen will, lehne ich mich zu ihm hinüber. „Viel Glück."

Er trifft den kleinen weißen Ball und versenkt ihn zusammen mit einer seiner Kugeln. „Scratch!", ruft Peyton, während sie auf und ab hüpft. „Du bist dran, Shelley."

Kip legt seinen Arm um sie. „Hör auf, so herumzuhüpfen. Verdammt noch mal, Liebling!"

Sie wird rot und hört auf, auf und ab zu springen, weil dabei auch ihre Brüste hüpfen.

Ich erkenne meinen nächsten Zug und führe ihn aus, sende dabei einen Ball in das Loch und positioniere mich für meinen nächsten Zug. Ich gehe den langen Weg um den Tisch, damit ich bei Blake vorbeikomme. Er tritt einen Schritt zurück und lässt mir mehr als genug Platz.

Ich stoße zu und verfehle, was ihn zum Lachen bringt. „Anscheinend hat dich das Anfängerglück verlassen."

Er kommt mehrmals zum Zug und versenkt seinen letzten Ball. Ich lehne mich auf meinen Queue und beobachte, wie der letzte Ball in das Loch rollt und Blake mit Kip abklatscht. „Du hast gewonnen!", ruft Kip.

Die beiden gehen davon, während Kip Blake auf die Schulter klopft. „Gut gespielt, Shelley!" Peyton reicht mir ein Bier. „Lass uns was essen."

BLAKE

Endlich hat sich Rachelle etwas über ihren knappen Bikini gezogen. Es ist zwar so gut wie durchsichtig, aber besser als gar nichts. Meine kurzen Hosen waren den ganzen Abend lang schon unangenehm eng gewesen.

Das Mädchen versucht verzweifelt meine Aufmerksamkeit zu erregen, aber ich lasse mich nicht wieder darauf ein. Sie ist wie Lucy mit dem Fußball und ich bin Charlie Brown. Sie verführt mich, bis ich nachgebe, und entreißt mir dann wieder alles.

Das brauche ich nicht mehr, vielen Dank!

Ich bin ja nicht blöd. Peyton lehnt sich zu mir herüber und legt mir einen Klumpen was auch immer auf den Rand meines Tellers. „Das musst du probieren, Blake. Mit diesem Rezept hat Rachelle einen Preis gewonnen."

Es ist die Nachspeise, die sie nach meiner Mutter benannt hat. Ich nehme einen Bissen und will am liebsten weinen. Es ist köstlich und gut durchdacht und sie sollte dafür heiliggesprochen werden, dass sie es sich überhaupt ausgedacht hat. Aber sie ist keine Heilige.

Nein, sie ist gemein und böse und wird mich verletzen, wenn ich ihr noch einmal eine Chance geben sollte. Peyton sieht mich an. „Was denkst du?"

„Irgendwas fehlt", sage ich und denke eigentlich, „Ich liebe es".

Genau das braucht es, Liebe und Freude. Vielleicht ein bisschen Glück. Der Himmel weiß, dass Rachelle etwas davon in ihrem Leben braucht. Aber wird sie das auch zulassen?

NEIN!

Und während sie sich all diese Dinge verwehrt, stößt sie auch mich von sich. Herzlose, kleine ....

„Ich muss mit einem Mann über einen Hund reden", sage ich, stehe auf und entferne mich von dem Tisch, wobei ich meinen Teller mitnehme.

Nachdem ich eine Ewigkeit im Bad verbracht habe, um meine Gefühle wieder unter Kontrolle zu bringen, trete ich heraus und finde Rachelle in der Küche. Sie tanzt zur Musik, während sie die Teller mit Wasser abspült und sie in die Spülmaschine stellt. Sie dreht sich um und sieht mich, doch ich wende meinen Blick schnell ab.

„Jetzt hab ich dich", sagt sie mit einem Kichern, „jetzt hab ich dich endlich, Blake."

Ich versuche, ohne ein Wort davonzulaufen, aber plötzlich steht sie vor mir. Ihr zierlicher, heißer Körper glänzt wegen der dünnen Schweißschicht, die sich auf ihre Haut gelegt hat. Ihre Hand berührt meinen Bauch und sie versucht, meinen hastigen Rückzug zu stoppen.

„Hey, lass uns reden", sagt sie mit verführerischer Stimme.

„Nein, du hast alles, was ich hören musste, bereits gestern Abend schon gesagt. Nur damit du es weißt, ich will nicht dein Freund sein." Ich versuche, an ihr vorbeizukommen.

„Das will ich auch nicht", erwidert sie, weshalb ich stehen bleibe und sie anschaue.

„Warum nervst du mich dann?", ich starre sie mit bösem Blick an, „warum tust du mir das an, Rachelle? Sonst willst du doch nichts von mir. Lass mich einfach allein, Rachelle. Scheiße verdammt!"

Ich werfe meine Hände in die Luft und sie geht mir aus dem Weg. Ich laufe davon, doch als ich mich umdrehe, sehe ich sie mit hängendem Kopf dastehen.

Was zum Teufel erwartet dieses Mädchen eigentlich?

Sie geht wieder zum Waschbecken, dreht sich um und rennt in Richtung des Schlafzimmers, in dem sie immer schläft, wenn sie hier ist. Ich zögere. Meine Füße bewegen sich in dieselbe Richtung, in die sie gegangen ist und ich versuche alles, um sie zu aufzuhalten.

Ich hole sie ein, gerade, als sie das Schlafzimmer betreten will. „Hey Lucy", sage ich mit einem Flüstern, als ich von hinten an sie heran trete. „Ich bin's, dein Charlie Brown. Ich bin hier, damit du mir den Fußball wieder wegnehmen und mich dann auf meinem dummen Hintern sitzen lassen kannst."

Sie dreht sich um und schlingt ihre Arme um mich. Dabei weint sie in meine Brust und murmelt irgendetwas Unverständliches. Ich drücke sie ein Stück von mir weg und berühre ihr Kinn, damit sie mich ansieht.

„Sag das noch einmal", bitte ich sie, während ich in ihre feuchten, blauen Augen schaue.

Ihre kleinen, roten Lippen zittern, dann erwidert sie, „Ich sagte, ich liebe dich, Blake."

Verdammte Scheiße! Was soll ich jetzt machen?

34

RACHELLE

„Sag etwas", bitte ich ihn, während ich Blake anschaue, auf dessen Gesicht sich keine Gefühlsregung zeigt. „Bitte sag etwas, Blake"

„Rachelle, sag das nicht, wenn du es nicht wirklich meinst. Bitte, du hast keine Ahnung, wie verletzt ich ohnehin schon bin. Wenn du es zurücknimmst, dann komme ich vielleicht niemals darüber hinweg. Sag mir also bitte, dass ich einfach davongehen und dich allein lassen soll, wenn du es nicht ehrlich meinst."

Ich schaue in seine blau-braunen Augen und sage, „Ich meine es so, Blake. Ich liebe dich."

Er zieht mich in seine starken Arme und drückt mich fest an sich. „Ich liebe dich, Rachelle. Ich liebe dich so verdammt sehr, dass es weh tut, Baby."

Ich drehe an dem Türknauf hinter mir und gehe einen Schritt in den Raum. „Zeig es mir", flüstere ich.

Er tritt die Tür zu, während er mich hochhebt und mit mir zum Bett geht. Seine Augen sind dunkel, als er mich auf die Decke legt. „Bist du dir sicher?"

Ich nicke und strecke meine Arme nach ihm aus. Er nimmt meine Hand und legt sie über meinen Kopf, dann wiederholt er das gleiche mit meiner anderen Hand. Er legt sich auf mich und nimmt meine beiden Handgelenke in eine große Hand.

Sein Gesicht kommt näher und ich erwarte, dass er mich küsst, aber sein Kopf bewegt sich an meinem vorbei und ich höre, wie er tief einatmet. „Ich dachte nicht, dass ich dich jemals wieder riechen würde."

Eine Träne rollt über meine Wange. „Es tut mir so leid, Blake."

Mit seiner freien Hand öffnet er die Schnürung meines Bikinioberteils, zieht es von meinem Körper weg und schaut auf meine Brüste. Er nimmt eine in seinen Mund und ich wölbe ihm meinen Oberkörper entgegen. Er hält meine Hände immer noch über meinem Kopf zusammen und ich versuche sie freizubekommen, aber er hält sie zu stark fest.

Die Art, wie seine Hand über meinen Bauch wandert, löst ein Ziehen und Zittern in meinem Innersten aus. Seine Finger tauchen in meinen Bauchnabel und er fährt mit seinem Finger um ihn herum, bevor er ihn wieder hineintaucht. Ich stöhne und er schnürt die Seiten meines Bikinihöschens auf.

Mein Körper wird heiß und ich zittere, während ich darauf warte, seine Finger auf meiner Haut zu spüren. Seine Berührungen machen mich wahnsinnig, dann berührt er mit seiner Fingerspitze meine Scheide. Er zieht langsame Kreise um sie herum und ich wölbe mich ihm entgegen und versuche, seinen Finger in mich zu drücken.

Er beißt meinen Nippel sanft, zieht dann hart an ihm und nimmt ihn tief in seinen Mund. Er streicht mit der Zunge darüber, bis es sich so anfühlt, als würden meine Brüste wirklich Milch für ihn produzieren.

Tiefe Gefühle breiten sich in mir aus, als er fest an meinem Nippel saugt und mit seinem Finger um meine Vagina streicht. Er rückt ein Stückchen von mir ab und schaut mich an. „Du weißt, was ich will."

Mein Körper zerbricht in tausend Stücke und ich stöhne, als ich einen heftigen Höhepunkt erreiche. Er beobachtet mich, während er immer noch meine Handgelenke festhält. Auf seinem Gesicht liegt ein kleines Lächeln. „Ich werde dich heute Nacht quälen. Die ganze Nacht lang."

„Wenn das eine Qual ist, dann bin ich dabei", erwidere ich mit einem Lächeln.

Er schenkt mir ein Halblächeln. Er klettert auf das Bett, setzt sich auf mich, verbindet meine Hände mit meinem Bikinioberteil und bindet sie am Kopfteil des Bettes fest. „Damit sollten deine Hände bleiben, wo ich sie haben will." Er setzt sich an meine Seite und nimmt meine andere Brust in seinen Mund.

Mit einer Hand massiert er die Brust, während er mit der anderen Hand an meinem Rücken nach unten wandert. Seine Finger streifen den Rand meines Hintereinganges und ich hebe meinen Po an. „Blake, nein!"

Er nimmt seine Hände weg und drückt meinen Körper wieder auf die Matratze. Dabei löst sich sein Mund keine Sekunde von meiner Brust. Er fährt mit seiner Hand wieder unter mich und streicht mit seinem Finger erneut um meinen Anus.

Ich beruhige mich, weil er seinen Finger auch nicht in mich eingeführt hatte, als er um meine Vagina strich. Deshalb entspanne ich mich und lasse ihn gewähren. Er beißt sanft auf meinen Nippel, während er mich mit seinem Finger weiter streichelt. Mein Körper versteift sich.

Mein Anus pulsiert, als er mit seinen Berührungen fortfährt und dann fest an meiner Brust zieht und anfängt, kräftig an ihr zu saugen. Mein Körper bebt und zittert, als ich einen weiteren Höhepunkt erlebe.

Ich spüre, wie seine Fingerspitze in meinen Anus eindringt und sich dann sofort wieder zurückzieht und mein Höhepunkt erreicht nie gekannt Höhen. Ich stöhne laut. „Oh! Gott! Oh mein Gott!"

Auf seinem schönen Gesicht liegt kein Lächeln, als er seinen Mund von meiner Brust löst und mich anschaut. Er zieht sein T-Shirt, seine kurzen Hosen und danach seine Unterhose aus, bis er nackt neben mir liegt.

Er schiebt meine Beine auseinander und kniet sich dazwischen. Er nimmt sein großes Glied in seine Hände und reibt mit der Spitze über meinen empfindlichen Kitzler, gerade fest genug, damit ich mich nach mehr Druck sehne. Ich stöhne, „Das war wohl kein Scherz, als du sagtest, dass du mich quälen willst, oder?"

Er schüttelt den Kopf. „Nein, war es nicht. Ich weiß, wie sehr du willst, dass ich mit meinem Glied in dich eindringe und ich werde dich so lange hinhalten, bis du platzt. Vielleicht erlaube ich es sogar dann noch nicht."

Durch meinen Körper strömt glühende Hitze und ich wölbe mich ihm entgegen. „Du willst mich nicht spüren? Du willst nicht, dass sich meine Muschi um deinen harten Schwanz zusammenzieht? Du willst nicht, dass mein Körper das tut, was du von ihm willst?"

„Er wird genau das machen, was ich von ihm will. Er wird es immer und immer wieder tun, bis du mich anflehst, damit aufzuhören."

Die Spitze seines Gliedes stößt gegen meinen Kitzler, bis ich mich winde und zucke, als sich ein Höhepunkt in mir aufbaut. Dann hält er inne, schaut mich an, stößt noch einmal dagegen und ich komme. „Gott! Blake! Scheiße! Bitte, Baby! Dring in mich ein! Verdammt noch mal!"

Mein Körper bebt und ich wölbe mich ihm entgegen. Er weicht zurück, nimmt meine Pobacken in seine Hände und leckt die Säfte auf, die aus mir herausfließen. Er fickt mich mit seiner Zunge und ich schlinge meine Beine um seinen Kopf, damit er in mir bleibt, bis seine Zunge oft genug in mich gestoßen ist und mich damit noch einmal zum Kommen bringt.

Ich kann kaum atmen und sage mit leiser und weicher Stimme, „Bitte, Blake."

Ich löse meine Beine und er lässt von mir ab. Er steht neben dem Bett, nimmt sein Glied in seine Hand, dringt mit zwei Fingern in mich ein und befeuchtet sie mit meinen Säften.

Er streicht mit seiner Hand langsam über sein gesamtes Glied, bis es mit meinen Säften glänzt. Er steht neben mit und wichst sein langes, hartes Glied mit einer Hand, während er mich mit der anderen fingert.

Während er mit seinen Fingern immer wieder in mich stößt, hält

er sein Glied nur wenige Zentimeter von mir entfernt. Der erste Lust-
tropfen bildet sich auf seiner Spitze und ich wölbe mich ihm entgegen, damit er auf meinen Körper fällt.

Ich beobachte ihn, wie er sein Glied hart und schnell bearbeitet,
wobei er dieselben Bewegungen mit seinen Fingern in mir ausführt.
Er versteift sich und zieht seine Finger aus mir heraus, als sein
Samen aus ihm hervor schießt und direkt auf meinem Kitzler landet.

Die heiße Flüssigkeit schießt mit solcher Kraft heraus, dass sie
Druck auf meinen Kitzler ausübt und mich sofort zu einem neuen
Höhepunkt bringt, während er sich auf mich entlädt. Er stöhnt, als
der letzte kleine Tropfen hervortritt. Dann geht er in das angren-
zende Badezimmer.

Ich höre, wie das Wasser läuft, und ein paar Minuten später
kommt er mit einem nassen Waschlappen in der Hand zurück und
beginnt, mich abzuwaschen. Als er mit dem warmen, nassen Waschlappen über mich streicht, schaue ich ihn mit sehnsüchtigem Blick
an. Er säubert meine Spalte vorsichtig und sorgfältig von seinem
Samen. Ich flehe ihn an, „Bitte, Blake. Lässt du mich dich jetzt in mir
spüren?"

Er schüttelt mit dem Kopf und lächelt. „Es ist noch früh, denkst
du nicht?" Er klettert zurück auf das Bett und kniet sich wieder
zwischen meine Beine. „Jetzt, da ich mehr Kontrolle über mich habe,
kann ich dich noch ein wenig länger quälen."

Er lässt nur die Spitze seines Gliedes in mich gleiten. Ich
schnappe nach Luft, weil ich so kurz vor der Erfüllung meiner
Wünsche stehe. „Oh, Scheiße, Blake. Schieb es ganz hinein, bitte",
stöhne ich auf.

„Uh, Uh", sagt er, während er seine Spitze mit kleinen Bewegung
rein und raus zieht.

Er nimmt meine Hüften in seine Hände, hebt mich zu ihm hoch
und schiebt nur den runden Kopf rein und raus. Dabei kann ich
kleine, schmatzende Geräusche hören. Meine Arme fangen an, weh
zu tun, als er mich vor und zurückzieht.

Ich stöhne und ziehe meine Knie an. „Baby, bitte, bitte. Ich liebe
dich, Blake. Ich brauche dich in mir. Ganz und gar, Baby, bitte."

Er bewegt sich, zieht sich komplett aus mir zurück und fährt mit seinen Händen über meinen Körper nach oben, wobei überall, wo er mich berührt, kleine elektrische Stöße durch meinen Körper zucken. Er streicht an meinem Gesicht vorbei, bindet mich los und reibt mit seinen Händen über meine Handgelenke.

Ich atme tief ein, dann küsst er mich. Seine weichen und süßen Lippen berühren meine. Er legt sich auf mich und streicht mit seinem harten Glied über meinen Kitzler. „Bitte, Blake. Zeig mir, wie sehr du mich liebst, Baby. Dann zeige ich dir auch, wie sehr ich dich liebe."

Langsam dringt er mit seinem langen, harten Glied in mich ein und ein Stöhnen dringt aus seiner Kehle. „Verdammt noch mal, du fühlst dich so gut an, Baby." Er zieht sich fast komplett aus mir zurück und schiebt sich wieder langsam und sachte in mich hinein.

Er macht lange und langsame Stöße, als ob er jeden Millimeter auskosten würde. Seine Arme schlingen sich um mich, als er mich fest an sich heranzieht. „Härter", flüstere ich.

Er stößt einmal fest zu. „Du gehörst mir", sagt er dabei.

„Dir allein", stimme ich zu.

Er stößt noch einmal fest zu und beißt mir dabei in den Nacken. „Mir allein".

„Dir allein".

Dann lässt er sich fallen und hämmert in mich, als ob er keinen anderen Gedanken mehr fassen könnte. Mein Körper hebt sich, um ihm bei jedem Stoß entgegenzukommen. Ich will ihn komplett, ich will, dass jedes kleine bisschen von ihm mich berührt.

Die Art, wie unsere Körper zusammenklatschen, schallt in meinen Ohren. Als sich unsere Körper im Einklang miteinander bewegen, kommt es mir so vor, als wären wir Eines. Er hebt seinen Kopf von meinem Hals und schaut mich an, während sich sein Körper versteift. „Du gehörst mir", sagt er mit zusammengebissenen Zähnen.

Meine Eingeweide schmelzen dahin und die Intensität des starken Höhepunktes und der Explosion seines Gliedes, bei der er seinen Samen in mich spritzt, lassen mich erzittern. „Ich gehöre dir."

Er lässt sich auf mich fallen und ich spüre, wie sein Körper durch seinen Höhepunkt erzittert. Mich erfüllt ein nie gekanntes Glück und ich flüstere, „Ich liebe dich, Blake. Lass es mir dir zeigen."

Er rollt sich mit einem Stöhnen auf seinen Rücken. Auf seinem immer noch steifen Glied kann man die Adern sehen. Es ist mit unseren beiden Säften bedeckt und bei der Vorstellung, wie wir zusammen schmecken, läuft mir das Wasser im Mund zusammen.

Ich setze mich zwischen seine Beine, streiche mit einer Hand sein Glied entlang und presse dann meinen Mund auf die Spitze. Er stöhnt noch bevor ich ihn in den Mund nehme. Er ist riesig und ich bezweifle, dass ich ihn komplett in den Mund nehmen kann, aber ich werde es trotzdem versuchen.

Das erste Mal nehme ich ihn fast komplett in meinen Mund auf. Ich ziehe meinen Kopf zurück und als ich meinen Mund wieder senke, achte ich darauf, mit meiner Zunge gegen die Unterseite seines Gliedes zu drücken. Er stöhnt und krallt seine Hände in mein Haar.

Ich ziehe mich wieder zurück und nehme ihn dann wieder in meinen Mund auf. Sein Glied stößt an meinen Rachen und ich würge, als ich ihn noch tiefer in mich aufnehme. Die Geräusche, die er von sich gibt, füllen mich mit nie gekannter Freude. Ich nehme ihn weiter tief in meinen Mund auf, während er freudige Laute von sich gibt.

35

BLAKE

Endlich! Endlich habe ich das Gefühl, dass Rachelle wirklich mir gehört. Dass sie für lange Zeit, für immer bei mir bleibt.

Sie hat letzte Nacht realisiert, dass sie mich liebt, und ich kann es kaum erwarten, unser gemeinsames Leben zu beginnen. Ich sagte ihr, dass ich es langsam mit ihr angehen würde, aber ich kann mich nicht beherrschen.

Ich werde sie fragen, ob sie mich heiraten will. Ich werde uns eine prächtige Villa hier in Los Angeles kaufen. Sie muss ihre Schule noch fertig machen. Sie hat noch ein Jahr vor sich und ich habe nicht vor, es in ihrer winzigen Wohnung zu verbringen.

Ich werde ihr ein neues Auto kaufen. Irgendein wahnsinnig teures und schönes. Vielleicht sogar ein Cabrio, damit ihr langes, schwarzes Haar im Wind flattern kann, während sie durch die Stadt fährt.

Rachelle ist genauso schön wie die Filmstars und Models, die in dieser Stadt leben. Ich glaube, dass sie ein bisschen zur Schau gestellt werden muss, um ihr niedriges Selbstwertgefühl ein Stück aufzubessern.

Ganz oben auf meiner Prioritätenliste steht für mich, das College fertigzumachen. Ich muss das Wissen besitzen, um Rachelles Restaurant dahin zu bringen, wo sie es haben will. Wo auch immer das sein mag.

Ich will einfach mit ihr zusammenleben. Für immer und ewig, die Rachelle-und-ich-Show. Ihr zierlicher, perfekter Körper liegt neben meinem. Sie schläft wie eine Frau, die heftig geliebt wurde und keine Sorge in der Welt hat.

So will ich sie haben, sie soll sich geliebt und verwöhnt fühlen, wie die kleine Prinzessin, die sie ist. Meine Hand streicht über ihre weiche Haut, als sie tief einatmet. Ich schlinge meinen Arm um sie und halte sie fest in meinen Armen.

Halt! Genau das hat mir letztes Mal den Ärger mit ihr eingebrockt!

Okay, ich rutsche ein Stück zurück und lege meine Hand leicht auf ihre Hüfte. Sie weiß, dass ich da bin und ich weiß, dass sie hier ist. Sie sollte also nicht sauer werden, wenn sie aufstehen muss, um ins Bad zu gehen.

Wenn ich ihr den Abstand gebe, den sie braucht, dann hat sie keinen Grund, mich zu schlagen oder mich zu verlassen. Stück für Stück nehme ich den großen Abstand ein, den sie glaubt, um sich herum zu brauchen. Ihre Angst, dass ich sie verlassen könnte, wird immer ein Stückchen kleiner.

Das hoffe ich zumindest!

Ihre Neigung, Menschen von sich zu stoßen, scheint ein bisschen nachzulassen. Sie ist mit Peyton eng befreundet und scheint mit Kip klarzukommen. Sie redet oft mit Max und das ist schon einmal ein Anfang, um sich zu öffnen und Menschen in ihr Leben zu lassen. Jetzt muss ich nur noch sicherstellen, dass ich den wertvollsten Platz in ihrem Leben einnehme.

Wie schwer kann das schon sein?

RACHELLE

Das Zimmer ist stockdunkel und ich habe Angst. Ich liege nicht in meinem eigenen Bett. Meines ist weich und klein und hat viele kleine Decken. Dieses hier ist größer als meines und die Decke kratzt auf meiner Haut.

Ich kann zu viele Menschen in dem Zimmer atmen hören. Ich setze mich auf, schaue mich um und entdecke ein Bett nach dem anderen, in denen Kinder liegen. Sie alle schlafen unter den gleichen grauen, kratzigen Decken wie ich.

Weiter entfernt sehe ich ein schwaches Licht. Ich frage mich, wo meine Mami ist. Sie kam her und wir saßen in einem Zimmer, dann ließ sie mich mit einer Frau allein und jetzt weiß ich nicht, wo meine Mami ist.

Ich stehe auf und laufe dem Licht entgegen. Jemand setzt sich in seinem Bett auf, schaut mich an und schreit dann, „Hey! Geh wieder zurück in dein Bett!"

Ich drehe mich um und renne so schnell mich meine kleinen Füße tragen, um mich wieder in das harte und kratzige Bett zu legen. Ich drücke mein Gesicht in das Kissen. ‚Ich darf nicht weinen', sage ich zu mir selbst.

Meine Mama kommt und holt mich. Sie muss etwas sehr Wichtiges zu tun haben, weshalb sie mich hier bei den Leuten gelassen hat, die sich in der Zwischenzeit um mich kümmern.

Ich weiß, dass sie bald zurückkommt. Das einzige Licht, das gebrannt hat, ist erloschen und ich habe Angst vor der Dunkelheit. Hat sie ihnen denn etwa nicht gesagt, dass ich Angst im Dunkeln habe und mein Scooby Doo Nachtlicht brauche? Großvater hat es mir gegeben. Ich brauche es. Ich brauche es genau jetzt.

Ich ziehe die kratzige Decke über meinen Kopf und versuche, meine Augen zu schließen, aber sie gehorchen mir nicht. Ich brauche meine Mama. Ich werde einfach hier unter dieser Decke liegen und warten, bis sie mich abholt. Es sollte nicht mehr lange dauern. Ich bin schon viel zu lange hier.

Zwei Mal habe ich hier an diesem Ort voller Kinder gefrühstückt. Sie wird bald zurück sein. Ich weiß, dass sie kommen wird.

ICH SETZE mich im Bett auf und muss mich umsehen, um zu wissen, wo ich bin. Ich liege nicht in meinem Bett!

Ich schaue neben mich und sehe, dass Blake neben mir schläft.

Oh, ja! Ich habe Blake gesagt, dass ich ihn liebe!

Oh Gott! Warum hab ich das nur getan?

Ich weiß doch gar nicht, was Liebe ist. Warum habe ich ihm so etwas gesagt?

Leise schleiche ich mich aus dem Bett. Ich finde meinen Bikini und den Überwurf und ziehe mir beides an. Meine Handtasche und Autoschlüssel liegen auf der Kommode. Ich nehme sie leise und gehe aus dem Zimmer.

Ich muss hier weg, so schnell es geht!

37

BLAKE

Bitte, lasse sie im Badezimmer sein!

Ich öffnete meine Augen in der Erwartung meine süße Rachelle zu sehen, doch alles, was ich fand, war ein leeres Bett. Ich springe auf und renne in das Badezimmer, aber dort ist sie auch nicht.

Auf dem Weg zurück ins Schlafzimmer werfe ich einen Blick auf die Kommode, auf der ich ihre Handtasche zuletzt gesehen habe, aber sie ist nicht mehr da.

Scheiße!

Ich ziehe mir meine Kleider so schnell es geht an, springe in meinen Mietwagen und fahre zu ihrer Wohnung. Sie muss dort sein. Vielleicht wollte sie mich einfach nicht aufwecken, als sie nach Hause ging, um sich frischzumachen.

Als ich das Auto anlasse, entscheide ich mich, sie zuerst anzurufen. Das Telefon klingelt einmal, bevor die Mailbox anspringt. Sie leitet meine Anrufe um. Das ist nicht gut.

Ich gebe ihre Adresse in das Navi ein und versuche, nicht wie ein Verrückter zu fahren. Es ist schwer zu sagen, was ich diesmal falsch gemacht habe, was sie dazu veranlasst hat, wegzulaufen.

Vielleicht war ihr die Art, wie ich mir ihr geschlafen habe, zu intensiv, zu pervers. Vielleicht habe ich es verbockt und sie wieder fest an mich gedrückt, nachdem ich eingeschlafen war. Vielleicht liebt sie mich gar nicht wirklich.

Sie hat mir doch gesagt, dass wir nur Freunde mit gewissen Vorzügen sein sollten. Sie hatte getrunken und wollte nur Sex mit mir. Vielleicht hat sie mir deshalb gesagt, was ich hören wollte.

Könnte sie wirklich so herzlos sein?

Ich parke vor ihrer Wohnung, aber ihr Auto steht nicht da. Vielleicht sollte ich trotzdem anklopfen, weshalb ich aussteige und gegen ihre Tür hämmere. Niemand antwortet, doch dann tritt ihr Nachbar aus seiner Wohnung heraus.

Er hat kurze Hosen und ein T-Shirt an und seine braunen Haare sind total zerzaust. „Alter, sie kam her und ist wieder weggegangen. Du hast sie verpasst."

„Bist du dir sicher? Ich meine, ich habe die letzte Nacht mir ihr verbracht, sie kann also noch nicht lange weg sein", sage ich und mustere den Kerl. Er muss wohl der Zocker sein, von dem sie mir erzählt hat.

„Ich bin mir sicher", sagt er, als er sein ansehnliches Gewicht von einem Fuß auf den anderen verlagert. „Ich hab gehört, wie sie vor etwa einer Stunde in ihre Wohnung gestürmt ist. Dann nur circa fünfzehn Minuten später haute sie wieder ab. Ich sah aus dem Fenster hinaus und habe sie mit einem Koffer gesehen."

„Sie hat die Stadt verlassen", murmle ich und drehe mich dann um. „Danke, Kumpel."

„Kein Problem, Mann!"

Mein Herz zerfließt in meiner Brust. Die Schläge fühlen sich breiig an und mein Kopf schwirrt. Warum hat sie mich verlassen?

Wo ist sie hingegangen?

Warum sollte es mich überhaupt noch kümmern?

38

RACHELLE

Große Bäume säumen den Schotterweg, den ich entlanglaufe und dabei immer wieder nach meiner Mami rufe. Sie hat sich wahrscheinlich verlaufen und ich muss sie finden, bevor ihr irgendetwas Schlimmes zustößt.

„Mama! Wo bist du, Mama? Ich brauche dich, bitte komme zu mir!"

Das Geräusch von Schritten hinter mir lässt mich innehalten. Ich drehe mich um und sehe die Frau auf mich zu rennen, die auf mich und die anderen Kinder aufpasst. Sie schaut mich schräg an. „Rachelle! Schätzchen, was machst du hier?"

Sie hebt mich hoch und bringt mich zu dem Ort zurück, vor dem ich weggelaufen bin. „Ich muss meine Mama finden. Sie hat sich verlaufen. Sie sollte schon längst zurück sein. Bitte, lassen Sie mich sie suchen gehen, liebe Frau."

„Schätzchen, sie wird für längere Zeit nicht mehr zurückkommen. Für sehr lange Zeit, um ehrlich zu sein. Dein neues Zuhause ist hier bei uns, Shelley." Sie streicht meine Haare zurück und ich sehe einen Jungen uns entgegen rennen.

„Hey, gut, dass Sie sie gefunden haben. Ich habe mir solche Sorgen um sie gemacht." Er streicht mit seiner Hand über meinen

Kopf und lächelt mich an. „Renn nicht mehr weg, Shelley. Versprich es mir."

„Wer bist du?", frage ich den Jungen.

„Ich heiße Randy und ich bin von jetzt an dein großer Bruder, Shelley. Wenn du etwas machen willst, dann sag Bescheid und ich helfe dir. Das macht ein großer Bruder nun mal."

Die liebe Frau lässt mich herunter und der nette Junge mit dem Namen Randy nimmt meine Hand, führt mich in das Haus und macht mit ein Sandwich mit Erdnussbutter und Marmelade und schenkt mir ein Glas Milch ein. Er setzt sich zu mir und wir essen unsere Sandwiches.

„Wo ist meine Mami, Randy?"

Er wuschelt mir durch die Haare und lächelt. „Mach dir keine Sorgen über sie oder darüber, wo sie ist. Denk lieber daran, wie toll es ist, dass du hier bei uns in Sicherheit bist. Wirklich in Sicherheit. Solange du hier bist, wird dich niemand verletzen oder verlassen, Shelley."

„Woher weißt du, dass mir meine Mami wehgetan hat?", frage ich ihn.

„Weil uns allen Kindern, für die dieser Ort unser neues Zuhause geworden ist, das Gleiche passiert ist. Unsere Eltern haben uns wehgetan und uns verlassen, aber jetzt wir haben diesen Ort und uns gegenseitig."

„Danke, Randy. Ich mag dich und du hast schöne Augen."

„Du auch, Kleine. Ich mag dich auch. Du wirst eine tolle kleine Schwester sein."

Etwas schüttelt mich und ich drehe meinen Kopf um. „Was? Wer sind Sie?", frage ich verwirrt.

Ein Mann mit kurzen, dunklen Haaren schaut mich an. „Ich bin der Kerl, der neben Ihnen im Flugzeug nach Austin in Texas sitzt. Sie haben mich begrüßt, bevor Sie eingeschlafen sind. Können Sie sich denn nicht mehr daran erinnern?"

„Oh ja, doch", sage ich, während ich meinen Kopf schüttle.

„Ich habe Sie aufgeweckt, weil Sie sich hin und her geworfen und die ganze Zeit das Wort Mami gesagt haben. Geht es Ihnen gut?", fragt er und ich erkenne in seinem Gesicht, dass er sich Sorgen macht.

Geht es mir denn gut?

„Nicht wirklich. Aber danke fürs Aufwecken. Ich versuche, nicht von alten Erinnerungen zu träumen. Hassen Sie es nicht auch, wenn das passiert?"

Sein Gesichtsausdruck sagt mir, dass er mich für ein bisschen verrückt hält. „Sie sollten mal versuchen, mit diesen Erinnerungen abzuschließen, anstatt sie zu verdrängen. Das ist ziemlich ungesund. Haben Sie schon mal mit jemandem darüber gesprochen?"

Ich ziehe meine Augenbrauen hoch und drehe mich von dem Mann weg. Was für ein Arschloch, einem völlig fremden Menschen solche Fragen zu stellen. Ich nehme an, dass ihm niemand beigebracht hat, seine Meinung für sich zu behalten.

Ich schaue aus dem Fenster, die Sonne scheint hell und mir bleiben noch ein paar Wochen, bis die Schule wieder anfängt. Ich frage mich, ob Blake fortgeht. Ich frage mich, ob er nach Lubbock zurückgeht.

Ich frage mich, ob er mich hasst.

Fortsetzung folgt ...

39

SCHWERES GLÜCK

Blake

Die helle Sonne blendet mich, als ich von Rachelles kleiner Wohnung wegfahre. Ich werfe einen Blick in den Rückspiegel und betrachte ihr Zuhause wahrscheinlich zum letzten Mal. Ich habe sie immer wieder angerufen, doch jedes Mal sprang sofort die Mailbox an.

Mein Körper steht bei dem Gedanken an unser Liebesspiel der vergangenen Nacht, das sich bis in die Morgenstunden zog, in Flammen. Ich weiß, dass sie das Gleiche fühlt wie ich. Ich verstehe nur nicht, wie sie mich so hat verlassen können.

Ich fahre zurück ins Hotel. Kip und Peyton sollten wissen, dass Rachelle weg ist. Vielleicht weiß Peyton ja sogar, wohin und warum sie fortgegangen ist. Ich tippe auf meinem Handy und rufe Kip an.

Er geht nach dem dritten Klingeln ran. „Hey Kumpel, wir kommen bald zum Frühstück hinunter. Wir sind nur noch nicht ganz mit unserer Zeit allein fertig."

„Okay", antworte ich. „Ich wollte euch eigentlich nur sagen, dass Rachelle nicht mehr hier ist. Nachdem ich aufgewacht bin, fuhr ich zu ihrer Wohnung, aber anscheinend hat sie einen Koffer gepackt und ist abgehauen. Das hat mir zumindest ihr Nachbar erzählt."

„Diese verdammte Frau! Peyton, du musst wirklich ein ernstes Wort mit ihr reden. Sie macht total verrückte Sachen!", schnaubt Kip und seufzt dann. „Armes kleines Ding."

„Ist ja auch egal, ich wollte mich für letzten Abend und alles bedanken. Ich gehe heute zurück nach Lubbock. Ich muss mein Leben weiterleben und sie gehört nicht mehr dazu."

Peytons Stimme klingt durch das Telefon. „Sag uns Bescheid, wenn du sicher daheim angekommen bist, Blake. Du bist immer noch unser Freund, egal, was zwischen dir und Rachelle vorgefallen ist."

„Danke euch beiden. Ihr seid wirklich wunderbare Menschen und ich bin so froh, euch kennengelernt zu haben. Ich rufe euch an, wenn ich daheim bin. Tschüss." Ich lege auf und fühle mich, als wäre ich innerlich gestorben.

Ich frage mich, ob sich Rachelle so fühlt, seit sie von ihrer Mutter vor all diesen Jahren zurückgelassen wurde und frage mich auch, ob es jemals wieder aufhört.

40

RACHELLE

„Danke fürs Abholen, Opa", sage ich, während er mit mir zu sich nach Hause fährt.

„Kein Problem, Shell. Ich freue mich immer, wenn du nach Hause kommst. Los Angeles ist nicht dein Zuhause. Es ist hier." Er streckt seine Hand zu mir hinüber, streicht über meinen Handrücken und lächelt. „Also, vor welchem Kerl läufst du diesmal weg?"

Mein Kopf zuckt herum und ich starre ihn mit offenem Mund an. „Warum denkst du, dass ich vor einem Mann weglaufe?"

„Du und deine Mutter sind in der Hinsicht gleich. Wenn ihr euch von einer Bindung bedroht fühlt, rennt ihr beide zurück nach Hause. Um ehrlich zu sein, ist sie sogar gerade hier." Er schaut mich bei den letzten Worten an.

Ich bin mir sicher, dass auf meinem Gesicht keine Emotionen zu erkennen sind. Sie ist der letzte Mensch auf der Welt, den ich jetzt sehen will. Es ist ziemlich offensichtlich, dass mich das, was sie mit mir angestellt hat, beziehungsunfähig gemacht hat und jetzt muss ich sie sehen und Zeit mit ihr verbringen.

Nein!

„Opa, ich weiß nicht, warum sie hier ist. Ich würde sie lieber nicht sehen und mich nicht mit ihr befassen. Ist sie heute schon betrunken?"

„Sie hat mit dem Trinken aufgehört. Für jetzt zumindest", sagt er mit einem Schulterzucken. „Man weiß nie, wie lange sie es durchzieht. Ich muss dir etwas sagen, Shell. Es war viel zu lange ein Familiengeheimnis. Deine Mutter hatte es nicht immer leicht. Du musst wissen, dass deine Oma nicht ihre richtige Mutter ist."

Meine Kinnlade fällt herunter und ich schnappe nach Luft. „Was? Was meinst du damit?"

„Als deine Mutter vier Jahre alt war, kam ihre Mutter, mit der ich nicht verheiratet war, bei einem Autounfall ums Leben. Deine Mutter Tabitha saß ebenfalls in dem Auto und überlebte. Irgendwie dachte sie immer, dass es ihre Schuld gewesen ist, weil sie gerade einen Wutanfall hatte, weil sie im Park spielen wollte, ihre Mutter an dem Tag aber keine Zeit hatte." Er sieht mich mit traurigen Augen an.

„Ihr beide wart nicht verheiratet?", frage ich ihn total verwirrt.

Er schüttelt seinen Kopf mit dem grauen Haar und runzelt die Stirn. „Ich war immer mit der Frau verheiratet, die du als deine Großmutter kennst. Ich wurde vom Krankenhaus informiert, dass Tabitha in dem Fahrzeugwrack saß, weil mein Name auf der Geburtsurkunde stand, weshalb sie auch meinen Nachnamen hatte. Ich hatte sie ein paar Mal besucht, aber mich weder um sie noch um ihre Mutter Coleen gekümmert."

„Das glaube ich nicht, Opa!", rufe ich enttäuscht aus. „Du hast weder Unterhalt gezahlt noch dich um die beiden gekümmert?"

„Das stimmt." Er nickt. „Wie auch immer, ich hatte meiner Frau nie von der Affäre und meinem Kind erzählt. Aber nach Coleens Tod hatte ich nicht wirklich eine Wahl. Ich beichtete der Frau, die du als deine Großmutter kennst, die Affäre und erzählte ihr, dass ich eine Tochter habe, die mich braucht. Sie war wie immer ein Engel und nahm deine Mutter an, als ob sie ihre eigene Tochter wäre."

„Oma hatte also nie eigene Kinder. Meine Mutter ist ein Einzelkind, genauso wie ich." Ich rutsche auf dem Sitz herum und schaue meinen Großvater an.

„Wir bekamen ein Kind, als wir frisch verheiratet waren. Es war ein kleines Mädchen. Wir nannten sie Ashley und sie starb eines nachts in ihrer Krippe als sie gerade einmal sechs Monate alt war. Die Ärzte nannten es plötzlichen Kindstod. Deine Großmutter war über alle Maßen verletzt. Sie nahm von dem Moment an Verhütungsmittel und hat sie nie wieder abgesetzt. Sie hatte sich geschworen, diesen Schmerz nicht noch einmal zu durchleben. Fünf Jahre später kam deine Mutter zu uns. Wir waren Fremde für sie. Sie konnte sich überhaupt nicht mehr an mich erinnern. Ich hatte sie zum letzten Mal gesehen, als sie zwei Jahre alt war."

„Das ist so traurig, Opa. Ich hatte ja keine Ahnung. Meine Mutter war also auch noch sehr jung, genau wie ich." Ich schaue aus dem Fenster und denke über das nach, was er mir erzählt hat.

Ich flüstere, „Sie muss solche Angst gehabt haben. Das arme, kleine Mädchen. Sie sah, wie ihre Mutter starb und dachte, dass sie daran schuld gewesen sei. Es ist ja kein Wunder, dass sie trinkt, es ist kein Wunder, dass sie Drogen nimmt und es ist auch kein Wunder, dass sie für niemanden gut genug ist, nicht einmal für mich."

„Da ist noch mehr, Shell. Ich weiß, wer dein Vater ist. Er ist kein guter Mann mehr, aber er war es einmal. Als deine Mutter jünger war und sie noch keine Arschlöcher sammelte – entschuldige meine Wortwahl – war sie in der High-School mit einem netten, jungen Mann zusammen."

„Mein Vater! Sie hat immer behauptet, dass sie nicht wüsste, wer es sein könnte! Lebt er in Round Rock?" Mein Herz springt vor Aufregung in meiner Brust auf und ab.

Ich lerne vielleicht meinen Vater kennen!

Doch die Worte meines Großvaters zerschlagen meine Hoffnung in Sekundenschnelle. „Er ist kein guter Mann mehr, Shell. Das war er einmal, aber deine Mutter hat ihm den Kopf verdreht und sein Herz einmal zu oft gebrochen und das hat ihn zerstört. Er lebt tatsächlich in Round Rock und du hast ihn schon oft gesehen."

„Wirklich?", frage ich erstaunt. „Wann, wo?"

„Kennst du den Mann, der aussieht als wäre er schon 100 Jahre alt, und der neben der Autobahn unter der Brücke, eine Ausfahrt nach unserer schläft?", fragt er mich und sieht mich an.

Ich nicke, weil ich den Mann kenne, den er beschrieben hat, und mein Magen zieht sich zusammen. „Wie konnte er jemals ein guter Mann sein, Opa? Um Himmels willen. Er hat Urinflecken auf seinen dreckigen Hosen und sieht aus, als hätte er noch nie in seinem Leben Seife gesehen. Er ist ein Bettler, ein obdachloser Penner."

„Der Mann heißt Rodney Holmes. Bis du ein Jahr alt warst, war er ein angehender Abwehrspieler im High-School-Fußballteam. Deine Mutter spielte Klarinette im Orchester und die beiden waren ein süßes, junges Paar. Das heißt, bis deine Mutter schwanger wurde."

„Daraufhin änderte sich alles. Er wollte so jung wohl noch keine Kinder haben, oder? Er hat meine Mutter verlassen, habe ich recht?"

Natürlich hat er sie deswegen verlassen.

„Er machte deiner Mutter einen Heiratsantrag. Um ehrlich zu sein bettelte er sie regelrecht um ihre Hand an. Daraufhin lief deine Mutter davon. Wir wissen nicht, wo sie hinging oder bei wem sie war. Sie blieb verschwunden und wir fanden sie erst ein Jahr nachdem wir dich in dem Kinderheim ausfindig gemacht hatten." Er schaut aus dem Seitenfenster hinaus, als er die Autobahnausfahrt nimmt, die zu seinem Haus führt.

„Rodney kam häufig vorbei, um nachzufragen, ob wir etwas von ihr gehört hätten. Er hat geschworen, sie niemals zu kontaktieren, er wollte einfach nur wissen, ob es ihr gut ging und ob du bereits geboren wurdest. All das wussten wir nicht. Wir wollten diese Dinge so gerne wissen." Bei der Erinnerung füllen sich seine Augen mit Tränen.

„Also ist meine Mutter einfach mit mir in ihrem Bauch abgehauen? Ich kann mir einfach nicht vorstellen, warum sie das alles allein machen wollte." Mein Kopf dreht sich mit all den neuen Informationen.

„Ich weiß es nicht, Shell. Nun ja, eines Tages kam Rodney zu uns und erzählte uns, dass sie ihn von einer privaten Nummer aus angerufen hätte. Sie sagte ihm, dass sie eine Tochter hätte, aber dass diese aus einem bestimmten Grund Connie hieß. Er bettelte sie an, ihm zu sagen, wo sie war. Er flehte sie an, zu ihm oder zumindest zu uns zurückzukommen. Sie weigerte sich, wurde wütend und legte einfach auf."

Die Worte meines Großvaters hallen in meiner leeren Brust. Ich war diejenige, die wütend wurde, weil Blake mich nachts im Schlaf so festhielt. Ich war sauer, weil er mir gezeigt hatte, wie sehr er mich beschützen will. Ich bin genauso töricht wie meine Mutter.

„Also, mein Vater ist ein verrückter Obdachloser, meine Mutter ist ebenfalls verrückt und ich werde ihnen immer ähnlicher." Ich blicke aus dem Fenster und beobachte, wie sich die Landschaft von der Stadt zum Land verändert.

Wir legen den Rest des Weges in Stille zurück. Er hat mir alles gesagt, was ich wissen wollte. Es bringt nichts, zu versuchen ein normales Leben zu führen. Meine Eltern haben nie herausgefunden, wie das geht. Warum sollte ich also so besonders sein und es verstehen?

Blake ist ohne mich, die Verrückte, sowieso besser dran.

41

BLAKE

Erschöpft und niedergeschlagen betrete ich mein kleines Haus in Lubbock. Es ist schon spät und im Haus ist alles dunkel. Ich schalte das Licht im Wohnzimmer an und sehe meine Trainingskleidung herumliegen. Obwohl ich sehr müde bin, weiß ich, dass ich heute Nacht nicht schlafen kann.

Ich vermisse sie so sehr.

Ich ziehe mein T-Shirt aus und lasse meine Hose zu Boden fallen, trete meine Schuhe weg und fange mit dem Training an. In meinen engen, schwarzen Unterhosen stemme ich Gewichte, um meine Gedanken von ihr abzulenken.

Nachdem ich eine halbe Stunde hart trainiert habe, klopft es an der Tür. Er ist zwei Uhr morgens, deshalb frage ich mich, wer es wohl sein könnte. Ich schalte das Licht auf der Terrasse an, schaue hinaus und sehe meinen Nachbarn Josh.

Ich öffne die Tür und lächle ihn an. „Ich habe das Licht gesehen und mich gefragt, ob jemand eingebrochen ist, um deine Geräte zu benutzen, aber du bist es ja. Wann bist du nach Hause gekommen?"

„Vor ungefähr einer halben Stunde. Ich würde dich ja hineinbitten, aber ich bin zurzeit nicht so gut drauf. Niemand sollte meiner schlechten Laune ausgesetzt sein."

Er nickt mir zu. „Okay, ich wollte nur ein guter Nachbar sein und sicher gehen, dass kein Einbrecher eingestiegen ist." Er greift nach etwas am Rand des Türrahmens und zieht einen Baseballschläger hervor.

„Du bist bewaffnet herübergekommen?", frage ich ihn mit einem Glucksen.

Er dreht sich um und wirft mir über die Schulter einen Blick zu. „Nun ja, ich musste ja etwas mitbringen, um die bösen Jungs zu vertreiben, wenn denn welche hier gewesen wären. Gute Nacht, Blake. Du solltest morgen rüber kommen und mit uns frühstücken. Ich finde es nicht gut, dass du ganz allein bist, wenn du traurig bist."

„Ich überleg's mir. Danke für die Einladung. Um wie viel Uhr macht ihr Frühstück, damit ich euch rechtzeitig Bescheid sagen kann, ob ich komme oder nicht?"

Er bleibt stehen und dreht sich zu mir um. „Weißt du was, Blake? Wir können Rühreier und Speck machen, wann immer du aufstehen willst. Was hältst du davon? Bis morgen, Kumpel. Schlaf mal ´ne Runde, du siehst hundemüde aus."

Er geht davon und ich sage, „Danke, Kumpel, dass du dich immer um mich kümmerst."

Ich schließe die Tür ab und gehe in mein altes Schlafzimmer. An den Wänden hängen Poster aus meiner High-School-Zeit. Auf allen sind heiße Frauen zu sehen.

Ich beschließe, dass es an der Zeit ist, mit der Vergangenheit abzuschließen und sich neuen Dingen zu widmen. Ich reiße das erste Poster von der Wand und knülle es zusammen. Die anderen Plakate folgen dem ersten, während ich mein Jugendzimmer bis auf die Wände auseinandernehme und mir schwöre, dieses Haus zu renovieren, damit ich es verkaufen und ein neues Kapitel in meinem Leben anfangen kann.

RACHELLE

Ich habe mir den alten Pickup meines Großvaters ausgeliehen und mich dazu entschieden, Max zu besuchen. Meine Anwesenheit im Haus meiner Großeltern hat meine Mutter sehr wütend gemacht und sie fing wieder zu trinken an.

Es ist wohl am besten, wenn ihr meine Großeltern helfen. Sie braucht die Hilfe viel mehr als ich angenommen hatte. Ich konnte mich nicht dazu überwinden, mit ihr über die Dinge, die mir Großvater erzählt hatte, zu reden.

Einer der Gründe dafür ist, dass ich nicht wusste, wie sie mit der Tatsache umgehen würde, dass die ganze Wahrheit ans Licht gekommen ist. Sie hatte mir immer nur Lügen erzählt, weshalb sie vielleicht gar nicht mehr weiß, was wirklich geschehen ist. Ich sah keinen Grund, einen großen Streit zwischen ihr und ihrem Vater vom Zaun zu brechen.

Aus Neugier fahre ich an der Straßenüberführung vorbei, unter welcher mein Vater lebt. Ich habe ihm etwas zu Essen zum Frühstück eingepackt. Ein paar Würstchen im Schlafrock, Kekse und eine große Flasche Orangensaft, Apfelsaft und ein paar Flaschen Wasser.

Okay, es ist fast eine ganze Einkaufstüte voll. Ich glaube, es ist noch ziemlich früh für einen Penner, um schon wach zu sein. Aber ich sehe Augen, die oben auf dem Hang über die Straßenböschung hinweg linsen.

Ich öffne die Tür, steige aus und greife nach der Tüte. Er setzt sich auf und winkt mich zu sich herüber. Das ist wahrscheinlich das Gefährlichste, was ich jemals tun könnte, aber der Mann ist mein Vater und ich glaube daran, dass Gott über mich wacht, damit ich tun kann, was ich meiner Meinung nach tun muss.

„Hallo", sage ich mit zittriger Stimme. Ich wusste nicht, wie viel Angst ich hatte, bis ich meinen Mund öffnete.

Ich hole eine Decke aus dem Kofferraum, die ich aus meinem Schlafzimmer bei meinen Großeltern mitgenommen hatte sowie den Mantel aus dem Schrank. Großvater hat ihn schon seit vielen Jahren und es ist nicht sein einziger. Ich werde es ihm später sagen.

Wenn er gewusst hätte, dass ich herkomme, hätte er mich bestimmt aufgehalten. Er hat immerhin klargemacht, dass dieser Mann hier völlig verrückt ist und dass man ihm nicht trauen kann. Aus irgendeinem Grund, den er mir nicht verraten wollte, denkt er, dass mein Vater gefährlich wäre.

Ich klettere mit der großen Tüte voll Essen in der einen und der Decke und dem Mantel in der anderen Hand den steilen Hang hinauf, wo der Mann, der mein Vater ist, wartet. Von hier aus kann ich den Urin riechen und ich muss mich stark beherrschen, um mich nicht zu übergeben.

Seine Augen sind hellgrau und seine Haut ist schmutzig. Als ich den Mann, den wir immer den Verrückten von Round Rock nannten, sehe, bleibt mein Herz stehen. Ich schlucke schwer, um den Kloß aus meinem Hals zu bekommen.

Ich halte ihm die Sachen entgegen und sage, „Hallo, Rodney. Ich habe etwas zu Essen zum Frühstück mitgebracht. Ich dachte mir, dass du vielleicht eine zusätzliche Decke und einen Mantel gebrauchen könntest. Heute Abend zieht eine Kaltfront auf und ich wusste nicht, ob du etwas hast, das sich warm hält. Deshalb habe ich dir einfach ein paar Sachen mitgebracht, für alle Fälle. Ich denke ja, dass ein Mensch nie genug Decken oder Mäntel haben kann."

Er starrt mich an und die Art, wie seine Augen schnell hin und her zucken, löst ein unangenehmes Gefühl in mir aus, als ob er mich gleich in den Bauch boxen oder mir sonst etwas antun würde.

Er antwortet mit tiefer und rauer Stimme, „Du weißt, wie ich heiße." Er schaut an mir vorbei zu dem alten Pickup.

Plötzlich fällt mir ein, dass mein Großvater den Pickup schon Jahre vor meiner Geburt hatte. Rodney muss ihn wohl erkannt haben. Dieser Gedanke macht mir seltsamerweise Angst.

„Mein Großvater hat ihn mir geliehen. Wie auch immer, ich wollte dir diese Sachen vorbeibringen. Also, tschüss." Ich drehe mich um und will vor lauter Angst wieder davonfahren.

„Wie geht es ihr?", fragt er. Ich erstarre. „Deiner Mutter. Wie geht es ihr?"

Ich drehe mich langsam wieder zu ihm und sehe, dass er aufgestanden ist und nur ein paar Schritte von mir entfernt steht. „Sie ist okay. Es geht ihr nicht sonderlich gut, sie ist nicht stabil, aber sie lebt und das ist schon mal etwas, findest du nicht?"

„Sie hat einmal den Pickup gefahren, mit dem du gekommen bist. Du siehst aus wie sie und ein bisschen wie meine Mutter." In seinen Augen glänzen Tränen. „Ich wollte nie, dass das passiert. Ich wollte sie und dich immer. Ich hoffe, du kannst mir eines Tages verzeihen."

Er ist ein schmutziges Wrack eines Menschen und ich weiß, dass er Läuse haben muss, aber ich kann mich nicht zurückhalten. „Kann ich dich umarmen?"

Er streckt seine Arme aus und ich gehe näher zu ihm und schlinge meine Arme um ihn herum und er die seinen um mich. „Es tut mir so leid. Es tut mir so leid, dass ich nicht stärker bin", sagt er mit weicher Stimme.

„Das ist schon in Ordnung. Ich verzeihe dir. Ich kann dir helfen, wenn du willst. Ich kann dir eine Wohnung suchen, in der du leben kannst. Ich kenne Menschen, die mir dabei helfen würden", sage ich und spüre, wie mein Körper mit einem verrückten Gefühl erzittert, das ich noch nie zuvor gespürt hatte.

„Nein. Aber danke." Er lässt mich los und ich trete einen Schritt zurück. Es ist verrückt, dass mir durch seinen Gestank nicht mehr übel wird. Es riecht einfach nach ihm und das ist aus irgendeinem Grund auch völlig in Ordnung.

„Aber das hier ist doch keine Art zu leben", sage ich und deute auf die Straßenüberführung.

„Das ist alles, was ich seit jenem Tag kenne. Mach dir um mich keine Sorgen. Wenn du jemandem helfen willst, dann hilf ihr. Sie braucht die Hilfe mehr als ich. Das hat sie schon immer." Er dreht sich um und setzt sich wieder oben auf den Hügel.

„Sie hat einen Ort, der sie vor dem Wetter schützt. Sie hat eine Mutter und einen Vater, die sich um sie kümmern, wenn sie es denn zulässt", erzähle ich ihm. „Sag mir, warum du so etwas für eine Frau wie sie tun würdest?"

„Sie war nicht immer so. Sie war einmal süß und voller Liebe. Irgendwie hat sie sich verändert, als sie mit dir schwanger wurde." Seine Augen ziehen sich ein Stück zusammen, während er mich ansieht. „Ich habe dich lange Zeit gehasst."

Als seine Augen einen kalten Ausdruck annehmen und sich sein Körper anspannt, als ob er mich jeden Moment anspringen würde, kommt die Angst wieder zurück. „Ich verstehe schon. Es tut mir leid. Ich lasse dich dann wieder allein, damit du mit deinem Leben hier weitermachen kannst. Tschüss."

Ich drehe mich um und laufe davon. Er ruft mir hinterher, „Danke, Kind."

Ich winke, ohne zurückzuschauen. Ich steige in den Pickup und fahre wieder auf die Straße. Etwas knallt auf die Scheibe und zerbricht an dem dicken Glas. Überall ist Orangensaft. Ich schaue in den Rückspiegel und sehe meinen Vater mitten auf der Straße stehen.

Er zeigt mir mit beiden Händen den Stinkefinger, während er unverständliche Schimpfwörter und den Namen meiner Mutter brüllt.

Mein Körper schmerzt bei dem Gedanken, dass sie ihm das angetan hat. Mir tun beide leid, aber am meisten tue ich mir selber leid. Meine Gene stammen von ihnen, sie sind die Menschen auf der

Welt, die am nächsten mit mir verwandt sind und ich fühle mich einsamer als jemals zuvor.

43

MAX

Hinter ihr leuchtet der Himmel orange, als sie mit hängendem Kopf und schlaffen Schultern aus einem alten, blauen Ford Pickup aussteigt und näher kommt. Zane schlängelt sich durch meine Beine, als er sie sieht.

Er dreht sich um und schaut mich an. „Was ist mit Shelley los, Papi?"

„Sie ist traurig. Los, gib ihr einen Drücker. Das wird sie ein bisschen aufheitern, Zane."

Er rennt ihr entgegen und sie schaut auf, als er ruft, „Shelley! Shelley! Du bist hier!"

Sie lächelt, doch ich kann sehen, dass es ihre Augen nicht erreicht. Sie öffnet ihre Arme und er wirft sich in sie hinein. Er küsst ihre Wange und sie streicht mit ihrer kleinen Hand über seinen Kopf. „Hey, Süßer. Hast du mich vermisst?", fragt sie ihn.

„Ja, das habe ich", antwortet er, bevor er sich herunterlehnt und an ihrer Schulter riecht. „Shelley, du stinkst."

Sie stößt ein kleines, trauriges Lachen aus. „Ich weiß. Ich habe vorhin jemanden getroffen, der schrecklich stank, aber ich habe ihn trotzdem umarmt."

„Das hättest du nicht tun sollen, Shelley." Zane lehnt sich von ihr weg und zappelt herum, bis sie ihn herunterlässt. Als sie ihn auf den Boden stellt sagt er, „Und warum willst du jemanden umarmen, der stinkt?"

Ich schlinge meinen Arm um ihre hängenden Schultern und führe sie ins Haus. „Vielleicht dachte sie, dass dieser jemand es brauchte oder vielleicht war sie diejenige, die die Umarmung brauchte." Ich küsse sie auf die Seite ihres Kopfes und führe sie durch den großen Eingangsbereich. Zane nimmt ihre Hand, als er sie mit sorgenvollen Augen anschaut.

„Ich hatte einen Traum und konnte mich an deinen Namen erinnern, Max", erzählt sie mir. „Du hießt einmal Randy. Du warst mein älterer Bruder und sehr nett zu mir. Ich bin davongerannt, um meine Mutter zu suchen, und du hast mir geholfen. Du hast mir ein Erdnussbutter- und Marmeladensandwich gemacht, ein Glas Milch eingeschenkt und es geschafft, dass ich mich in dieser schrecklichen Zeit besser fühlte."

„Hilda macht die besten. Ich frage sie, ob sie uns welche zubereitet und dann können wir beide uns ganz lange darüber unterhalten, warum du so ein trauriges Gesicht machst." Ich ziehe sie mit mir, um Lexi und die anderen Kinder zu begrüßen.

Lexis Augen leuchten, als wir das Spielzimmer betreten, wo sie auf die anderen zwei Kinder aufpasst. Das Leuchten verschwindet aber schnell wieder, als sie sieht, in welchem Zustand Rachelle ist. Sie steht auf und kommt herüber.

Sie zieht Rachelle in eine Umarmung, die daraufhin in Tränen ausbricht. Ich nicke Lexi zu und sie geht mit Rachelle aus dem Zimmer. Zane schaut mich an, als die beiden hinausgehen.

„Papi, warum ist sie so traurig?" Er legt seine kleine Hand in meine.

„Das weiß ich noch nicht. Aber sie hatte ein schweres Leben, genauso wie Papi, als er klein war. Aber Mami und Papi werden ihr helfen." Ich wuschle durch seine blonden Locken. „Es wird ihr bald wieder besser gehen. Mach dir keine Sorgen."

„Okay, Papi. Ich versuche es." Er geht zu Zoey, die ihren Barbie Jeep über den Boden rollt, um mit ihr zu spielen.

44

BLAKE

Während ich heute schon zum dritten Mal Gewichte stemme, erschrecke ich, als das Telefon klingelt. Ich lasse die Gewichte fallen und gehe ran. „Hey, Max. Wie geht's, Kumpel?"

„Gut. Ich wollte dir nur Bescheid sagen, dass Rachelle hier bei uns ist. Sie hat uns erzählt, dass sie vor dir davongelaufen ist und ich wollte, dass du weißt, dass sie in Sicherheit ist", sagt er mir.

„Ich schätze, ich bin froh, das zu hören", antworte ich. „Hat sie auch gesagt, warum zur Hölle sie mir das angetan hat? Nicht, dass es eine Rolle spielen würde, aber ich wüsste es einfach gerne."

„Vor allem, weil sie gerade ziemlich durcheinander ist. Du musst wissen, dass sie und ich ähnliche Probleme haben. Auch wenn Lexi mir eine sehr große Hilfe ist, muss ich manchmal trotzdem den Drang bekämpfen, sie von mir wegzustoßen. Unsere Kinder helfen mir, diesen Fluchtinstikt zu kontrollieren, aber hin und wieder muss ich dennoch dagegen ankämpfen."

„Also ich kann so nicht leben. Ich kann nicht so ein Leben führen, wie es mit ihr sein würde. Ich liebe sie. Ich meine, ich habe sie geliebt. Ich bin mir aber sicher, dass ich es eines Tages nicht mehr tun werde", sage ich. Dabei hebe ich das kleine Gewicht auf und ziehe es ein paar Mal bis zu meinem Kinn hoch.

„Sie hat herausgefunden, wer ihr Vater ist", sagt Max und mein Herz bleibt stehen.

„Sie meinte doch, dass ihre Mutter nicht wüsste, wer es ist."

„Sie hatte sie angelogen, wie bei so vielen anderen Sachen auch. Rachelles Großvater hat ihr einige Familiengeheimnisse anvertraut. Anscheinend war Rachelles Vater einmal ein guter Junge gewesen. Er war Fußballspieler in der High-School und er und ihre Mutter waren mehrere Jahre lang zusammen. Sie wurde in ihrem Abschlussjahr schwanger und rannte davon", erklärt Max.

Ich setze das Gewicht ab und frage, „Hat sie mit ihm geredet?"

„Ja", antwortet er. „Er ist ein bisschen verrückt geworden und lebt unter einer Brücke oder so in Round Rock, ihrer Heimatstadt. Sie ist zu ihm hingefahren und anscheinend war es ein unangenehmes und seltsames Treffen. Ich nehme an, dass der Mann psychisch total labil ist, ich meine, er lebt unter einer Brücke."

„Warum sollte sie ihn besuchen?", frage ich ungläubig. „Das war gefährlich. Diese Frau ist doch nicht mehr vernünftig. Sie hätte verletzt werden können oder Schlimmeres." Ich schlage mit meiner Faust auf die Bar und das Geschirr, das ich angefangen hatte, dort einzupacken, um es an einen Wohltätigkeitsladen zu geben, wackelt und klappert, als die Teile aneinander stoßen.

Sie ist so klein und zerbrechlich und ist trotzdem zu diesem Verrückten gegangen. Was stimmt mit ihr nicht?

„Das stimmt", sagt er. „Lexi und ich haben sie eindringlich beschworen, das nie wieder zu tun. Zumindest nicht allein. Sie erzählte uns, dass er eine Glasflasche Orangensaft, die sie ihm mitgebracht hatte, gegen die Heckscheibe des alten Pickups ihres Großvaters geworfen hätte. Er rief ihr Obszönitäten nach, als sie davonfuhr, und schrie immer wieder den Namen ihrer Mutter. Aber der erste Teil des Treffens war anscheinend in Ordnung gewesen, das hat sie zumindest behauptet."

„Großer Gott! Diese Frau ist vollkommen verrückt."

„Genau davor hat sie Angst, Blake. Sie hat Angst davor, verrückt zu sein, genauso wie ihre Eltern. Das ist sie natürlich nicht, aber sie befürchtet, dass sie nicht fähig ist, ein normales Leben zu führen. Ein Leben, das du ihrer Meinung nach verdienst." Er sagt lange Zeit nichts und fügt dann noch hinzu, „Sie redet viel von dir. Sie liebt dich wirklich sehr."

Ich seufze. „Das ist nicht gerade hilfreich, Max."

„Tut mir leid. Ich dachte, du hättest sie immer noch gerne. Aber ich vermute, dass sie alle Chancen bei dir vertan hat, genauso wie sie befürchtet. Das verstehe ich. Wirklich. Die meisten Menschen würden nichts mit den Dingen zu tun haben wollen, die aufkommen, wenn man einen Menschen mit Verlassensängsten liebt." Er räuspert sich. „Dass sie dich mit einer Hand zu sich zieht und mit der anderen gleichzeitig von sich wegstößt. Ich verstehe das, das reicht aus, um jemanden verrückt zu machen."

„Das tut es! Das tut es wirklich!" Aus irgendeinem Grund fange ich an, in dem Zimmer auf und ab zu gehen. „Ich meine, ich habe keine Ahnung, was ich erwarten soll. In der einen Minute sagt sie mir noch, dass sie mich liebt, und in der anderen renne ich herum und frage mich, wohin die kleine Verrückte davongelaufen ist. Das ist einfach zu viel, Max. Es tut mir leid, aber das kann ich nicht. Ich werde dabei nur selber verrückt."

„Das verstehe ich, Blake. Du musst es mir nicht erklären. Was Lexi und ich durchgemacht haben, war schrecklich. Ich wünsche das keinem anderen. Bleib, wo du bist, halte dich von ihr fern, sie bringt nur Probleme in einer schönen Hülle." Er atmet tief ein. „Lass sie unter ihresgleichen. Für gewöhnlich kommen Menschen mit diesem Problem zusammen. Lass jemanden wie sie mit ihrer Spinnerei fertig werden."

Seine Worte treffen mich und geben mir das Gefühl, egoistisch zu sein. „Ich bin froh, dass du mich verstehst. Sag Bescheid, wenn sie irgendwas braucht. Und damit meine ich egal was. Ich habe sie gerne. Verdammt! Ich liebe sie. Egal, sag mir, wenn sie irgendwas braucht, Max."

„Das werde ich. Bis bald. Tschau." Er legt auf und ich stürze das Bier herunter, das ich schon geöffnet hatte.

Ich frage mich, ob sie mir jemals vertrauen könnte. Ich frage mich, ob sie weiß, dass ich zu ihr halten würde, egal was passiert. Ich frage mich, ob sie mir jemals die Chance geben würde, ihr das zu beweisen.

Ich trage die letzte Kiste mit den Sachen meiner Eltern hinaus zu meinem Truck und steige ein, um alles zu dem Wohltätigkeitsladen zu bringen. Jetzt, da ich alle ihre Sachen ausgeräumt habe, kann ich mit dem Renovieren anfangen. Ich will dieses kleine Haus so richtig herausputzen und es mit den modernsten Geräten ausstatten, bevor ich eine nette Familie suche, die es wirklich brauchen kann.

45

RACHELLE

Ich bin jetzt schon seit drei Tagen bei Max und Lexi und ihre Worte haben Eindruck bei mir hinterlassen. Mein Leben muss nicht auf die Art weiter gehen, wie ich es bisher geführt habe.

Allein zu sein war für mich immer viel einfacher, als mit jemandem zusammen zu sein. Jetzt verstehe ich auch warum. Ich habe gelernt, mich selbst ruhig zu stellen, und zwar nicht auf positive Weise.

Wenn jemand Teil meines Lebens sein oder mir helfen wollte, habe ich ihn weggestoßen. Ich dachte immer, dass ich alles allein schaffen könnte. Ich hatte meine Mutter überstanden und dann, nachdem sie mich zurückgelassen hatte, in einer Gruppe fremder Menschen gelebt.

Ich habe mich selbst immer als taffes, kleines Püppchen gesehen, die mit allem fertig wurde, was sich ihr in den Weg stellt. Und ich konnte das alles allein schaffen.

Kip und Peyton flehten mich darum an, zu ihnen zu ziehen und als ihre persönliche Köchin zu arbeiten, und ich weigerte mich, anzunehmen. Nur aus Prinzip, weil sie mir mehr gezahlt hätten, als ich es wert gewesen wäre.

Max und Lexi haben mir gezeigt, dass ich nicht diejenige bin, die entscheidet, was ich wert bin. Es sind die Menschen, die mich gern haben, die darüber entscheiden. Wenn Kip und Peyton denken, dass ich all das wert bin, was sie mit geben wollen, um für sie zu arbeiten, dann sollte ich es annehmen, wenn ich es denn wirklich will.

Ich will wirklich mein eigenes Restaurant haben. Und ich will auch wirklich Geld verdienen, um das möglich zu machen. Ich will auch wirklich Blake in meinem Leben haben. Aber ich bin ein Wrack und muss das akzeptieren.

Alles hinter sich zu lassen und Chancen zu vertun ist etwas, was Menschen mit meinem Problem normalerweise tun. Ich sollte wirklich lernen, damit aufzuhören, aber ich bin mir nicht sicher, ob ich das überhaupt kann. Wie es aussieht, haben weder meine Mutter noch mein Vater gelernt, wie das geht; wie stehen also meine Chancen, es herauszufinden?

Ich höre ein Klopfen an meiner Schlafzimmertür und eine kleine Jungenstimme ruft, "Shelley, willst du mit mir spielen?"

Ich springe vom Bett und öffne die Tür. Vor mir steht der kleine Zane mit einer Handvoll wilder Blumen, die er mir entgegenstreckt. Ich hebe ihn hoch und nehme die Blumen in die Hand.

„Wie lieb von dir, Zane. Natürlich spiele ich mit dir. Was sollen wir machen?" Ich trage ihn die Treppe hinunter und sehe seine Schwester am unteren Ende mit einem Netz in der Hand warten.

„Wir fangen Glühwürmchen und halten sie in einem Glas. Willst du uns helfen?", fragt Zoey.

„Na klar", sage ich, als ich unten ankomme und Zane absetze. Er nimmt meine eine Hand und Zoey meine andere und die beiden führen mich hinaus in die Dämmerung, um Glühwürmchen zu fangen.

Lexi und Max sitzen im Hof, während Zakk neben ihnen im Sandkasten spielt. Ich renne mit den Zwillingen herum. Wir fangen kleine Käfer, stecken sie in ein Glas und setzen uns dann zu ihren Eltern.

Max steht auf, nimmt meine Hand und zieht mich mit sich ins Haus. „Ich wollte mit dir reden."

Ich folge ihm, als er mich in der Küche zu einem Stuhl führt, ein

Glas Milch einschenkt und es mit zwei Keksen vor mich hinstellt. „Hast du schon genug von mir?", frage ich mit einem Lachen. Ich bin mir sicher, dass er mir sagen wird, dass es für mich an der Zeit ist, nach Hause zu gehen.

„Niemals", antwortet er, als er mich in die Nase kneift. „Ich wollte mit dir über Blake sprechen. Ich habe ihn heute angerufen."

Ich schaue zu Boden und runzle die Stirn. „Max, ich weiß, dass du es gut meinst, aber du hättest das nicht tun sollen. Er muss über mich hinwegkommen."

„Nein, das muss er nicht." Er setzt sich auf den Barhocker neben mir. „Euch beide verbindet etwas, Shelley. Das passiert nicht häufig und ich wäre ein schlechter großer Bruder, wenn ich dich das einfach beenden ließe."

„Max ich …"

Seine Finger legen sich auf meine Lippen und schneiden mir das Wort ab. „Rachelle Stone, du bist eine gute Frau, die es verdient, geliebt zu werden. Wenn du das, was du mit Blake hast, nicht weitermachst, dann wirst du einen falschen Mann nach dem anderen finden. Genauso wie deine Mutter, als sie sich von deinem Vater getrennt und damit sich selbst und ihn zerstört hatte. Ich kann nicht ruhig daneben sitzen und mitansehen, wie du dir das antust. Ich meine, was wäre ich für ein großer Bruder, wenn ich das zuließe?"

„Ein ganz mieser", sage ich mit einem Stirnrunzeln. „Aber Max, Blake muss mich hassen."

„Das tut er nicht. Natürlich ist er verletzt, aber weißt du, wie oft Lexi und ich uns gegenseitig verletzten, bis wir zur Vernunft kamen?" Er stößt mit seiner Schulter gegen meine.

„Ja, zufällig weiß ich das. Lexi hat es mir erzählt. Übrigens, ich würde gerne einige der Menschen kennenlernen, von denen sie mir erzählt hat. Das kleine französische Mädchen, dass du Engel nennst, und den Mann den sie geheiratet hat, den Modeltypen von diesen heißen Bucheinbänden mit Lexi." Ich zögere und schaue ihn an. „Wie bist du mit deiner wahren Liebe umgegangen, bei all den hinreißenden Männern?"

„Es war nicht einfach, glaube mir." Er steht auf und holt sich ein

Bier aus dem Kühlschrank. „Sei jetzt nicht sauer auf mich, aber ich habe etwas hinter deinem Rücken gemacht."

Meine Augenbrauen ziehen sich fast bis zu meinem Haaransatz hoch und ich sage, „Also bevor du es mir erzählst, gib mir erst auch so ein Bier, damit ich mich beruhigen kann und dir nicht den Kopf abreiße, wenn du mir etwas sagst, von dem ich weiß, dass es mich wütend machen wird."

„Du hast recht", sagt er und reicht mir ein Bier. „Hier, nimm einen tiefen Schluck, dann erzähle ich dir alles."

Ich tue, was er sagt, danach nimmt er mein Kinn in seine Hände und schaut mich mit seinen dunkelgrünen Augen an. Ich erinnere mich an seine Augen als ich drei Jahre alt war. „Weißt du noch, wie ich dir einmal sagte, dass du schöne Augen hättest, als ich noch klein war?", frage ich ihn.

„Das tue ich." Er lässt mein Kinn los und fährt sich mit der Hand durch das Haar. „Erinnerst du dich auch noch daran, dass ich dir das gleiche antwortete?"

Ich lächle, weil er sich daran erinnert. „Es ist schon seltsam, dass du dich nach all den Jahren noch an mich erinnerst. Ich war immerhin nur ein paar Wochen dort gewesen, als mich meine Groß-eltern fanden."

Er streicht mir langsam durch das Haar, während er mir in die Augen schaut. „Du warst so klein und hilflos. Ich machte es mir zur Aufgabe, dich sicher und nicht mehr so traurig zu sehen. Damals lag in deinen Augen solche Traurigkeit. Du warst komplett verwirrt darüber, warum du dort zurückgelassen wurdest."

„Ich erinnere mich langsam wieder daran." Ich stoße ein kleines Lachen aus. „Ein völlig fremder Mann sagte mir auf dem Flug nach Austin, dass ich mich mit meinen Erinnerungen auseinandersetzen müsse, anstatt sie zu verdrängen. Ich hielt ihn für einen Idioten, weil er so mit mir sprach."

„Die Menschen halten sich nicht immer aus den Problemen von anderen Leuten heraus. Um ehrlich zu sein, vermute ich ja, dass das unsere Aufgabe ist. Ich war genau wie du und wenn Leute mit mir redeten, als ob sie mich kannten oder als ob sie wüssten, was ich durchgemacht habe, nun ja, dann dachte ich auch, dass sie Idioten wären." Max lehnt sich mit dem Rücken an die Bar und lächelt mich an. „Wir sind wahrscheinlich viel mehr wie Bruder und Schwester als es wirklich Geschwister sind. Wir haben das gleiche durchgemacht."

„Okay, was hast du angestellt, das mich wütend machen wird, Bruder?", frage ich ihn mit einem Kichern.

„Ich habe den Pickup deines Großvaters zu ihm zurückgeschickt. Ich bat einen von Hildas Cousins darum, ihn dorthin zu fahren. Ich will, dass du eines von unseren Autos nimmst und damit nach Lubbock fährst, um Blake zu überraschen." Er schaut mich an und wartet auf meine Reaktion.

Ich blinzle mehrmals und schaue zu Boden. „Warum?"

„Weil dein Unterricht bald wieder anfängt und ich kein ‚Nein' oder ‚Ich überleg's mir' hören will." Er berührt meine Wange und zwingt mich dazu, ihn anzusehen. „Willst du wissen, warum?"

Ich nicke und flüstere, „Warum?"

„Weil ich dich liebe. Ich kann es nicht mitansehen, wie du dich selbst um eine Liebe bringst, die dir so viel Frieden und Glück bereiten kann. Du hast mich nach meinem Engel gefragt. Sie war diejenige, die mich dazu gebracht hat, nicht mehr so stur zu sein, und mir dabei half, meine Unsicherheiten beiseite zu schieben und zu Lexi zu gehen. Deshalb bin ich jetzt dein Engel, denn um ehrlich zu sein, brauchst du einen."

Ich lache und schenke ihm ein kleines Lächeln. „Da du kein Nein annimmst, habe ich ja wohl keine andere Wahl, Max. Sei aber nicht überrascht, wenn Blake mir sagt, dass ich verschwinden soll. Ich kenne ja nicht einmal seine Adresse."

„Er ist der Nachbar von Lexis Bruder, wie du sicherlich noch weißt. Ich gebe die Adresse in das Navi von dem Auto ein, mit dem du fahren willst, und du bist in null Komma nichts dort."

„In null Komma nichts, hm?", frage ich, als ich meinen Kopf schüttle. „Du ziehst das wirklich durch, oder?"

Er nickt. „Das tue ich und zwar morgen um genau zu sein."

„Was kann ich machen, um dem zu entgehen?", frage ich ihn, als er mich von dem Barhocker und zurück zu Lexi und den Kindern zieht.

„Überhaupt nichts. Es ist an der Zeit, dass du dich deinen Ängsten stellst und den Schaden behebst, den du angerichtet hast. Und wenn aus der Sache nichts wird – außer, dass du dich wie ein großes Mädchen verhältst und dich den Dingen stellst, die du angerichtet hast und die Zeit überstehst, dann ist es eben so."

Lexi lächelt mich an, als wir den Tisch erreichen. „Hat er wieder seinen Kopf durchgesetzt?", fragt sie mich.

„Tut er das nicht immer?", antworte ich mit einem Lachen. „Anscheinend muss ich mich Blake jetzt stellen. Ich hoffe, er lässt sich darauf ein und schmeißt mich nicht raus."

BLAKE

Das Umbau-Team hat nur ein paar Tage gebraucht, um das große Schlafzimmer umzubauen und eine neue Massagewanne und eine wunderschöne, geflieste und getrennte Dusche zu installieren, die groß genug für zwei Personen ist. Es sieht fantastisch aus und ich wünschte, meine Mutter und mein Vater könnten das Bad noch genießen.

Ich bin aus meinem alten Kinderzimmer ausgezogen und heute arbeitet das Umbau-Team daran. Jetzt, da das große Schlafzimmer renoviert und das angeschlossene Bad saniert ist, habe ich meine Sachen hier hinein geräumt, mit großem Bett und allem.

An der Wand hängt ein großer Flachbildfernseher. Ich habe vor, alle Möbel, die ich für dieses Haus neu gekauft habe, hierzulassen, wenn ich weggehe. Ich werde nur meine Kleider mitnehmen und das war's.

Ich werde auch eine Box mit Erinnerungen an meine Eltern mitnehmen. Alles andere bleibt hier für eine arme Familie, die wieder auf die Beine kommen muss. Ich bin der Meinung, dass meine Eltern gewollt hätten, dass ich das mit ihrem Haus mache.

Ich sitze im Hinterhof, nippe an einem eiskalten Bier und entspanne mich vor dem kleinen Pool, den ich dort habe einbauen lassen. Es gibt einen netten, entspannenden Wasserfall und ich hoffe, dass eines Tages ein glückliches Kind dort herunterspringt.

Die Hintertür geht auf, als der letzte Sonnenstrahl am Himmel erlischt. „Hey Chef, wir gehen jetzt", sagt der Vorarbeiter des Umbau-Teams.

„Danke, Kumpel. Bis morgen", erwidere ich und winke zum Abschied.

Während er davongeht, drehe ich mich wieder um und schalte mit einer Fernbedienung die Lichter im Pool an. Ich stelle mir vor, wie eine kleine Familie in der Außenküche kocht, die ich einbauen ließ, und sich zusammen am Pool amüsiert.

Es klingelt an der Tür und ich seufze, als ich aufstehe, um nachzusehen, wer meine Tagträume unterbricht. „Wer ist da?", brülle ich, während ich durch die Küche und das Wohnzimmer gehe.

„Ich bin's", ertönt eine sanfte Frauenstimme hinter der geschlossenen Tür.

Der Klang ihrer Stimme lässt mich innehalten.

Warum ist sie hier?

Ich bin gut ohne sie zurecht gekommen und jetzt ist sie hier, um mich wieder in ihre Fänge zu ziehen. Ich denke, ich sollte die Tür nicht aufmachen, doch meine Füße bewegen sich trotzdem. Meine Hand legt sich auf den Türknauf und ich drehe ihn auf.

„Blake?", fragt sie auf der anderen Seite.

Sie ist alles, was uns trennt und ich brauche das dicke Holz, um sie von mir fernzuhalten. Ich schaue zu dem Türschloss und sehe, dass es nicht verschlossen ist, dabei bräuchte ich das so sehr. Ich drehe mich um und versuche, davonzulaufen. Ich versuche, meinen Mund zu öffnen, um ihr zu sagen, dass sie verschwinden soll.

„Blake, ich bin nicht hier, um dich anzubetteln, mir noch einen Chance zu geben, falls das der Grund ist, warum du mich nicht hineinlässt. Ich will dich nur sehen und mich persönlich bei dir entschuldigen. Ich erwarte nicht, dass du meine Entschuldigung annimmst, aber ich will mich dir stellen, wie ich es schon längst hätte tun sollen."

Meint sie das wirklich so? Kann sie überhaupt ehrlich sein?

Ich öffne die Tür und sehe sie, wie sie in einem kleinen weißen T-Shirt, einer alten blauen Jeans und Flip-Flops vor meiner Tür steht. Ihre Haare sind zu einem Zopf zurückgebunden. Sie versucht gar nicht, wie eine böse Verführerin auszusehen, wie ich es eigentlich erwartet hatte.

Stattdessen sieht sie so zierlich und süß aus wie immer. „Hi", bringe ich aus meinem trockenen Mund heraus.

„Hi Blake." Sie schaut zu mir auf und ihre Augen leuchten wie ein Feuer in der Nacht. So blau und wunderschön. „Ich wollte dir persönlich sagen, dass es mir leidtut, so ein Feigling zu sein."

Ich schlucke schwer und sage, „Du bist kein Feigling, Rachelle."

Sie schüttelt ihren kleinen Kopf. „Ich bin einer und du verdienst etwas Besseres als das, was ich dir gegeben habe. Du verdienst eine Erklärung für die Art, wie ich dich behandelt habe. Für die Art, wie ich dich verlassen habe. Ich würde das gerne tun, wenn du mich hineinlässt."

Obwohl ich eigentlich die Tür wieder schließen sollte, gehe ich einen Schritt zurück und bedeute ihr, hereinzukommen. Sie kommt herein und der Geruch ihres Lavendelshampoos erfüllt meine Sinne. Ich schlucke schwer und versuche, meine Fassung nicht zu verlieren.

„Setz dich hin. Ich bin gleich wieder da", sage ich und gehe dann in die Küche.

Ich nehme drei Bier aus dem Kühlschrank und stürze gleich eines davon hinunter. Ich schmeiße die leere Flasche in den Müll und nehme die anderen beiden mit. Ich reiche ihr eines, bevor ich mich auf den Sessel ihr gegenüber setze. Während ich an dem Bier, das ich gerade geöffnet habe, nippe, schaue ich sie misstrauisch an.

Sie nimmt einen Schluck und stellt dann die Flasche auf den Tisch neben sich ab. „Ich muss mir keinen Mut antrinken. Das verdiene ich nicht. Ich habe dir Schreckliches angetan und das nur, weil ich mich nicht selber schätze. Ich will nur, dass du weißt, dass du an nichts schuld bist. Du bist ein wunderbarer Mensch und ich habe mich wirklich gefreut, dich kennenzulernen. Besonders wie *sehr* wir uns kennengelernt haben."

„Der Sex?", frage ich und nehme einen weiteren Schluck, um das Brennen in mir zu lindern.

„Die Art, wie du mich geliebt hast, ja. Ich bin so froh, dass ich dich auf diese Weise fühlen durfte", sagt sie und lehnt sich vor. „Diese Erinnerungen werde ich ewig behalten und niemals vergessen, dass du mich so unglaublich respektvoll und freundlich behandelt hast. Dafür will ich dir danken, Blake."

„Das ist also alles, was du mir sagen wolltest, Rachelle?", frage ich sie, als ich mein Bier auf den Tisch stelle und aufstehe.

Sie reißt ihre Augen auf und macht ebenfalls Anstalten, aufzustehen. Sie nickt und steht auf, doch ich lege meine Hände auf ihre schmalen Schultern und drücke sie wieder auf die Couch zurück und setze mich neben sie.

„Ich würde dir auch gerne etwas sagen, Rachelle. Einige Dinge, die ich dir unbedingt sagen wollte, als du mich so zurück gelassen hast."

Sie beißt auf ihre Unterlippe und schaut mich mit glänzenden Augen an. „Okay, gib es mir. Ich verdiene das."

„Das tust du", sage ich. Dann streiche ich mit meinem Finger über ihren zierlichen Kiefer bis zu ihrem Schlüsselbein. „Du verdienst es zu wissen, dass ich dich für mutig und tapfer halte. Ich hätte nie gedacht, dass du hierher kommen und mir unter die Augen treten würdest."

Als sie schluckt, bildet sich in ihrem Hals ein Kloß und ihr Körper fängt an zu zittern. „Wirklich?"

Ich nicke und lehne mich zu ihr, atme ihren Duft ein. „Du verdienst auch zu hören, dass ich niemals aufgehört habe, dich zu lieben. Du verdienst zu wissen, dass ich dir verzeihe. Und du verdienst zu erfahren, dass ich dich so akzeptiere, wie du bist, nämlich eine atemberaubende Frau." Meine Lippen sind ganz nah bei ihren und ich schaue ihr in die Augen. „Darf ich dich küssen?"

Mit einem kaum merklichen Nicken von ihr lege ich meine Lippen auf ihre. Bei unserer Berührung schießt süße Hitze durch meinen Körper. Sie keucht leicht und schlingt ihre Arme um meinen

Nacken. Ich habe sie so sehr vermisst, dass ich keine Zeit mehr verschwenden will.

Ich hebe sie hoch und küsse sie den ganzen Weg durch den Flur bis in mein neues Schlafzimmer. Ich liege auf dem Bett und lege sie neben mich, wobei ich unseren Kuss für keine Sekunde unterbreche. Ihre Hände kämpfen mit dem Knopf meiner Jeans, anscheinend will sie mich genauso sehr wie ich sie.

Unsere Lippen lösen sich nur so lange voneinander, wie es dauert, um erst ihre und dann meine Kleider auszuziehen. Wir mustern den Körper des anderen genau. Ihre Lippen verziehen sich zu einem Lächeln. „Du hast wie ein Verrückter trainiert, oder?"

Ich fahre mit meinen Händen über meine straffen Bauchmuskeln. „Es ist dir aufgefallen, wie süß."

Sie bedeutet mir mit ihrem Finger näher zu kommen, und ich folge ihr. Durch die Art, wie ihre Hände über meinen Körper streichen, wird mein Glied steif. Sie lehnt sich auf ihre Ellenbogen und leckt mit ihrer Zunge über meine Nippel, wodurch sich auf meinem ganzen Körper eine Gänsehaut ausbreitet.

„Ich will jeden Zentimeter deines Körpers küssen", sagt sie mit gurrender Stimme.

„Das würde mir gefallen", knurre ich zurück.

Ich lege mich zurück und ziehe sie auf mich. Sie küsst meine Brust und bewegt dann ihren Mund über meine Bauchmuskeln, wobei ihre Zunge über alle Ausbeulungen und Vertiefungen streicht. Ich verzehre mich innerlich nach ihr. Als ob sie meine Gedanken gelesen hätte, gleitet sie an meinem Körper nach oben, bevor sie sich wieder ein Stück hinunterbewegt und sich selbst mit meinem Glied füllt.

Wir stöhnen zusammen auf. Sie setzt sich auf mich. Ich bin komplett in ihr und sie bewegt sich für einen Moment nicht, damit sie sich meiner Größe und Länge anpassen kann. Mit einem Lächeln beginnt sie, an meinem Glied hoch und runter zu gleiten, während sie mich anschaut und ihre Hände über meinen Bauch wandern lässt.

Ich lege meine Hände auf ihre Hüfte und hebe sie hoch, damit sie sich schneller auf mir bewegen kann. Ihr zierlicher Körper wiegt nichts und ich hebe sie auf meinem stahlharten Schwanz ganz mühelos auf und ab.

Ich bin von der Art, wie ihre Brüste hüpfen, fasziniert. Ich setze mich auf und nehme eine in den Mund, während ich sie weiterhin mit einer Hand hoch und runter hebe. Sie ändert ihre Position ein bisschen, so dass sie auf meinem Schoß sitzt und wir uns gemeinsam bewegen.

Sie ist so eng und ihr Körper passt perfekt zu meinem, als ob wir füreinander geschaffen wären.

Ich frage mich, ob das bedeutet, dass sie wieder mit mir zusammen ist.

47

RACHELLE

Mein Körper fühlt sich wieder so an, als würde er mir gehören. Ich war sogar von meinem eigenen Körper so distanziert gewesen. Ich habe nicht viel an mich herangelassen, als ich versuchte, in kleinen Portionen damit klarzukommen, was mit mir geschehen war.

Ich gleite über Blakes Monsterglied. Wenn wer mich ausfüllt, hebt mich das in andere Sphären. An einen Platz, vor dem ich Angst hatte, aber diese Angst ist aus irgendeinem Grund verschwunden.

Er rollt mich herum und legt mich mit dem Rücken auf einen Kissenberg, doch mein Körper ist noch immer zu seinem geneigt. Er bricht unsere Verbindung nicht, sondern bewegt sich in mich hinein und hinaus, während er nach unten an die Stelle schaut, an der unsere Körper miteinander verbunden sind. Er beobachtet, wie sich unsere Körper mit jedem langen Stoß vereinen und trennen.

Es ist so, als ob er verstehen würde, dass er entweder in mir leben kann oder nicht, dass er entweder bleiben oder davonlaufen kann. Dann blicken seine Augen in meine und ich sehe es. Ich sehe, dass er mich akzeptiert.

„Ich liebe dich, Rachelle. Egal, was du tust, ich liebe dich und ich werde dich immer lieben." Er presst seinen Körper gegen meinen und küsst mich, seine Zunge spielt mit meiner.

Es fühlt sich nicht wie früher an, als ob er mich beherrschen will. Es fühlt sich nicht so an, als ob er mich zu seinem Besitz machen will. Es fühlt sich so an, als ob er einfach will, dass wir zusammen sind. So sehr, wie ich es zulassen werde.

Es fühlt sich perfekt an.

Ich fahre mit meinen Händen durch seine Haare. Sie sind weich und sie sind eines der Dinge, die ich am meisten vermisst habe. Mit einer Hand streiche ich über seinen Rücken und ich stöhne dabei, wie sich seine Muskeln jedes Mal, wenn er sanft und langsam in mich stößt, zusammenziehen.

Er stöhnt ebenfalls in meinen Mund. Eine seiner Hände wandert in meine Haare, er schlingt sie um seine Faust und zieht leicht an ihnen. Ich genieße das Sanfte, aber ich will mehr und wölbe mich ihm entgegen, um ihm mein Verlangen zu zeigen.

Er wird ein bisschen schneller, seine Stöße sind etwas härter und er zieht etwas mehr an meinem Haar. Mein Magen zieht sich zusammen, als sich alles in mir versteift und ich meine Beine um seine Hüften schlinge.

Er löst unseren Kuss und beißt fest in meinen Nacken, während er in mich hämmert und mir mit einem besonders harten Stoß den Atem nimmt. Er saugt und beißt in meinen Hals, was mich verrückt macht.

Ich will alles von ihm, ich brauche alles von ihm. Ich wölbe mich nach oben, um seinen harten Stößen entgegenzukommen und zucke unter ihm. Ich kann nur daran denken, wie fantastisch es sich anfühlt, wenn mich sein heißer Samen füllt.

Seine Lippen berühren mein Ohr und er befiehlt mir mit heißer Stimme, „Komm."

Mein Körper reagiert auf seinen Befehl. Ich zerbreche innerlich und er stößt noch viel härter in mich. Meine Säfte machen alles noch schlüpfriger, wodurch er jetzt so viel härter in mich hinein und hinaus gleiten kann.

Mein Körper pulsiert und will ihn mit in die Ekstase ziehen, aber er macht weiter. Er beißt seine Zähne zusammen, als er seinen eigenen Höhepunkt zurückhält. Er stöhnt leicht, nimmt eine meiner Brüste in seinen Mund und saugt fest daran.

Das Gefühl geht direkt in meine tieferen Regionen und ich kann fühlen, wie sich ein neuer, unglaublicher Höhepunkt aufbaut. Er zieht lange und fest an meiner Brust und ich falle über den Abgrund. Nur diesmal ziehe ich ihn mit. Er lässt meine Brust los und wir beide stöhnen unkontrolliert auf.

Er bewegt sich leicht gegen mich, während unsere Körper von dem unglaublichen Hoch zurückkommen, auf das er uns gebracht hat. Ich verteile kleine Küsse auf seinem Hals und seiner Schulter. Dann lege ich meine Lippen an sein Ohr und flüstere die Worte, nach denen ich weiß, dass er sich verzehrt, „Ich liebe dich, Blake."

Die Art, wie er seinen Körper auf meinen fallen lässt, sagt mir, dass er diese Worte so sehr von mir hören musste, wie er die Luft zum Atmen braucht. Er bewegt nur seinen Kopf und schaut mir in die Augen.

Seine Augen sind immer noch dunkel mit Gefühlen. „Ich liebe dich, Rachelle."

Er küsst mich einmal liebevoll auf meine pulsierenden Lippen und rollt sich dann von mir herunter und mir wird kalt. Ich würde seinen Körper am liebsten für immer auf meinem spüren.

Er rollt sie auf die Seite und nimmt mich mit sich, mein Rücken liegt an seiner Brust, sein Arm schlingt sich um meine Hüfte. Seine weichen Lippen berühren meinen Nacken. „Ich drücke dich nicht herunter, Baby. Ich halte dich nicht fest, als ob du mir gehören würdest. Ich halte dich nur fest, um deinen Körper neben meinem zu spüren, so, wie unsere Körper zusammensein sollten."

Seine Worte lösen etwas in meinem Herzen aus, das mir gefehlt hat, auch wenn es mir nie bewusst gewesen war. Ein Gefühl der Gemeinschaft. Mitgefühl und das Gefühl, dass mich dieser Mann kennt. Er kennt mich in- und auswendig und akzeptiert mich trotzdem, mit allen dicken, fetten Schwächen und Unzulänglichkeiten und meiner verletzenden Art.

Noch nie in meinem Leben war ich so glücklich!

BLAKE

Mein Geist ist friedlich. Sie ist zurück, wo sie sein sollte. In meine Armen gekuschelt, schlafend wie ein Baby.

Ich muss gegen das Verlangen ankämpfen, sie aufzuwecken und noch einmal sanfte Liebe mit ihr zu machen. Sie braucht den Schlaf. Als sie mich ansah, konnte ich sehen, dass sie so große Sorgen gehabt und sich selbst über viel zu viele Dinge Vorwürfe gemacht hatte.

Mein Verstand sagte mir, dass ich mich von ihr fernhalten sollte, aber mein Herz hat das nicht zugelassen. Egal, was sie getan hat, sie ist immer noch die eine wahre Liebe, die ich jemals gehabt habe und wahrscheinlich immer haben werde.

Sie glücklich zu machen ist das Einzige, woran ich denken kann. Alle meine Gedanken drehen sich darum, ihr zu zeigen, wie sehr ich sie liebe, genauso wie jeden Moment, in dem ich sie in meinen liebenden Armen halte. Ich habe mich schon zuvor von meinem Verlangen nach ihr treiben lassen, doch diesen Fehler werde ich nicht mehr machen.

Sie kann meine Gefühle wahrnehmen. Wenn sie der Meinung ist, dass ich sie zu sehr und zu bald brauche, dann läuft sie davon. Wenn sie auch nur für eine Sekunde denkt, dass ich sie kontrollieren will, dann haut sie ab. Ich kann es ihr nicht einmal verübeln, nach allem, was sie durchgemacht hat.

Sie vertraut eigentlich nur sich selbst, zu wissen, was sie will. Aber wie gesagt, wer kann es ihr vorwerfen, nachdem ihre eigene Mutter sie an dem verletzlichsten Punkt in ihrem Leben allein gelassen hat?

Ich frage mich, was mir bevorsteht. Sie hat immerhin zwei total beschissene Elternteile. Ich frage mich, ob ich stark genug bin, mit allem klarzukommen, was diese unglaubliche Frau in meinen Armen mit sich bringt.

Sie regt sich. Ihre Augen öffnen sich langsam und sie lächelt mich an, als sie sieht, dass ich meinen Kopf mit einer Hand abstütze und sie anschaue. „Hi", sagt sie verschlafen.

Ich küsse ihre süße kleine Nase. „Hi."

Sie dreht sich in meinen Armen um, schlingt ihre Arme um meinen Hals und kuschelt sich an meine Brust. Ich lege mich wieder auf den Rücken und ziehe sie zu mir heran. Sie fühlt sich so winzig an und mir wird klar, dass ich sie niemals irgendwo zurücklassen und einfach davongehen könnte, wie ihre Mutter es getan hat.

Tatsache ist, dass ich sie niemals losgelassen hätte, wenn sie nicht vor mir davongerannt wäre. Mein Herz zieht sich bei dem Gedanken zusammen, dass sie mich wieder verlassen könnte.

Ich verdränge den Gedanken. Im Leben gibt es für nichts eine Garantie. Gerade ich weiß das. Ich muss jeden Tag nehmen, so wie er kommt, und das, was ich habe, genießen. Ich darf nicht darüber nachdenken, was morgen passieren könnte, oder übermorgen, oder am Tag danach.

Heute, dieser Moment, ist alles, was zählt. Ich muss in diesem Moment leben und genießen, wie sich ihr Körper so nah an meinem anfühlt. Die Art, wie ihr warmer Atem in Wellen auf meinen Körper trifft. Das Gefühl, das mir meine Liebe für sie gibt.

Es ist großartig, dass sie mich auch liebt. Es ist fantastisch, aber ich darf nicht darüber nachdenken, ob sie mich für immer lieben wird.

Es muss genug sein, dass ich diese allumfassende Liebe spüre.

Wenn ich noch mehr Tage wie diesen bekomme, dann ist das wunderbar. Und wenn ich niemals wieder eine solche Liebe haben werde, dann habe ich zumindest schon einmal eine gefühlt.

Und genau darauf kommt es schließlich an!

INTENSIVES GLÜCK

Rachelle

Schmale, rosa Lichtstrahlen fallen durch den winzigen Schlitz in den dunklen Vorhängen in Blakes Schlafzimmer. Er hält mich in seinen starken Armen und ich fühle mich Zuhause, was mich gleichzeitig tröstet und mir unglaubliche Angst einjagt.

Sanfte Küsse in meinem Nacken lassen mich wissen, dass er wach ist und eine bekannte Beule in meinem Rücken fängt an zu pulsieren. Er stößt ein tiefes Stöhnen aus, das Hitze durch meinen Körper schießen lässt.

Obwohl wir uns in den letzten paar Tagen häufiger geliebt haben als ich zählen kann, verzehre ich mich immer noch nach diesem Mann. Er ist großartig, süß und so unglaublich gut bestückt.

Ich fahre mit meinen Händen über seine Hüfte und über sein muskulöses Bein, woraufhin er sich noch enger an mich drückt. Ich liege vor ihm auf meiner Seite und lehne meinen Körper zurück gegen seinen. Er hebt mein Haar und verteilt sanfte, kleine Küsse auf meinem Nacken.

„Guten Morgen", sage ich mit einem Kichern, weil seine Küsse mich kitzeln.

„Dir auch einen guten Morgen." Er dreht mich in seinen Armen um und ich schaue in seine wunderschönen, blau-braunen Augen.

Mein Bauch zieht sich zusammen, als ich in seine Augen blicke und in ihnen Liebe und Freiheit entdecke. Sein Mund legt sich auf meinen und er fährt mit seiner Zunge sanft über meine Unterlippe. Ich öffne meinen Mund und lasse seine Zunge hineingleiten.

Er hebt mich in eine andere Welt, ich sorge mich nicht darum, dass er mich verlässt, habe keine Angst vor dem, was in der Zukunft passieren könnte, sondern fühle einfach nur pure Lust. Mein Körper reagiert schnell auf seinen und ich drücke meinen Mund gegen seine Lippen. Sein Stöhnen lässt mich wissen, dass es ihm gefällt.

Er dreht mich mit einer schnellen Bewegung um, so dass ich auf meinem Rücken liege. Mit seinem Knie drückt er meine Beine auseinander und sein Körper legt sich auf meinen. Ich wölbe mich ihm entgegen, um sein hartes Glied zu spüren und stöhne auf, als er in mich eindringt.

Die Art, wie er mich komplett ausfüllt, löst ein Ziehen tief in meinem Inneren aus. Mein Verlangen schwemmt über mich hinweg und ich wölbe mich nach oben, um ihn so tief, wie es diese Position zulässt, in mich aufzunehmen. Er nimmt mich langsam und gleichmäßig.

Seine Bewegungen sind sanft und er küsst mich zart. Ich lege meine Hände in seinen Nacken und ziehe seinen Mund fester auf meinen. Seine Zunge spielt noch leidenschaftlicher mit meiner.

Er stößt härter zu und mein Herzschlag beschleunigt sich. Sein ganzer Körper berührt den meinen, doch dann rückt er ein Stück von mir ab, als er sich komplett aus mir herauszieht. Die fehlende Wärme seines Körpers, wenn auch nur für ein paar wenige Sekunden, fühlt sich fast schmerzhaft an.

Er zieht seine Zunge aus meinem Mund und wandert mit seinem Mund zu meinem Hals, an dem er knabbert und mich direkt auf den Höhepunkt zutreibt. Ich fahre mit meinen Fingernägeln über seinen muskulösen Rücken und der süße Schmerz entlockt ihm ein Stöhnen. Er revanchiert sich, indem er mich fest in meinen Nacken beißt.

Meine Beine fangen an, zu zittern, er stemmt sich hoch und

schaut mich an. „Tu es", befiehlt er mir und sieht zu, wie ich mich für ihn komplett fallen lasse.

Meine Beine klammern sich fest um seine Hüfte, als ich in tausend Teile zerbreche, was ihm ein Lächeln entlockt. Mein Atem kommt stoßweise und lässt sein Lächeln noch größer werden. Er stößt noch härter in mich, doch als mein Höhepunkt ein bisschen nachlässt, hämmert er noch stärker in mich, hält dann inne und zieht sich aus mir heraus.

Er dreht mich schnell um und zieht mich auf meine Knie. Er dringt wieder in mich ein, doch diesmal ist er viel tiefer in mir. Mein Körper verkrampft sich um ihn herum. Mein abflauender Höhepunkt erreicht neue Höhen, ich stöhne und gebe kreischende Laute von mir, während er mich weiter in diese Lustzone treibt, wie nur er es kann.

Seine großen Hände liegen auf meinen Hüften, während er mich vor und zurückzieht, um seinen harten Stößen entgegenzukommen. Mein Körper zittert, als er sich über mich beugt und in meine Schulter beißt, sich versteift und zum Höhepunkt kommt und dabei seinen heißen Samen in mich vergießt.

Er rollt direkt aus dem Bett und mir wird kalt. Ich ziehe die Decke über mich und er geht mit einem kleinen Grinsen auf seinem hübschen Gesicht zu meiner Seite des Bettes. Er streicht mein Haar zurück und küsst meine Wange.

„Was willst du heute machen, meine kleine, süße Prinzessin?"

Mit dir den ganzen Tag im Bett herumliegen!

„Keine Ahnung, Blake. Was willst du denn machen?"

Er kniet sich neben das Bett und streicht mit seiner Hand über meine Wange. „Ich will dich nur glücklich machen."

Er will mich nur glücklich machen, und doch breitet sich bei seinen Worten ein dumpfes Gefühl in meinem Bauch aus. Ich schaue in seine Augen und lächle trotz meiner wahren Gefühle.

„Wie wäre es damit, dass du einkaufen gehst und uns ein paar Dinge besorgst, damit ich uns ein richtig gutes Mittagessen kochen kann. Ich denke dabei an Monte Christo Sandwiches und selbstgemachte Süßkartoffelpommes."

„Mmmm", stöhnt er. „Hört sich gut an. Ich gehe schnell in die Dusche und ziehe mich an. Währenddessen kannst du mir eine Liste schreiben, was du dafür brauchst." Er steht auf und bewegt seinen köstlichen, nackten Körper in das Badezimmer und ich verzehre mich schon wieder nach ihm.

Mein Handy vibriert, ich nehme es von dem Nachttischkästchen und sehe, dass mir meine Mutter eine Nachricht geschrieben hat.

– **Dein Großvater sagte mir, dass er dir von deinem Vater erzählt hat.** –

Ich rufe sie an, um mit ihr zu sprechen und sie antwortet nach dem ersten Klingeln. „Hallo, Tabitha", sage ich. „Ich hoffe, du warst nicht zu wütend auf Großvater."

„Das war ich, aber mach dir darum keine Sorgen", antwortet sie. „Ich wollte nie, dass du von Rodney erfährst. Du musst wissen, dass mich seine allumfassende Liebe für mich dazu gebracht hat, wegzulaufen. Und in Wahrheit hat er mich mit Absicht geschwängert. Er wollte, dass ich ihn heirate, noch bevor wir mit der High-School fertig waren. Er wollte mich fesseln, indem er mich schwängerte. Er benutzte zwar ein Kondom, aber er hat mit Absicht Löcher hineingestochen. Seine Falle hat nur nicht funktioniert, und ich bin davongerannt."

„Wow!", sage ich, als sie mir endlich die Wahrheit erzählt. „Aber warum bist du weggelaufen, wenn er dich doch heiraten wollte?"

„Ich war achtzehn. Ich war noch nicht bereit zu heiraten oder ein Kind zu bekommen. Er hat das nicht verstanden, ich nehme an, es hat ihn wahrscheinlich gar nicht interessiert. Er wollte mich und Kinder und er tat alles, um das zu bekommen, egal, ob ich das auch wollte oder nicht." Sie seufzt tief und schnieft dann. „Dein Großvater hat mir auch erzählt, dass du in Lubbock bei einem Mann bist. Ich wollte dir nur sagen, dass du mich so sehr an deinen Vater erinnerst."

„Wie? Wie kann ich dich an ihn erinnern? Er ist verrückt", frage ich total verwirrt.

„Du hast die gleiche Art wie er. Ihr bemüht euch so sehr, das zu bekommen, was ihr wollt. Du weißt, wie hart du für deinen Kochabschluss gearbeitet hast. Und dieser Mann, bei dem du jetzt bist, was empfindest du für ihn?", fragt sie mich.

„Ich liebe ihn, wie ich es nie für möglich gehalten hätte, dass man einen Menschen lieben kann", antworte ich. „Ich fühle mich bei ihm zu Hause."

Mit einem weiteren tiefen Seufzer sagt meine Mutter dann, „Shelley, das ist nicht gut. Es ist nicht normal, so über einen Menschen zu denken, vor allem schon so bald. Ich habe wirklich große Angst, dass du wie dein Vater endest, wenn dich dieser Kerl verlässt, so wie alle anderen auch. Genauso verrückt, wie dein Vater, als ich ihn verließ."

„Ich muss los, Tabitha." Mein Kopf dreht sich und ich fühle mich, als ob ich mich übergeben müsse. „Danke für das Gespräch."

„Kein Problem, Shelley", antwortet sie. „Ich will nur nicht, dass du genauso endest, wie dein Vater. Halte Männer immer auf Abstand. Lasse niemanden an dein Herz. Du willst ja schließlich nicht irgendwann unter einer Brücke leben, wie er. Tschüss."

Sie legt auf und mit ihr verschwinden all meine Hoffnungen auf ein normales Leben mit Blake an meiner Seite. Ich ziehe die Decke über meinen zitternden Körper. Ich bin geschockt und enttäuscht zugleich.

Blake kommt aus dem Badezimmer und sieht wie der gutaussehende Engel aus, der er in Wirklichkeit ist. Ich zwinge meinen Körper, mit dem Zittern aufzuhören, verziehe mein Gesicht zu einem falschen Lächeln und sage, „Lass mich schnell aufschreiben, was ich brauche, damit du losgehen kannst, Babe."

Mit einem Lächeln greift er in eine Schublade und holt einen Stift und etwas Papier heraus. Er setzt sich neben mich auf das Bett und streicht über meine Haare, während ich eine Liste schreibe, die ihn für eine Weile beschäftigen wird.

Ich brauche Zeit, um meine Sachen zu packen und wegzugehen. Mein Körper sehnt sich bei jeder Bewegung seiner Finger auf meinem Kopf nach ihm. Ich präge mir das Gefühl ein, denn ich werde es nie wieder spüren.

50

BLAKE

Ich musste in drei verschiedene Läden gehen, bis ich das Kokosnussmehl fand, das Rachelle braucht. Ich blinzle, als ich in die Einfahrt fahre und sehe, dass Rachelles geliehenes Auto nicht mehr da ist. Mein Herz bleibt stehen und ich renne in das Haus.

Ihre verdammten Kleider sind alle weg!

Ich sehe mich um, in der Hoffnung irgendetwas, einen Brief oder eine kleine Nachricht zu finden, die mir sagt, warum sie mich schon wieder verlassen hat. Ich finde jedoch nichts. Meine Knie werden weich und ich falle fast auf das Sofa.

Schweren Herzens hole ich mein Handy aus meiner Tasche und rufe Kip an. „Hey, Kumpel", sagt er, als er rangeht.

„Hey, Kip. Ähm, Rachelle hat mich wieder verlassen. Ich werde mich nicht bei ihr melden. Ich weiß wirklich nicht, warum sie weggegangen ist. Wir haben uns nicht gestritten oder so. Ich fände es nur nett, wenn du mir Bescheid sagen könntest, wenn sie sicher Zuhause angekommen ist. Das ist alles."

„Natürlich", sagt er. „Das tut mir wirklich leid, Kumpel."

„Danke. Tschüss, Kip."

Ich lege auf und gehe hinaus, um die Einkäufe zu holen, die jetzt schlecht werden, weil ich keine Ahnung habe, wie ich sie verwenden soll. Ich gehe mit den Tüten unter dem Arm zu Joshs Haus und klingle.

Er öffnet die Tür. „Hi Blake. Was ist los?"

„Ich wollte dich fragen, ob du die Lebensmittel hier willst."

Er zieht seine Augenbrauen weit hoch. „Warum?"

„Sie hat mich wieder verlassen. Ich bin losgefahren, um die Dinge einzukaufen, die sie wollte, und sie ist einfach abgehauen. Ich weiß nicht, was ich mit dem Zeug anfangen soll. Du kannst sie gerne haben."

Er tritt einen Schritt zurück. „Bring sie hinein und dann reden wir."

Ich gehe hinein, will aber nicht reden. Ich will einfach nur ins Bett und einschlafen und dann feststellen, dass all das nur ein schrecklicher Alptraum war.

51

RACHELLE

Ich bin seit zwei Wochen wieder Zuhause und fühle mich so leer. Blake hat nicht einmal versucht, mich anzurufen. Er muss mich hassen und ich sollte mich darüber freuen, aber das tue ich nicht. Es geht mir schlecht.

Anstatt nach dem Unterricht nach Hause zu fahren, bin ich auf dem Weg zu Peyton, um mich auf ihrer Schulter auszuweinen. Meine Mutter ruft mich ständig an und erzählt mir, wie viel ich von meinem Vater habe und wie ähnlich wir uns sind.

Es macht mich einfach krank!

Ich fahre in die Einfahrt und Peyton öffnet die Tür. Sie lässt Pax auf seinen kleinen Beinen zu mir laufen. Ich hebe ihn hoch und er küsst meine Wange und umarmt mich. Ich drücke seinen kleinen Körper und breche fast in Tränen aus.

Peyton nimmt ihn mir ab, als ich bei ihr ankomme, und zieht mich in ihre Arme, wo ich zerbreche. „Ich bin so ein Wrack ohne ihn", sage ich weinend.

„Das weiß ich doch, Süße", erwidert sie und führt mich hinein.

Ich schluchze laut, versuche aber, mich zu beherrschen, als Kip zu uns kommt und ich ihn mit Tränen in den Augen ansehe. „Wie geht es unserem Mädchen?", fragt er, als Peyton ihm Pax reicht.

„Nicht gut, aber ich finde schon noch heraus, was los ist", sagt Peyton, während sie mich den Flur entlang in das Schlafzimmer zieht, in dem ich immer schlafe, wenn ich hier bin.

Sie hält kurz in der Küche an und nimmt eine Schachtel Schokoladeneiscreme und zwei Löffel mit, dann gehen wir in mein Zimmer, klettern auf das Bett und setzen uns Schulter an Schulter.

Peyton steckt einen Löffel in das schokoladene Wunderessen und reicht ihn mir. „Iss", befiehlt sie mit beruhigender Stimme. „Du hast bestimmt zehn Pfund abgenommen, Mädchen."

Irgendwie bekomme ich den Löffel Eiscreme hinunter und sie fordert mich auf, noch mehr zu essen. „Ich habe nur ein paar Cracker gegessen, seit ich ihn verlassen habe." Ich schluchze wieder. „Warum habe ich das nur getan, Peyton?"

Sie schüttelt ihren Kopf. „Du hast mir gesagt, dass du und deine Mutter miteinander geredet hättet. Jetzt hör mit dem Weinen auf und erzähle mir die ganzen Details, vielleicht kann ich dir helfen herauszufinden, warum du so eine drastische und schlechte Entscheidung getroffen hast."

Peyton reicht mir ein Taschentuch vom Nachttischschränkchen und ich putze meine Nase. Sie gibt mir ein zweites, mit dem ich mir über die Augen wische. Ich schlucke die Schluchzer hinunter und zwinge mich dazu, mit dem Weinen aufzuhören, damit sie mir helfen kann.

„Okay, ich glaube, jetzt geht es", sage ich, während ich den Kopf schüttle und einen Löffel Eiscreme esse. „Es war wirklich großartig. Nein, mehr als großartig. Oh Peyton, was er mich fühlen lässt ist göttlich."

„Warum bist du dann weggelaufen?", fragt sie, als sie ihren Löffel wieder in das Eis taucht.

Ich atme tief ein und erwidere, „Nun ja, es fing alles damit an, dass ich erfuhr, wer mein richtiger Vater ist. Er ist ein wirklich verrückter Obdachloser, der unter einer Straßenbrücke in meiner Heimatstadt lebt."

Peyton hält mitten in der Bewegung inne und schaut mich an. „Du verarschst mich jetzt, oder?"

Ich schüttle den Kopf und schlucke einen weiteren Bissen hinunter. „Ich wünschte es wäre so! Ich habe ihn besucht."

Ihr Kopf schnellt nach oben und sie unterbricht mich. „Warte mal! Du bist zu einem verrückten Mann gegangen, der unter einer Brücke lebt. Warum um alles in der Welt hast du das gemacht und bitte sag mir, dass du jemanden mitgenommen hast!"

„Nein, Mama! Oh Gott! Du hörst dich an wie Max, Lexi und Blake!" Ich schüttle meinen Kopf und nehme noch einen Bissen. „Weißt du, was gut dazu passen würde?"

„Was?", fragt sie mit einem Stirnrunzeln.

„Rotwein!" Ich lächle, doch sie runzelt ihre Stirn noch mehr.

„Also ich kann *dir* welchen holen." Sie steht auf und geht zur Tür.

„Willst du nicht mit mir trinken?", frage ich sie überrascht, denn Peyton liebt Wein.

Sie dreht sich wieder um und auf ihrem Gesicht liegt ein kleines Grinsen. „Ich wollte dir unsere gute Neuigkeit nicht erzählen und deinen tragischen Moment zerstören."

Ich springe auf und ab und fasse an ihre schmalen Schultern, wofür ich mich auf Zehenspitzen stellen muss. „Welche Neuigkeiten?"

„Kip und ich bekommen noch ein Kind!"

„Du böses Mädchen", sage ich und umarme sie. „Ihr zwei müsst es die ganze Zeit schon versucht haben, du Heimlichtuerin!"

„Anscheinend hat die magische Nacht, in der Blake und du hier und Pax bei seinen Großeltern war, für Kip und mich gewirkt. Ich bin noch nicht einmal einen Monat schwanger, aber wir haben einen Test gemacht, der es uns bestätigt hat!"

Ich springe auf und ab, wir umarmen uns und ich ziehe sie wieder auf das Bett. „Dann gibt es keinen Wein", sage ich. „Ich könnte niemals ohne dich trinken. Glückwunsch!" Ich schnappe mir einen Löffel Eiscreme und gebe ihn ihr. Danach nehme ich meinen und hole mir ein bisschen Eis. Wir stoßen damit an, als ob es Gläser wären.

Ihr Lächeln breitet sich über ihr ganzes Gesicht aus und sie sagt, „Danke. Wir freuen uns sehr darüber."

„Willst du diesmal ein Mädchen?", frage ich.

„Ach, weißt du, wir wollen einfach nur ein gesundes Baby. Wir freuen uns, egal was es wird." Ihr ehrliches Lächeln sagt mir, dass sie es auch so meint.

„Das ist schön. Ich wünsche dir alles Gute, Peyt."

„Dann erzähle, wie es mit deinem obdachlosen Vater weiterging. Und nur, dass du es weißt, ich denke, du bist ganz schön verrückt, weil du allein zu ihm gefahren bist." Sie lehnt sich zurück und wir nehmen wieder unsere vorherigen Positionen ein – mit den Schultern aneinander gelehnt und Eiscreme essend.

Die Schlafzimmertür geht auf und Kip streckt seinen Kopf hinein. „Ich habe euer Schreien gehört. Hast du ihr unsere guten Neuigkeiten erzählt?"

„Das hat sie", sage ich. „Glückwunsch, Daddy!" Ich springe vom Bett und umarme ihn.

Er erwidert die Umarmung. „Wir sind ziemlich glücklich."

„Das solltet ihr auch sein", erwidere ich und klopfe ihm auf den Rücken, dann setze ich mit zurück zu Peyton auf das Bett.

Peyton schaut Kip an. „Wo ist Paxie-Bär?"

„Er macht gerade einen Mittagsschlaf", antwortet er und will wieder hinaus gehen.

Peyton schaut mich an. „Kann er hierbleiben?"

Ich nicke. „Willst du mich zur Vernunft bringen?", frage ich ihn.

Er nickt, rennt zurück und springt auf das Bett, stiehlt Peytons Löffel und holt sich etwas Eiscreme. „Klär mich auf."

Peyton lacht und sagt, „Okay, Shelley weiß, wer ihr Vater ist. Er ist ein obdachloser, verrückter Mann, der in ihrer Heimatstadt Round Rock unter einer Brücke lebt und sie ist ganz allein zu ihm gegangen, um ihn zu sehen."

Kip runzelt die Stirn und ich hebe meine Hand, um ihn zu stoppen, bevor er mir sagt, wie verrückt das war. „Ich weiß, dass das dumm von mir war. Glaube mir, das weiß ich jetzt."

„Okay", sagt er, „erzähl weiter."

„Also gut", sage ich und lehne mich zurück gegen den Kissenberg. „Nun ja, ich bin zu ihm hingefahren und er wusste, wer ich war.

Am Anfang war er noch recht vernünftig, aber als ich davonging, schmiss er eine Flasche Orangensaft, die ich ihm gegeben hatte, auf den Truck, mit dem ich unterwegs war, und ich hörte, wie er den Namen meiner Mutter und ziemlich viele Schimpfwörter schrie."

Die beiden sitzen einfach nur da und schütteln mit dem Kopf. Dann sagt Kip, „Siehst du, was passiert, wenn du dich mit verrückten Leuten abgibst?"

„Ja, ich weiß", nicke ich zustimmend. „Also, wie auch immer, nachdem ich eine Weile bei Max und Lexi gewesen war und mit ihnen gesprochen hatte, überredeten sie mich, zu Blake zu fahren und mich für mein Verhalten zu entschuldigen."

„Ich nehme an, er hat das gut aufgenommen, immerhin habt ihr ein paar Tage zusammen in seinem Haus verbracht", sagt Peyton.

„Ja, das hat er, und wir haben uns versöhnt, das war einfach himmlisch. Die Art, wie er mich berührt und wie er es schafft, dass ich mich wie etwas Besonderes fühle. Seine Küsse weckten mich jeden Morgen und sie waren das letzte, was ich vor dem Einschlafen spürte." Ich schließe meine Augen. Ich kann mich an das Gefühl erinnern und meine Haut brennt bei der Erinnerung.

Kip tippt auf mein Bein, wodurch ich meine Augen öffne. „Wenn alles so besonders war, warum bist du dann weggegangen, Kleines?"

„Ein Anruf meiner Mutter hat mich wieder in die grausame Realität zurückgeholt. Ich bin ein Mensch am Rande des Wahnsinns und meine Liebe zu ihm würde mich über die Klippe stoßen, genau wie meinen Vater. Das hat sie mir gesagt", erzähle ich ihnen.

Kip und Peyton tauschen einen Blick aus, dann schaut Peyton mich an und sagt, „Warum um alles in der Welt glaubst du so viel von dem, was diese Frau sagt?"

„Sie weiß es", erwidere ich mit einem Schnauben. „Sie kannte ihn und weiß, dass er verrückt wurde, weil sie ihn verlassen hatte. Das Gleiche sieht sie in mir."

Kip rollt die Augen. „Von dem, was du uns über eure Beziehung erzählt hast, kennt sie dich kaum, Schätzchen. Warum glaubst du ihr? Sie hat dich bisher nur verletzt."

„Das weiß ich. Das tue ich wirklich, aber ich kann Blake nicht so wehtun, wenn sie recht über mich hat." Ich lasse meinen Kopf hängen und spiele mit dem Rand der Decke.

Ich spüre Peytons sanfte Hand an meinem Kinn. „Rachelle, sie kennt dich nicht. Wir aber schon und du bist keineswegs so verrückt, wie sie denkt. Du bist nicht einmal wirklich selbstzerstörerisch. Du hast manchmal einfach nur Angst und bist verwirrt, aber du bist nicht verrückt."

„Ihr glaubt wirklich, dass ich nicht so veranlagt bin?"

Die beiden schütteln den Kopf und ich fühle mich richtig dumm. Peyton zieht mich zu sich heran und umarmt mich. „Ich nehme an, du solltest dir ein wenig Zeit nehmen. Aber Blake zu verlassen war ein Fehler. Glaubst du, dass du ihm alles erklären kannst?"

Ich setze mich wieder auf und sehe, wie Kip sie mit einem Stirnrunzeln betrachtet. „Warum machst du so ein Gesicht, Kip?", frage ich ihn.

Er schaut weg und richtet dann seinen Blick auf mich. „Also gut. Es bringt nichts, wenn ich meinen Mund halte. Du hast den Mann so sehr verletzt, dass es vielleicht schon zu spät für euch beide ist."

Auch wenn ich weiß, dass das, was er sagt, wahr ist, tut es trotzdem so weh, als ob er mich in den Bauch geschlagen hätte. Peyton boxt ihn auf den Arm und schreit, „Kip! Verdammt!"

„Es tut mir ja leid", schreit er zurück. „Es ist aber wahr. Du willst ihr doch keine Hoffnungen machen, oder?"

„Hast du mit ihm gesprochen?", frage ich.

Er nickt und tätschelt mein Bein. „Das habe ich und er war nicht er selbst, aber er war sich sicher, dass er nicht mehr verkraftet. Er liebt dich, aber er kann einfach nicht mehr."

Mein Herz sticht mit einem Gefühl viel schlimmer als Kummer. „Dann habe ich es also für immer vermasselt."

Peyton schlingt ihren Arm um meine Schultern. „Komm schon. Es gibt noch andere Fische im Meer, wie man so schön sagt."

„Ich mag aber Fisch nicht wirklich." Ich schnappe mir ein Kissen und drücke es fest an mich. „Ich bin allein besser dran."

„Nein, bist du nicht, Liebling", sagt Kip. „Aber nimm dir etwas Zeit. Lass deine Wunden heilen und hör auf, ständig zu denken, dass du eines Tages verrückt wirst. Du bist meilenweit davon entfernt. Und du schaust einem geschenkten Gaul ins Maul. Das ist wieder nicht verrückt, sondern einfach nur nicht sonderlich klug."

Peyton boxt ihn wieder in den Arm. „Kip! Seit wann bist du schlecht darin, einem Mädchen zu helfen?"

„Ich lasse euch beide in Ruhe reden", sagt er, als er aufsteht und hinausgeht. „Mache ihr nur keine falschen Hoffnungen, Liebling."

„Das werde ich nicht", erwidert Peyton, während sie ihn davonwinkt. „Und bestell uns Pizza. Mit gefülltem Rand und jeder Fleischsorte, die es gibt. Ich habe so einen Hunger darauf."

„Jetzt schon seltsame Verlangen, Schatz?", fragt er, als er die Tür aufmacht.

„Irgendetwas Starkes", antwortet sie, während sie über ihren Bauch streicht.

Er schenkt ihr ein Lächeln und geht aus dem Zimmer. Ich glaube, ich werde so etwas niemals erleben. Ich werde nie einen Ehemann haben oder schwanger sein. Ich werde niemals etwas anderes haben, als ein einsames und verlassenes Leben. Und das nur, weil meine Mutter mir Ängste in den Kopf gesetzt hat.

KIP

Nachdem ich die Pizza bestellt habe, suche ich mir einen sicheren Ort, um Blake anzurufen. Die Frauen dürfen davon nichts mitbekommen. Er nimmt beim ersten Klingeln ab. „Hey Kip. Ist alles in Ordnung? Geht es Rachelle gut?"

„Ihr geht es gut, Blake. Sie ist hier und wir haben mit ihr geredet. Es war ihre Mutter, die sie dieses Mal zum Davonlaufen gebracht hat. Der alte Drachen hat ihr gesagt, sie würde so verrückt wie ihr Vater werden, wenn sie es zulässt, dich zu lieben", erzähle ich ihm.

„Diese Schlampe!", schreit er. „Ich sollte Rachelle anrufen."

„Nein!", rufe ich. „Tu das nicht. Ich habe ihr erzählt, dass sie dich diesmal zu sehr verletzt hat. Ich habe ihr gesagt, dass sie die letzte Chance, die sie mit dir hatte, vertan hat."

„Was?", brüllt er. „Was, wenn das nach hinten losgeht? Oh verdammt, Kip!"

„Hör mir zu, Kumpel", sage ich, während ich auf und ab gehe und insgeheim Angst habe, dass er recht haben könnte. „Du hättest ihr Gesicht sehen sollen. Sie war total am Boden zerstört und hat sich wirklich einmal Gedanken gemacht. Über das, was sie dir angetan hat und dass es nicht mehr zu reparieren ist. Das war fantastisch!"

„Das sehe ich anders, Kip", sagt er und klingt betreten. „Was, wenn sie über die Sache hinwegkommt?"

„Genau das muss sie. Sie muss mit einem anderen Kerl ausgehen und sehen, dass du viel besser bist als jeder andere Mann."

Zuerst schweigt er eisern und sagt schließlich, „Glaubst du wirklich, dass das funktioniert?"

Ich kreuze meine Finger. „Das tue ich."

„Oh verdammt. Ich nehme an, ich bin dabei. Warten wir ab, was passiert. Irgendetwas muss ihr zeigen, dass sie mich liebt und sonst niemanden. Vielleicht zeigt es ihr, dass ich der Richtige für sie bin, wenn der Kerl ein richtiges Arschloch oder so ist", sagt Blake.

„Okay, du rufst sie also nicht an und ich finde den passenden Kerl, mit dem sie auf ein Date gehen kann, und der dich fantastisch aussehen lässt. Dann kommt sie zu dir zurück gerannt. Oder ruft dich zumindest an und fleht dich an, ihr noch eine Chance zu geben." Ich lache und er seufzt.

„Okay, sag mir, wie es läuft. Tschau", sagt er und wir legen auf.

Ich drehe mich um und gehe in die Küche, als es an der Haustür klingelt. „Pizzabote!"

Ich öffne die Tür und sehe einen großen, schlaksigen Jungen mit der bestellten Pizza in der Hand. Peyton und Rachelle kommen an die Tür und Peyton schnappt sich den Karton. „Ja! Ich bin am Verhungern!"

Der Junge schaut um mich herum zu Rachelle. „Hi", sagt er und seine Wangen röten sich. „Erinnerst du dich an mich?"

Sie sieht ihn einige Sekunden lang an. „Oh, ja! Du warst Kellner in dem Restaurant, in dem ich mein Praktikum mache. Kyle, oder?"

Er nickt. „Schön, dich wieder zu sehen."

„Finde ich auch. Du solltest wieder dort arbeiten. Wir brauchen mehr so fleißige Leute wie dich", erwidert sie.

„Vielleicht mache ich das auch. Bist du den Stalker losgeworden?" fragt er mit einem Lächeln.

Ich drehe mich zu ihr um. „Du hattest einen Stalker?"

Sie nickt. „Blake."

„So würde ich ihn nicht bezeichnen", bemerke ich.

Der Kerl nickt. „Oh, ich schon. Der Kerl ist ihr ins Damenklo gefolgt und hat sie fast dreißig Minuten lang nicht mehr herausgelassen. Sie war ganz durcheinander, als sie ihn endlich los war. Ich habe aus der Hintertür geschaut, bevor sie nach Hause gegangen ist, um sicher zu gehen, dass dieser fiese Typ sie nicht belästigt."

„Fieser Typ, hm?", frage ich und schaue sie an. „Er hielt dich im Damenklo gefangen, hm?" Ihre Wangen werden rot und ich kann mir gut vorstellen, was sie dort eine halbe Stunde lang gemacht haben.

Ich lege meinen Arm um ihre Schultern und lächle den Jungen an. Dann sagt sie, „Tschüss, Kyle."

„Tschau, Shelley."

Ich schließe die Tür und drücke ihre Schultern. „Warum um alles in der Welt erzählst du deinen Arbeitskollegen, dass Blake ein Stalker ist?"

„Ich bin ganz offensichtlich eine Idiotin, Kip", erwidert sie sie mit einem Lachen.

So langsam stimme ich ihr zu!

BLAKE

„Na klar, ich komme dich gerne besuchen, Max. Lass mich schnell ein paar Sachen packen und Josh die Verantwortung über die Umbaumaßnahmen in meiner Abwesenheit übertragen. Genau das brauche ich, um meine Gedanken von dieser jungen Frau abzulenken.

Kip besorgt ihr ein Date mit irgendeinem Idioten, damit sie versteht, dass ich der Richtige für sie bin. Aber der Gedanke an sie mit einem anderen Mann hält mich die ganze Nacht wach."

Max schnaubt und sagt dann, „Ein Idiot, hm? Ähm, ich werde mich einmal mit Kip unterhalten. Wenn man Verlassensängste hat, dann gibt man sich normalerweise mit Idioten ab. Frag mich nicht warum, ich weiß es ganz sicher nicht, aber bei mir war das auch so. Ich hatte ein paar echte Miststücke, bis ich mich endlich auf Lexi einließ."

„Scheiße!", rufe ich. „Verdammt! Ich wusste, dass es eine schlechte Idee ist. Ja, ruf Kip an und sag ihm, er soll einen richtig netten Kerl finden, wenn er einen kennt. Sie wird vor ihm davonlaufen wie vor einem Berglöwen."

Max lacht, aber mein Herz schlägt schnell in meiner Brust. „Es kommt schon in Ordnung, Blake. Ich kümmere mich darum."

„Okay, lass uns über etwas anderes reden. Egal was", sage ich, während ich um den Pool in meinem Hinterhof herumgehe.

„Hat Kip dir schon die guten Neuigkeiten gesagt?", fragt mich Max.

„Welche guten Neuigkeiten?", ich bleibe stehen und warte auf seine Antwort.

„Sie bekommen noch ein Baby."

Mein Bauch zieht sich zusammen. Ich frage mich unwillkürlich, ob ich so etwas jemals selbst erleben werde. Wenn Rachelle das jemals für uns zulässt. „Das ist schön für sie", bringe ich hervor.

Max seufzt. „Kumpel, glaub mir, ich weiß, was du gerade denkst. Und ja, eines Tages wirst auch du das erleben. Und hoffentlich mit Rachelle und wenn nicht, dann halt mit einer anderen Frau."

Ich kann mich nicht an dem Gedanken an eine andere Frau anfreunden. Niemals. Niemand wird dieselben Gefühle in mir auslösen wie Rachelle. Die Art, wie sich ihr Körper an meinen anpasst. Unser gemeinsames Lachen ist das schönste Geräusch, das ich je gehört habe.

Nein, für mich gibt es keine andere Frau!

„Danke für das aufbauende Gespräch, Max. Ich sehe dich morgen gegen Mittag. Tschüss."

„Tschüss, Blake."

Ich stecke das Handy zurück in meine Tasche und laufe zu Josh hinüber, um ihn zu fragen, ob er für ein paar Tage einen Blick auf die Arbeiten werfen kann. Ich klopfe an die Tür und er lächelt, als er sie aufmacht. Er bedeutet mir hineinzukommen.

„Hi Josh." Ich trete ein und er führt mich durch das leere Haus. „Wo sind denn alle?"

„Einkaufen." Er öffnet die Hintertür und ich sehe, dass der Hof in Abschnitte abgetrennt ist.

„Baust du etwas?", frage ich, als er uns ein Bier aus einer Kühlbox holt und mir eines zuwirft. Er setzt sich auf einen Gartenstuhl und ich suche mir einen in seiner Nähe. „Ich muss ja schließlich mit dem Nachbarn Schritt halten oder meine Frau und die Kinder machen mir die Hölle heiß."

„Oh verdammt! Wirklich? Tut mir leid, Kumpel", sage ich und nehme einen Schluck des kalten Bieres.

„Ach, das muss es nicht. Dieses alte Haus braucht ein bisschen Hilfe, genau wie deines. Die ganze Nachbarschaft muss umgestaltet werden. Die Häuser sind schon fünfzig Jahre alt und die meisten müssen dringend modernisiert werden", erwidert er.

Mir kommt eine Idee. „Hey, weißt du was? Das ist genau so etwas, von dem mir Max erzählt hat. Ein Projekt, für das ich einen Teil meines Geldes verwenden kann, damit es nicht an die Regierung geht und gleichzeitig ist es eine Sache, die mir am Herzen liegt."

„Wovon redest du, Blake?" Josh nimmt einen großen Schluck Bier.

„Ein Nachbarschafts-Verschönerungs-Fond. Ich kann einen für das ganze Viertel anlegen und dann kann jeder sein Haus verbessern, mithilfe meines Geldes natürlich." Ich grinse und nehme einen weiteren Schluck Bier. „Ein Park auf einem verlassenen Parkplatz wäre eine großartige Erweiterung, findest du nicht?"

„Wow! Weißt du, wie toll es wäre, wenn diese Straße so richtig schön aussehen würde? Und ein Park ist eine großartige Idee. Glaubst du, dein Umbauteam könnte das alles machen? Ich wette, sie würden dir ein gutes Angebot machen, wenn du ihnen viel Arbeit gibst." Josh steht auf und schaut sich die Fassade seines Hauses an.

„Neue Stein- oder Ziegelfassaden für alle Häuser würden toll aussehen, oder etwa nicht?", frage ich. Dann fällt mir noch etwas ein. „Wie läuft eigentlich der Job in der Ölfirma? Ich weiß, es geht mich nichts an, aber du bist schon seit ein paar Monaten daheim."

„Die Arbeit hat echt stark nachgelassen." Josh nimmt einen großen Schluck aus seiner Bierflasche. „Ich werde mich nach etwas anderem umschauen müssen als das, was ich die letzten fünfzehn Jahre lang gemacht habe. Die Zukunft in der Ölindustrie sieht nicht gerade rosig aus."

„Nun ja, ich könnte jemanden gebrauchen, der das eine oder andere davon versteht, etwas Großes aufzubauen. Das Projekt wird mindestens fünf Jahre lang dauern, wenn es richtig gemacht wird, denkst du nicht?"

„Vielleicht fällt mir jemand ein, der dafür geeignet wäre." Josh holt sein Handy heraus und fängt an, seine Kontakte zu durchsuchen.

Ich schaue zu ihm rüber. „Was machst du da?"

„Ich suche jemanden, der die Arbeit machen könnte, von der du redest", antwortet er.

Ich strecke meine Hand zu ihm hinüber und lege sie über den Bildschirm. „Wie wäre es mit dir, Josh?"

„Ich?", fragt er mit großen Augen. „Aber ich habe doch keine Ahnung, wovon du eigentlich sprichst."

„Ich hatte auch keine Ahnung von Umbauarbeiten, aber ich habe es gelernt und ich kann dir sagen, was ich weiß und du kannst selber ein wenig recherchieren, um mehr herauszufinden. Ich bin mir sicher, dass ich mit dem Chef reden und ihn davon überzeugen kann, dir ein ganzes Stück mehr zu zahlen, als du in deinem aktuellen Job verdienst."

Josh schaut mich verwirrt an. „Der Chef? Wer ist das?"

Ich boxe leicht gegen seinen Arm. „Ich, du Depp!"

„Oh, ich weiß nicht, Blake." Josh zappelt nervös. „Was, wenn ich dich enttäusche? Ich meine, ich kann doch nicht einfach ... Oh mein Gott, was wäre das für ein Job! Mensch, jeder in der Nachbarschaft würde mich lieben und meine Frau erst!"

„Genau!", sage ich, nehme einen langen Schluck aus der Flasche und stelle sie auf den Tisch zwischen uns. „Ist das ein ja, Josh?"

„Weißt du was?" Er schaut mich an und lächelt. „Das ist ganz sicher ein ja, Blake. Ich bin dein Mann!"

„Cool", sage ich, schnappe mir meine Bierflasche und stoße mit ihm an. „Auf eine lange und wunderschöne Zusammenarbeit mit meiner rechten Hand."

„Deine rechte Hand", wiederholt Josh. „Ich werde dich nicht enttäuschen."

„Das weiß ich doch", erwidere ich. „Deine erste Aufgabe wird es sein, die Umbauarbeiten meines Hauses fertig zu überwachen. Ich zeige dir später die Details und du kannst deinen Job sofort kündigen und für mich arbeiten. Wie bald kannst du anfangen?"

„Ist morgen zu spät für dich?", fragt er mit einem Grinsen. „Meine Firma entlässt ständig neue Leute. Es wäre eine Erleichterung für meinen Chef, wenn ich kündige, damit er mich nicht entlassen muss."

„Morgen ist perfekt. Eigentlich fahre ich nach Houston. Ich werde das ein paar Stunden aufschieben, damit du dich einrichten kannst." Ich tippe eine Zahl, wie ich mir sein Jahresgehalt vorstelle, in den Taschenrechner meines Handys und zeige sie ihm.

Seine Augen leuchten auf. „Blake, bist du dir sicher? Das sind ganz schön viele Nullen!"

„Oh, entschuldige, mein Fehler." Ich ziehe das Handy weg und ändere alle Nullen in Neuner und zeige ihm die neue Zahl.

Seine Augen leuchten noch heller. „Auf keinen Fall!"

„Verdammt, du verhandelst ganz schön hart!" Ich ziehe das Handy wieder zurück und füge noch mehr Geld hinzu.

Er lacht und sagt, „Nein! Das ist mehr als genug, Blake! Scheiße, ja! Ich bin deine rechte Hand!"

Josh springt auf und wackelt mit dem Hintern, was mich so sehr zum Lachen bringt, dass ich fast aus dem Gartenstuhl falle.

Schön, dass ich jemanden glücklich machen kann! Ich wünschte, Rachelle würde auch dazu gehören, aber ich nehme, was ich kriegen kann.

54

RACHELLE

Schatten tanzen über meine Zimmerdecke, als ich hinaufsehe und an Blake denke. Es ist schon spät und mein Gehirn hat keine Lust mehr, an Rezepte und die richtigen Essenstemperaturen zu denken und ich wünsche mir sehnlichst, in seinen Armen zu liegen.

Alles, was ich hören will, ist seine tiefe, sexy Stimme am anderen Ende des Telefons. Ich nehme es in die Hand und starre auf seinen Namen in meiner Kontaktliste. Ein Knopfdruck und ich würde zumindest hören, dass er mir sagt, ich solle ihn in Ruhe lassen. Aber das wäre besser als nichts.

Ich schaue sehnsuchtsvoll auf seinen Namen. Meine Finger liegen darauf, doch dann lasse ich das Handy fast fallen, als es plötzlich klingelt. Der Name meiner Mutter leuchtet in der Dunkelheit auf.

Ich atme tief durch und gehe ran, wer würde schon nicht abheben, wenn ein Elternteil um drei Uhr morgens anruft?

„Hi, Tabitha."

„Shelley?"

„Ja, ich bin's, Shelley. Hast du mich aus Versehen angerufen?"

„Nein, ich wollte dich anrufen." Sie hickst und ich weiß, dass sie betrunken ist. „Ich bin keine gute Frau."

Ich will ihr eigentlich zustimmen, aber das wäre zu gemein. „Nein, du bist einfach nur ein bisschen gebrochen und das ist völlig in Ordnung, nach alldem, was du durchgemacht hast. Du musst wissen, dass Opa mir auch von deiner Mutter erzählt hat, Mama."

„Mama?", fragt sie mit brüchiger Stimme. „So hast du mich nicht mehr genannt seit du drei Jahre alt warst."

„Nun ja, mein Herz und mein Verstand konnten sich nicht überwinden, dich nicht so nennen. Aber ich glaube irgendwie, dass du mich jetzt brauchst. Du realisiert es vielleicht noch nicht, aber du brauchst mich und ich dich auch." Es zerreißt mein Herz, als ich an sie und ihre Mutter in einem Auto sehe, das gerade einen Unfall baut und meine vier Jahre alte Mutter zusieht, wie ihre eigene Mutter direkt vor ihren Augen stirbt. „Willst du mir von deiner Mutter und von dem Tag oder der Nacht oder was immer es auch war erzählen?"

„Es war in der Nacht und es ich hatte solche Angst, Shelley." Ich höre, wie sie einen großen Schluck nimmt und dann tief einatmet und ich weiß, dass sie eine Zigarette raucht. Ich behalte meine Kommentare für mich und lasse sie einfach nur reden. „Das einzige, woran ich mich erinnere, ist, dass sie sofort danach tot war. Sie hat kein einziges Mal geschrien oder geweint. Ich dafür schon. Ich hatte keine Schmerzen, aber ich hatte solche Angst."

„Was ist dann passiert?", frage ich und setze mich auf. Das ist alles, was ich von ihr hören wollte.

Nach einem tiefen Zug von was immer sie auch raucht sagt sie, „Nun ja, ein Mann schlug die Windschutzscheibe ein und ein paar Glaserben streiften meine Haut. Es tat weh und als ich weinend hinuntersah, sah ich das ganze Blut. Ich war von der Hüfte abwärts in Blut bedeckt. Es ist schon seltsam, dass ich nichts gespürt hatte, bis ich das Blut sah."

„Was war los?", frage ich und setze mich noch ein Stückchen weiter auf. Ich lehne mich vor und schlinge meine Arme um die Knie.

„Irgendetwas flog durch das Auto, als es sich immer wieder überschlug. Es muss mich knapp über meinen Oberschenkeln erwischt haben. Ich hatte tiefe Schnitte. Diese Narben habe ich heute noch." Sie kichert. „Deswegen trage ich nie kurze Hosen, auch wenn ich wunderschöne Beine habe!"

Ich muss auch ein bisschen lachen. „Danach ist alles ziemlich verschwommen. Ein Mann mit rabenschwarzem Haar löste meinen Gurt. Ich muss sagen, dass meine Mutter immer darauf achtete, dass wir immer angeschnallt waren, obwohl es damals noch gar nicht im Gesetz stand."

„Ich bin mir sicher, dass es schwer für dich ist, dich daran zu erinnern. Wann hast du angefangen, sie zu vermissen?", frage ich und warte gespannt auf ihre Antwort.

Sie macht eine lange Pause. Ihre Stimme ist so leise, dass ich sie fast nicht höre. „In dem Moment, als ich ihren Kopf hängen sah. Der Moment, in dem ich als Vierjährige verstand, dass meine Mutter weg war. Da fing ich an, sie zu vermissen und das tue ich jetzt immer noch. Sie hat einen Teil meiner Seele mit sich genommen. Den Teil, der liebt, vertraut und daran glaubt, dass das hier das echte Leben ist."

„Aber es ist das echte Leben, Mama", flüstere ich.

„Bist du dir da sicher, Shelley?", fragt sie, dann höre ich, wie sie drei Schlucke nimmt. „Ich bin mir nämlich nicht so sicher."

Die Vorstellung, dass so viele verrückte Gene in meinem Körper sind, macht mir Angst, doch ich schlucke und sage, „Ich bin mir sicher, Mama. Das ist das echte Leben."

„Hm, das frage ich mich die ganze Zeit", murmelt sie. „Es ist fast so, als ob das Leben anhielt, als ich sie verlor. Ging dir das auch so, als ich dich verließ?"

Mein Herz bleibt stehen. Ich hätte nicht gedacht, dass ich jemals mit ihr darüber sprechen könnte, wie es mir damals ging. „Ja. Mama, was war passiert?"

„Drogen, Alkohol und die Tatsache, dass du mich an deinen Vater und an meine Mutter erinnert hast." Sie ist wieder lange Zeit still. „Du musst wissen, dass du in Liebe gezeugt wurdest. Dein Vater und ich liebten uns so sehr. Wenn es nur nicht so schwer gewesen wäre zu lieben, dann wäre ich für immer bei diesem Mann geblieben. Wir hätten eine Familie sein können, wir drei. Das wollte er und ich wollte es damals auch."

„Aber du hast doch gesagt, dass er dich reingelegt hätte, Mama. Du hast mir erzählt, dass er Löcher in das Kondom gestochen hätte." Meine Worte sind so leise, dass ich hoffe, dass sie sie gehört hat.

„Die Wahrheit!", sagt sie mit lauter Stimme. „Heute nur die Wahrheit, okay? Also, es war so. Du warst ein Wunschkind! Ich wollte dich, dein Vater wollte dich! Er hat mich nicht reingelegt. Oder zumindest schien es damals nicht so. Als ich erfuhr, dass ich ein Kind in mir trug, bin ich völlig ausgerastet."

„Das verstehe ich. Wirklich", sage ich. „Es war, als ob du wüsstest, dass du dem Kind nicht gerecht werden könntest, stimmt's?"

„Genau!", ruft sie mit aufgeregter Stimme. „Ich wusste, dass du so schlau wie dein Vater werden würdest. Er war so unglaublich schlau und so verdammt gut aussehend. Gott, wie wir einander liebten, und ich musste alles kaputt machen."

„Weißt du, Mama? Es gibt Menschen, mit denen du reden kannst, das kann helfen. Was du durchgemacht hast, deine Mutter zu verlieren und dazu noch auf so eine Weise, ist traumatisch. Es verwirrt einem den Kopf und wir brauchen Hilfe, um damit klar zu kommen und ein besseres Leben zu führen", erzähle ich ihr und mir gleichzeitig.

Ich habe ein bisschen mit Peytons Freund geredet. Doch in Wirklichkeit habe ich sie nicht wirklich an mich herangelassen. Das mache ich bei jedem so, ich lasse sie genug an mich heran, aber nicht komplett.

Jetzt ist es an der Zeit, meinen eigenen Rat zu befolgen und wirklich mit dem Menschen zu reden, der mir am meisten helfen kann. Meine Mutter weint am anderen Ende der Leitung und ich fühle mich schrecklich für sie und wünsche, ich wäre dort, um sie in den Arm zu nehmen und ihr zu sagen, dass alles in Ordnung käme.

„Weißt du, Shelley, auch wenn ich jemanden suche, der mir helfen kann, glaube ich, dass es zu spät ist. Allein die Tatsache, dass ich mitansehen muss, was ich deinem Vater angetan habe, reicht schon aus, damit Schuldgefühle wie ein reißender Fluss durch mich strömen." Sie ist für eine Weile still.

Schließlich frage ich, „Mama, bist du noch da?"

„Das bin ich", antwortet sie. „Ich wünschte, es wäre so einfach. Ich wünschte, alles wäre einfach. Es kommt mir so vor, als ob mein Kopf schon so lange durcheinander ist, dass er nicht mehr geheilt werden kann. Ich kann nicht mehr geheilt werden. Ist ja auch egal. Es tut mir leid, dass ich so viel deiner Zeit beansprucht habe und es ist schon spät. Ich nehme an, du hast morgen diese Schule und ich rede einfach weiter und weiter."

„Mama, ich bin wirklich froh, dass du angerufen hast und wir über diese Dinge reden konnten. Danke dafür. Du kannst dir nicht vorstellen, wie sehr ich all das hören musste." Ich mache eine Pause, um eine Träne von meiner Wange zu wischen. „Vielleicht kann ich für Rodney auch Hilfe organisieren. Wo sind seine Eltern?"

„Sie sind bei einem Wohnungsbrand zusammen mit seinem jüngeren Bruder ums Leben gekommen. Dein Vater hat aus Versehen den Brand verursacht. Er war betrunken und ging spät abends aus dem Haus, als alle anderen schon schliefen, und stieß dabei eine Kerze um. Er wusste, dass er sie umgestoßen hatte, aber in seinem betrunkenen Zustand dachte er nicht darüber nach, was passieren würde, wenn das Feuer den Teppichboden erreicht", antwortet sie und seufzt tief. „Noch mehr Leben, die durch meine Entscheidungen und mein törichtes Handeln zerstört wurden. Er telefonierte mit mir. Ich war mit dir schwanger und bin davongelaufen. Es war das erste Mal, dass wir miteinander redeten, seitdem ich abgehauen war!"

„Was passierte, war trotzdem nicht deine Schuld. Es war seine ganz allein", sage ich ihr.

„Es war meine Schuld. Er erzählte mir so schöne Sachen und ich war so gemein zu ihm. Das hätte ich nicht sein müssen", erwidert sie. „Ich übernehme die Verantwortung für alles, was ich getan habe. Ich trage die Schuld, die ich auf mich geladen habe."

„Du trägst viel zu viel Schuld mit dir herum, Mama", sage ich, während mir immer mehr Tränen über die Wangen laufen. „Lass etwas davon gehen. Gib etwas ab."

„Das ist leichter gesagt als getan, Liebling", entgegnet sie. „Diese Last trage ich schon länger mit mir herum, als ein Mensch Teil meines Lebens ist. Sie begleitet mich, wenn ich allein bin. Sie ist sozusagen meine Familie. Und sie ist immer bei mir. Alkohol und Drogen nehmen sie kurze Zeit weg, aber sie verschwindet nie komplett. Wenn ich dann wieder nüchtern bin, ist sie größer als je zuvor. Wahrscheinlich wird sie mich für immer heimsuchen."

„Mama, das ist unglaublich ungesund. Du brauchst Hilfe und ich werde dafür sorgen, dass du welche bekommst. Dass wir beide sie bekommen und ich werde sehen, was ich tun kann, um Rodney in eine Klinik einweisen zu lassen und unter dieser verdammten Brücke wegzubekommen. Denk an meine Worte, innerhalb eines Jahres werden wir drei auf bestem Wege sein, einen Ausweg aus diesem Wahnsinn zu finden, in den wir geraten sind."

Ich nehme ein Taschentuch, putze meine Nase und gehe dann ins Bad, um mein Gesicht zu waschen und um diese pessimistische Einstellung loszuwerden, die ich mit mir herumtrage, seit ich drei Jahre alt war. Meine Mutter lacht.

„Okay, Liebes. Wir werden sehen. Ich habe dich lange genug aufgehalten. Gute Nacht."

„Gute Nacht, Mama. Ich liebe dich."

Sie schweigt für eine Sekunde, weil sie diese Worte noch nie zu mir gesagt hat und ich sie ihr das einzige Mal, als ich sie ausgesprochen habe, im Zorn entgegengeworfen hatte. „Ich liebe dich auch, Shelley. Tschüss."

55

BLAKE

Die Sonne scheint durch die Frontscheibe, während ich nach Houston fahre, um mich ein wenig mit Max zu beraten, was ich mit meinem Geld anfangen sollte. Ich habe jetzt Josh als meine rechte Hand und er ist bereits hart am Arbeiten; er überlegt, wie man den Nachbarschafts-Renovierungsplan am besten angeht.

Jetzt, wo ich eine Vorstellung habe, wie ich Menschen helfen und gleichzeitig einen Teil meines Geldes behalten kann, anstatt entsetzlich hohe Steuern zu zahlen, kann ich mich auf Investitionen konzentrieren. Ich muss durch mein Geld neues Geld verdienen, damit es mir nicht eines Tages ausgeht.

Mein Handy klingelt und ich blicke darauf, nehme es aber nicht in die Hand. Ich werde beim nächsten Halt nachsehen. Und weil ich eine Tankstelle sehe, halte ich auch gleich an.

Meine verdammte Neugier!

Ich fahre an eine Zapfsäule heran. Wenn ich schon einmal hier bin, kann ich auch gleich tanken. Mein Körper kribbelt aus irgendeinem Grund, als ich das Telefon in die Hand nehme.

Das ist sie. Eine Nachricht von ihr. Nach gerade einmal drei Wochen meldet sie sich bei mir. Ich will sie fast nicht lesen.

Ich tippe auf ihren Namen und die Nachricht geht auf. ‚ES TUT MIR LIED.'

Es tut ihr also leid. Hm. Was heißt das jetzt?

Ich habe keine Ahnung, was ich ihr schreiben soll. Ich weiß nicht, was ich sagen oder wie ich mich fühlen soll. Es tut ihr leid. Mir auch.

Ich fahre wieder los, ohne zu tanken. Mein Kopf ist ganz taub. Ich bezweifele nicht, dass es ihr leid tut, aber das reicht nicht.

Ist sie jetzt damit fertig, vor Dingen davonzulaufen, die gut für sie sind?

Glaubt sie nicht mehr den Unsinn, dass sie mich eines Tages verlieren wird, und es deshalb besser ist, mich gar nicht erst zu haben?

Ist sie nicht mehr dieses kleine bisschen durchgeknallt?

Diese Dinge muss ich von ihr hören. 'Es tut mir leid' ist ein Start, aber nur ein kleiner Teil von all dem, was ich von ihr hören muss.

Ich könnte das Telefon nehmen und sie jetzt in dieser Sekunde zurücknehmen und in weniger als einer Woche wären wir wieder in derselben Situation. Sie muss eine Weile lang ohne mich klarkommen. Sie muss sich nach mir sehnen und verlangen, wie ich genau weiß, dass sie es in ihrem tiefsten Inneren kann.

Das einzige, was ich tun will, ist das Telefon zu nehmen und sie anzurufen. Meine Hände zucken über das Lenkrad und meine Augen wandern immer wieder zu dem Telefon, das auf dem Beifahrersitz meines Trucks liegt.

Mit einer schnellen Bewegung greife ich das Handy und werfe es auf die Rückbank, so dass ich es nicht sehen kann. Ich komme nicht heran, wenn sie anruft oder mir noch eine Nachricht schreibt.

Wenn es der richtige Weg ist, warum tut es dann so verdammt weh?

56

GLÜCKLICH GEBOREN

Rachelle

K lick, klack, klick, klack! Das ist alles, was ich höre, während ich nach einem Kinobesuch den Gehsteig entlanglaufe. Wir sahen uns eine kitschige Liebesgeschichte an und ich würde am liebsten jemanden erwürgen!

Ich habe Blake seit einem Monat nicht mehr gesehen. Ich habe ihm eine SMS geschickt, in der ich mich bei ihm entschuldigte, aber er hat nicht geantwortet. Nicht einmal ein ‚Verzieh dich‘ oder ein ‚Fick dich‘, einfach gar nichts!

In dem Restaurant, in dem ich mein Praktikum absolviere, hat ein neuer Kerl aus London angefangen. Er hat einen tollen Akzent und er ist groß, mit dunklem, sehr kurzem Haar. Seine Augen sind blau ohne den kleinsten Braun-Stich. Einfache blaue Augen und ein einfaches, normales Gesicht, an dem man keine Emotionen ablesen kann.

Außer, wenn er mich ansieht. Seit er vor drei Wochen in diese Küche spazieren kam, versucht er, mich zu einem Date zu überreden. Ich bin jedoch noch nicht bereit, wieder auszugehen, weil mein Herz noch immer Blake gehört, aber mein Kopf verbietet mir, nach meinem Herzen zu handeln.

Jetzt zeigt Blake mir die kalte Schulter und Shaun nutzt jede Gelegenheit, die sich ihm bietet. Ich habe endlich zugestimmt, mit ihm essen und ins Kino zu gehen.

Er führte mich zuerst in ein chinesisches Restaurant aus, danach sahen wir uns eine Liebesgeschichte an und jetzt führt er mich zurück zu meinem Auto.

Ich weigerte mich, von ihm abgeholt zu werden, noch immer halte ich die Menschen auf Abstand, eine Tatsache, für die er Verständnis hatte. Das war etwas, was Blake nie wirklich verstand.

Der Kerl redet immer davon, dass wir uns keinen Druck machen. Aber die Art, wie er gerade nach meiner Hand gegriffen und näher an mich gerückt ist, lässt mich vermuten, dass sich das bald ändern wird.

Ich hole die Schlüssel aus meiner Tasche und schließe die Tür mit einem Knopfdruck auf. Er lässt meine Hand los, weshalb ich erleichtert seufze. Aber er hat sie nur weggenommen, um mir seinen Arm um die Schultern zu legen, doch jetzt zieht sich mein Brustkorb zusammen und mein ganzer Körper fängt aus irgendeinem Grund an zu jucken.

„Lass uns den Abend noch nicht beenden", sagt Shaun. „Wie wäre es mit einem Drink in der Bar, an der wir vorbeigekommen sind? Nur einer, kein Druck."

„Ich sollte wirklich nichts trinken, wenn ich noch nach Hause fahren muss, das wäre unverantwortlich", erwidere ich und gehe in Richtung meines Autos.

Er ist größer als ich und bringt mich leicht zum Stehen. Seine Hand berührt mein Kinn und ich schaue zu ihm auf als er bemerkt, „Shelley, ein Drink wird keine so großen Auswirkungen auf dich haben. Ich habe schon einmal gesehen, dass du nach der Arbeit drei Gläser Wein getrunken hast und anschließend noch nach Hause gefahren bist."

„Nun ja, das waren auch richtig schlechte Tage und ich wollte bestimmte Dinge vergessen. Das war keine gute Idee. Ich will wirklich einfach nur nach Hause gehen, meine Kleider ausziehen und mich ins Bett legen", sage ich und erkenne an der Art, wie seine Augen aufleuchten, was ich eigentlich gesagt habe, und wünsche mir, dass ich die Worte zurücknehmen könnte.

Mit einem Grinsen antwortet er, „Sogar noch besser. Ich bin dabei!"

Ich lache und löse mich von ihm. „Schlechte Wortwahl, Shaun, das war alles. Ich meinte natürlich, dass ich allein ins Bett gehe. Danke für das Essen und das Kino. Ich hatte einen schönen Abend."

Ich lege meine Hand auf die Autotür und habe es fast geschafft. Doch dann berührt sein Körper meinen und er räuspert sich. Er greift meine Schultern und dreht mich zu sich um, damit wir uns ansehen.

Seine Augen sind sanft und ich weiß, dass er mich küssen wird. „Ich hatte wirklich einen schönen Abend, Shelley. Sag mir, dass wir das bald wiederholen können."

„Vielleicht", antworte ich und versuche, diesen Abend ohne einen Kuss zu beenden. „Kein Druck, stimmt's?"

„Ein wenig Druck", erwidert er und legt seine Lippen sanft auf meine.

Shauns Lippen sind voll und weich und die meisten Frauen würden es lieben, wie sie sich anfühlen. Aber ich gehöre nicht dazu. Vielleicht, weil es nicht Blakes Lippen sind. Ich ziehe meinen Kopf zurück und schlucke schwer.

„Danke nochmal. Gute Nacht, Shaun." Ich wende mich von ihm ab, um meine Autotür zu öffnen.

Er dreht mich jedoch wieder zu sich um und küsst mich hart. Seine Zunge dringt in meinen Mund ein und er schmeckt nach Popcorn und Cola, es ist schrecklich. Ich gestatte ihm, mich eine Weile zu küssen, um festzustellen, ob ich es wirklich so sehr hasse, wie ich denke.

Mit einer Bewegung seiner dicken Zunge beweist er, dass er nicht der Richtige für mich ist. Ich löse mich von ihm. „Okay. Gute Nacht, Shaun. Schöner Abend, tschüss!"

„Wirklich?", fragt er, als ich mich auf den Fahrersitz setze. „Nichts? Du hast gar nichts gefühlt, Shelley?"

„Tut mir leid. Ich habe dir doch gesagt, dass ich noch nicht wirklich bereit bin, mit jemandem auszugehen." Ich schnalle mich an. „Das hier sollte unsere Arbeit nicht beeinflussen, findest du nicht?"

„Du wirst kein weiteres Mal mit mir ausgehen, oder?" Er lehnt sich an meine Tür und schaut in das Wageninnere, als ich mein Handy auf den Beifahrersitz werfe. Der Bildschirm leuchtet auf und zeigt Blakes strahlendes Lächeln.

Er ist mein Bildschirmschoner. Und ja, ich weiß, dass das ganz schön erbärmlich ist!

„Das ist er also, hm?", fragt Shaun und deutet auf mein Handy.

„Wer, der Kerl?", frage ich zurück. „Er ist nur irgendein heißer Typ, den ich als Bildschirmschoner verwende, sonst nichts."

„Bist du dir sicher? Denn du hast mich wie eine Frau geküsst, die wusste, dass sie einen Fehler begeht. Vielleicht hat es sich für dich so angefühlt, als würdest du ihn hintergehen. Wie heißt er, Shelley?" Seine Hand streicht über meinen Oberschenkel und er sieht mich an, versessen darauf, herauszufinden, wer der Mann auf meinem Handy ist.

„Er ist jemand, dem ich wehgetan habe, und der jetzt nichts mehr mit mir zu tun haben will. Deshalb ist sein Name unwichtig. Bis morgen, Shaun." Ich schiebe seine Hand weg und drücke meine Handfläche gegen seine Schulter, um ihn wegzuschieben, damit ich meine Tür zumachen und davonfahren kann.

Als ich ausparke stehen Tränen in meinen Augen und ich würde mir am liebsten selber eine Ohrfeige geben. Dass ich wirklich der Meinung war, auf ein Date gehen zu können, wenn ich immer noch so an Blake hänge und diese Gefühle für ihn habe, war ein Fehler gewesen.

Ich frage mich, wie lange es dauert, bis ich ihn vergessen habe und mit meinem Leben weitermachen kann?

57

BLAKE

I*ch frage mich, wie lange es dauert, bis ich sie vergessen habe und mit meinem Leben weitermachen kann?*

Wie ein Idiot starre ich auf mein Handy und lese die Worte ‚ES TUT MIR LEID‘, bis ich nicht mehr klar sehen kann. Vor einem Monat hat sie mich verlassen. Ihr Duft hängt noch immer in dem Kissen, auf dem sie geschlafen hat.

Okay, ich weiß, dass es verrückt und eklig ist, dass ich es noch nicht gewaschen habe!

Ich muss heute aus diesem Haus herauskommen und etwas Positives mit mir selbst anfangen. Die vergangenen Tage waren aus einem bestimmten Grund schwer für mich gewesen. Ich sehe mir fast jeden Tag Rachelles letzte Nachricht an. In den letzten Tagen habe ich es wieder häufiger hervorgeholt und sehe sie mir oft an.

Der Drang, ihr zurückzuschreiben, ist überwältigend. Max und Kip gaben mir jedoch den Rat, stark zu bleiben und mich nicht bei ihr zu melden. Sie sagten, dass sie Zeit bräuchte.

Das Problem ist, dass Kip mir erzählt hat, dass sie mit einem Briten, mit dem sie zusammenarbeitet, ausgehen würde. Das zerreißt mich innerlich. Was, wenn sie ihn mag? Was, wenn dadurch jede Chance, die wir noch hatten, um wieder zusammenzukommen, zu

heiraten und Kinder und einen Hund zu bekommen, zunichtege-
macht wird?

Wir würden den Hund Rufus nennen und ihn überall mithin
nehmen.

Ich habe in letzter Zeit zu lange in diesem Fantasieland gelebt.

In zwei Tagen ist das Treffen in Max' Kinderheim. Ich habe einen
Teil meines Geldes gespendet und das Kinderheim hat es in die
Erneuerung der Häuser und der Spielplatzgeräte gesteckt.

Die Leiter des Kinderheimes veranstalten ein Fest für all die
Menschen, die einmal dort gelebt haben. Rachelle hat wahrscheinlich eine Einladung erhalten, aber ich bezweifle, dass sie hingehen
wird.

*Das wäre eigentlich das Normalste auf der Welt, aber sie macht eben
keine normalen Dinge!*

Ihre ehemaligen Pflegeeltern könnten sie fragen, wie es ihr geht,
und sie fände diese Frage sehr aufdringlich. Nein, Rachelle ist zu
verschlossen. Sie würde niemals zu so einem Treffen gehen, in einer
Millionen Jahre nicht.

Mein Handy klingelt und ich lasse es fast fallen, weil ich es so
intensiv angestarrt habe. Es ist Max, also gehe ich ran, wobei ich ein
bisschen traurig bin, dass sie es nicht ist. „Hey Max."

„Hey Blake. Was machst du so?"

Soll ich ihm die Wahrheit erzählen? Nein, das wäre zu erbärmlich.

„Ich denke nur darüber nach, was ich mit diesem schönen Tag
anstellen könnte. Und du?", frage ich ihn. Ich habe mich dafür
entschieden, ihm lieber etwas Normales zu erzählen.

„Ich denke darüber nach, eine Runde in meinem Hubschrauber
zu drehen und wollte wissen, ob ich dich abholen und mit nach
Houston nehmen soll. Lexi ist mit den Kindern für eine Woche zu
ihren Eltern gefahren. Ich wäre auch mitgegangen, aber wir haben ja
dieses Treffen in ein paar Tagen und wir müssen beide dort erscheinen, weil wir das Geld für die Verbesserungen gespendet haben."

„Das hört sich toll an! Ich wollte die ganze Zeit schon in diesem
Biest fliegen. Würdest du mir jemals das Fliegen beibringen, Max?"

„Ich habe es Kip beigebracht, wenn du willst, kann ich es auch dir beibringen."

„Cool! Ich warte auf dich. Es gibt hier einen leeren Parkplatz, aus dem ein Spielplatz für die Nachbarschaft werden soll. Ich habe ihn gekauft, du kannst also sicher auf ihm landen. Bis bald."

„Okay, bis bald, Blake."

Ich lege auf und habe wieder eine positivere Einstellung gegenüber dem Leben im Allgemeinen. Ich stecke das Handy wieder in meine Gesäßtasche und schwöre mir, Rachelles Nachricht wenigstens für den Rest der Woche nicht mehr anzusehen.

Ich muss ein für alle Mal über dieses Mädchen hinwegkommen!

58

RACHELLE

E in lautes Klopfen reißt mich aus meinem Schlaf. Die Sonne fällt durch mein Schlafzimmerfenster. Mit einem kurzen Blick auf mein Handy erkenne ich, dass es zehn Uhr morgens ist. Ich frage mich, wer das sein könnte.

Ich ziehe mir einen Morgenmantel an und gehe zur Tür, als die Person noch einmal klopft. „Shelley!", erklingt Peytons Stimme.

Ich öffne die Tür und sehe Peyton und Pax mit einer vollen Tüte davorstehen. „Guten Morgen."

Peyton kommt herein, als ich zur Seite trete, doch Pax greift nach meinem Bein und klammert sich daran fest. „Hawo, Tante Shewi."

Pax' Art, alle R- und L-Laute durch ein W zu ersetzen, ist einfach zu knuffig. Ich hebe ihn hoch und drücke ihn fest an mich. „Hallo zurück, Herr Paxie-Poo!" Ich küsse ihn auf seine runden Bäckchen, was ihn zum Lachen bringt.

Peyton packt den Inhalt der Frühstückstasche auf meinem kleinen Tisch aus. „Ich habe uns Omeletts besorgt und Pfannkuchen für meinen großen Jungen."

„Wie süß", erwidere ich, während ich Pax neben den Tisch auf einen Stuhl setze und Orangensaft aus dem Kühlschrank hole. „Aus welchem Anlass das Ganze?"

Peyton wirft mir einen Blick zu, der mir sagt, dass ich mit dem Schwachsinn aufhören soll. „Was denn schon? Das große Date. Ich will Details hören, Shell."

Ich setze mich hin, nehme den Styropordeckel ab und betrachte das Essen. Es ist schrecklich angerichtet, aber die grünen und roten Paprika sehen lecker aus. Ich probiere einen Bissen und schnappe mir ein Döschen Salsa-Soße, die ich über das Ei gebe.

„Da gibt es nicht viel zu erzählen", sage ich schließlich, als mich Peyton anstarrt. „Ich werde das für längere Zeit nicht noch einmal versuchen. Wenn überhaupt jemals wieder."

„War der Kerl ein Arschloch, oder was?", fragt Peyton, während sie Pax' Pfannkuchen klein schneidet. Dieser streicht mit seinen Fingern jedoch durch den Sirup und schleckt sie dann ab. „Wirklich, Pax? Du hättest nicht warten können, bis Mama dir hilft?"

Er schüttelt seinen kleinen, blonden Kopf und grinst, während er weiterhin seine kleinen, dicken Finger ableckt. „Mmmm", brummt er.

„Der Kerl war nett. Er war wirklich großartig. Ich bin nur noch nicht so weit, das ist alles", sage ich und nehme einen weiteren Bissen meines Essens.

„Ruf ihn an, Shell", erwidert Peyton. Dann nimmt sie einen Bissen ihres Eies, verzieht ihr Gesicht, schnappt sich die Salsa-Soße und ein bisschen Käse und kippt alles auf das Omelett, probiert wieder und nickt. „Bei weitem nicht so gut wie deine, aber was kann ich schon tun? Du willst ja nicht für uns arbeiten, also muss ich so einen Mist essen."

„Ich hatte schon Schlechteres. Danke übrigens. Und wen soll ich bitte anrufen?", frage ich, als ich aufstehe und einen feuchten Lappen hole, um das klebrige Zeug von Pax' Fingern zu wischen.

„Tu nicht so, als wüsstest du nicht, wovon ich spreche. Du täuschst mich damit nicht. Wenn das Date so schlecht gelaufen ist, warum rufst du dann nicht Blake an?"

„Weil ich dir etwas nicht erzählt habe, das ziemlich erniedrigend ist." Ich setze mich wieder hin, nehme Pax' Hand und versuche, sie abzuwischen, doch er zieht an ihr, um sie wieder in den Sirup zu stecken. „Ich habe ihm eine Nachricht geschrieben, um mich bei ihm zu entschuldigen, aber er hat nicht geantwortet. Ich habe es dieses Mal zu sehr vermasselt. Er will nichts mehr von mir wissen."

„Ich kann nicht glauben, dass du das vor uns geheim gehalten hast, Shell. Ich hätte Kip fragen können, nachzuhören, ob Blake die Nachricht bekommen hat. Es besteht die Chance, dass er sie nicht erhalten hat, weißt du?" Sie nimmt einen weiteren Bissen und verzieht das Gesicht. „Bitte arbeite für uns oder bring mir zumindest das Kochen bei."

„Ich werde es dir beibringen", antworte ich und sie zieht die Augenbrauen zusammen. „Ich weiß, dass du mich lieber dafür bezahlen würdest, aber du solltest es auch lernen. Du weißt nie, wann einmal deine Kochkünste gefragt sind, um für deine wachsende Familie zu sorgen."

„Dann schreibe ihm nochmal. Frage ihn einfach, ob er einen schönen Tag hat oder irgendetwas anderes in die Richtung. Es muss nicht mehr als eine freundliche Erinnerung daran sein, dass du noch existierst." Peyton steht auf, um ein feuchtes Tuch zu holen, mit dem sie ihren Sohn wieder saubermachen kann. „Erinnere mich daran, diesem Kind nie wieder etwas mit Sirup zu geben."

„Sirup!", schreit Pax und steckt seine Hand zurück in die klebrige Flüssigkeit. „Lecker!"

Ich lache und sage, „Denk daran, wie aufgedreht er sein wird, wenn der Zucker erst seine ganze Wirkung entfaltet. Du gehst bald wieder, oder?"

„Auf keinen Fall. Wir wollen den ganzen Tag mit dir verbringen. Ich sehe, dass deine Augen ein wenig geschwollen sind. Kommt das von dem Film, den du mit dieser Schmalzbacke gesehen hast?", fragt sie mich mit einem wissenden Blick.

„Klar, nur deswegen", erwidere ich. „Auf keinen Fall, weil ich die ganze Heimfahrt und die halbe Nacht lang geweint habe. Das wäre erbärmlich und das bin ich kein bisschen, stimmt's?"

„Du bist nicht erbärmlich, Shelley. Dickköpfig und starrköpfig vielleicht, aber nicht erbärmlich. Warum schickst du Blake denn nun keine kurze Nachricht?" Peyton hebt Pax hoch und begutachtet den Sirup-Schaden. „Ich glaube, ich brauche deine Badewanne."

Wir machen uns daran, das Kind von dem Sirup zu befreien und ich erkläre es ihr, „Ich kann nicht damit umgehen, noch einmal abgewiesen zu werden. Das ist zu viel für mich. Mit der ganzen emotionalen Aufregung gestern Abend will ich nicht noch einen Tag mir schmerzendem Magen und brennenden Augen verbringen. Es ist am besten, ihn allein zu lassen. Eines Tages werde ich schon über ihn hinwegkommen."

„Das glaube ich nicht. Ich dachte dasselbe über Kip. Ich war schwanger und viel zu stolz und dickköpfig, um ihm zu erzählen, dass er Vater werden würde. Ich dachte, ich hätte alles im Griff. Habe ich in den meisten Nächten geweint? Natürlich habe ich das, aber ich wollte ihm nicht gestehen, dass ich ihn vermisste und ihn brauchte." Peyton zieht ihrem zappelnden Kind die Kleider aus.

Ich drehe das Wasser auf und gebe ein paar Tropfen Schaumbad hinein, damit sich für ihn Bläschen bilden. Ich habe eine Flasche Schaumbad hier, für den seltenen Fall, dass ich auf ihn aufpassen muss. Pax deutet lachend und mit einem großen Grinsen auf dem Gesicht auf die Blasen, die auf der Flasche zu sehen sind.

„Bwäschen! Ja! Ich wiebe Bwäschen!" Pax klettert von ganz allein in die Badewanne und fängt damit an, die Bläschen auf seiner Hand wegzupusten.

Wir müssen schon fast schreien, um uns über den Lärm des Wassers und Pax' entzückter Schreie, der mit den Bläschen, einer wunderbaren Erfindung, spielt, hinweg zu verständigen.

„Hast du dich von dem Briten küssen lassen?", fragt sie.

Ich nicke. „Es war überhaupt nicht gut."

„Wirklich? Ich dachte, er wäre ein guter Küsser. Er ist gutaussehend, groß und gut gebaut. Bist du dir sicher, dass er der schlechte Küsser war und nicht du?" Dabei stößt sie mich mit ihrem Ellenbogen in die Rippen.

„Er ist wahrscheinlich ein guter Küsser. Ich habe nur Komplexe, zu viele verdammte Komplexe."

„Verdammte Komplexe! Haha", quietscht Pax.

Peyton zieht ihre Augenbrauen hoch. „Kip wird wissen, dass du das warst."

„Oh Mann! Er wird mir ordentlich die Leviten lesen. Verdange Komplexe, Paxxi. Sprich mir nach. Verdange Komplexe."

Paxie lacht laut und der Zweijährige grinst, als ob er etwas Großartiges geschafft hätte. „Verdammte Komplexe, Tante Shewi! Haha!"

Ich schüttle den Kopf. „Sag Kip, dass es mir leidtut."

Peyton lacht. „Mach dir keine Sorgen. Kip hat das F-Wort fallen lassen, als er sich ein Rugby-Spiel angesehen hat und Pax hat es aufgeschnappt."

„Oh, das ist so viel schlimmer als das, was ich gesagt habe!" Ich lache und Peyton seufzt.

„Wo ist dein Mann überhaupt?", frage ich, denn die beiden sind normalerweise so gut wie unzertrennlich.

„Er und Bobby sind in einem neuen Aufnahmestudio. Sie schauen sich dort ein bisschen um, damit wir in unserem Haus eines einrichten können. Ich war also allein und dachte mir, dass ich dir den ganzen Tag auf die Nerven gehen könnte, damit ich mich nicht langweile und aus Frust esse. Dieses Baby macht mich ständig hungrig."

„Danke fürs Vorbeikommen. Ich brauche wirklich ein bisschen Gesellschaft. Ich brauche jemanden, der mir bei der Entscheidung über eine Einladung hilft, die ich letzte Woche per E-Mail erhalten habe." Ich gehe aus dem Badezimmer und hole den Brief.

Ich reiche ihn ihr und sie liest ihn. „Er ist von deinen alten Pflegeeltern. Hast du sie seit deinem kurzen Aufenthalt dort noch einmal gesehen?"

Ich schüttle den Kopf und sie schaut wieder auf das Papier. „Ich kann mich nicht entscheiden, ob ich hingehen soll. Auf der einen Seite wäre es eine gute Therapie für mich, an den Ort, an dem ich so viel von mir verloren habe, noch einmal zurückzukehren. Aber auf der anderen Seit mache ich mir Sorgen, dass ich zusammenbreche, wenn ich wieder durch das Haus gehe, das mir als Dreijährige so fremd war."

„Das wäre für die anderen Kinder traumatisch, oder?", fragt sie.

„Das wäre es und ich bin mir nicht sicher, ob ich die starken Gefühle zurückhalten kann, wenn ich daran denke, wie es mir damals erging. Ich habe diese Dinge so lange verdrängt, dass sie immer noch wie eine offene Wunde sind."

Peyton berührt meine Schulter und streicht über mein Haar. „Du solltest hingehen. Stelle dich deiner Angst, damit du siehst, dass es nur ein Ding ist. Dinge können dich nicht umbringen. Sie können dich nur so sehr verletzen, wie du es zulässt."

„Vielleicht hast du recht. Vielleicht wäre es für mich wirklich besser, hinzugehen. Ich würde gerne den Menschen danken, die in dieser schweren Zeit so nett zu mir gewesen sind." Ich schaue zu Pax und frage mich, was um alles in der Welt schieflaufen muss, damit jemand seine kostbaren Kinder weggibt.

Auf Peytons Gesicht breitet sich ein Grinsen aus. „Ich werde mit Kip sprechen. Er kann uns zum Haus meiner Eltern nach Smithville fliegen. Du kannst dir meinen alten Jeep ausleihen und zu der kleinen Stadt, in der sich das Kinderheim befindet, fahren. Das wird toll. Wir können ein ganzes Wochenende daraus machen. Das gibt dir genügend Zeit, deine Großeltern und deine Mutter zu besuchen, wenn sie noch bei ihnen ist."

„Das sind aber viele Besuche für so wenige Tage, denkst du nicht?", frage ich, weil ich mir immer noch nicht sicher bin, ob ich hingehen soll.

„Es ist besser so. Setz dich mit all den Sachen auseinander, die dir unangenehm sind. Schon bald wirst du Trost finden, wo immer du auch bist."

Ich hoffe, sie hat recht!

59

BLAKE

Max und ich gelangen mit einer großen Show zu dem Treffen des kleinen Kinderheimes. Sein Helikopter ist fantastisch und die Kinder rennen herbei, um ihm beim Landen zuzuschauen. Max hat jedem Kind, das wollte, einen Flug versprochen. Die Kinder bilden bereits eine Schlange.

Max lacht, als er den Helikopter abschaltet und wir aussteigen. „Ihr müsst noch einen Moment warten. Ich will erst die Leute begrüßen, die mich aufgezogen haben."

Wir laufen durch die Kindermenge, die uns Begrüßungen entgegenschreit und uns willkommen heißt. Ein kleiner Junge zieht an meinem Hosenbein. Ich schaue nach unten und sehe einen kleinen, dunkelhaarigen Jungen von etwa drei Jahren, der zu mir aufschaut.

Er streckt mir seine Arme entgegen und ich hebe ihn hoch. „Und wen haben wir hier?", frage ich ihn.

„Toby", antwortet er. „Hast du meine Schaukel gebaut?"

„Ich habe deine Schaukel gekauft. Du musst sie gern haben", sage ich und tippe ihm auf seine kleine putzige Nasenspitze.

„Ich liebe sie! Willst du mich anschubsen?"

„Max, wir treffen uns später wieder. Anscheinend braucht der kleine Toby hier ein wenig Hilfe auf der Schaukel", rufe ich Max zu, der, umzingelt von einer Kinderhorte, das Haus seiner Pflegeeltern betritt.

Ich war einmal mit Max hier gewesen, um den Betreibern dieses Ortes die Spende zu überreichen. Aber wir hatten uns nicht mit den Kindern beschäftigt. Ich finde es ein bisschen komisch, dass ich nicht wirklich weiß, was ich nicht fragen soll.

Ich stoße den kleinen Jungen an. „Wie gefällt es dir hier?"

„Gut", sagt er und kichert. „Am Anfang hatte ich Angst, aber jetzt gefällt es mir gut."

„Wie alt bist du, Kleiner?"

„Fast vier. Danke, lieber Herr, dass Sie mich anschubsen."

„Ich heiße Blake, so kannst du mich nennen, Toby."

Der kleine Junge ist so mutig und ich denke über seinen ersten Tag hier nach. Er sagte, dass er Angst gehabt hatte, und mein Herz bricht fast bei dem Gedanken.

Der Duft von Burgern, die auf offener Kohle grillen, steigt in meine Nase und ich werde wieder daran erinnert, dass ich heute noch nichts gegessen habe. „Lust auf einen Burger, Toby?"

„Na klar", antwortet er und ich halte die Schaukel an, damit er herunterspringen kann.

Er nimmt meine Hand und mein Herz setzt einen Schlag aus. Oh Mann, ich würde das Kind mit nach Hause nehmen, wenn ich denn könnte. Was für ein lieber kleiner Kerl!

Der Mann, der am Grill die Burger verteilt, schenkt mir ein Lächeln. „Hey, du da. Du musst Blake sein. Danke, dass du es uns ermöglicht hast, das alles für die Kinder zu machen." Er gibt mir und Toby unsere Burger.

Der Junge nimmt einen großen Bissen, wodurch ein bisschen Ketchup auf seine Wange gerät. Ich nehme eine Serviette und wische den Fleck weg. Mit vollem Mund sagt er, „Danke, Blake."

„Ich bin Herr Strickland, so etwas wie der Schulleiter dieses Ortes. Ich sorge für Frieden. Ich versuche es zumindestens." Der ältere Mann reicht mir einen weiteren Burger. „Dort drüben gibt es Chips und Getränke. Viel Spaß."

Der kleine Junge und ich schlendern in die angedeutete Richtung, holen uns die anderen Sachen und setzen uns an einen großen Tisch voller Kinder. Sie lächeln mich alle an, als ich mich neben meinen neuen besten Kumpel, Toby, setze.

Ein kleines Mädchen mit Brille und roten Locken schaut schüchtern von der anderen Seite des Tisches herüber. „Sie sind Herr Chandler, oder?"

„Der bin ich. Und wie heißt du?"

„Sally."

Toby trinkt einen Schluck Wasser und erzählt ihr, „Er ist mein neuer bester Freund. Ich darf ihn Blake nennen."

Sally schaut weg und scheint aus irgendeinem Grund traurig zu sein. „Hey, warum nennt ihr mich nicht alle Blake. Herr Chandler hört sich nach einem alten Mann an."

Das kleine Mädchen lächelt und beißt in ihren Hotdog. Mit einem einzigen, kleinen Lächeln erweicht sie mein Herz. Es wird schwer für mich sein, an diesem Ort mit so vielen bezaubernden Kindern Zeit zu verbringen.

Einer der älteren Jungen mit kurzen, blonden Haaren fragt mich. „Hast du auch einen Hubschrauber, wie Max?"

Mit einem Kopfschütteln erwidere ich, „Nein. Ich habe erst seit kurzem so viel Geld. Ich habe noch nicht einmal ein riesiges Haus. Ich wohne immer noch in demselben Haus, in dem ich aufgewachsen bin."

Das Kind antwortet, „Also wenn ich reich wäre, hätte ich eine heiße Frau, eine riesige Villa und einen Hubschrauber. Genau wie Max."

„Er weiß, wie man lebt, stimmt's?", frage ich ihn.

„Das tut er." Der Junge läuft an mir vorbei, als er vom Tisch aufsteht. Er klopft mir auf den Rücken. „Du hast also noch keinen Hubschrauber oder ein großes Haus. Wie sieht es mit der heißen Freundin aus?"

Verdammt! Wie erkläre ich den kleinen bezaubernden Kindern, dass ich noch nicht einmal das habe?

60

RACHELLE

Der Wind weht durch meine Haare, als ich in Peytons altem Jeep mit offenem Verdeck fahre. Das Wetter ist wunderschön und ich brauche die schöne Ablenkung von den Gedanken, die in meinem Kopf umherschwirren.

Ich biege zu dem Kinderheim ab und komme schon bald auf die kleine Straße, die ich als Kind bei dem Versuch, meine Mutter zu finden, entlanggerannt war. Meine Brust fühlt sich ein bisschen eng an, aber es ist noch nicht zu schlimm.

Max ist bestimmt schon da und ich kann mich auf ihn und Lexi verlassen, wenn es sein muss. Als ich um die Ecke fahre sind überall Kinder und ich sehe den Kreis aus Häusern.

Ich war so jung, dass ich mich an all das gar nicht wirklich erinnern kann. Ich parke, stecke die Schlüssel in meine Tasche und sehe mich nach Max um. Der große, gutaussehende Mann sollte doch in dieser Umgebung auffallen.

Durch das Geräusch eines Hubschraubers, der in den Himmel steigt, schaue ich auf und sehe Max und ein Kind, das in dem speziellen Sitz, der aus dem Helikopter hinausreicht, sitzt. Er landet und jemand eilt ihm entgegen, um das Kind aus den Gurten zu befreien, die es in dem Sitz gehalten haben.

Als der Hubschrauber verstummt, dringen leise Freudenschreie an mein Ohr. Ich drehe mich um, um zu sehen, worüber sich das kleine Kind so freut, und was es so lachen lässt.

Mein Herz bleibt stehen.

Warum ist er hier?

Blake dreht sich im Kreis und schwingt einen Jungen durch die Luft. Das Kind lacht fast genauso viel wie Blake.

Ich muss mich gegen den Jeep lehnen, um aufrecht stehen zu können, da meine Knie einzuknicken drohen. Vor etwas mehr als einem Monat habe ich sein gutaussehendes Gesicht zum letzten Mal gesehen. Sein Haar hängt bis auf seine Schultern.

Meine Hände ballen sich zu Fäusten, während ich an das letzte Mal denke, als wir zusammen waren. Wie er mich berührte, mich küsste und mich liebte.

Und das einzige, was ich für ihn getan habe, war, ihn zu verlassen.

Mein Körper heizt sich in Sekundenschnelle auf und mein Gesicht ist knallrot, als er aufschaut und meinen Blick auffängt. Ich kann nicht wegsehen. Er aber schon, denn er dreht sich von mir weg und geht mit dem kleinen Kind im Schlepptau davon.

Ich kann hier nicht hineingehen. Ich kann mich nicht dem hier und der Tatsache, dass Blake mich hasst, auf einmal stellen. Dann legt sich ein Arm um meine Schultern und warme Lippen drücken einen Kuss auf meine Wange. „Hey, Süße. Ich bin so froh, dass du dich dazu entschieden hast, zu kommen."

Max führt mich zu einem Ort, an dem sich viele Menschen miteinander unterhalten. Das ist nicht der beste Ort für mich. Wenn zu dem Ganzen dann noch ein Mann hinzukommt, der nichts mit mir zu tun haben will, dann wird all das hier zu einem Ort des Schreckens.

„Max, warum ist Blake hier?", bringe ich hervor. „Ich hatte ja keine Ahnung, dass er hier sein würde."

„Er hat ziemlich viel Geld für Verbesserungen gespendet. Es ist doch klar, dass sie ihn auf dieser Feier haben wollen. Hat er dich gesehen?", fragt er mich, während wir zu einem Mann gehen, der mir einen Hotdog gibt.

„Ja, das hat er, aber er ist weggegangen. Ich glaube, er hasst mich." Ich beiße in den Hotdog und kaue gedankenverloren darauf herum.

Ein kleines Mädchen berührt mein Bein. Ich schaue nach unten und sehe, dass ihre roten Haare in zwei seitlichen Dutts stecken. „Hallo, liebe Frau."

„Kann ich dir irgendwie helfen?", frage ich sie.

„Ja, können Sie mir bitte einen Dr. Pepper reichen? Sie sind ganz unten im Eiskübel und ich komme nicht an sie heran." Sie nimmt meine Hand und führt mich an einen Tisch, auf dem mehrere große Eiskübel stehen.

Max folgt uns. „Wenn du damit fertig bist will ich mit dir hineingehen, um ein paar Leute zu treffen, die für ein paar Wochen auf dich aufgepasst haben, als du klein warst, Shelley."

„Okay." Ich stecke den restlichen Hotdog in meinem Mund und greife in das eiskalte Wasser, bis ich das gewünschte Getränk finde. „Hier, bitte schön. Wie heißt du noch einmal?"

„Ich heiße Sally. Danke, liebe Frau." Sie nimmt die Cola und öffnet sie.

„Du kannst Rachelle zu mir sagen", gestatte ich ihr und sie lächelt.

„Du bist wirklich nett, Rachelle."

Ich schenke ihr ein Halblächeln, weil ich mindestens einen Menschen hier kenne, der ihr widersprechen würde. Ich suche die Gegend mit meinen Augen ab und sehe, wie Blake denselben Jungen, den er vorhin herumgeschwungen hatte, nun auf einer Schaukel anstößt. Ich wende mich ab, als Max meinen Arm nimmt und mich zum Haus zieht.

Ich sehe mir alles genau an und sage, „Ich erinnere mich an die Einfahrt. Die Art, wie die Bäume den Weg säumen. Daran erinnere ich mich, aber kaum an das hier."

„Sie haben den ganzen Ort dank Blake und mir komplett umgestaltet. Ich bezweifle, dass auch nur eines der Häuser so wie in deiner Erinnerung ist. Wie geht es dir?" Er öffnet mir die Tür und ich gehe hinein.

„Es geht. Ich werde damit klarkommen. Das hoffe ich zumindest", murmle ich, während wir das Haus betreten und ein altes Paar auf dem Sofa sehen.

Max schenkt ihnen ein Lächeln und sagt, „Das ist Rachelle."

Die alte Frau lächelt. „Ich erinnere mich an sie, Randy. Komm, setz dich und erzähle mir, was aus dir geworden ist. Ich habe schon ein paar Mal mit deinem jungen Mann gesprochen. Was für ein Segen er für diesen Ort ist."

„Er ist nicht mein junger Mann", entgegne ich. Dabei schaue ich auf und sehe, wie Blake und der kleine Junge das Haus betreten.

„Und warum nicht, Schätzchen?", fragt sie mich.

Er sieht mich direkt an und ich kann meinen Blick nicht von ihm abwenden. „Ja, warum denn nicht?", fragt mich Blake.

61

BLAKE

Rachelle und ich sitzen nebeneinander auf den Schaukeln, ohne ein Wort zu sagen. „Warum bist du mir hierher gefolgt, wenn du nicht reden willst?", frage ich sie.

Ihre schmalen Schultern zucken. Ich kann ihre Stille nicht mehr ertragen. Ich stehe auf und gehe davon. Ich will so gerne zurückschauen, um zu sehen, was sie macht, aber ich zwinge mich, es nicht zu tun.

„Blake!", ruft sie.

Ich drehe mich um und sehe, wie sie mir entgegenkommt. Tränen laufen über ihre geröteten Wangen, als sie anfängt zu rennen und sich in meine Arme wirft. Ich schließe sie in meine Arme und sie versteckt ihr Gesicht an meiner Brust.

Ihre Haare sind weich und fallen offen bis zu ihrer schmalen Taille. Ich streiche mit meiner Hand darüber. „Shh, es ist in Ordnung, Rachelle. Du musst nicht weinen."

„Ich wusste nicht, dass du hier bist. Wenn ich es gewusst hätte, wäre ich nicht gekommen."

Ihre Worte sind wie ein Schlag in mein Herz und ich drücke sie sanft von mir weg. „Ich kann gehen, wenn es dir zu sehr wehtut."

Wässrige Augen schauen zu mir auf. „Bitte nicht."

„Du bist ein sehr komplexer Mensch, Baby. Ich würde dich ja fragen, was du von mir willst, aber ich weiß, dass du selber keine Ahnung hast, was du eigentlich willst."

„Hasst du mich?", fragt sie mich mir zusammengezogenen Augenbrauen.

„Ich könnte dich niemals hassen. Bin ich sauer auf dich? Auf jeden Fall! Ich bin unglaublich wütend auf dich, Rachelle. Wie konntest du mich zum Einkaufen wegschicken, nur um danach feststellen zu müssen, dass du wieder abgehauen bist?" Ich lasse ihre Schultern los und trete einen Schritt zurück. „Ich fühle mich wie ein dummer Hund, den jemand am Straßenrand ausgesetzt hat."

„Das tut mir leid", sagt sie und schaut zu Boden. „Im Nachhinein verstehe ich, dass es grausam war, aber ich hatte gerade mit meiner Mutter geredet und sie machte mir so große Angst vor der Liebe, die ich für dich empfand. Ich hatte das Gefühl, keine andere Wahl zu haben, als davonzulaufen. Ich hätte dich niemals verlassen können, wenn ich dich dabei hätte ansehen müssen."

„Das ist vielleicht so, weil du mich liebst und bei mir hättest bleiben sollen. Ich bin durch deine Handlung übervorsichtig geworden. Ich weiß nicht, ob ich es noch einmal mit dir versuchen kann." Ich schließe meinen Mund, weil ich das wirklich nicht sagen wollte.

Ich will sie zurück!

„Das erwarte ich auch gar nicht von dir, Blake. Was ich getan habe war schrecklich. Das weiß ich. Ich bitte dich nur um Verzeihung. Nicht darum, dass du mich zurücknimmst oder sonst irgendetwas. Ich weiß, dass du mir nach meiner letzten Aktion nie wieder vertrauen kannst." Bei dem letzten Wort schaut sie mich an. Ihre Augen sind so traurig.

„Wir sollten reden, findest du nicht?"

Sie nickt und ich schlinge meinen Arm um ihre Schultern. Draußen ist es warm, aber sie zittert. Was diese junge Frau schon alles durchgemacht hat und ich mute ihr noch mehr zu.

„Was wäre, wenn ich dir sage, dass ich dir verzeihe?"

„Das wäre ein Anfang, damit ich mir selber vergeben kann. Es ist nicht einfach, zu wissen, was das Richtige ist. Du musst wissen, dass ich der Meinung bin, dass du das Beste verdienst. Du verdienst die beste Frau der Welt und ich, nun ja, ich bin zwar nicht die schlechteste, aber ich bei weitem nicht die beste." Ein Schauer fährt durch ihren Körper.

„Warum kannst du nicht verstehen, dass du alles bist, was ich will und brauche. Du bist genau die Person, die ich verdiene. Und weißt du was, Baby? Du verdienst mich auch." Ich schlinge meinen Arm fester um sie und laufe mit ihr zum Parkplatz. „Bist du mit dem Jeep hierher gekommen?"

„Ja, er gehört Peyton. Kip hat uns nach Smithville geflogen. Ich habe ihn mir ausgeliehen und bin die drei Stunden hierher gefahren."

Ich ziehe sie näher an mich heran. „Etwa zehn Meilen südlich von hier ist eine kleine Stadt, vielleicht ein bisschen größer als diese hier. Ich habe sie von dem Hubschrauber aus gesehen. Was hältst du davon, dass wir uns dort ein Zimmer nehmen und vielleicht etwas zu essen und trinken organisieren? Wir könnten die Nacht zusammen verbringen und das hier klären."

Ihr Körper spannt sich an und sie schaut überall hin, nur nicht zu mir. Deshalb entscheide ich mich, ihr die Möglichkeit zu geben, wegzulaufen. Mal sehen, was sie sagt. „Das hört sich fantastisch an, Blake. Wir könnten morgen früh nach Smithville zurückfahren und Kip könnte dich mit seinem Hubschrauber dorthin bringen, wo du willst."

Ich führe sie zu dem Jeep und küsse ihre Schläfe. „Steig schon mal ein, ich komme in einer Minute nach. Ich will nur schnell Max Bescheid sagen, was ich mache und dann können wir los. Es sei denn, du willst mitkommen und dich ebenfalls verabschieden."

Mit einem Kopfschütteln antwortet sie, „Nein, ich warte im Jeep. Nach dem Weinen muss ich schrecklich aussehen und bin im Moment gefühlsmäßig komplett ausgelastet. Sag Max, dass ich ihn am Sonntag für eine Weile besuchen werde, denn Kip plant einen Zwischenstopp, bevor wir zurück nach Los Angeles fliegen."

Ich nicke, trete ein paar Schritte zurück und schaue sie an. „Warte mal! Kip wusste, dass er dich mitnimmt, damit du zu diesem Treffen gehen kannst, oder?"

„Ja, warum?", fragt sie.

„Oh, ist schon in Ordnung. Warte! Ich bin mir sicher, dass Kip mit Max gesprochen und die Pläne für Sonntag gemacht hat. Weißt du, ob er das getan hat?"

„Ja, Kip hat mit Max gesprochen. Er wusste, dass ich hierher komme. Oh mein Gott! Sie haben es uns verheimlicht!" Ihre Augen leuchten und glänzen und sie kichert.

Mein Herz geht bei dem Geräusch auf und ich lächle. „Was für zwei miese Ratten. Ich bin gleich wieder da."

Als ich davongehe, ist mir bewusst, dass eine große Wahrscheinlichkeit besteht, dass ich beim Zurückkommen nur einen leeren Parkplatz vorfinden werde. Ich habe ihr diese Möglichkeit gegeben, davonzulaufen, wenn sie es denn will.

Wenn sie jetzt geht, war das die letzte Chance, die ich ihr jemals geben werde.

62

RACHELLE

Es sind gerade einmal fünf Minuten vergangen, doch mein Gehirn spielt verrückt. Vielleicht hat sich Blake dazu entschieden, gar nicht mehr zurückzukommen. Vielleicht hat ihm Max gesagt, dass es eine schreckliche Idee ist, sich mit mir ein Zimmer zu nehmen, um zu reden und vielleicht auch mehr zu tun.

Ich hoffe, dass mehr passiert!

Weitere fünf Minuten verstreichen doch es gibt immer noch kein Zeichen von Blake. Ich hatte mich auf den Beifahrersitz gesetzt, aber wenn er in fünf Minuten nicht wieder hier ist, dann wechsle ich auf den Fahrersitz und fahre nach Smithville zurück.

Vielleicht schlägt er mich mit meinen eigenen Waffen. Er lässt mich in dem Glauben, dass alles in Ordnung ist und wir zumindest Freunde sein können, in Wirklichkeit geht er aber davon und lässt mich allein.

Das verdiene ich, das ist mir klar. Nur noch ein paar Minuten, dann fahre ich allein von hier weg. Ich habe mich schon angeschnallt.

Noch eine Minute, dann waren es fünfzehn Minuten, und ich bin nicht dumm. Er hat mich die ganze Zeit verarscht. Ich schnalle mich ab, steige aus dem Auto und gehe zur Fahrerseite.

„Wolltest du weggehen, ohne dich von mir zu verabschieden?", fragt die Stimme eines kleinen Mädchens.

Ich drehe mich um und sehe Sally, das kleine Mädchen. Sie läuft neben Blake, der den kleinen Jungen, mit dem er vorhin gespielt hat, auf dem Arm trägt. Sie schauen wie eine kleine, perfekte Familie aus und mein Herz schlägt schnell in meiner Brust.

Ich springe aus dem Auto und laufe ihnen entgegen. „Nein! Es tut mir leid, Sally. Ich hoffe, ich habe deine Gefühle nicht verletzt."

„Nur ein bisschen", antwortet sie und streckt ihre kleinen Arme nach mir aus. „Bekomme ich einen Abschiedsdrücker, Rachelle?"

Ich nehme sie in meine Arme und drücke sie an mich. „Wie alt bist du eigentlich, junge Dame?"

„Ich bin fünf. Ich lebe schon seit ein paar Jahren hier." Sie beugt sich nahe an mich heran und flüstert in mein Ohr. „Kann ich dir ein Geheimnis verraten?"

„Na klar."

„Ich glaube, du schaust wie eine nette Frau aus, und wenn du jemals ein süßes, kleines Mädchen willst, dann wäre ich noch zu haben. Meine Mami kommt nicht mehr zurück, um mich abzuholen, und das weiß ich."

Mein Herz zieht sich in meiner Brust zusammen und ich drücke sie fest an mich. „Dann hoffe ich, dass sich das bald ändert, Süße", flüstere ich zurück. „Und wenn ich jemals an den Punkt gelange, an dem ich ein kleines, süßes Mädchen in meinem Leben brauche, dann denke ich auf jeden Fall über dein Angebot nach."

Ihre Lippen berühren wieder mein Ohr. „Während du darüber nachdenkst, solltest du auch über den gutaussehenden Mann hier als meinen Papa nachdenken."

Ich kichere und drücke sie. „Das mache ich. Ich schreibe dir, Sally. Wie ist dein Nachname, damit ich das tun kann?"

„Sally Portis."

Ich lasse sie herunter und streiche mit meiner Hand über ihren kleinen Kopf. Mit roten Haaren und einer Brille sieht sie zu mir auf und ich wünsche mir nichts sehnlicher, als sie jetzt mitnehmen zu können. „Also dann, Sally Portis, bereite dich darauf vor, leckere kleine Süßigkeiten geschickt zu bekommen. Ich bin eine angehende Köchin und kann ein paar sehr leckere Kekse backen."

Sie springt auf und ab, doch dann stupst mich Blake mit seiner Schulter an und als ich zu ihm hinüberschaue, bemerke ich, wie der kleine, dunkelhaarige Junge rot wird. Blake sagt, „Toby ist ihr kleiner Bruder und er fragt, ob du ihm auch ein paar Süßigkeiten schicken kannst."

Ich wuschle dem Jungen durch das Haar und antworte, „Das können wir einrichten, Toby."

„Danke", erwidert der kleine Junge und Blake stellt ihn wieder auf den Boden.

Sally nimmt ihren kleinen Bruder an der Hand und sie winken uns zu, bevor sie wieder zurück zu dem Haus gehen, in dem ich vor gefühlten tausend Jahren drei Wochen lang gelebt habe.

„Bis bald, ihr Zwei. Ich habe versprochen, euch zu besuchen, und ich halte immer meine Versprechen", ruft Blake.

Seine Worte reißen mich innerlich entzwei. Ich frage mich, ob er wirklich alle seine Versprechen hält. Was für ein Leben wäre das?

63

BLAKE

Der Wind weht um uns herum, als wir in die kleine Stadt nahe dem Kinderheim fahren. Rachelle war den ganzen Weg über verdächtig still. Ich habe ihr die Chance gegeben, abzuhauen, und ich habe das Gefühl, dass sie genau das vorhatte, als ich dazu kam.

„Die Kinder waren putzig, oder?", frage ich sie.

„Das waren sie. Es ist schön, sie glücklich zu sehen. Alles, was ich gesehen habe, waren glückliche Kinder. Ganz im Gegensatz zu den Erinnerungen an meine Zeit dort. Aber ich erlaube es mir erst seit kurzer Zeit, mich daran zu erinnern, es liegt wohl daran." Sie schaut zur Seite und klopft mit den Fingern auf den Türrahmen.

Nachdem wir uns unterwegs etwas zu essen und einen Sixpack mitgenommen haben, suche ich uns die schönste Unterkunft in der Stadt, besorge uns ein Zimmer und checke ein. Danach gehe ich wieder zu dem Wagen zurück und parke ihn.

„Zimmer 107, Erdgeschoss, im wunderschönen Beeville, Texas." Ich hoffe, dass mein Lächeln ihr sagt, dass alles in Ordnung ist.

Sie nimmt das Essen und ich das Bier und wir betreten das kleine, sehr durchschnittliche Zimmer. Ich wünschte, ich könnte uns ein besseres, ein viel besseres Zimmer, organisieren. Ich bin ein Milliardär verdammt noch mal und ich habe diese Frau bis jetzt noch an keinen traumhaften Ort mitgenommen.

Rachelle nimmt das Essen aus der Tasche und stellt es auf den kleinen Tisch. Ich stelle das Bier in den kleinen Kühlschrank und schlinge meine Arme von hinten um sie. Meine Lippen legen sich in ihren Nacken und meine Männlichkeit erwacht zum Leben.

„Hungrig?", frage ich sie.

„Nicht wirklich. Der Hotdog hat ziemlich gestopft."

Ich drehe sie herum und sie legt ihre Hände um meinen Nacken. „Dann heben wir es für später auf. Ich habe aber auf etwas anderes Hunger", erwidere ich.

Ihr Mund verzieht sich zu einem Halbgrinsen. „Auf was hast du denn Hunger?" Ihre Augen funkeln.

Mit einer geschickten Bewegung lege ich meinen Arm unter ihre Beine und hebe sie hoch. „Ich zeig es dir."

Ich werfe sie spielerisch auf das Bett und ziehe mein T-Shirt aus. Ich habe wie ein Verrückter trainiert und von der Art, wie ihre Augen aufleuchten zu schließen, gefällt ihr das Ergebnis.

„Oh! Verdammt, Blake. Wie um alles in der Welt ..." Ich lege einen Finger auf ihre Lippen und ziehe ihr das T-Shirt aus.

Ihre cremige Haut über ihren Brüsten bettelt mich an, geküsst zu werden. Meine Lippen berühren den Teil ihrer Brüste, der über dem rosafarbenen Spitzen-BH zu sehen ist. Ich öffne ihn und ziehe in weg. Ihre Brüste springen hervor, was mich zum Stöhnen bringt.

„Baby, wie ich dich vermisst habe." Mein Mund legt sich auf eine Brust, während meine Hand die andere umschließt.

Ihre Hände fahren über meinen gesamten Rücken und sie stöhnt, während sie über jeden einzelnen Muskel streicht. „Blake, oh mein Gott! Ich habe dich auch vermisst."

Ihr Körper macht mich verrückt, aber ich habe zu ihr gesagt, dass wir reden würden. Deshalb muss ich ihr die Chance dazu geben. Ich löse meinen Mund von ihrer köstlichen Brust, lasse meine Hand jedoch auf der anderen liegen.

„Baby, willst du reden? Es tut mir leid, dass ich mich wie ein Tier verhalte. Ich habe dich immerhin hierher gebracht, um mit dir zu reden."

„Blake, können wir bitte später reden? Ich will dich jetzt so sehr."

„Alle klar, Baby. Was immer du willst, ich gebe es dir." Ihre Lippen betteln mich darum an, sie zu küssen, was ich dann auch tue.

Wir stöhnen wie verrückt und ich weiß nicht einmal, warum ich solche Laute von mir gebe. Der Knopf ihrer Jeans macht mich verrückt, weshalb ich unseren Kuss unterbreche und mich von ihr löse, um die seltsame Vorrichtung anzusehen. Ich öffne sie und ziehe ihr die Hose aus.

Sie steht nur noch in einem winzigen, rosa Höschen vor mir und mir läuft das Wasser im Mund zusammen. Sie stützt sich auf ihre Ellenbogen „Warte!"

Nein! Kein Warten!

Ihre rosa Lippen verziehen sich zu einem Lächeln. „Zieh dich fertig aus und lass mich dich anschauen."

Oh ja! Das ist schon eher nach meinem Geschmack!

„Du willst mehr davon sehen, Baby?", frage ich, während meine Hand über meine trainierten Bauchmuskeln streicht.

Sie schüttelt den Kopf, was mich verwirrt. „Nein, ich will dich komplett sehen. Strippe für mich, Cowboy." Sie legt sich wieder zurück und schaltet mit ihrem Handy Musik an.

Wer sind wir? Bud und Sissy von Urban Cowboy? Dann spiel ich mal mit!

Kid Rock fängt an, davon zu singen, dass er ein Cowboy sein will, und ich habe das Gefühl, dass sie dieses Lied genau für diese Gelegenheit heruntergeladen hat. Ich schwinge meine Hüften zur Musik und knöpfe langsam meine Jeans auf. Ich bewege den Reisverschluss ein paar Mal hoch und runter, bevor ich ihn offen lasse.

Rachelle lehnt sich zurück und beobachtet mich mit einem Lächeln auf ihrem hübschen Gesicht. Ich ziehe meine Hose herunter und ihre Augen weiten sich, als sie sieht, womit ich sie in kurzer Zeit füllen will. Sie setzt sich auf und beißt sich auf die Lippe, als ich das letzte Kleidungsstück ausziehe, und ich weiß, dass sie mich will.

Während ich ihr Höschen herunter ziehe, schaut sie mir in die

Augen. „Ich habe das vermisst, Blake. Ich habe alles vermisst. Wie fröhlich und bezaubernd du bist. Wie süß und sexy du bist. Ich habe alles vermisst." Sie nimmt meine Wangen in ihre Hände. „Mach Liebe mit mir, bitte." Sie legt sich zurück und ich schaue zu ihr hinunter.

Mit ihren schwarzen Haaren und blauen Augen blickt sie mir entgegen und alles, was ich will, ist, dass dieser Moment nie zu Ende geht.

Sie will mich!

64

RACHELLE

Hitze schießt durch meinen Körper, als Blake in meine Augen starrt. Es ist, als ob er direkt in meine Seele schauen würde. Sein Mund nähert sich langsam dem meinen und als sich seine Lippen auf meine legen, muss ich mich davon abhalten, nicht sofort zu kommen.

Mein Atem kommt schon stoßweise. Was zur Hölle passiert gerade?

Mein Körper zittert, als er sich auf mich legt. Es ist, als ob er nicht länger warten könnte. Er dringt mit seinem harten Glied in mich ein und ich stoße einen Schrei der Erleichterung aus. „Hart und schnell", sage ich.

Ein Grummeln dringt tief aus seiner Brust, das ich sogar noch in seinem Glied spüren kann. Sein erster Stoß ist kräftig und ich wölbe mich ihm entgegen. Schweißperlen bilden sich auf meinem Körper und sein Körper ist ebenfalls glitschig mit einer dünnen Schicht.

Meine Hände streichen über seinen muskulösen Rücken und das Gefühl jagt Schauer durch meinen Körper. Er schaut mich an, während er hart und fest in mich stößt, genauso, wie ich es wollte. Seine blau-braunen Augen sind dunkel vor Verlangen.

Er hört auf, sich zu bewegen, und sagt, „Tue es."

Ich falle entzwei, wie er es mir befohlen hat, und es fühlt sich so an, als wäre ich gestorben und würde in den Himmel gelangen. Mein Innerstes bebt und pulsiert, was ihm ein weiteres Knurren entlockt und ihn dazu veranlasst, in mich zu hämmern. Seine Stöße sind hart. Er knurrt und stöhnt laut bei dem Versuch, meinen Höhepunkt so lange wie möglich hinauszuziehen.

Plötzlich bemerke ich, dass ich schreie, „Fick mich, fick mich, Baby!"

Seine starken Arme sind links und rechts von mir. Ich streiche mit meinen Händen darüber und bewundere ihre Stärke und Größe. Dann fühle ich, wie sich ein weiterer Höhepunkt anbahnt und wölbe mich ihm entgegen. Dabei stöhne ich wie ein Flittchen an einem Samstagabend.

Wer bin ich?

Dieser Höhepunkt war so unglaublich intensiv, denn Blake folgt mir kurz darauf. Seine Hitze füllt mich und er stöhnt wie noch nie zuvor. „Verdammt, Rachelle." Er beißt auf seine Lippe, als sich sein Körper anspannt und er in mir pulsiert. „Baby, was hast du mit mir gemacht?"

Was ich mit ihm gemacht habe? Was hat er mit mir gemacht?

BLAKE

Mein Körper steht in Flammen. Sie fühlt sich so unglaublich an, wie noch nichts zuvor in meinem Leben. Ich bin gerade wie ein Wasserstrahl gekommen und bin schon wieder hart. Ich stoße langsam und tief in sie, während ich meinen Körper auf ihren presse.

Wir sind beide total verschwitzt, unsere Haare sind tropfnass und der Geruch ist einfach unglaublich. Ich hätte niemals gedacht, dass ich Körpergeruch einmal genießen würde, aber unser gemeinsamer Geruch macht mich schwindlig. Geil ist wahrscheinlich der falsche Ausdruck für das, was ich fühle.

Ich brauche sie, wie ich noch nie etwas gebraucht habe. „Hat dir das gefallen, Baby?", frage ich sie wie ein 70-er Jahre Pornostar.

„Hm, hm", stöhnt sie als Antwort mit halb geschlossenen Augen. „Mehr, Baby."

„Oh, du bekommst mehr. Mach dir darüber keine Sorgen." Ich ziehe mich aus ihr heraus, drehe sie auf den Bauch, und stelle sie auf ihre Knie. Als ich sie zu mir ziehe, drückt sie mir ihren heißen Hintern entgegen, bereit, noch einmal von mir genommen zu werden.

Ich stöhne auf, als ich mein erstaunlich hartes Glied in ihren genauso erstaunlich feuchten Traum schiebe. Anscheinend hat der kleine Blake es dort vermisst und will wieder dorthin zurück, wo er hingehört.

Sie seufzt tief und schockt mich, als sie einen Finger ableckt und ihn auf ihren Kitzler drückt. Ich übernehme das für sie, weil es meine Aufgabe ist, sie zu befriedigen. „Lass mich das für dich machen, Baby."

Ich stoße in sie und reibe mit meinem Finger über ihren ange-schwollenen Kitzler. Wir beide hatten gerade einen unglaublichen Höhepunkt, und sind schon bereit für die nächste Runde.

Gott, ist es schön, jung zu sein!

66

RACHELLE

Ein kleiner Sonnenstrahl fällt durch die Vorhänge des Motels und direkt in mein Gesicht. Starke Arme halten mich fest und es ist in Ordnung. Blake und ich haben uns die ganze Nacht lang geliebt und irgendwie habe ich das Gefühl, dass alles gut wird.

Ich drehe mich in seinen Armen und streiche mit meiner Hand über seinen Bizeps, der sogar noch besser trainiert ist als zuvor. Dieser Mann ist jedes Mal, wenn ich ihn sehe, muskulöser. Ich kann meinen Blick nicht von seinem hübschen, schlafenden Gesicht abwenden.

Er scheint so friedlich, aber ich muss es tun. Ich lege meine Lippen sanft auf seine. Auch wenn ich ihn richtig küssen will, löse ich meine Lippen wieder von seinen. Er regt sich, seine blau-braunen Augen öffnen sich und er lächelt.

„Hey Kleine", murmelt er verschlafen.

„Hey", entgegne ich und streiche mit meiner Hand seinen muskulösen Arm auf und ab. „Wir müssen bald aufbrechen. Ich dachte mir, du würdest gerne noch ein bisschen rummachen, bevor wir losmüssen."

Mit einem langsamen Blinzeln erwidert er, „Wir beide machen

nicht herum. Außerdem habe ich vor, mindestens die nächsten beiden Nächte mit dir zu verbringen."

„Oh, wirklich, hast du das nun vor?", frage ich mit einem Kichern. „Ich nehme an, dass ich dich noch ein paar Tage und Nächte aushalten kann."

„Das ist alles, um was ich dich bitte, Baby." Er zieht mich nahe an sich heran und legt seine Lippen auf meine.

Mein Körper wird ganz warm. Er leckt kurz über meine Lippen und ich öffne sie für ihn. Die Hitze in meiner unteren Region nimmt zu und ich presse mich gegen ihn.

Sein langes Glied pulsiert und wächst gegen mich. Langsam streichen seine Hände über meinen Rücken und meine Hände wiederholen dasselbe auf seinem. Dabei berühren sie jeden straffen und harten Muskel.

Blake dreht mich auf den Rücken und legt sich über mich. Dann löst er seinen Mund von meinem, um mich anzusehen. „Ich liebe dich, Rachelle."

„Ich liebe dich auch, Blake", entgegne ich mit einem Flüstern.

Die Art, wie sich seine Lippen an meine schmiegen oder meine an seine, es ist mir egal wie, bringt mich innerlich zum Schmelzen. Er drückt sich an mich und dringt dann mit seinem Glied in mich ein. Ich stöhne bei dem Gefühl auf.

Ich bin wund, weil wir uns nur Stunden zuvor so intensiv liebten, und bin deshalb ein wenig steif. Er streicht mit einer Hand über meine Hüfte und wiederholt das gleiche auf der anderen Seite. Er massiert und reibt über meine Haut, als ob er wüsste, wie angespannt ich bin.

Seine Stöße und die Art, wie er mich reibt, lösen meine Anspannung schon bald und ich ziehe meine Knie hoch und schlinge meine Beine um seinen Körper. Dabei wölbe ich mich ihm bei jedem Stoß entgegen.

Er nimmt meine Pobacken in seine Hände und knetet sie, als ich meinen Körper von dem Bett hebe, um ihm entgegenzukommen. Ein tiefes Verlangen erwacht in mir zum Leben und ich weiß, dass nur er es stillen kann.

Er stößt mich härter und fester, als ob er mein Verlangen spüren könnte. Sein Mund löst sich von meinem und legt sich in meinen Nacken, in den er beißt und an dem er saugt, was mich nahe an den Höhepunkt treibt. In diesem Moment zählt nichts außer ihm und mir.

„Blake", stoße ich hervor. „Gott! Blake!"

„Komm für mich, Baby."

Ich zucke ihm entgegen. Endlich bricht die Welle über mir zusammen und ich schreie laut, „Blake! Gott, Blake!"

Mein Körper melkt ihn und bringt ihm zu seinem eigenen Höhepunkt. Er spannt sich an und Hitze füllt mich. „Baby, oh, Baby", stöhnt er in meinen Nacken.

Langsam verebben die Wellen, bis sie schließlich ganz aufhören. Doch ich will ihn nicht gehenlassen. Ich lasse meine Beine um seine Hüften geschlungen und drücke ihn fest an mich. Ich will ihn nicht gehenlassen, nie wieder.

Ich flüstere, „Blake, lass mich dich nie wieder verlassen. Bitte. Ich bin ein Wrack und das weiß ich, aber wenn du mich liebst, hilfst du mir. Bitte hilf mir, Blake."

Seine Worte hören sich seltsam an, weil er sie direkt an meinem Ohr flüstert. „Ich werde dir helfen, Rachelle. Das verspreche ich."

Blake hebt seinen Kopf und ich sehe Tränen in seinen Augen glitzern. „Ich liebe dich, Blake."

„Ich liebe dich, Rachelle. Ich verspreche, dir zu helfen. Ich werde immer für dich da sein, egal was passiert." Er fährt mit seiner Hand über meine Stirn und streicht mein Haar zurück.

Normalerweise würde ich jetzt weinen, aber irgendetwas in meinem Inneren sagt mir, dass ich das nicht brauche. Irgendetwas in meinem Inneren sagt mir, dass ich alles loslassen kann, all diese verrückten Ideen, dass ich irgendwann selber verrückt werde. Ich kann meine Probleme beiseitelegen, diesen Mann lieben und ihn mich lieben lassen.

„Wir werden das hier langsam angehen", sagt er. „Wir werden die nächsten Tage zusammen verbringen, danach gehe ich zurück nach

Lubbock, um mich um meine Angelegenheiten zu kümmern, und du gehst zurück nach L.A. zur Schule und zu deinem Praktikum."

„Kein Druck", erwidere ich mit einem Kichern.

„Nun ja, ein wenig Druck schon, aber nicht so wie zuvor. Ich will aber, dass du mit welchem Kerl auch immer du ausgegangen bist sagst, dass du in einer ernsten Beziehung bist und dass dein Freund kein Problem damit hat, vorbeizukommen, und ihm in seinen Hintern zu treten, wenn er dich weiterhin nach Dates fragt."

„Woher weißt du davon?", frage ich mit zusammengezogenen Augenbrauen.

„Unsere Freunde reden, Baby. Glaube bloß nicht, sie würden das nicht tun. Sag also dem Engländer, dass ich es ernst meine. Wir gehen die Sache vielleicht langsam an, aber du gehörst definitiv mir. Okay?" Seine Finger streichen über mein Kinn, während er mich anschaut.

„Dann machst du das Gleiche. Sag all den Flittchen in Lubbock, dass du mir gehörst." Ich streiche über seine stoppeligen Wangen.

„Alles klar", antwortet er, bevor er mir einen leichten Kuss gibt. „Lass es uns noch einmal tun, bevor wir aufstehen und uns fertigmachen müssen. Ich kann es kaum abwarten, zu Peyton zu fahren und Pferde zu reiten."

Ich lächle ihn an und frage mich, ob ich das hier wirklich tun kann. Jetzt, wo er bei mir ist, fühle ich mich, als ob ich alles schaffen könnte. Aber wenn er zurück nach Lubbock und ich nach Los Angeles gehe, bin ich mir nicht mehr so sicher.

Blake gibt mir eine Kraft, die ich nicht habe, wenn ich allein bin. Alles, was ich im Moment weiß ist, dass ich das hier will. Ich will diesen Mann und alles, was damit zu tun hat.

Aber kann ich das wirklich schaffen?

67

GLÜCKLICHE WORTE

Rachelle

Als ich meine Schicht im Restaurant beende, ist es schon lange dunkel. Ich kann nur noch daran denken, nach Hause zu gehen, ein heißes Bad zu nehmen und mich ins Bett zu legen.

Blake und ich haben eine schöne Routine entwickelt. Wir reden über das Telefon und schreiben uns Nachrichten, aber er gibt mir den Freiraum, den ich brauche. Er geht die Sache wirklich langsam an.

Ich muss zugeben, dass ich nicht gedacht habe, dass er das durchziehen würde, aber es ist schon fast ein Monat vergangen, seit wir wieder zusammenkamen. Wir verbrachten drei Tage zusammen, bevor ich nach Hause zurückkehrte. Habe ich ihn vermisst?

Ja, verdammt!

Aber bald sind meine Abschlussprüfungen und ich musste mir für viele meiner Kurse neue Rezepte ausdenken, was mich und mein Gehirn ziemlich beschäftigt hat. Kip und Peyton sind meine Versuchskaninchen und die beiden lieben jeden Bissen davon.

Sie haben fast erreicht, was sie wollen, und zwar, dass ich die ganze Zeit für sie koche. Ich habe es jedoch geschafft, Peyton ein paar Dinge in der Küche beizubringen und sogar Kip hat gelernt, das eine oder andere Gericht zu kochen.

Er will allerdings einen dauerhaften Koch einstellen, bevor ihr zweites Kind geboren wird. Ich helfe ihnen später in der Woche bei den Vorstellungsgesprächen, um das für sie zu regeln. Es ist das Mindeste, was ich tun kann, da ich ihr Angebot schon nicht annehme.

Mein Handy ist ausgeschaltet, seit meine Schicht anfing, weil man wegen einem eingeschalteten Handy hinausgeworfen werden kann. Als ich vor meiner Wohnung parke, drücke ich auf den Knopf und schalte es wieder ein.

Nachdem ich die Wohnung betreten habe und gerade dabei bin, meine Kleider auszuziehen, sehe ich, dass Blake mir eine Nachricht geschrieben hat. Ich drehe das Wasser auf und gebe ein paar Tropfen von Pax' Schaumbad in das dampfende Wasser.

Ich hebe mir Blakes Nachrichten, die er mir jeden Abend schickt, gerne für die Zeit auf, in der ich in der Badewanne liege und den Arbeitstag und die Sorgen wegwasche. Als alles bereit ist, nehme ich mein Handy und lese, was er mir geschrieben hat.

-*Hi Baby. Ich hoffe, du hattest einen schönen Tag. Meiner war zugepackt mit Dingen, wie meiner Pilotenprüfung, die ich bestanden habe! Ja, du hast richtig gelesen, dein Mann ist jetzt offiziell ein Hubschrauberpilot! Max war ein guter Lehrer, denn ich habe mit Bravour bestanden. Mein Ellenbogen ist ein wenig müde, weil ich mir den ganzen Tag selbst auf die Schulter geklopft habe.*

Sobald ich den Schein in den Händen hielt, konnte ich nur noch daran denken, mit dir die ganze Welt zu bereisen. Ich weiß, ich weiß, wir lassen es langsam angehen!

Ich werde mit dem Hubschrauber morgen einen Testflug machen. Ich wünschte, du wärest hier und würdest mir bei der Auswahl helfen. Ich schicke dir ein paar Bilder und du kannst mir sagen, welcher dir gefällt. Übrigens, ich habe einen Artikel über das Auto gesehen, das meiner Meinung nach perfekt für dich wäre und ich würde es dir gerne zu deinem Geburtstag oder zu Weihnachten schenken, oder zu jedem anderen Tag.

Gib mir noch keine Antwort darauf. Ich weiß, dass es Zeit braucht, bis dein Gehirn versteht, dass ich dich liebe und dir Sachen schenken will. Es macht mich glücklich und ich scheine fast ständig an dich zu denken und an das, was dir gefallen könnte.

Nun zu dem, was du jeden Abend von mir verlangst, etwas aus meinem Leben: Ich habe die dritte Klasse nicht bestanden und musste Ferienkurse belegen, um zu dem Klassenniveau aufzuholen. Jetzt weißt du eines meiner tiefen, dunklen Geheimnisse. Nun bist du dran, mir eines von dir zu erzählen.

Ich liebe dich und freue mich auf deine Nachricht heute Abend. P.S. Ich weiß, dass du in der Badewanne liegst, wenn du das hier liest. Versprich mir also, dass du mir ein Foto schickst, wenn du deinen unteren Bereich wäschst. Und denk daran, mehr als drei Bewegungen über den Bereich fällt schon in die Kategorie Selbstbefriedigung. Ich liebe dich, XOXO-

Ich kichere und lehne mich zurück, während ich darüber nachdenke, was ich ihm erzählen will. Nachdem ich das Handy auf die Ablage gelegt habe, lehne ich mich zurück und träufle ein bisschen Duschcreme auf einen Schwamm, mit dem ich über meinen Nacken, meinen Arm entlang und schließlich über meine Brüste fahre.

Ich schließe meine Augen, als ich daran denke, wie sanft Blake mit seinen Händen über meinen Körper streichen kann. Er ist so muskulös und kann dennoch der sanfteste Mann der Welt sein. Am letzten Abend, den wir gemeinsam in Peytons Elternhaus verbrachten, duschten wir zusammen und er strich mit seinen Händen über meinen gesamten Körper.

Ich fahre mit dem Schwamm über beide Arme und erinnere mich daran, wie er seine starken Hände langsam über eben diese wandern ließ. Seine Hände rutschten von ihnen weg zu meinen Brüsten, während ich mich mit meinen Handflächen gegen die Wand stütze und er hinter mir stand. Sein Glied presste sich gegen meinen Rücken.

Allein schon bei dem Gedanken daran schießt Hitze durch meinen Körper, genau wie damals. Seine Lippen berührten meine Schulter und ich erinnere mich daran, wie Schauer durch mich schossen und gegen die Hitze meines Körpers ankämpften. Es war ein seltsames aber aufregendes Gefühl.

Er ließ eine Hand auf meiner Brust liegen und fuhr mit der anderen hinunter, bis er meine kleine Knospe fand, die für seine Berührungen mehr als bereit war. Ich stöhnte, als er sie fand und ich musste meine Stirn gegen die warmen Fließen der Dusche lehnen.

Er folgte meinen Bewegungen, darauf bedacht, dass seine Vorderseite stets an meine Rückseite gepresst war. Blakes Finger wussten genau, wo ich berührt werden wollte und er drückte und rieb über meine kleine Perle, bis mein Atem nur noch stoßweise kam.

Seine Lippen wanderten an der Seite meines Halses nach oben und er flüsterte nur ein einziges Wort in mein Ohr, „Komm.“

Mein Körper zerbrach bei dem Klang seiner Stimme, die samtweich in meinem Ohr klang, und alles in mir dazu brachte, sich zusammenzuziehen, so wie er es von mir wollte. Er hörte auf, meine Knospe zu verwöhnen. Stattdessen legte er seine Hände auf meine und führte sie an der Wand nach unten, bis ich mit gebückter Hüfte dastand.

Er strich mit seinen Händen meine Arme entlang, über meinen Rücken, bis zu meinem Hintern, den er streichelte, was mich zum Stöhnen brachte. „So rund, so umwerfend.“

Mein Hintern prickelte, als er mit seinen starken Händen darüberstrich. Es schürte mein Verlangen nach ihm und er ließ mich nicht lange warten. Sein dickes Glied füllte mich aus und brachte mich durch die süße Erleichterung zum Stöhnen.

Er drang mit langsamen Stößen in mich ein, füllte mich aus, nur um mich danach wieder leer zurückzulassen. Ich bewegte meine Hände an der Wand weiter nach unten und fühlte, wie er tiefer in mich eindrang. „Oh, Baby“, stöhnte er und knetete meine Pobacken.

Ich drückte mich ihm ein wenig entgegen, was ihn dazu veranlasste, schneller und härter in mich zu stoßen. Plötzlich überkam mich das Bedürfnis, hart und rau genommen zu werden, weshalb ich hervorstieß, „Schlag mich auf den Hintern.“

Ein Klatschen ertönte und mein Hintern brannte ein wenig.

Meine Scheide zog sich zusammen und er tat es noch einmal. „Ja!" schrie ich unbewusst heraus.

Er tat es wieder und ich wiederholte meinen Ausruf. Mit jedem Schlag zog ich mich fester um ihn zusammen. Er fing damit an, richtig in mich hinein zu hämmern, als er immer erregter wurde. Mit einer Hand griff er in mein Haar und zog fest daran.

Ich musste meine Zähne zusammenbeißen, da sich mein Bauch durch sein Verhalten zusammenzog und eine Flut zum Steigen brachte. Sein Glied bewegte sich so schnell in mir und stieß mich so hart, dass ich all meine Kraft dafür aufbringen musste, nicht gegen die Wand zu prallen.

Ein Schrei drang aus meinem Mund, als die Flut zu einem Wasserfall anstieg. Blake kam gleich nach mir, füllte mich mit seiner Hitze aus und machte mich ganz.

Mein Körper entspannt sich, als ich bemerke, dass mich die Erinnerung und ein bisschen Selbststimulation erschöpft und auf gewisse Weise befriedigt haben.

Es wäre noch besser gewesen, wenn es Wirklichkeit und nicht nur eine Erinnerung gewesen wäre!

68

BLAKE

Ich liege wach im Bett und warte darauf, dass Rachelle mir, wie jeden Abend, eine Nachricht schickt. Im Moment läuft es gut für uns. Seit ich einen Schritt zurückgetreten bin und die Dinge langsamer angehe, scheint sie mit unserer Beziehung zurechtzukommen, auch wenn es eine Fernbeziehung ist, aber ich nehme, was ich kriegen kann.

Mein Handy leuchtet auf und ich nehme es begeistert in die Hand. Ich bin wie ein Kind, das gerade die letzte Zuckerstange bekommen hat. Ich sabbere schon fast, weil ich ihre Worte unbedingt lesen will.

Ist das erbärmlich? Ich hoffe nicht!

-Baby, ich bin so stolz auf dich!!!! Mein Mann ist ein echter Hubschrauberpilot. Ich kann es gar nicht erwarten, es den anderen zu erzählen! Ich hoffe, deinem Ellenbogen geht es bald wieder besser. Aber du verdienst es, dir auf die Schulter zu klopfen, du hast immerhin etwas Tolles geleistet.

Nachdem ich deine Nachricht gelesen hatte, lag ich in der Badewanne und erinnerte mich an unsere Session in der Dusche des Poolhauses von Peytons Familie. Ich bin so froh, dass es so weit von den anderen Leuten entfernt lag, oder sie hätten ganz schön was zu hören bekommen, so viel wie wir gestöhnt haben. Ich glaube, ich habe sogar das ein oder andere Mal geschrien.

Deine Berührungen sind unglaublich und ich bin ein glückliches Mädchen, dass ich sie spüren darf. Ich bin glücklich, dich in meinem Leben zu haben, Punkt!

Jetzt wird es schnulzig, also schnapp dir eines der Taschentücher, die neben deinem Bett stehen. Blake, du hast mich an Orte gebracht, von denen ich nicht wusste, dass sie existieren. Schon durch eine Berührung deiner Hand oder den Klang deiner Stimme in meinem Ohr verspüre ich tiefere Gefühle als ich je für möglich gehalten hatte. Dir zu gehören ist ein wahrgewordener Traum.

Du hast ein starkes Herz und die Tatsache, dass du mich wieder hineingelassen hast, ist für mich unglaublich kostbar. Ich werde mein bestes versuchen, dich niemals wieder zu verletzen. Unsere Herzen schlagen auf eine Weise, die mehr als besonders ist und die nicht jeder verspürt. Ich schwöre, das nie wieder als gegeben zu nehmen.

Dir gehört mein Herz, meine Seele und mein Körper, für immer und ewig, Blake. Das verspreche ich dir.

Okay, genug von dem rührseligen Zeug. Eine Wahrheit über mich ist, dass ich meinen Daumen gelutscht habe, bis ich zehn Jahre alt war. Das ist widerlich, ich weiß!

Denk an mich, wenn du einschläfst und ich werde an dich denken, vielleicht begegnen wir uns in unseren Träumen, Mr. Chandler. Träum schön-

Ich muss schniefen und die Tränen zurückdrängen. Sie hat eine Art, an mich heranzukommen, total verklemmt, wie Mike Myers sagen würde. Ich lege mein Handy zur Seite und lasse mich zurück auf das Kissen fallen.

Ihre Erinnerung an das, was wir taten, als wir einen Tag und eine Nacht mit Peyton und ihrer Familie verbrachten, entlockt mir ein Lächeln. In ihrem Poolhaus stand ein Doppelbett und die Matratze war ziemlich alt und hatte unglaublich elastische Federn.

Das bescherte uns in dieser Nacht einen wilden Ritt. Nachdem wir uns in der Dusche geliebt hatten, trug ich Rachelle zu dem Bett, auf das ich sie warf. Sie hüpfte herum, wobei ihre Brüste auf und ab sprangen. Es war wundervoll anzusehen.

Ihre Brüste kamen schließlich zur Ruhe, als sie aufhörte zu kichern. Sie sah frisch und weich aus und ihre Haut war von der heißen Dusche ein wenig rosa. Die Dusche war auf mehr als nur eine Weise heiß gewesen.

Sie lockte mich mit ihrem Finger zu sich heran und ich knurrte bei dem, was sie wollte. „Mehr?", fragte ich sie.

Sie nickte nur, was ihre lange, feuchte, dunkle Mähne um ihr Prozellangesicht und den tiefblauen Augen zum Hüpfen brachte. Ihre roten Lippen waren zu einem Kussmund geformt, als sie sich in die Kissen legte und mich zu sich winkte.

Mein Herz schlug schnell, als ich ihren Körper betrachtete, der auf dem Bett lag, denn sie wollte mich. Sie war von Kopf bis Fuß perfekt und dieser wunderschöne Körper wollte meinen über sich spüren.

Ich nahm ihre perfekten Brüste in die Hand, während ich neben sie auf das Bett kletterte. Die Federn knarrten unter meinem Gewicht und gaben ein bisschen nach. Sie rollte sich zu mir und landete auf ihrer Seite.

Wir mussten beide lachen. Ich drehte sie auf ihren Rücken und legte mich neben sie. Da ich ihre Brust noch immer in der Hand hielt, knetete und massierte ich sie, während sie mit ihren Händen durch meine Haare fuhr.

„Ich liebe es, wie deine Haare aussehen, wenn sie nass sind", sagte sie mir.

„Ich liebe es immer, wie deine Haare aussehen", entgegnete ich.

Sie nahm ihre Hände aus meinen Haaren und strich mit ihnen über meine Schulter. „Ich liebe es, wie sich deine Muskeln unter meiner Hand anfühlen", sagte sie.

Mein Mund verzog sich zu einem schiefen Grinsen. „Ich liebe es, wie sich deine Brüste unter meiner Hand anfühlen."

Sie strich mit ihren Händen über meine trainierten Bauchmuskeln. „Ich liebe es, wie sich dein unglaublich fester Bauch noch mehr zusammenzieht, wenn ich ihn berühre."

Ich ließ ihre runde Brust los und fuhr mit meiner Hand über ihren Bauch bis zu ihrem warmen, weichen Geschlecht. „Ich liebe es, wie sich das hier zusammenzieht, wenn ich es berühre."

Sie wanderte mit ihrer Hand tiefer und umschloss mein Glied, wo sie die ganze Länge auf und abstrich. „Ich liebe es, wie dieses Teil sogar noch größer wird, wenn ich es berühre."

„Wir haben keine Orte mehr übrig, an denen wir uns berühren können", erwiderte ich, als ich meine Handfläche auf sie legte und mit einem Finger in sie eindrang.

Sie strich weiter mit ihrer Hand über mein Glied, wodurch es immer mehr anschwoll. „Ich liebe es, wie sich deine Zunge in meinem Mund anfühlt."

Mit einem Lächeln lehnte ich mich über sie und erwiderte, „Ich auch." Dann küsste ich sie und ihre Lippen teilten sich als eine Art Einladung, weshalb ich meine Zunge in ihren Mund schob.

Ich küsste sie leidenschaftlich, während ich sie mit meiner Hand verwöhnte und fingerte. Währenddessen bewegte sie ihre Hand über mein Glied und drückte es an genau den richtigen Stellen. Mir schoss der Gedanke durch den Kopf, dass ich so für immer bleiben könnte. Ich könnte den Rest meines Lebens damit zubringen, ihre Zunge mit meiner zu streicheln und sie mit meinem Finger zu verwöhnen, während meine Handfläche gegen ihren geschwollenen Kitzler drückte.

Aber ihre Hand, die über mein Glied strich, weckte meinen Hunger nach mehr. Bevor ich es wirklich realisierte, kam mein Atem bereits stoßweise und mein Glied war fast so weit, von allein zu kommen. Das konnte ich nicht zulassen, weshalb ich meine Hand wegzog und meinen Körper über ihren schob.

Wir mussten es in der Missionarsstellung tun, da ich Angst hatte, dass wir bei irgendetwas anderem vom Bett fallen könnten. Aber als ich mit meinem pulsierenden Glied in sie eindringen wollte, wurde ihr Körper tiefer in das Bett von mir weggedrückt.

„Du musst mir entgegenkommen, Baby." Ich löste meinen Mund von ihrem, um sie anzuweisen.

Sie hob ihre Hüften vom Bett und endlich konnte mein Glied in ihren heißen, glatten Liebeskanal gleiten.

Ja, ich nannte es einen Liebeskanal! Finde dich damit ab!

Jedes Mal, wenn ich mich aus ihr zurückzog, ließ sie ihre Hüften auf das Bett fallen und hob sich mir bei dem nächsten Stoß wieder entgegen. Wir arbeiteten zusammen und es war fantastisch.

Aber dennoch war es zu langsam und Rachelle, ungeduldig wie sie nun einmal ist, hielt inne und sagte, „Steh auf."

„Was?", fragte ich verwirrt. Hatte ich etwas falsch gemacht?

„Tu es einfach. Das hier reicht mir nicht."

Ich kletterte von ihr herunter und wartete ab, was zum Teufel sie vorhatte, wobei mein steinhartes Glied langsam kalt wurde. „Du solltest dich besser beeilen, bevor es Klein-Blake zu kalt wird und wir wieder von vorn anfangen müssen", warnte ich sie.

Sie rutschte mit ihrem Körper zu der Seite des Bettes, bis ihre Beine herunterhangen und ihr Hintern auf der Kante lag. Ich schaute nach unten und fragte mich, woher sie wusste, dass das Bett genau die richtige Höhe hatte, damit ich sie im Stehen nehmen konnte.

Mit einem Lächeln lockte sie mich mit ihrem Finger an und ich brachte mich in Position. Ihre Beine schlangen sich um meinen Hintern und sie war bereit. Der erste Stoß ließ sie nach hinten rutschen, da sich die Matratze unter meinem Gewicht bewegte.

Ich schüttelte mit dem Kopf. „Das funktioniert nicht, Süße."

„Halt mich an den Hüften." Sie biss auf ihre Unterlippe und zwinkerte mir zu.

Ich tat, worum sie mich gebeten hatte, und in kürzester Zeit hatten wir einen großartigen Rhythmus gefunden und ihr Stöhnen machte mich verrückt. Mit jedem dritten oder vierten Stöhnen stieß sie meinen Namen hervor.

Ihre Augen waren geschlossen und ich betrachtete ihr Gesicht, während sie kleine Fick-mich-Grimassen zog, ohne dass sie merkte, was sie da überhaupt tat. Ich wäre fast verrückt geworden, als sich ihre Hände um ihre Brüste legten und sie streichelten, während ich in sie hämmerte.

Ich bekam eine verrückte Idee und so löste ich eine Hand von ihrer Hüfte, nahm eine ihrer Hände, lehnte mich vor und steckte mir ihren Mittelfinger in den Mund. Sie öffnete ihre Augen und schaute mich leicht verwirrt an.

Ohne ein Wort zu sagen, legte ich ihren nassen Finger auf ihren Kitzler, krallte mich wieder in ihre Hüfte und machte da weiter, wo ich aufgehört hatte. Ich nahm sie gründlich durch, während sie mit sich selbst spielte.

Das war so etwas von unglaublich!

Als sie sich selbst berührte, musste ich meinem Blick hoch- und runterwandern lassen, weil sie gleichzeitig mit ihren Brüsten spielte. Ihr Gesicht, dass durch die Stimulation ganz weich geworden war, begann, sich plötzlich anzuspannen. Ihre Lippen lagen fest aufeinander und an der Art, wie sich ihr Liebeskanal um mein Glied zusammenzog, erkannte ich, dass es bald soweit war.

Ihre Hände flogen zu beiden Seiten, wo sie sich in die Bettlaken krallte und diese zerknitterte. Ihr anfangs leiser und kehliger Schrei wurde bald hoch und laut. Mein Körper konnte nicht mehr und ich ließ alles heraus, wobei ich sie mit meinem Liebessaft füllte.

Ja, ich habe es Liebessaft genannt!

Unser Atem kam in unkontrollierten Stößen und erfüllte den kleinen Raum. Wir schnappten nach Luft, als ob wir gerade einen Marathon gelaufen wären. Es war fantastisch und als ich auf ihr zusammenbrach, schlang sie ihre Arme um mich und flüsterte mit heiserer Stimme, „Ich liebe dich, Blake."

Mein Herz platzte fast und ich sagte ihr, dass ich sie auch liebte.

Auf gewisse Weise befriedigt, lehne ich mich entspannt zurück, um einzuschlafen.

Es wäre noch besser gewesen, wenn es nicht nur eine Erinnerung gewesen wäre!

RACHELLE

„W as meinst du damit?", frage ich Blake über das Telefon.
„Ich meine damit nur, dass ich für eine Weile nicht
erreichbar sein werde. Ich sage dir Bescheid, wenn ich
wieder verfügbar bin. Ich wollte nur nicht, dass du durchdrehst,
wenn du mich anrufst oder mir schreibst und ich dir nicht gleich
antworte."

„Aber es ist Samstag und wir verbringen das Wochenende immer
auf die eine oder andere Art übers Telefon zusammen." Ich streiche
mit einer Hand über das unanständige Nachthemd, das ich gekauft
hatte, damit wir ein wenig miteinander skypen und ich ihn damit
verrückt machen könnte.

Man kann die Nippel deutlich durch die dünne rosa Seide sehen!

„Das weiß ich, Baby. Ich habe dich seit zwei Monaten nicht mehr
gesehen und glaube mir, ich will auch das ganze Wochenende mit dir
telefonieren. Ich muss nur ein paar Dinge erledigen, die einige Stunden, ungefähr sieben, in Anspruch nehmen, danach können wir uns
unterhalten."

„Aber das ist ein ganzer Tag!" Ich stampfe mit dem Fuß, als ob das
etwas bringen würde. Er kann mich ja nicht sehen, verdammt
nochmal.

„Es tut mir leid. Ich verspreche, ich mache es wieder gut."

Ich schmolle, stampfe auf und verhalte mich wie ein echtes Kleinkind. „Na schön! Ruf mich an, wenn du mit dem, was auch immer du vorhast, fertig bist. Ich besuche so lange Peyton und Kip."

„Nein!", ruft er. „Bleib Zuhause."

„Warum? Schickst du mir etwa eine Überraschung?", frage ich.

„Ich will nicht, dass du mir das Auto schickst, von dem du mir erzählt hast. Ich bin keine Frau, die sich aushalten lässt, Blake."

„Oh mein Gott! Nein, ich schicke dir kein Auto. Ich weiß, dass du das nicht willst. Es ist nur so, dass ich ein bisschen Spaß über Skype mit dir haben will, wenn ich dich anrufe, und dafür musst du Zuhause sein, okay, Liebling?"

„Du willst also, dass ich den ganzen Tag hier herumsitze und auf deinen Anruf warte?", frage ich ungläubig.

„Genau darum bitte ich dich. Während du herumhängst, fände ich es toll, wenn du im Internet nach einem Ort suchen könntest, wo wir diesen Sommer hingehen könnten. Egal, wo du willst."

„Wo willst du denn hingehen?"

„Die erste Reise ist deine Entscheidung. Ich suche die nächste aus."

„Das hört sich interessant an. Ich glaube, das mache ich. Vielleicht eine Reise in das Weinanbaugebiet oder in die Berge oder ans Meer."

„Es hört sich so an, als hättest du viel zu recherchieren, bei so vielen Ideen, wie du hast, Süße."

„Es scheint wohl so. Ich nehme an, ich komme damit klar, ein bisschen zu recherchieren, während du machst, was auch immer du vorhast. Was genau machst du noch einmal?", frage ich, um es ihm zu entlocken.

„Keine Chance, ich erzähle es dir nicht. Du wirst es bald genug wissen. Ich liebe dich, Kätzchen."

„Kätzchen, hm? Du und deine Kosenamen. Okay, ich liebe dich auch, Tiger."

Mit einem Brüllen legt er auf und ich sehe nach, wie viel Wein ich noch im Haus habe. Allem Anschein nach wird mein Tag heute daraus bestehen, mich zu betrinken und im Internet nach interessanten Orten zu suchen, die wir besuchen können.

70

BLAKE

Die untergehende Sonne gibt den Himmel eine perfekte rosa und hell-orange Farbe, wie ich im Rückspiegel erkennen kann. Ich bin mit meinem Hubschrauber zu Kip geflogen, habe mir eines ihrer Autos ausgeliehen und bin jetzt auf dem Weg, um Rachelle zu überraschen.

Es ist fast an der Zeit, an der sie immer zu Abend isst. Wenn sie Lust dazu hat und wir unsere Hände lange genug bei uns behalten können, werde ich sie in ein schönes Restaurant zum Essen ausführen und anschließend mit ihr in ein Luxushotel mit Meeresblick gehen.

Ich habe das die ganze letzte Woche über geplant, wir werden nicht nur das Wochenende, sondern die komplette nächste Woche in dem Hotel verbringen. Sie kann von dort aus zur Schule und zur Arbeit fahren, ich muss nur wirklich bei ihr sein und nicht über das verdammte Telefon.

Als ich ihre Wohnung sehe, werde ich ganz aufgeregt und mein Bauch flattert. Ich parke auf dem Besucherparkplatz und bemerke, dass ihr Auto dasteht, doch jemand parkt genau daneben.

Ein großer Mann steigt aus und geht mit einer weißen Tüte zu ihrer Tür. Ich warte gespannt ab, was als nächstes passiert. Dafür rolle ich das Fenster herunter, um sie hören zu können.

Er klopft, die Tür öffnet sich und er sagt, „Hey."

Arschloch! Er hat einen britischen Akzent!

Er betritt die Wohnung und die Tür schließt sich wieder. Ich schnappe mein Handy und rufe Rachelle an. Als sie abhebt, muss ich mich um eine ruhige Stimme bemühen, denn eigentlich will ich schreien und toben und jemanden schlagen. Diesen verdammten Kerl, um genau zu sein!

„Was gibt's?", frage ich ein bisschen schroffer als ich es beabsichtigt hatte.

„Hey Baby", schnurrt sie ins Telefon. „Bist du endlich fertig mit dem, was auch immer du gemacht hast?"

„Ja, und was machst du so?", frage ich mit zusammengebissenen Zähnen, während ich das Lenkrad so fest umklammere, dass ich es ausreißen könnte.

Ihre Tür öffnet sich wieder und der Kerl kommt heraus, dann schaut er über seine Schulter. „Genieß das Essen, ich sehe dich am Montag auf der Arbeit."

Sie stellt das Telefon stumm, denn ich höre, wie sie ihm von der Tür aus antwortet, doch aus dem Telefon dringt kein Laut. „Bis Montag und danke, dass du das vorbeigebracht hast. Ich habe eine oder zwei Flaschen Wein getrunken und wollte nicht mehr fahren."

„Du kannst mich immer anrufen, Shelley. Riskier es niemals, Süße."

Süße! Ganz bestimmt nicht!

„Hey Rachelle. Was gibt's denn nun?", belle ich sie an.

„Oh, tut mir leid. Ich habe mich nur gerade bei dem Lieferboten bedankt. Er hat mir mein Abendessen vorbeigebracht. Oh Scheiße!", sagt sie und ich sehe, wie sie ihre Tür schließt und der Kerl davonfährt.

„Oh Scheiße was?", frage ich, als ich aussteige.

Sie kichert. „Ich habe ihm gerade einen guten Blick auf meine Brüste gegeben. Ich habe ganz vergessen, dass ich noch dieses winzige Nachthemd anhabe, das ich dir zeigen wollte, wenn wir skypen. Hey, hast du jetzt Lust dazu? Ich kann auflegen und du rufst mich an, Baby."

„Was meinst du damit, dass du ihm einen guten Blick gegeben hast? Was zum Teufel trägst du? Und warum hast du ihn überhaupt hineingelassen? War es der Brite, mit dem du ausgegangen bist?", frage ich, während ich zu ihrer Tür gehe.

„Das war er, aber warte mal!" Sie sagt eine Weile nichts und flüstert dann, „Woher wusstest du, dass er Brite war und ich ihn hereingelassen habe?" Ich klopfe an die Tür. „Warte einen Moment, Blake. Jemand klopft gerade an die Tür."

Sie öffnet sie, ohne durch den Spion zu sehen. Sie sieht mich mit dem Telefon am Ohr an und ihre Augen scheinen schwer zu werden. Ich schaue an ihr vorbei und sehe zwei leere und eine halbvolle Weinflasche.

„Blake", nuschelt sie und ich muss sie auffangen, als sie das Telefon fallenlässt, zurückstolpert und fast umfällt, als sie ohnmächtig wird.

71

RACHELLE

Ich öffne meine Augen und erkenne, dass ich in einem dunklen Raum liege. Ich taste das Bett ab, um festzustellen, dass es mein eigenes ist, aber ich habe keine Ahnung, wie ich hierher gekommen bin. Mein Kopf schmerzt ein wenig, weshalb ich ihn reibe, während ich mich umdrehe, um zu sehen, ob mein Handy auf dem Nachttischschränkchen liegt.

Doch es ist nicht da und ich habe keine Ahnung, wo es sein könnte. Als ich mich aufsetze, dreht sich mein Kopf. Deshalb bleibe ich so lange ruhig sitzen, bis er damit aufhört.

Was zum Teufel habe ich getan?

Nachdem mein Kopf aufgehört hat, sich zu drehen, bemerke ich eine Flasche Wasser auf dem Nachttischschränken, die ich in einem Zug austrinke. Ich warte noch ein paar Sekunden und stehe dann auf, um in das Wohnzimmer zu gehen.

Ich muss wohl den Fernseher angelassen haben, denn er läuft und in der Küche brennt Licht. Dann ertönt das Geräusch des Mixers und ich renne fast zurück ins Schlafzimmer.

Wer ist hier?

Als ich mich zurück ins Schlafzimmer schleiche, erinnere ich mich wieder daran, dass ich von meiner Arbeit ein Essen bestellt und

Shaun es mir vorbeigebracht hat, weil ich schon Wein getrunken hatte.

Verdammt! Es ist Shaun! Oh Scheiße!

Im Schlafzimmer sehe ich, dass mein Haar aussieht, als hätte eine Katze darauf herumgekaut. Schaut es so aus, weil wir miteinander geschlafen haben?

Ich trage noch immer mein Nachthemd, jedoch ist es komplett verdreht. Der einzige Weg, es herauszufinden ist, an mir selber zu riechen.

Ich schiebe eine Hand in mein Höschen und schließe meine Augen, als ich an meinen Fingern schnüffle. Sie riechen nicht nach Sex, sondern nur nach mir.

Gott sei Dank!

Okay, ich muss mir richtige Kleider anziehen und ihm sagen, dass er gehen soll. Das ist alles. Falls sonst etwas passiert ist, sage ich ihm, dass ich es nicht wissen will.

Hoffentlich ist nichts zwischen ihm und mir passiert!

Nachdem ich mein Haar zu einem Pferdeschwanz gebunden und mein Gesicht, das ziemlich vollgesabbert war, gewaschen habe, ziehe ich mir kurze Hosen und ein T-Shirt an. Jetzt, da mein Körper wieder bedeckt ist, fühle ich mich sicherer.

Ich marschiere mit erhobenem Kopf aus dem Schlafzimmer und tue so, als wüsste ich genau, was passiert ist. Der Mixer stoppt und ich höre, wie Teller aufgeräumt werden.

„Shaun", sage ich. „Warum bist du immer noch hier?"

Ein Kopf taucht hinter dem Küchenschrank auf und ich falle fast um. „Shaun?", fragt Blake.

Mein Herz springt in meiner Brust und ich schreie, „Blake!"

Ich hüpfe auf und ab und renne ihm entgegen, werfe mich in seine Arme und übersäe ihn mit viele kleinen Küssen. Er hebt mich in seine Arme und küsst mich auf die Schläfe. „Hey Mädchen."

„Du bist hier", sage ich, als ich mich zurückziehe und meine Hände über seine Schultern wandern lasse. „Du bist wirklich hier in Fleisch und Blut."

„Das bin ich. Bist du überrascht?", fragt er, als er sich auf das Sofa setzt und mich auf seinen Schoß zieht.

„Mehr als du dir vorstellen kannst." Ich fahre mit meinen Händen durch seine blonden Haare. „Ich habe dich mehr vermisst als ich dachte. Mein Herz schlägt ganz schnell."

Sein Lächeln lässt alle meine Gedanken innehalten und ich schaue ihn einfach nur an. „Ich kam sogar zu der gleichen Zeit wie dein Shaun-Junge an."

„Wirklich?"

„Hm, hm. Ich dachte, ich müsste jemandem in den Hintern treten. Muss ich das noch tun, Rachelle? Ich meine, was genau war da los?" Seine blau-braunen Augen bohren sich in meine und scheinen in meinem Gehirn nach einer Antwort zu suchen.

„Du musst niemandem in den Hintern treten. Ich hatte nur ein oder zwei Gläser Wein getrunken."

Er hält drei Finger hoch. „Zweieinhalb Flaschen."

„Vielleicht. Ich kann mich wirklich nicht mehr an alle Details erinnern. Ich weiß nur noch, dass ich nach unserem Gespräch heute Morgen enttäuscht war, dass ich dir nicht das kleine Nachthemd zeigen konnte, weil du zu beschäftigt warst."

„Um dich besuchen zu kommen", erwidert er mit einem Stirnrunzeln.

„Das wusste ich ja nicht, du Dummkopf!" Ich zucke mit den Schultern. „Wie auch immer, ich hatte den ganzen Tag nichts gegessen, sondern nur den Wein getrunken, während ich nach verschiedenen Orten suchte, wie du es mir gesagt hast. Mir wurde ein bisschen schwindelig und ich wusste, dass ich etwas essen sollte. Aber du kennst mich ja, ich hatte nichts zu essen im Haus. Deshalb habe ich auf der Arbeit angerufen, in der Hoffnung, dass jemand so lieb wäre, mir etwas vorbeizubringen und Shaun meinte, er würde es machen."

„Was für ein netter Kerl", entgegnet Blake, wobei seine Stimme so sarkastisch klingt, wie ich es noch nie in meinem Leben gehört habe. „Erinnere mich daran, seinem Hintern zu danken." Er lächelt. „Und als du die Tür aufgemacht und den Kerl hereingelassen hast, hattest du nur das winzige Teil an, durch das man deine Brüste und deinen Hintern sehen konnte. War dir bewusst, wie viel man erkennen konnte?"

Ich nickte. „Ja, aber nicht zu der Zeit. Das war eigentlich nur für deine Augen bestimmt. Ich wollte mir einen Morgenmantel überziehen, bevor er herkam. Aber irgendwie ging die Zeit so schnell vorbei und ich dachte nicht mehr daran, als ich die Tür aufmachte. Ich werde mich bei ihm entschuldigen müssen. Wie schrecklich von mir."

„Ich bin mir sicher, er ist traumatisiert, Rachelle. Ich glaube nicht, dass du dich entschuldigen musst. Ich würde nur gerne seine Augen ausstechen und ihm eine Gehirnwäsche verpassen, damit er die Bilder von dir vergisst, die sich sicher in sein Gehirn gebrannt haben." Mit seinen Fingern streicht er mir eine Haarsträhne von meiner Schulter und ein elektrischer Schock schießt durch meinen Körper.

Mein Handy klingelt und ich entdecke es auf der kleinen Ablagefläche, die die Küche und den Essbereich voneinander trennen. „Da ist es also. Habe ich mein Telefon dort hingelegt? Und wann bist du angekommen? Wie bist du reingekommen?"

Er steht auf und stellt mich auf meine Füße, danach geht er zu dem Telefon. Er schaut darauf und hält es hoch. „Deine Arbeit ruft an."

Er wirft mir das Telefon zu, ich fange es auf, aber ignoriere den Anruf. „Ich habe keine Lust, mit jemandem dort zu reden. Wie bist du denn nun hineingekommen?"

„Du erinnerst dich wirklich nicht daran?", fragt er, als er zu mir zurückkommt.

Seine Hand schlingt sich um mein Handgelenk, als er mich auf seinen Schoß zieht. „Nein. Das Letzte, an was ich mich erinnere ist, dass ich mit dir telefoniert habe."

„Hm. Okay. Das gefällt mir nicht. Aber darum kümmern wir uns später. Jetzt will ich, dass du dich anziehst, wenn du dazu in der Lage bist. Ich habe uns ein Zimmer in einem sehr schönen Hotel mit Wellnessbereich am Meer für den Rest des Wochenendes und die ganze nächste Woche reserviert."

„Das hast du nicht", flüstere ich.

„Doch, habe ich. Pack also deine Sachen. Nimm aber nicht zu viel mit. Ich gehe mit dir Kleider kaufen, während ich hier bin und statte dich neu aus. Außerdem kaufe ich dir ein Auto. Du gehörst mir und ich will, dass du schöne Sachen hast. Ich akzeptiere kein nein mehr als Antwort."

Ich blinzle und lächle. „Haben Sie etwa zusammen mit dem Pilotenschein einen Abschluss in Bestimmtheit bekommen, Mr. Chandler?"

Er legt seine Hand in meinen Nacken und zieht mich für einen Kuss zu sich. Der Kuss ist hart und seine Zunge dringt in meinen Mund ein, wodurch er mir zeigt, dass es ihm ernst ist. Ich schnappe nach Luft, als er von mir ablässt. Ich lege ihm meine Hand auf seine harte Brust, um mich wieder zu beruhigen.

„Vielleicht", antwortet er. Er steht auf und stellt mich auf den Boden, bevor er mir einen harten Schlag auf den Hintern gibt. „Mach dich jetzt fertig. Du und ich werden herausfinden, wie man als Milliardär lebt."

Ich sehe den Mann, den ich liebe, mit weiten Augen an und flüstere, „Es ist genau wie in der Serie Beverly Hillbillies."

„Darauf kannst du wetten", entgegnet er mit übertriebenem Südstaaten-Akzent. „Wir müssen uns nur noch eine Villa mit einem Betonteich kaufen!"

Ich lache, während ich ins Schlafzimmer gehe, aber es ist ein nervöses Lachen.

Anscheinend ist es jetzt vorbei damit, die Sache langsam anzugehen!

72

BLAKE

Der Vollmond kommt mir ein Stückchen näher vor als sonst, als ich aus dem Fenster im sechsten Stock des Hotels schaue. Der Pazifische Ozean glitzert unter mir und ich frage mich, ob meine Mutter den Ort mag, an dem ich ihre Asche verstreut habe.

Rachelle kommt aus dem Badezimmer; in dem Bademantel des Hotels sieht sie wie ein Engel aus. Ihr Lächeln ist ansteckend. „Denkst du an jemand Bestimmten, wenn du so über das Wasser schaust?" Sie schlingt ihre Arme um mich und ich küsse sie auf ihren Kopf.

„Woher weißt du das?", frage ich.

„Dein Blick war ein bisschen gläsern. Ich bin mir sicher, dass sie sich freut, dass du ihrem Wunsch nachgekommen bist. Nicht viele Leute wären von einem zum anderen Ende des Landes gefahren, um ihren letzten Willen zu erfüllen. Du hast es jedoch getan. Du hast es versprochen und das Versprechen gehalten. Soviel ist klar."

„Ich kann dir versprechen", flüstert er gegen meinen Kopf. „dass du dieses Wochenende nur noch kommen wirst."

„Wow! Das ist aber ein großes Versprechen. Aber irgendwie

glaube ich dir", antwortet sie und schaut auf zu mir. „Also, wann fangen wir an?"

„Genau jetzt." Ich ziehe sie in meine Arme und sehe mich im Zimmer um. „Wo zuerst? Der ganze Ort hier ist so fantastisch."

Sie schaut zurück zum Fenster. „Wir sind hoch genug, so dass uns niemand sieht. Wie wäre es hier auf dem Boden in Hündchenstellung? Auf diese Weise können wir beide den Vollmond über dem Meer betrachten."

„Ich mag deine Denkweise. Du wirst eines Tages einmal eine großartige Ehefrau sein." Sobald die Worte aus meinem Mund gekommen sind, wünsche ich mir, dass ich sie wieder zurücknehmen könnte. Rachelle ist niemand, der Dinge überstürzt. Sie könnte Angst bekommen und davonlaufen.

Zu meiner Überraschung lächelt sie und tritt einen Schritt zurück. Dabei lässt sie den Bademantel zu Boden fallen. Sie steht nackt im Mondlicht, während der Rest des Zimmers im Dunkeln liegt. „Glaubst du das also?", fragt sie und lockt mich mit ihrem Finger zu sich.

Oh, was ist das für eine angenehme Überraschung?

RACHELLE

Ich liege an Blake gekuschelt in diesem großen und extrem gemütlichen Bett und glühe nach unserem Liebesspiel. Es ist unser letzter Tag in diesem teuren und ultraschicken Hotel und ich finde es schade, dass die Zeit schon fast vorüber ist.

Es war wie ein Märchen und ich bin selbst überrascht, dass ich nicht will, dass es zu Ende geht. Ich habe Blake so viele Dinge für mich machen lassen. Er hat mir einen BMW gekauft und wir haben jetzt einen persönlichen Stylisten, der uns dabei geholfen hat, uns komplett neu auszustatten.

Wir waren in jedem eleganten Restaurant der Stadt essen. Dort habe ich so viele Ideen für mein Restaurant bekommen und ich denke wirklich darüber nach, es mir von ihm geben zu lassen. Alles fällt jetzt an seinen Platz.

Weiche, warme Lippen legen sich auf meine Wange und ich drehe meinen Kopf, um in die verschlafenen Augen des Mannes zu schauen, den ich liebe. „Morgen, du Schöne", nuschelt er.

„Du bist schön und dir auch einen guten Morgen." Ich küsse seine Wange.

Als ich mich umdrehe, zieht er meinen Körper gegen seinen. Sein

Glied pulsiert und schwillt an und ich werde feucht. Mein Körper reagiert auf seinen, als ob wir zwei Teile eines Ganzen wären.

Seine Stimme ist noch vom Schlaf ganz rau als er sagt, „Es ist unser letzter Tag hier, Baby. Bist du bereit, unsere Beziehung ein bisschen dauerhafter zu machen? Oder soll ich wieder zurück nach Lubbock gehen und dir mehr Zeit und Freiraum geben?"

„Ich will keinen Freiraum. Ich will dich. Ich will jeden Morgen mit dir aufwachen und jede Nacht in deinen Armen einschlafen." Über die Worte, die gerade aus meinem Mund kamen, hatte ich noch nie nachgedacht.

Blakes Augen werden groß, er lächelt und umschließt meine Lippen mit seinen. Mein Körper ist in seine Arme geschlossen und die Wärme, die ich gespürt habe, verwandelt sich in Hitze. Ich bin mir nicht sicher, was von nun an mit uns geschieht, aber jetzt in diesem Moment will ich ihm zeigen, was er mir bedeutet.

Ich werfe meine Ängste von mir und lasse mich mit ihm in einen tiefen See voller Hoffnung fallen. Seine Hände streichen über meinen Rücken, was elektrische Ströme durch meinen Körper jagt. Sein Kuss wird intensiver uns seine Zunge berührt meinen Rachen.

Mein Verlangen nach ihm wächst, weshalb ich mein Geschlecht gegen sein nun komplett aufgerichtetes Glied drücke. Er dreht mich auf den Rücken und legt seinen Körper auf meinen. Seine Arme stützen sich rechts und links von mir ab und schließen mich zwischen ihnen ein.

Ich winkle meine Knie an, als er sein hartes Glied in mich stößt, was uns beide zum Stöhnen bringt, so als ob es das Beste auf der Erde wäre, was auch gut sein könnte. Es ist schon seltsam, dass ich das noch bei keinem anderen Menschen zuvor gespürt habe, aber wenn er und ich miteinander verbunden sind, bin ich ein völlig neues Wesen.

Mit einer Hand streicht er über meine Brust und spielt mit meinem Nippel. Sein Mund löst sich von meinem, dann schaut er mich an. „Du bist so wunderschön. Ich kann gar nicht glauben, dass ich jeden Tag mit dir aufwachen werde."

Mein Bauch zieht sich zusammen, während er sich in mir mit langsamen Stößen bewegt. „Ich hoffe, du langweilst dich nicht irgendwann mit mir."

„Niemals", entgegnet er, dann verteilt er kleine Küsse auf meinem Hals und beißt mich leicht in den Nacken.

Das versetzt mich in eine andere Welt und ich wölbe mich, um ihm entgegenzukommen. Er bewegt sich schneller und härter gegen mich. Er nimmt eines meiner Beine und legt es über seine Schulter. Auf diese Weise kann er viel tiefer in mich eindringen und ich spüre, wie er sich mit harten Stößen in mir bewegt.

Ich streiche mit meinen Händen über seine muskulösen Arme und stöhne auf, weil sie sich so fantastisch anfühlen. Schließlich lasse ich sie auf seinem großen Bizeps liegen und beobachte die Stelle, an der unsere Körper miteinander verbunden sind.

Sein langes, dickes Glied hämmert in mich und der Anblick macht mich verrückt. Ich bin davon fasziniert, wie etwas so Dickes und Großes in mich hineinpassen und mir solches Vergnügen bescheren kann.

Ich kann die Anzeichen eines Höhepunktes spüren und meine Beine fangen an zu zittern. Er schaut mich an und verlangsamt seine Bewegungen. „Ich will, dass das anhält."

„Das will ich auch", erwidere ich, doch ich rede nicht von unserem Liebesspiel, sondern einer ganz anderen Sache. Mein Leben mit ihm. Ich will, dass das für immer hält.

Er reibt seinen Körper gegen meinen und wird noch langsamer. Dann gibt er mir einen liebevollen sanften Kuss auf die Lippen. Er lässt mein Bein los und streicht mit seinen Fingern meine Hüfte entlang. Als er seine Lippen von meinen löst, sieht er mich wieder mit seinen leuchtenden blau-braunen Augen an.

„Ich liebe dich, Rachelle."

„Ich liebe dich auch, Blake."

Ich nehme sein Gesicht zwischen meine Hände und hebe meinen Kopf, um ihn zu küssen. Seine Lippen bleiben einen Moment lang auf meinen liegen, dann lecke ich über seine Unter-lippe und ziehe sie zwischen meine Zähne. Mein kleiner Biss erweckt etwas in mir und ich ziehe meine Fingernägel über seinen muskulösen Rücken.

Ein tiefes Knurren entweicht aus seinem breiten Brustkorb. Dann dreht er mich herum und bevor ich es realisiere, schlägt er mir auf den Hintern und dringt kräftig in mich ein. Er stößt zweimal zu und es ist um mich geschehen.

Ein Stöhnen und Schrei kommen wie von allein aus mir heraus. Mein Körper zittert, als ich einen langen, anhaltenden Höhepunkt erlebe. „Blake! Gott! Blake!"

Er versteift sich und füllt mich dann mit seinem Saft. Sein Stöhnen ist Musik in meinen Ohren. Er ist mehr als nur ein bisschen befriedigt, was mich aus irgendeinem Grund begeistert.

Er lässt mich los und ich falle atemlos auf das Bett zurück. Er legt sich neben mich und versucht, wieder zu Atem zu kommen.

Alles, was ich hören kann, ist unser abgehackter Atem, was mir gefällt. Mir gefällt das alles. Mein Kopf schwirrt bei den Gedanken an all das, was wir haben und machen und erleben können.

Als ich wieder etwas ruhiger geworden bin, atme ich tief ein. „Was auch immer das für ein Bett ist, ich will so eines. Ich weiß gar nicht, wie ich mich jemals wieder in mein beschissenes Bett legen kann."

„Das musst du nicht. Zieh noch heute aus deiner Wohnung aus. Wir könnten hier bleiben, bis wir etwas gefunden haben."

„Nein", entgegne ich, drehe mich um und lege meinen Kopf auf seine Brust. „Lass uns zu einem anderen ausgefallenen Hotel gehen, jede Woche in ein neues, so lange, bis wir eine Villa für uns gefunden haben."

„Was immer du willst, Baby. Wir werden uns austoben. Ich habe in diesem Jahr kaum einen Pfennig meines Geldes ausgegeben. Was sagst du zu einem Wochenende in Las Vegas?" Seine Hand streicht über meine Schulter und ich erzittere bei seiner Berührung.

„Ich sage ja. Aber ich denke, dass wir uns ein Limit setzen sollten, findest du nicht? Ich meine, keiner von uns hatte jemals viel Geld und wir könnten es total vermasseln und das ganze hart gewonnene Geld verprassen. Deine Eltern hätten das bestimmt nicht gewollt."

„Wir können das gerne machen, wenn du dich dann besser fühlst. Lass uns noch eine Runde schlafen und uns dann für den Tag fertigmachen." Er streicht über meinen Arm, während ich es mir auf seiner breiten Brust bequem mache und meine Augen schließe.

Wir machen das wirklich!

74

BLAKE

Wenn wir das wirklich machen, dann will ich es richtig machen. Ich will, dass Rachelle ein richtiger Teil des Teams Blake ist.

Sie hat zugestimmt, dieses Wochenende zusammen nach Las Vegas zu fahren. Ich habe sie in ihrer Wohnung allein gelassen, um ein paar Dinge zu packen und um zu entscheiden, was sie behalten will und was an eine Wohltätigkeitsorganisation gehen kann.

Ich fand heraus, dass sie Ringgröße sechs hat und werde sie mit einem Verlobungsring überraschen. Ich werde sie heute Abend fragen, ob sie mich heiraten will und wir können uns dann in Las Vegas Eheringe aussuchen und heiraten.

Ich werde nicht riskieren, dass mir etwas zustößt und ich diese Welt verlassen muss, ohne sicherzustellen, dass Rachelle alles gehört, was ich zurücklasse. Mein Geld wird dann auch ihr gehören und diese Vorstellung macht mich zum glücklichsten Menschen auf der Welt.

Meine Taktik hier ist, das Eisen zu schmieden, solange es noch heiß ist. Rachelle hat ihr Leben lang alle auf Abstand gehalten und jetzt, da sie mich hineinlässt, nun ja, sagen wir mal so, ich stelle sicher, dass ich auch komplett drinnen bleibe.

Ich werde einen Ring auf diesen kleinen, süßen Finger stecken damit sie für immer meins ist.

Oh verdammt, ich hoffe so, dass sie ja sagt!

RACHELLE

„Ja, Mama, wir fliegen heute Abend nach Las Vega. Wir verbringen das Wochenende dort und kommen danach nach Los Angeles zurück, um uns ein schönes Haus zu suchen. Es passiert wirklich, wir gehen den nächsten Schritt und ich fühle mich dazu bereit."

Die Art, wie meine Mutter zögert, beunruhigt mich ein wenig. „Das passiert alles so schnell, Shelley. Bist du dir sicher?"

„Das passiert gar nicht so schnell, Mama. Wir haben uns die letzten zwei Monate nicht gesehen. Wir haben uns geschrieben und telefoniert und dabei so viel über den anderen gelernt. Und nach dieser Woche, die wir zusammen verbracht haben, weiß ich einfach, dass er der Richtige für mich ist." Ich packe meine Teller ein. Die werde ich nicht mehr brauchen.

„Was ist dann der Plan? Heiratet ihr beide?"

Heiraten? Wer hat den davon was gesagt?

„Mach mal langsam! Mama, ich habe nie gesagt, dass wir heiraten. Das ist so etwas wie eine Probephase. Ich meine, ich will nur einmal im Leben heiraten. Wir können ein paar Jahre zusammenwohnen und wenn alles gut läuft, können wir dann immer noch heiraten, wenn wir das wollen. Es ist nur ein Stück Papier. Ich brauche das nicht."

„Das ist klug von dir. Es gibt keinen Grund, sich zu tief auf das einzulassen, was ihr habt. Du kennst den Mann ja kaum."

Die Worte meiner Mutter fangen an, mich zu nerven. „Mama, ich kenne ihn. Ich kenne ihn besser als sonst jemanden. Ich sage nicht, dass wir nicht heiraten, weil ich ihn nicht kenne, sondern weil ich nur einmal im Leben heiraten will."

„Das verstehe ich, Süße. Solange du dein Leben nach deinen eigenen Regeln lebst. Das ist alles, was zählt. Du musst deine Sache machen und er seine. Es gibt keinen Grund, sein Leben für jemand anderen zu leben."

Ihr Rat kommt mir falsch vor und ich beschließe, dass ich diesen Anruf beenden muss, bevor ihre Gedanken in mein Gehirn dringen und ich anfange, meine Entscheidungen zu hinterfragen. „Okay, Mama. Ich liebe dich, aber ich muss jetzt los."

„Okay, tschüss Shelley. Ich liebe dich."

Ich lege auf und werfe das Handy auf das Sofa. Ich sehe mich um, es gibt so viel zu tun, dass ich fast schon denke, dass Blake und ich gar nicht nach Las Vegas fahren sollten. Wir sollten übers Wochenende hierbleiben und das alles irgendwo zwischenlagern.

Für mich war die gesamte vergangene Woche sowieso wie Urlaub gewesen. Wir werden immer noch genug Zeit haben, nach Vegas zu fliegen und Glücksspiele zu spielen. Doch jetzt ist es wichtiger, aus dieser kleinen Wohnung rauszukommen. Das und unser eigenes Haus zu finden.

Mein Handy klingelt und ich sehe, dass Peyton anruft. „Hey Mädchen", antworte ich, als ich rangehe.

„Was höre ich da von einer Reise nach Vegas?"

„Ich wusste nicht, dass Blake es euch erzählt hat. Hat er euch eingeladen, mitzukommen?"

„Das hat er, aber wir können nicht. Kips Eltern sind verreist und es ist zu kurzfristig, um Pax zu meinen Eltern zu bringen. Ich hoffe, ihr amüsiert euch dort."

„Ja, genau deswegen. Ich denke, ich werde Blake sagen, dass es ein schlechter Zeitpunkt ist, um dorthin zu fahren. Hat er dir auch erzählt, dass wir zusammenziehen?"

„Nein! Ehrlich?", schreit sie ins Telefon, weshalb ich es von meinem Ohr weghalte. „Das ist großartig, Shelley!"

„Ja, ich bin ganz aufgeregt deswegen. Aber ich muss noch ein paar meiner Sachen loswerden und die anderen zusammenpacken und sie in ein Zwischenlager bringen, bis wir ein Haus für uns gefunden haben."

„In unserer Nachbarschaft steht eine Villa zum Verkauf. Wie toll wäre das denn? Es ist nur etwa eine Meile die Straße hinauf. Willst du, dass ich die Nummer von dem Schild hole?"

„Wie toll wäre das denn?", frage ich, als ich wie ein kleines Kind auf und abspringe. „Ja, hole die Nummer für Blake."

„Ich setze Pax in den Kinderwagen und laufe gleich hinüber. Ich bin ja so aufgeregt! Ich melde mich bald wieder."

Ich hüpfe auf und ab und führe einen kleinen Tanz auf. Das Leben geht endlich richtig los und ich kann es kaum erwarten.

Blake und ich ziehen zusammen!

76

KEIN GLÜCK

Blake

Mein Herz schlägt so laut in meiner Brust, dass ich kaum Rachelles Antwort hören kann. Ich knie auf einem Bein, halte ihr die schwarze Schachtel mit dem monströsen Verlobungsring entgegen und halte die Luft an, seit die Worte ‚willst du mich heiraten?‘ aus meinem Mund gekommen sind. Das scheint schon eine Ewigkeit her zu sein und sie schaut mich immer noch nur an.

Ihre Lippen bewegen sich und ich glaube, sie setzt gerade zu einem ‚Ja‘ an.

Warte! Das ist viel mehr als nur ein Wort!

„Warte, Rachelle.“ Ich stehe auf und atme tief durch. „Sag das nochmal. Ich konnte dich nicht hören.“

„Blake, es ist zu früh. Das ist zwar eine nette Geste, aber ich will nur einmal heiraten.“

Eine nette Geste? Was zur Hölle!

„Rachelle, sagst du etwa nein?“ Ich suche in ihren Augen nach einem Hoffnungsschimmer, finde aber nur Verwirrung.

„Ich sage nicht nein, Blake. Ich versuche dir nur zu sagen, dass ich nur einmal heiraten will. Ich dachte, wir ziehen zusammen. Du weißt schon, Schritt eins auf der Liste. Einen Tag nach dem anderen."

Ich klappe den Deckel der Schachtel mit dem übermäßig teuren Ring zu und lasse mich auf das Sofa fallen. „Was ist dann deine Antwort? Dass du darüber nachdenken willst oder was?"

„Nicht wirklich." Sie setzt sich neben mich und streicht mit ihrer Hand über meine Schulter. „Denkst du nicht, dass das ein bisschen plötzlich ist?"

„Sollte das nicht genauso sein? Wie eine Überraschung? Ich meine, bist du denn nicht überrascht und freust dich nicht wenigstens ein kleines bisschen über meinen Heiratsantrag? Meine Frau zu werden und alles zu teilen, was mir gehört, sollte dich glücklich machen."

Ihr Brauen ziehen sich zusammen und ich habe keine Ahnung, warum jemand so ein Gesicht ziehen sollte, wenn man nicht nur gefragt wurde, ob man die vermeintliche Liebe seines Lebens heiraten will, sondern im gleichen Zug auch noch Milliardärin werden würde.

„Blake, wozu die Eile? Ich habe gerade erst mit Peyton gesprochen und in ihrer Straße steht eine Villa zum Verkauf. Wir könnten dort für eine Weile einziehen. Du weißt schon, so eine Art Test-Ehe vor dem ganzen rechtlichen Kram. Wenn wir das erst einmal unterschrieben haben, wird es nur schwerer sein, wenn es doch nicht mit uns klappt." Ihre zarten Finger streichen über mein Kinn, was mich richtig wütend macht.

Ich schiebe ihre Hand aus meinem Gesicht und starre sie mit einem finsteren Ausdruck an. „Ich will nicht, dass das, was wir haben, einfach zu beenden ist. Macht das für dich Sinn? Ich will, dass wir finanziell, mental und sogar physisch aneinander gebunden sind. Rachelle, ich will wissen, dass du diejenige bist, die das Geld bekommt, das ich gewonnen habe, falls mir etwas zustoßen sollte. Ansonsten bekommt es der Staat oder sonst jemand, weil ich keine lebenden Verwandten habe, zumindest nicht, dass ich wüsste."

Sie schüttelt den Kopf und ich kann nicht verstehen, warum sie auf meine Worte so negativ reagiert. „Blake, ich will dein Geld nicht."

„Hörst du dir eigentlich selber zu? Du willst mein Geld nicht? Bist du verrückt? Du hättest es also lieber, dass jemand anderes das bekommt, was mir gehört, wenn ich sterbe?"

„Rede nicht über das Sterben! Du bist doch nicht alt, um Himmels willen! Warum denkst du, dass du sterben wirst?" Sie steht auf und geht in die Küche. „Ich hole mir ein Bier. Willst du auch eines?"

„Nein", sage ich, als ich aufstehe und ihr nachlaufe. „Ich will, dass du mich heiratest. Ich kann wirklich an nichts anderes denken, bis du mir eine eindeutige Antwort gibst. Es ist entweder ein Ja oder ein Nein, Rachelle. Ich verstehe diese Idee mit der Probe-Ehe nicht und ich will es auch gar nicht. Ich will eine echte Ehe mit dir und ich will einen Hund."

Ihre Hände schießen aus irgendeinem Grund in die Luft. „Ein Hund! Nein, nein, nein! Blake, bist du verrückt?"

„Warum fragst du? Manche Menschen holen sich so etwas. Es bringt Freude in ihr Leben. Bist du aus irgendeinem Grund gegen ein fröhliches Leben? Denn es kommt mir so vor, als wärst du es." Ich strecke meine Hände aus und schließe sie in meine Arme. „Heirate mich, Rachelle."

„Blake, es ist einfach zu bald." Sie lässt ihren Kopf hängen und alles, was ich sehen kann, ist die Oberseite ihres Kopfes, da sie ihr Gesicht an meine Brust lehnt.

„Würdest du es mir erlauben, dir den Verlobungsring an den Finger zu stecken?", frage ich, dann drücke ich einen Kuss auf ihren Kopf.

„Das Teil schaut aus, als hätte es dich ein kleines Vermögen gekostet. Ich würde mich damit nicht wohlfühlen."

„Bitte." Ich drücke sie.

„Ich kann das nicht. Es ist zu viel, Blake. Das ist zu übertrieben, weißt du?"

Sie löst sich aus meinen Armen, öffnet den Kühlschrank und nimmt ein Bier heraus. Ich nehme es ihr aus der Hand, drehe den Deckel auf und gebe es ihr wieder zurück. „Ich dachte, er würde dir gefallen, aber wenn nicht, dann können wir ihn zurückgeben und uns einen aussuchen, der dir gefällt. Wenn du etwas Schlichtes willst, dann bekommst du etwas Schlichtes. Ich dachte nur, dass es eine Schande wäre, dir einen billigen Ring an den Finger zu stecken, wenn ich doch so viel Geld habe."

Sie nimmt einen langen Schluck und ich kann sehen, dass sie nervös ist. „Im Moment will ich keinen Ring. Ich will einfach nur dich und ich will die Sache langsam angehen, wie du es gesagt hast."

„Zusammenzuziehen und zu heiraten ist fast das Gleiche. Man hat nur weniger Stabilität. Meine Sachen werden weiterhin mir gehören und das gefällt mir nicht. Ich will, dass du versorgt bist ..."

Sie unterbricht mich. „Ja, ich weiß, falls du sterben solltest." Sie nimmt noch einen großen Schluck und geht zum Sofa zurück, auf das sie sich fallen lässt. „Ich komme finanziell allein zurecht. Ich brauche dein Geld nicht, Blake."

Ich folge ihr und setzte mich ihr gegenüber, damit sie mich ansehen kann, während ich versuche, sie zur Vernunft zu bringen. „Ich weiß, dass du es nicht brauchst. Betrachte es mal von der Seite, ich will, dass du mein Geld bekommst, wenn ich diese Welt verlasse. Die einzige Art, wie ich das garantieren kann ist, dass wir heiraten."

„Was ist mit Liebe?", fragt sie mich und zwinkert mir zu. „Ich fände es schön, wenn mich jemand aus Liebe heiraten würde."

„Rachelle! Du weißt verdammt noch mal genau, dass ich dich abgöttisch liebe!"

„So eloquent formuliert, Blake. Ich liebe dich auch abgöttisch." Sie grinst, was mich rasend macht. „Und wann hast du angefangen, über einen Hund nachzudenken?"

„Okay, lass Freckles für jetzt aus dem Spiel."

„Wen?" Sie lacht und trinkt einen Schluck Bier. „Du hast dem Hund schon einen Namen gegeben?"

„Vielleicht. Ich spiele noch mit ein paar Namen. Ich arbeite noch daran. Ist ja auch egal. Ich habe so langsam das Gefühl, dass ich dich anbetteln muss, mich zu heiraten, und ehrlich gesagt dachte ich nicht, dass ich das jemals tun würde. Ich hätte nie gedacht, dass ich mit der Frau, die ich liebe, und die behauptet, mich zu lieben, streiten müsste, damit sie mit mir mein Leben und meinen Reichtum teilt."

Rachelle verdreht die Augen. „Sie liebt dich, Blake. Das ist eine süße Geste, wirklich. Aber es ist einfach zu bald." Sie stellt die leere Flasche auf den Couchtisch und lehnt sich zurück.

„Wie lange?" Ich lehne mich vor und schaue ihr in die Augen, während ich auf ihre Antwort warte.

„Ich dachte, wenn alles gut läuft, wir gut miteinander auskommen und so, dass wir vielleicht in drei bis fünf Jahren heiraten könnten. Aber das Stück Papier ist mir nicht wichtig."

Ich lehne mich zurück und meine Augen müssen größer sein, als sie es jemals gewesen sind. „Rachelle, sag mal, verarschst du mich? Ich bin ziemlich viel Geld wert. Dieses Stück Papier wird sicherstellen, dass du alles bekommst."

Sie steht auf und sagt, „Wenn dir jemals etwas zustoßen sollte. Ja, das weiß ich."

„Und was ist mit Kindern?", frage ich, als sie aufsteht und den Kühlschrank öffnet, wahrscheinlich, um sich noch ein Bier zu holen. „Wann hast du vor, sie in unser Leben zu holen?"

„Darüber habe ich noch nicht wirklich nachgedacht." Sie macht die Flasche auf und sieht mich an. „Willst du sicher keines?"

Ich schüttle den Kopf. „Dann denk mal ein bisschen über das Kinderthema nach. Wie alt willst du sein, bevor du mit dem Kinderkriegen anfängst? Ich hätte sie gerne, solange ich noch jung genug bin, um sie zu genießen. Als ich im Kinderheim so viel Zeit mit den Kindern verbrachte, erkannte ich, wie sehr ein Kind das Leben doch bereichern kann."

Anstatt das Bier zu trinken, stellt sie es zur Seite und klopft sich mit dem Finger an die Schläfe. „Ich denke nicht, dass ich in den nächsten Jahren Zeit haben werde, um ein Kind großzuziehen." Sie sieht mich mit einem Stirnrunzeln an. „Ich würde gerne mein eigenes Restaurant aufmachen, weißt du nicht mehr?"

„Viele Menschen haben Kinder und schaffen es trotzdem noch zu arbeiten, Rachelle. Du liebst Pax, du weißt, dass du gerne ein Baby hättest."

Ihre Augen verdunkeln sich und ich sehe, wie ihr etwas durch den Kopf geht, was wahrscheinlich gar nicht gut ist. „Ich denke nicht, dass ich eine gute Mutter wäre. Ich hatte ja kein wirklich gutes Vorbild in der Sache. Wenn du Kinder willst, dann solltest du dir wahrscheinlich eine andere Frau suchen."

„Rachelle." Ich stehe auf und laufe zu ihr hinüber, doch sie dreht mir ihren Rücken zu und verschränkt die Arme vor der Brust, „Nein. Tu das nicht."

„Blake, das geht mir alles zu schnell. Das alles. Ich muss darüber nachdenken und das kann ich in deiner Nähe nicht." Sie läuft davon, schnappt sich ihre Tasche von der Ablage und geht zur Tür.

„Rachelle, geh nicht. Wir müssen über so Vieles reden." Ich folge ihr zur Tür und kann die Kälte spüren, die sie ausstrahlt.

„Nicht jetzt", entgegnet sie, als sie die Tür öffnet. „Ich kann jetzt nicht mit dir reden. Ich muss nachdenken."

Ich nehme sie an der Schulter und halte sie davon ab, davonzulaufen. „Geh nicht. Ich höre auf, davon zu reden. Das verspreche ich. Bitte bleib hier."

Sie schüttelt den Kopf und zuckt mit den Schultern. „Ich brauche einfach ein bisschen Zeit. Ich bin anscheinend nicht die Frau, die du brauchst. Ich will nicht die normale, herkömmliche Mutter und Hausfrau sein. Ich weiß ja nicht einmal, wie das geht. Du verdienst eine Frau, die das Gleiche will wie du. Ich sage damit nicht, dass ich das nicht will. Ich sage nur, dass ich nicht weiß, wie ich diese Frau sein kann."

„Rachelle, wenn du jetzt gehst, dann macht es die Sache auch nicht besser. Bleibe einfach hier. Wenn überhaupt, dann sollte ich gehen."

Sie reißt sich aus meinem Griff los und dreht sich um, um mich anzuschauen. „Blake, du bleibst hier. Ich will einfach nur eine Weile nachdenken."

Mein Herz schmerzt und das ist überhaupt nicht so, wie ich mir den Abend vorgestellt habe. „Rachelle, das ist nicht die normale Reaktion auf einen Heiratsantrag. Das verstehst du, oder?"

„Nichts an mir ist normal, Blake. Das verstehst du, oder?" Sie lässt ihren Kopf hängen, wodurch ihr langes, dunkles Haar in ihr Gesicht fällt und es vor meinem Blick schützt.

Ich will sie nehmen, in meine Arme ziehen und sie dazu bringen, hierzubleiben. Ich will alles, was sie daran hindert, Liebe und Normalität zu akzeptieren, aus ihrem hübschen, kleinen Kopf löschen.

„Ich wünschte, du würdest hierbleiben. Wir müssen uns auch über gar nichts unterhalten, Rachelle."

Sie hält einen Moment inne und ich denke schon fast, dass sie wieder hereinkommt und mit diesem Davonlaufen aufhört, das sie so gut kann. Doch dann schüttelt sie den Kopf und läuft weiter. „Ich bin bald wieder da."

Vielleicht werde ich dann aber nicht mehr hier sein!

RACHELLE

Die Sonne geht unter, während ich den Strand entlanglaufe. Meine melancholische Stimmung hat sich nicht geändert. Ich wünschte, Blake könnte die Dinge langsam angehen, aber ich schätze, das ist nicht seine Art.

Es ist allerdings auch nicht meine Art, Dinge zu überstürzen. Ich nehme an, wir sind dazu bestimmt, zusammen zu sein, da wir beide von zwei völlig unterschiedlichen Orten kommen. Gegensätze ziehen sich ja bekanntermaßen an.

Ich trete den Sand mit meinen nackten Füßen und wünsche mir, ich könnte mich selbst heilen. Jede andere Frau wäre auf und abgesprungen, wenn sie einen so großen und schönen Ring bekommen hätte, wie Blake ihn mir geben wollte.

Ich jedoch nicht. Tief in mir drinnen gab es nur einen Gedanken. Ich verdiene es nicht. Ich verdiene weder den Ring, noch das Geld, noch den Mann. Sie sind alle wunderbare Geschenke, die ich bestimmt zerstören würde.

Die Mauer, die ich um mein Herz gebaut habe, um es zu schützen, wird von Blake Stück für Stück niedergerissen. Wenn er loslegt und vorprescht, fällt alles wieder an seinen Platz.

Ich dachte, die Steine wären verschwunden, aber sie müssen

wohl noch herumgelegen und auf eine tiefe Gefühlsregung gewartet habe. Blake hat mich letzte Woche mit seinen Geschenken überschwemmt und ich habe sie alle meisterhaft angenommen.

Es hat mich selbst überrascht, dass ich es ihm erlaubte, mir so viele Dinge zu geben. Ich bin einfach auf den Zug aufgesprungen. Wir können lernen, zusammen reich zu sein, das dachte ich zumindest. Ich möchte sowieso ein profitables Restaurant aufbauen. Dann könnte ich genauso gut auch lernen, mit dem Geld umzugehen.

Auf diese Weise überzeugte ich mich selbst, dass es in Ordnung war, die Dinge anzunehmen, die er mir gab. Doch der Ring und die finanzielle Absicherung waren einfach ein bisschen zu viel für mich. Es wäre so schön, den Grund dafür zu verstehen.

Ich lebe in Los Angeles. Jeden Tag sehe ich Menschen, die nur auf Geld aus sind, und weiß, dass sie sich von denjenigen unterscheiden, die reich sind und sich trotzdem lieben und gegenseitig respektieren. Blake und ich könnten so sein.

Ich respektiere ihn sehr. Ich kann nicht behaupten, dass ich irgendjemanden vor ihm so sehr respektiert hätte. Er ist süß, liebevoll, großzügig und treu. Wie ein Hund, den man vergessen hat zu füttern oder ins Warme zu holen, doch der einen trotzdem liebt. Wenn man ihn hineinlässt, ist er überglücklich und tobt umher.

Genauso ist Blake. Ich habe ihn verlassen, ohne mich im Geringsten um seine Gefühle zu kümmern und doch er hat mich jedes Mal wieder zurückgenommen und mich nie für das büßen lassen, was ich ihm angetan habe.

Diese vergangene Woche war unglaublich. Er hat mich nicht nur wie eine Königin behandelt, sondern hat mir ungeheuer viel Aufmerksamkeit geschenkt. Ich ließ ihn mich sogar eines Abends an das Bett fesseln, wofür er mich reichlich belohnte.

Er denkt die ganze Zeit nur daran, auf welche Weise er mich befriedigen kann. Ich weiß, dass es den meisten Männern nur darum geht, was eine Frau für ihn im Bett tun kann, aber Blake ist da ganz anders.

Und jetzt bin ich hier und gehe allein den Strand entlang, während die Sonne im Ozean verschwindet und einen atemberaubenden Anblick schafft. Mein süßer Mann sitzt in meiner winzigen Wohnung und wartet auf meine Rückkehr.

Das ist ihm gegenüber nicht fair, wo er doch immer so liebevoll ist und so viel gibt. Er hat mir einen fantastischen Verlobungsring gekauft und mich gebeten, ihn zu heiraten, und ich habe ihn einfach allein gelassen.

Ich wette, dass er in einer Million Jahren nicht damit gerechnet hätte, dass die Sache so ausgehen würde.

Mir fällt ein, dass wir nach Las Vegas fahren wollten und er Kip und Peyton gefragt hat, ob sie mit uns kämen. Ich frage mich, ober er vorhatte hatte, heute Abend zu heiraten.

Wahrscheinlich schon und ich habe alles versaut. Nur, weil ich der Meinung bin, dass ich keine guten Dinge verdiene.

Ich sollte zurückgehen, seinen Antrag annehmen und mir auf die Zunge beißen, um meinen idiotischen Mund zu halten. Wenn wir erst einmal verheiratet sind, wird es zu spät sein, irgendwas in Frage zu stellen.

Es ist zwar nicht das klügste Vorhaben, über das ich nachgedacht habe, aber auch nicht das dümmste.

Ein Mann joggt mit einem Hund an der Leine an mir vorbei. Der Hund wackelt wie verrückt mit dem Schwanz und das erinnert mich an Blakes Idee, uns einen Welpen zu kaufen.

Blake ist ein unbekümmerter Mensch und ich bin Debbie Downer. Er ist Feuer und Flamme, dass wir heiraten, und ich kann nur daran denken, dass wir uns eines Tages trennen könnten.

Oh Mann, ich bin so ein Idiot!

Ich werde schneller, als ich zu meinem Auto zurücklaufe. Ich werde es tun. Wenn er mich noch immer haben will, dann sage ich ‚Ja'. Danach sollten wir so schnell es geht nach Vegas fliegen und heiraten, bevor mein Wahnsinn zurückkommt.

Ein bisschen wahnsinnig ist das Ganze jedoch schon. Welche Frau, die bei Sinnen ist, würde bei dem Anblick des Ringes, seines atemberaubenden Gesichtes und seines umwerfenden Körpers sagen ‚nicht jetzt, Schatz'?

Ich laufe schon seit drei Stunden herum und hoffe, dass er nicht sauer auf mich ist, weil ich so lange weggeblieben bin. Vielleicht sollte ich ihm einen Welpen finden, damit er nicht auf mich wütend sein kann. Er scheint einer von den Kerlen zu sein, die all ihre Wut vergessen und ganz weich werden, wenn man ihnen einen Welpen gibt.

Aber vielleicht soll es seiner Meinung nach etwas sein, das wir uns als Ehepaar gemeinsam aussuchen. Ich öffne die Autotür und steige in den wunderschönen Wagen, den er mir gekauft hat, und bin der Meinung, dass ich lernen muss, meinen Mund zu halten und meine Reaktionen auf gute Nachrichten abzuschätzen.

Es scheint, als würde ich genau anders als die meisten Leute reagieren. Das ist etwas, das ich ändern muss. Das schwöre mir hier und jetzt.

Nie wieder Debbie Downer!

Ich werde Blakes Vorbild folgen und ein sorgloses Mädchen werden.

Nun ja, vielleicht kein Mädchen, eher eine sorglose junge Frau.

Das ist doch schon besser!

78

BLAKE

Die erste Stunde wartete ich geduldig. Rachelle hat gewisse Probleme und ich kenne das ja schon. Aber bei der zweiten Stunde wurde ich langsam wütend und bei der dritten wollte ich einfach nur hier weg.

Ich hinterließ eine Nachricht, dass ich sie entweder heiraten oder mein Leben allein weiterführen wolle. Ich denke, sie weiß, wo ich stehe. Das geht schon viel zu lange so und ich bin bereit für diese Ehe. Drei bis fünf Jahre sind viel zu weit weg für mich. Ich bin nicht dumm und weiß, dass sie mir niemals zustimmen wird.

Ich bin weggegangen und werde es mir nicht erlauben, zurückzublicken. Ich bin fertig damit!

Es ist klar, dass ich auch Kip und Max aus meinem Leben streichen muss, wenn ich Rachelle daraus fernhalten will. Ich kann ihre ständige Zurückweisung nicht länger ertragen. Niemand sollte sich dem aussetzen, was sie einem antut.

Ich weiß, dass es mir eine Zeit lang wehtun wird, aber das wird auch wie jede andere lebensverändernde und vernichtende Wunde heilen. Es gibt Menschen, die echte Körperteile verlieren und weiterleben. Das Teil in mir, das in Stücke zerrissen ist, besteht noch nicht einmal wirklich aus Fleisch und Blut, sondern nur aus Gefühlen.

Ich werde das überleben. Ich weiß zwar nicht, ob ich jemals wieder Liebe empfinden kann, aber ich werde weiterleben.

Ich habe den Ring zurück in den Laden gebracht und die Frau, die ihn mir verkauft hatte, war trauriger als ich es bin. Zum Glück waren Kip und Peyton nicht Zuhause, so dass ich in meinen Hubschrauber steigen und davonfliegen konnte, ohne mich ihnen erklären zu müssen.

Ich weiß, dass sie mich dazu überredet hätten, zu bleiben und mit Rachelle zu reden. Doch das würde das Unvermeidliche nur hinauszögern. Sie will kein Stück Papier, dass uns zusammenhält und für sie sorgt.

Und ich kann nicht in einer Beziehung leben und gleichzeitig egoistisch sein. Ich bin jemand, der gerne gibt, ein Mensch, der sicherstellt, dass es den Menschen, die er liebt, gut geht und dass sie wissen, dass sie geliebt werden.

Ich schätze, ich bin ein Mistkerl!

Mein Handy leuchtet auf und die Melodie des Hochzeitsmarsches ertönt, den ich extra als Klingelton für Rachelle eingestellt hatte. Ich nehme es in die Hand und drücke den Anruf weg. Soll sie doch einmal sehen, wie sich das anfühlt.

Ich kann gar nicht schnell genug nach Hause kommen. Sobald ich dort angekommen bin, werde ich ein neues Leben anfangen.

Ein Leben ohne sie!

Mit dem Gedanken werfe ich das Handy aus dem Hubschrauber. Jeder, der meine Nummer hat, liegt jetzt hinter mir. Ich gehe nur noch nach vorn.

79

RACHELLE

Ich kann nicht glauben, dass er meinen Anruf einfach weggedrückt hat. Ich schreibe ihm eine SMS mit dem Wort ‚JA' in Großbuchstaben, doch er antwortet immer noch nicht. Ich nehme mein Handy und stelle sicher, dass er weiß, was das bedeutet.

-Das ist ein Ja zu deiner Frage, ob ich dich heiraten will. Ich will dich heiraten, Blake, bitte ruf mich an oder komme zurück. Ich liebe dich!!!!-

Die Zeit zieht sich dahin und ich mache mir immer größere Sorgen, weil ich nicht weiß, wo er ist oder ob es ihm gut geht. Es ich schon fast zehn Uhr, als ich Peyton anrufe, um sie zu fragen, ob sie von ihm gehört hat.

„Wo seid ihr denn?", fragt Peyton, als sie abhebt.

„Das ist eine seltsame Weise, einen Anruf anzunehmen, Peyt. Ich bin in meiner Wohnung."

„Warum steht dann das Auto, das sich Blake geliehen hat, hier und sein Hubschrauber ist weg? Ich dachte, ihr wolltet heute Abend nach Vegas fahren. Warum bist du immer noch hier?"

„Sein Hubschrauber ist weg? Verdammt!"

Peyton seufzt. „Was hast du denn diesmal getan?"

„Er kam mit einem hinreißenden Verlobungsring nach Hause

und fragte mich, ob ich ihn heiraten will, aber ich bin ausgerastet und habe ihn schließlich stundenlang allein gelassen. Aber als ich zur Vernunft kam und wieder zur Wohnung zurückkehrte, um seinen Antrag anzunehmen, war er weg." Ich gehe im Zimmer auf und ab, während ich darüber nachdenke, was ich tun sollte.

Ich kann nicht das Beste, was mir je passiert ist, entkommen lassen!

„Wow! Das ist ja ganz schön was. Du weißt, dass er vielleicht die Nase voll haben könnte, Süße. Ich meine, da hast du dir ganz schön was geleistet. Dabei ist er doch so ein Schatz, Shelley. Ich kann mir gar nicht vorstellen, wie verletzt er sein muss."

„Verdammt nochmal! Das weiß ich! Ich bin so dumm! Peyton, wenn ich ihn verliere, dann kann ich genauso gut auch sterben! Gott, hilf mir!" Ich lasse mich auf das Sofa fallen und meine Augen füllen sich mit Tränen. „Ich weiß nicht, was ich machen soll. Ich habe ihn angerufen und ihm eine Nachricht geschickt, in der ich seinen Antrag annahm, aber er hat sich nicht gemeldet. Da steckt doch mehr dahinter, als dass er nicht mit mir reden will. Ich habe Angst, dass ihm etwas passiert ist. Jetzt, wo du mir gesagt hast, dass sein Hubschrauber weg ist, habe ich wirklich große Angst. Kannst du ihn anrufen? Vielleicht geht er ran, wenn Kip ihn anruft."

Ich höre, wie sie nach Kip ruft und er kommt nahe genug heran, damit ich ihn über das Telefon hören kann. Sein breiter australischer Akzent dringt an mein Ohr. „Was ist los, Liebling?"

Peyton erzählt ihm, was Sache ist, während ich zuhöre und das alles mit anhören zu müssen, macht mir erst wirklich bewusst, was ich ihm angetan habe. Dumm ist gar kein Ausdruck für die Art, wie ich mich fühle. Ich fühle mich wie ein Stück Scheiße, das es nicht mal verdient, die gleiche Luft wie jemand so Wunderbares wie Blake zu atmen.

Kip schnaubt und sagt, „Autsch, das tut weh. Ich ruf ihn mal an."

„Okay, er ruft ihn jetzt an, Shelley."

Ich warte ab und lausche, doch nach einer Minute sagt ihr Kip, dass er nicht rangeht. „Dann rufe ich Max an", erwidere ich. „Tschüss. Und sag mir Bescheid, wenn du von ihm hörst, Peyton."

„Das werde ich, tschüss."

Ich rufe Max an und Lexi antwortet.

Fantastisch, jetzt darf ich die furchtbare Geschichte noch einmal erzählen und die ganze Scheiße wieder durchleben!

Nachdem Lexi mehrmals nach Luft geschnappt und geseufzt hat, sagt sie, „Nun ja, hibbety, bibetty, Shell. Das ist ein ganz schöner Berg an schrecklichen Dingen, nicht wahr. Ich sage dir, das ist viel mehr, als Max mir jemals angetan hat. Oh, der arme Blake. Er muss kurz vor dem Selbstmord stehen.“

„Lex“, stöhne ich. „Ich mache mir wirklich Sorgen um ihn. Denkst du, Max kann versuchen, ihn anzurufen? Er hat auf Kips Anruf auch nicht reagiert.“

Sie ruft nach Max und er hört sich die Geschichte an, wie nur Lexi sie erzählen kann. Sie fügt alberne Wörter aller Art ein, was mich fast zu Lachen bringt, wenn ich mir nicht so verdammt große Sorgen machen würde. Danach murmelt er etwas und das nächste, was ich höre, ist Lexi, die mir sagt, dass Max mit mir reden will.

„Rachelle, was zum Teufel geht in deinem Kopf vor?“, schreit er mich an.

Ich zucke zusammen, weil ich noch nie von Max angeschrien wurde und er auf einmal sehr einschüchternd ist. „Max, Ich bin nur …“

„Nein, ich will es nicht hören. Keine Entschuldigungen mehr. Ein großartiger Mann fragt dich, ob du ihn heiraten willst, und du führst dich auf, als würde er dich um etwas Grauenhaftes bitten. Das ist genug von dir. Ich werde nicht mit ihm reden, nur damit du noch ein Stück aus seinem lieben und großzügigen Herzen herausreißen kannst. Verstehst du mich?“

„Max, ich wollte nicht …“

Seine Stimme donnert, als er mich unterbricht. „Du wolltest ihn nicht verletzen. Ja, ich kenne deine alte Leier. Dieses Mal musst du selber herausfinden, wie du das wieder hinbekommst. Du willst wirklich nicht, dass ich ihn anrufe, denn mein Rat wäre, dich zu vergessen. Du bist nicht gut für ihn.“

„Max, das stimmt nicht. Ich bin gut für ihn. Ich bin nur verwirrt und habe Angst, dass ich ihn nicht verdiene, aber ich kann gut für ihn sein. Wir sind großartig zusammen, mir steht nur meine Unsicherheit im Weg. Ich kann sie kontrollieren, wenn ich mich hart genug anstrenge, ich weiß, dass ich das kann." Ich lasse mich auf das Sofa fallen und schaue hoch zur Decke.

„Wenn er schlau ist, dann akzeptiert er keine weitere Entschuldigung von dir. Tu dir einen Gefallen, Rachelle. Steh von der Couch auf, geh in die Küche und nimm ein Weinglas in die Hand."

„Ich denke nicht, dass ich jetzt etwas trinken will", erwidere ich, stehe jedoch trotzdem auf und tue das, was mir Max aus welchem Grund auch immer aufgetragen hat.

„Ich will nicht, dass du redest, sondern tust, was ich dir sage", befiehlt er.

Ich nehme ein Weinglas aus dem Küchenschrank. „Ich habe eines, was jetzt?"

„Lass es auf den Boden fallen."

„Max, das ist …"

„Wirf das verdammte Glas auf den Boden, Rachelle!", schreit er.

Ich lasse das Glas fallen und es zerbricht in tausend Teile. „Okay, ich hab's getan. Was jetzt?"

„Siehst du, dass es so zerbrochen ist, dass du es nicht mehr reparieren kannst?", fragt er.

Ich schaue mir die Scherben an. Einige sind groß und können wieder zusammengeklebt werden, aber andere sind in spitze Splitter zerbrochen, und wieder andere sind so klein, dass sie niemals wieder zusammengesetzt werden könnten. „Ja, ich sehe, dass es kaputt ist. Ich nehme an, du willst, dass ich das Chaos jetzt aufräume, oder?"

„Nein, ich will, dass du dem Glas sagst, dass es dir leid tut", antwortet er mit seiner tiefen Stimme, die viel ruhiger geworden ist.

„Wie bitte?", frage ich mit einem Schnauben.

„Sag es einfach."

„Es tut mir leid, Weinglas, dass ich dich zerbrochen habe."

Er seufzt. „Was ist passiert?"

„Was meinst du? Es muss jetzt aufgeräumt werden." Ich schüttle meinen Kopf bei seiner seltsamen Idee und frage mich, was ich davon bitte lernen soll.

„Es ist immer noch zerbrochen, oder, Shell? Es hat sich durch deine Entschuldigung nicht wieder zusammengesetzt, nicht wahr?"

Ich bekomme so langsam eine Ahnung, was er mir damit zeigen wollte und in meinem Hals bildet sich ein Knoten. Blake zu sagen, dass es mir leidtut, wird nicht wieder gut machen, was ich angerichtet habe. Ich habe ihn zu oft fallen gelassen und dieses letzte Mal war einmal zu viel.

Ich schlucke schwer und versuche, die Tränen zurückzuhalten, die sich in meine Stimme schleichen wollen. „Max, ist es zu spät?"

„Was denkst du denn, Shell? Wie oft glaubst du, dass er es noch aushält, dass du ihn so etwas antust? Ich kann dir nur sagen, dass du jetzt auf dich allein gestellt bist. Du wirst tief in dich gehen und darüber nachdenken müssen, was du tun kannst, um die Sache mit ihm wieder in Ordnung zu bringen und sicher zu stellen, dass du so etwas nie wieder tust. Wenn du auf keine Lösung kommst, dann solltest du den Kerl in Ruhe lassen. Er ist ein zu guter Mensch, um von dir gebrochen zu werden." Max atmet tief ein. „Und ich will, dass du weißt, dass ich mich deswegen nicht weniger um dich sorge oder dich weniger liebe, Shelley. Das tue ich, aber du muss aufhören, ihm so etwas anzutun."

„Danke, Max. Ich denke mir etwas aus. Ich weiß deine Ehrlichkeit zu schätzen. Ich liebe dich und rufe euch morgen an. Tschüss."

„Tschüss, Shelley."

Wie zur Hölle soll ich das wieder hinbekommen?

80

BLAKE

Ihre Lippen schmecken süß, als ich sie intensiv küsse. Ihre Arme sind um mich geschlungen und streichen über meinen Rücken. Sie liebt meine Muskeln dort. Ich liebe es, wie weich sich ihre Haut auf meinem Rücken anfühlt und als sie ihre Nägel darüber zieht, durchfährt mich ein Schauer.

Ich streiche mit meiner Zunge über ihre und es fühlt sich so an, als ob ich gestorben und in den Himmel gestiegen wäre. Ich kann fühlen, wie die Luft in ihre Lungen eindringt und wieder ausgestoßen wird, da ich sie eng an mich drücke. Ich löse meinen Mund von ihrem und küsse ihren Körper entlang, bis ich zu ihren Brüsten gelange, die ich in den Mund nehme und an ihnen sauge, was sie vor Lust zum Stöhnen bringt.

Ihre Lust ist alles, woran ich denken kann. Ich will, dass sie sich gut, nein, nicht gut, sondern fantastisch fühlt. Sie ist so besonders und wertvoll und sie gehört mir. Ich drücke sie zurück auf das Bett und schiebe meinen Körper über ihren. Ihre Beine streichen immer wieder über meine und sie öffnet sie als Einladung.

Doch ich will noch nicht nachgeben. Ich will sie noch ein bisschen warten lassen, sie noch ein bisschen mehr von uns, nur Haut an Haut, spüren lassen. Ich ziehe mich ein Stück zurück und schaue sie an, während meine Hände über ihren wunderschönen Körper streichen.

Sie blickt mit diesen dunkelblauen Augen, die in dem schwachen Licht leuchten, zu mir auf und schaut mich an, als hätte ich den Mond an den Himmel gehängt. Wenn ich es könnte, dann würde ich es für sie tun. Ich würde für diese Frau in die Hölle und wieder zurück gehen.

Ich fange bei ihrem Gesicht an, wobei ich ihre samtige und glatte Haut nur mit meinen Fingerspitzen berühre. Ich fahre ihre zarten Formen nach, angefangen bei ihrem Kiefer bis zu ihrem Nacken, wo ich über jede Vertiefung streiche.

Ihre Augen starren in meine eigenen und ich muss wegschauen, um meinen Fokus nicht zu verlieren, den ich auf ihren Körper richten will. Ich fahre mit meinen Fingern über ihr Schlüsselbein und dann über ihre Schultern. Die cremefarbene Haut bettelt mich dazu an, sie zu küssen, weshalb ich mich vorbeuge und meine Lippen gegen die glatte Oberfläche drücke.

Mein Körper schmerzt mit dem Verlangen, weiter zu gehen, aber ich halte mich zurück, denn ich will ihr Vergnügen bereiten, es schaffen, dass sie sich besonders und geliebt fühlt. Meine Hände wandern über ihre Arme und ich verschränke unsere Finger miteinander. Dabei schaue ich auf und sehe ihr süßes Lächeln.

Nachdem ich sie wieder losgelassen habe, setze ich meine Reise fort und streichle mit meinen Fingern über ihren festen Bauch. Ihr Körper erzittert und ich lasse meine Finger tiefer wandern. An ihrem Kitzler halte ich kurz inne, um ihn ein oder zweimal anzutippen und bewege meine Hand dann weiter nach unten, zwischen ihre Oberschenkel und ihre Beine entlang, bis zu ihren Zehen.

Ich drücke einen Kuss auf jeden Fuß und stehe auf. Ich stelle mich neben das Bett und schaue auf sie nieder. Sie ist perfekt, von der Spitze ihres wunderschönen Kopfes mit dem langen, schwarzen Haar, bis zu den kleinen Zehen. Sie ist perfekt und außergewöhnlich und sie gehört mir.

Sie gehört mir, um sie zu lieben, zu verwöhnen, zu beschützen und das für immer und ewig. Sie streckt mir ihre Arme entgegen und will mich zu sich heranziehen. Ich lehne mich vor und bedecke ihre weichen, rosa Lippen mit den meinen und habe aus irgendeinem Grund das Bedürfnis zu weinen.

Sie ist alles, was ich will, was ich brauche, aber aus irgendeinem Grund zieht sich mein Herz mit einem Schmerz zusammen, den ich nicht verstehe. Ich lege meinen Körper wieder auf ihren und drücke mich so sehr an sie, dass ich sie unter mir spüren kann. Doch das ist nicht genug, weshalb ich meine Hand in ihre Haare kralle und sie hart küsse.

Mein Körper zittert vor Emotionen. Ich weiß nicht, was mit mir nicht stimmt. Ich kann sie fühlen, aber trotzdem ist es nicht genug. Ihr Körper wölbt sich mir entgegen, aber ich kann nicht in sie eindringen. Es ist so, als wäre mein Glied an einem anderen Ort.

Ich reibe mich gegen ihren zierlichen Körper und küsse sie noch intensiver, bleibe aber dennoch mit einem leeren Gefühl zurück. Aus Frustration reiße ich meinen Mund weg und rolle mich von ihr herunter. Als ich hoch zur Decke sehe, kann ich kleine, weiße Lichter erkennen, die größer und größer werden, bis ich außer weißem, hellem Licht nichts anderes mehr sehen kann.

Ich kann nicht atmen! Ich kann nichts sehen!

Luft strömt in meine Lungen und ich setze mich abrupt auf. Blinzelnd stelle ich fest, dass ich in dem Bett in meinem Haus liege und allein bin. Ich versuche, wieder zu Atem zu kommen und bemerke, dass der Platz neben mir leer ist.

Dann erinnere ich mich wieder, dass sie nicht hier in Lubbock bei mir ist. Sie gehört mir nicht mehr. Ich befehle meinem Körper, dass er sich wieder beruhigen soll, und lege mich zurück in die Kissen. Das ist nur die erste Nacht, es wird besser und einfacher werden.

Bitte lasse es besser werden!

81

RACHELLE

Ich liege auf meinem Sofa und starre benommen an die Decke.
Die Haustür geht auf und Blake steht völlig durchnässt dort,
während der Regen auf ihn niederprasselt.

Ich bleibe, wo ich bin, aus Angst, er könnte verschwinden, wenn
ich mich bewege. Er tritt herein, wobei er sich nicht die Mühe macht,
die Tür zu schließen. Bei jedem Schritt zieht er ein Kleidungsstück
aus, doch währenddessen verlassen seine blau-braunen Augen die
meinen für keine Sekunde.

Meine Hände streichen über meine Haut und ich bemerke, dass
ich ebenfalls keine Kleider trage, doch ich kann mich nicht daran
erinnern, mich ausgezogen zu haben. Innerhalb weniger Sekunden
liegt er auf mir. Sein nasser Körper bedeckt meinen, als er sich über
und dann in mich schiebt und meinen Mund mit einem heißen Kuss
verschließt.

Er stößt in mich hinein und ich wölbe mich auf, um seinen tiefen
Stößen entgegenzukommen. Seine Hände streicheln über meinen
gesamten Körper, wodurch kleine Blitze durch mich schießen. Sein
Kuss ist so hart und fordernd. Ich erwidere ihn, während er in mich
stößt.

Blake nimmt eine Brust in seine Hand, drückt sie und zwickt den harten Nippel. Er löst seinen Mund von meinem, nimmt eine Brust in den Mund und saugt fest an ihr, wobei sich mein Bauch bei jeder Bewegung seines Mundes zusammenzieht.

Ohne jegliche Kontrolle stöhne ich bei dem süßen Gefühl auf und winde mich unter seinem Körper. Er stößt lang und tief in mich und ich bin so heiß vor Verlangen nach ihm, wie noch nie zuvor in meinem Leben.

Er hämmert in mich hinein, gleichzeitig streicheln seine Hände meinen ganzen Körper, aber es ist nicht genug. Ich schreie wegen dem leeren Gefühl und wölbe mich ihm entgegen, um ihn tiefer und fester an mich zu drücken.

Er bewegt sich so schnell es geht, aber es ist nicht genug. Ich drehe meinen Kopf zur Seite und zapple so lange, bis ich von ihm wegkomme. Ich drehe mich auf meine Seite und sehe ihn an, während er verblasst.

Seine Augen sind das Letzte, was ich sehe, doch sie sind voller Schmerz.

Ich setze mich auf und schnappe nach Luft, als ich einatme und erkenne, dass alles nur ein Traum war.

Die Lichter meiner Wohnung sind noch immer an, da ich auf der Couch eingeschlafen war. So hört das mit uns nicht auf. Ich will, dass das, was wir haben, nie aufhört. Niemals.

Es ist klar, dass ich diejenige bin, die das Problem lösen muss, und ich darf nicht zu viel Zeit verstreichen lassen, bevor ich die Dinge wieder geraderücke. Mit jeder verstreichenden Minute, in der Blake nicht weiß, was ich wirklich für ihn empfinde, fürchte ich, dass er mir immer weiter entgleitet. Wenn ich zu lange warte, dann wird er für immer verschwunden sein.

82

BLAKE

E
s ist zwei Uhr nachmittags. Die kleine, beschissene Bar, in die ich früher immer gegangen bin, sollte offen haben und ich kann den Tag wegtrinken, während ich dem Barkeeper vorheule, wie beschissen mein Leben doch geworden ist.

Ich stelle meinen Truck auf dem Parkplatz ab und sehe, dass drei weitere Autos dastehen.

Gut, dann bin ich in meinem Kummer wenigstens nicht komplett allein.

Die Luft riecht nach abgestandenem Bier, Erdnüssen und Zigarettenrauch. Zwei Leute sitzen zusammen an einem kleinen Tisch mit ein paar Bierkrügen zwischen ihnen. Sie flüstern leise miteinander, als ich die Tür öffne und einen unwillkommenen Sonnenstrahl in den Raum lasse.

Schnell schließe ich die Tür, weil die drei Anwesenden ihre Augen vor dem blendenden Licht schützen. „Tut mir leid", sage ich schnell.

Hinter dem Tresen steht eine Frau von vielleicht fünfzig Jahren, mit verblassendem, roten Haar, das schon einige graue Strähnen hat. „Wie geht es dir, Kumpel?", fragt sie mich.

Ich setze mich auf einen Barhocker und antworte, „Schrecklich. Was hast du da, um ein gebrochenes Herz zu heilen?"

Sie zapft mir einen Krug Bier und stellt ihn vor mir ab. „Das geht aufs Haus, Kumpel."

Ich nicke und lächle. Ich werde ihr ein gewaltiges Trinkgeld geben, bevor die Nacht vorüber ist. Ich nehme einen tiefen Schluck und fühle die Kälte, die meine Kehle entlangrinnt und in meinen Magen fließt. „Was glaubst du, wie lange es dauert, bis es den Schmerz hemmt?"

„Das kommt darauf an. Wie tief ist denn der Schmerz?" Sie zwinkert mir zu, während sie mit einem weißen Tuch ein Schnapsglas poliert.

„Ziemlich tief", antworte ich. „Sag mir, kennst du dich mit Verlassensängsten aus? Tut mir leid, wie unhöflich von mir. Ich heiße Blake und du?"

„Tanya. Nett, dich kennenzulernen, Blake. Verlassensängste, hm? Nun ja, die meisten Menschen leiden darunter, zumindest zu einem gewissen Grad. Du musst wissen, dass auch die besten Eltern nicht immer bei ihren Kindern sein können, wenn diese noch klein sind."

„Meine Freundin wurde verlassen, als sie drei war. Ihre Eltern sind beide unglaublich verrückt, ihr Vater lebt unter einer Brücke, ich meine damit also berechtigterweise verrückt, okay?" Ich mache eine Pause, um einen Schluck von meinem Bier zu trinken.

„Unter einer Brücke, hm? Erzähl weiter", fordert sie mich auf, als sie die Erdnüsse, die vor mir auf dem Tresen stehen, wegwirft und durch frische Erdnüsse aus einem Glasgefäß ersetzt. „Ich geb dir ein paar neue, Blake"

Ich nehme eine und stecke sie mir in den Mund. „Danke, Tanya. Also, wie gesagt hat sie verrückte Eltern und leidet deswegen an tiefgreifenden Problemen. Ich nehme an, dass ich ein Idiot bin, weil ich dachte, dass ich sie so sehr lieben könnte, dass sie nicht mehr diese verrückte Person mit den vielen Unsicherheiten ist."

„Wie lange kennst du diese Person denn schon, Blake?"

„Eine Weile. Wir hatten unsere Phasen, in denen wir nicht zusammen waren, aber wir haben immer wieder zusammengefunden. Es ist etwas Besonderes, etwas Anderes. Als ich sie zum ersten

Mal sah, wusste ich, dass sie die Richtige ist. Und ich weiß, dass sie mich liebt, aber sie ist jemand, der davonläuft, wenn sie auch nur irgendetwas fühlt. Ich vermute, dass sie nichts zu tief fühlen will."

Tanya hört auf, über die Bar zu wischen, und schaut mich an, als ich den Rest des Bieres hinunterkippe. „Was willst du dann mit ihr machen?"

Ihre Frage macht mich sprachlos. Ich denke darüber nach, während sie mir ein neues Bier einschenkt und es vor mich hinstellt. „Ich liebe sie. Das ist alles, was ich habe." Ich zucke mit den Schultern. „Macht das überhaupt Sinn?"

„Das höre ich die ganze Zeit, Blake. Die ganze Zeit. Die Menschen können sich gegenseitig in den Wahnsinn treiben, aber die Liebe hält sie immer zusammen und lässt es sie noch einmal gemeinsam versuchen. Wo lebt dieses verrückte Mädchen denn nun?"

„In Los Angeles und ich gehe auf gar keinen Fall mehr dorthin zurück. Wenn du also hörst, dass ich darüber rede, zurückzugehen, um sie zur Vernunft zu bringen und ihr zu zeigen, was wir zusammen haben, dann binde mich irgendwo fest, bis ich wieder nüchtern und Herr meiner Sinne bin." Ich nehme einen Schluck und schüttle den Kopf. „Mein Herz überstimmt manchmal meinen Kopf. Ich muss jedoch mehr auf meinen Kopf hören. Die alte Pumpe hat ganz schön was abbekommen und weiß nicht mehr, wie man Entscheidungen trifft."

„Geht klar", antwortet sie, als sich die Tür öffnet und ich kurzzeitig erblinde.

„Hi Mama. Brauchst du Hilfe?", höre ich die Stimme einer jungen Frau.

„Du könntest den Boden für mich kehren und wischen, Tilly", sagt Tanya.

Die Tür schließt sich und eine große, gertenschlanke Blondine läuft an mir vorbei. Dabei streicht ihr Arm über meinen Rücken und ich lehne mich vor, um ihr zu entkommen. Mein Körper verspannt sich, als sie sich umdreht und mich anlächelt.

„Tut mir leid." Sie geht hinter den Tresen und küsst ihre Mutter auf die Wange. „Ich bin gerade aus Dallas zurückgekommen. Das Shooting hat ewig gedauert. Hast du mich vermisst?"

„Darauf kannst du wetten", antwortete Tanya mit einem Lächeln. „Ich habe es vermisst, dass niemand seine Sachen herumliegen lässt. Ich habe es vermisst, zu einer gewöhnlichen Uhrzeit zu Bett zu gehen, ohne, dass mich laute Musik wachhält. Ja, ich würde sagen, ich habe dich vermisst. Wann denkst du, verdienst du als Model genug Geld, um in eine eigene Wohnung zu ziehen, Tilly?"

Die junge Frau, die Anfang Zwanzig sein müsste, schaut mich an und grinst. „Ich glaube, meine Mutter ist bereit dafür, dass ich das Nest verlasse."

Ich hebe meine Augenbrauen und trinke einen Schluck. „Meine Eltern wollten nie, dass ich ausziehe, ich kenne mich damit also nicht aus."

Tanya lacht. „Ich will gar nicht wirklich, dass du ausziehst, Tilly. Räum einfach nur hin und wieder nach dir auf."

Tilly geht um den Tresen herum und setzt sich neben mich. „Was ist los mit dir? Warum trinkst du schon so früh am Tag?"

„Er ist in eine durchgeknallte Tussi mit Verlassensängsten verliebt. Lass den Mann in Ruhe, Tilly. Der Besen und der Wischmop stehen hinten in der Kammer."

Tilly verdreht ihre hellblauen Augen und steht auf. „Ich mach ja schon die Arbeit, Mama. Aber dann schuldest du mir ein paar Drinks."

Ich schaue zurück zu Tanya, die hinter dem Tresen steht, und frage mich, wie eine so schöne Frucht von ihrem Baum fallen konnte. Ihre Tochter ist umwerfend, doch Tanya sieht ihr kein bisschen ähnlich. „Sie sieht wohl wie ihr Vater aus", bemerke ich, ohne es wirklich zu realisieren.

„Das weiß ich nicht. Ich habe ihren Vater nie kennengelernt."

Ich verschlucke mich an meinem Bier und schaue zu ihr auf. „Wie zur Hölle kann das sein?"

Sie lacht. „Sie wurde adoptiert, Blake. Ich bekam sie, als sie sieben war. Sie hatte einige Probleme. Vielleicht hilft es dir, dein

Mädchen besser zu verstehen, wenn du dich einmal mit Tilly unterhältst."

Vielleicht könnte ich das tun, aber will ich denn überhaupt verstehen? Vielleicht ist es besser, alles daran zu setzen, Rachelle zu vergessen.

83

RACHELLE

Ich rief Blake noch mehrmals an und schrieb ihm immer wieder Nachrichten in der Hoffnung, dass er doch nicht so sauer auf mich ist und sich dazu entschließt, mich nicht komplett zu ignorieren. Doch ich habe kein Glück, denn alle Anrufe gehen direkt auf die Mailbox.

Ich zerbreche mir den Kopf darüber, was ich tun sollte. Ich bin mir ziemlich sicher, dass er wieder Zuhause in Lubbock ist, weiß es aber nicht zu einhundert Prozent, weil Max mir nicht helfen will, es herauszufinden. Ein kleiner Anruf an seinen Schwager, der in dem Haus neben Blake wohnt und jetzt derjenige ist, den Blake seine rechte Hand nennt, was auch immer das bedeuten soll, könnte mir bestätigen, dass er Zuhause ist.

Es ist schon fast Mittag und ich wäre gerne auf dem Weg zu dem Ort, wo er auch immer ist, aber ohne richtigen Hinweis stecke ich hier fest, warte auf ihn und mache mir über ihn Gedanken und Sorgen.

Jetzt, da ich weiß, wie er sich all die Male gefühlt hat, als ich ihn ohne ein Wort verließ. Ich werde so etwas keinem Menschen mehr antun, so lange ich lebe.

Es ist fürchterlich!

Mein Handy klingelt, weshalb ich aufspringe und es von dem Tisch schnappe. Es ist Lexi und ich beeile mich, ranzugehen. „Hey Lex."

„Ich kann nicht lange mit dir reden und ich verstecke mich gerade vor Max, um dich anzurufen, aber ich will, dass du weißt, dass ich meinen Bruder angerufen habe und er mir versichert hat, dass Blake letzte Nacht nach Hause gekommen ist. Er lebt also. Max hat versucht, ihn heute Morgen anzurufen, um sicher zu gehen, dass er in Ordnung ist, aber Blake antwortet auch nicht auf seine Anrufe."

„Ich frage mich, warum er niemanden an sich heranlässt", sage ich, während ich meine Schuhe anziehe. „Das sieht ihm gar nicht ähnlich."

„Max denkt, dass er das tut, um über dich hinweg zu kommen. Wirst du dich einfach zurücklehnen und es geschehen lassen, Shelley?"

„Was würdest du denn tun?", frage ich sie und weiß genau, dass Lexi und Max ziemlich viel miteinander durchgemacht haben, bevor sie sich schließlich zusammenrauften, auch wenn mich Max gestern Abend ganz schön zusammengestaucht hat.

„Du willst meine Fehler nicht wiederholen. Mach deine eigenen, oder besser noch, mach gar keine. Finde einfach den Kerl, sage ihm, dass du ihn liebst und heirate ihn."

„Ihn finden, hm? Danke für den Tipp, Lexi. Und danke, dass du mir gesagt hast, dass es ihm gut geht, das schätze ich wirklich."

„Max kommt, tschüss, und denk daran, das ist unser kleines Geheimnis, Shell."

Sie legt auf und ich stelle mir vor, wie Max sie dabei erwischt und sie sich eine verrückte Geschichte mit viel zu vielen Details ausdenkt, um ihm zu erklären, warum sie etwas vor ihm verheimlicht.

Okay, jetzt weiß ich also, dass er in Lubbock ist, aber wie komme ich in weniger als zwei Tagen dorthin, die ich mit dem Auto bräuchte? Außerdem muss ich einen Zwischenstopp beim Haus meiner Großeltern einlegen, bevor ich zu ihm gehe.

Es ist an der Zeit, einen Plan zu erstellen und ihn in die Tat umzusetzen!

84

BLAKE

Habe ich das richtig verstanden?", frage ich, als ich Tilly das Ketchup reiche. Ich hatte Hunger bekommen und Tilly, Tanya und mir bei dem kleinen Café nebenan etwas zu Essen bestellt. „Du bist gerade einmal fünfundzwanzig, warst schon zweimal verheiratet und denkst, dass du dich bald mit einem anderen Mann verloben wirst."

Tilly nimmt einen großen Bissen von ihrem Cheeseburger und nickt. Ein bisschen Senf ist auf ihre Wange geraten, weshalb ich eine Serviette nehme und ihn wegwische. Ihre Zunge schnellt heraus, um ihn wegzulecken und sie lächelt. „Danke, und ja. Ich verzehre mich nur nach dieser ersten Phase der Liebe. Wenn sich eine gewisse Routine entwickelt und die Männer anfangen, ihr wahres Verhalten zu zeigen, du weißt schon, in meiner Gegenwart zu furzen und sich an ihren privaten Stellen zu kratzen, dann ist der Punkt erreicht, an dem ich die Sache beenden muss."

„Wirklich? Falls ich also wieder mit Rachelle zusammenkomme, dann sollte ich solche Dinge nicht in ihrer Gegenwart tun? Das wird auf die Dauer schwierig sein. Schaust du nicht zurück und vermisst einen deiner Ehemänner?", frage ich sie, als sie einen Schluck Bier trinkt.

Tanya lacht und dippt eine Pommes in Ketchup. „Sie waren alle Dreckskerle, alle beide. Tilly hier steht auf böse Jungs und wenn ich böse sage, dann meine ich die Art, die Frauen ein bisschen herumschubsen und versuchen, sie zu unterdrücken."

Ich mustere Tilly und es fällt mir schwer zu glauben, dass jemand so Schönes einem Mann erlauben würde, sie so zu behandeln. „Komm schon, nicht du, Tilly. Sag, dass das nicht stimmt. Ich kann mir nicht vorstellen, dass eine Frau wie du sich so etwas gefallen lässt. Und am Ende hast du sie wegen Darmwind-Problemen verlassen und nicht, weil sie dich geschlagen haben." Ich schüttle den Kopf und beiße in meinen Burger.

Vielleicht ist mein Mädchen doch nicht das verrückteste auf der Welt.

Ich schüttle wieder den Kopf, um die Worte zu vertreiben, mein Mädchen. Ich versuche immerhin, über sie hinweg zu kommen.

Tilly ist es noch nicht einmal peinlich, als sie sagt, „Ich hatte es verdient. Meine Mutter versteht das nicht."

„Wie bitte? Nein, das hast du gerade nicht gesagt! Sag mir, war du getan hast, damit dich diese Arschlöcher schlugen." Ich kippe das Bier hinunter, um meine Wut zu beschwichtigen.

Tilly schaut mich an und sagt, „Okay, den ersten Ehemann heiratete ich zwei Wochen, nachdem ich ihn kennengelernt hatte. Ich war achtzehn und dachte, dass ich heiraten und eine Familie gründen müsse. Ich weiß, das war dumm, also hör auf, mich so anzuschauen, Papa!"

„Okay, solange du es realisierst, junge Dame", entgegne ich und bedeute ihr, fortzufahren.

„Nun ja, nach ein paar Monaten zusammen bekam ich das Gefühl, dass ich die Sache mit der Ehe vielleicht etwas überstürzt hatte. Deshalb machte ich einen Schwangerschaftstest, um sicher zu gehen, dass ich nicht schwanger war. Danach ging ich in ein Krankenhaus und fing an, zu verhüten."

„Und all das, ohne mir ein Wort zu erzählen", wirft Tanya ein.

Ich schüttle den Kopf und blicke Tilly finster an. „Erzähl weiter."

„Nun ja, ich konnte Bob nicht sagen, dass ich die Pille nahm, weil er mich unglaublich gerne schwängern wollte. Er hing die ganze Zeit auf mir und war verwirrt, warum ich immer noch nicht schwanger war. Eines Tages kam er auf die Idee, dass ich die Pille nehmen könnte, weshalb er so lange das Haus durchwühlte, bis er sie schließlich fand. Er hat mich ziemlich übel zugerichtet, aber du verstehst, dass ich mir das selber zu verschreiben habe?"

Ich bin vollkommen geschockt, weil ich nicht glauben kann, dass die Frau wirklich der Überzeugung ist, dass sie das verdient hat. „Tilly, ich kann nicht verstehen, warum es deine eigene Schuld gewesen sein soll."

Tanya stellt noch ein Bier vor uns hin und sagt, „Siehst du, die Probleme können wirklich unterschiedlich sein. Sie denkt, dass es in Ordnung ist, wenn Männer sie körperlich bestrafen. Ich habe nie Hand an sie gelegt, aber sei denkt, dass ein Mann das dürfte. Ich weiß nicht, was ich mit ihr machen soll."

„Nun ja, ich hätte mit ihm reden und nicht hinter seinem Rücken etwas ohne seine Zustimmung tun sollen." Tilly nimmt einen Schluck von dem frischen Bier. „Aber dieser neue Kerl ist um einiges besser. Er wird später hier sein und dann kannst du dich selber davon überzeugen. Den werde ich länger behalten."

„Wie war das mit der Adoption?", fragte ich Tanya und schaue zu Tilly. „Wie hat das funktioniert und wo war der Vater die ganze Zeit, Tanya?"

„Ich bekam sie, als ich verheiratet war, aber das war nach ein paar Jahren vorbei. Er lief davon und wir haben nie wieder von ihm gehört. Ich habe sie selbst großgezogen. Vielleicht ist das einer der Gründe, warum sie einen so schlechten Männergeschmack hat." Tanya geht zum anderen Ende des Tresens, um die Bestellung eines anderen Gastes aufzunehmen.

„Wie gefiel es dir, adoptiert zu sein?", frage ich sie.

„Es war fantastisch, aus dem Pflegeheim zu kommen. Meine Mutter ist eine Heilige. Ich hatte jahrelang Alpträume und war ein Teufel in der Pubertät. Aber sie hat mich trotzdem behalten. Egal, wie schlimm ich mich verhielt, sie hat mich immer behalten." Sie steckt sich den Rest des Burgers in den Bund und ich kann ein bisschen von dem erkenne, was tief in Rachelles Augen liegt.

Es ist der Blick, der sagt, dass sie die Liebe nicht verdient. Er trifft mich direkt ins Herz und ich denke, dass ich vielleicht einen Fehler beging, als ich sie verließ. Deshalb frage ich Tilly, „Hast du einen von ihnen denn wirklich geliebt?"

Nachdem sie ihren Mund mit einer Serviette abgetupft hat, antwortet sie, „Blake, ich verrate dir mal ein kleines Geheimnis, mit dem du dir vielleicht viel Liebeskummer über dieses Mädchen ersparen kannst. Sie kann dich nicht lieben. Du musst verstehen, egal, wie sehr ich mich anstrenge, kann ich mich selbst nicht wirklich akzeptieren. Ich fühle mich oft fremd in diesem Körper, manchmal richtig losgelöst."

„Du glaubst, dass sie auch so ist?", will ich wissen.

„Von den Dingen, die du uns erzählt hast, zu schließen, ist sie so. Wenn du also versuchst, ein Leben mit diesem Mädchen aufzubauen, dann musst du verstehen, dass du auf einem sandigen Untergrund baust, der jeden Moment abrutschen kann. So ist das nun einmal."

„Muss es denn so sein?", frage ich und hoffe auf eine positive Antwort.

Sie nickt. „Tu dir selber einen Gefallen und hör jetzt mit diesem Teufelskreis auf. Es wird eine Weile dauern, aber sie ist beschädigt, zu beschädigt für einen großartigen Kerl wie dich. Ich meine, du bist ein wirklicher Schatz und eine Frau wie sie oder ich würde dich in kurzer Zeit zerbrechen."

„Ich bin nicht schwach", entgegne ich. „Ich kann viel einstecken."

„Sie wird dich schwach machen. Wenn du willst, kannst du noch ein bisschen länger stark sein, aber am Ende wird sie dich verlassen und du wirst nur noch eine Hülle deines früheren Wesens sein. Meiner Meinung nach wäre das ein Verbrechen."

„Ja", sage ich und trinke einen Schluck Bier. „Du hast wahrscheinlich recht. Es ist am besten, sie zu vergessen. Ich glaube, ich brauche etwas Stärkeres als das hier, um die Erinnerungen an sie loszuwerden."

Tilly lächelt. „Gut. Du solltest dich heute Abend einfach nur betrinken und dann ein Taxi nach Hause nehmen. Morgen wird es dir total beschissen gehen und du wirst dich nie wieder so fühlen wollen. Das brennt die Wunde aus. Am Anfang tut es weh und wenn es heilt, bleibt eine Narbe zurück, aber dann bist du ein für alle Mal darüber hinweg."

Ich bin mir zwar nicht sicher, ob das gesund ist, werde es aber trotzdem versuchen.

VIER WHISKEYS später tanze ich zu der besten Zeit des Abends mit all den schönen Frauen in der Menschenmenge hier und gebe Runden für die ganze Bar aus. Ich tobe mich heute aus. Morgen werde ich es büßen, aber heute Nacht lasse ich mich gehen, als ob ich keine Sorgen in der Welt hätte.

Mein Körper ist schon ziemlich benommen, als ich eine große, leicht untersetzte Frau in meinen Armen halte und langsam mit ihr tanze. Ich hickse und sie kichert. Dadurch wackelt ihr ganzer Körper und ich habe das Verlangen, mich übergeben zu müssen.

„Womit verdienst du dein Geld, Süßer?", flüstert sie in mein Ohr.

„Ich mache gar nichts. Ich bin stinkreich. Allerdings fange ich gerade damit an, mein Geld an Alkohol und Frauen zu verschwenden." Ich lache und hickse wieder.

Sie hebt ihren Kopf von meiner Schulter und schaut mich an. „Reich? Wirklich?"

„Das interessiert dich wohl, hm?", lalle ich und lächle.

„Wie reich bist du denn?" Ihre grünen Augen fangen an zu glänzen, als das Lied aufhört.

„Danke für den Tanz", lalle ich und schiebe sie aus meiner schlapprigen Umarmung.

Ich drehe mich um, um davonzugehen, doch sie schiebt ihre Hand in meine. Sie folgt mir zu meinem Tisch, und lässt sich mit ihrem pummeligen Hintern auf meinen Schoß fallen, sobald ich mich hingesetzt habe.

Sie leckt über ihre viel zu roten Lippen und sagt, „Wir sollten das hier in deine Wohnung verschieben, Hübscher."

„Nein, das geht nicht, meine Dame. Ich stoße mir heute nur ein wenig die Hörner ab. Ich werde mit niemandem rummachen. Nein, das werde ich nicht." Ich greife nach meinem Glas und bemerke, dass es leer ist. Ich frage mich, wer meinen Schnaps getrunken hat.

Ich kann den Tresen von meinem Platz im hinteren Teil der Bar kaum sehen, weshalb ich die Frau an ihren Schultern wegschiebe. Sie steht auf und zieht die Augenbrauen zusammen. „Bist du dir sicher? Ich kann ganz lustig sein."

„Da bin ich mir sicher." Ich schwanke meinen Weg zum Tresen und entdecke Tanya, die mich finster ansieht.

„Warum das lange Gesicht?", frage ich.

„Ich denke, du hattest genug, Blake. Ich werde Tilly bitten, dich nach Hause zu fahren. Sie hat schon vor Stunden aufgehört zu trinken", erwidert Tanya.

Ich setze mich auf einen Barhocker. „Okay. Aber ich bin noch lange nicht betrunken."

„Oh, du warst schon vor zwei Drinks mehr als betrunken", entgegnet Tanya mit einem Lachen.

Die Tür geht auf und ein riesiger Mann kommt herein. Er schaut Tanya an und fragt, „Wo ist deine Tochter?"

„Sie spült hinten Gläser für mich. Du kannst zu ihr gehen, wenn du willst", antwortet sie dem Kerl, der wie ein richtiger Trottel aussieht.

„Bist du ihr Freund?", wende ich mich an ihn.

Er schaut mich mit finsterem Blick an. „Wer will das wissen?"

„Ich, du Idiot", entgegne ich und stehe auf. „Ich habe dich ja immerhin auch gefragt." Ich schaue zu Tanya. „Da haben wir ja ein ganz schlaues Kerlchen."

Sie schüttelt ihren Kopf und sieht aus irgendeinem Grund sehr besorgt aus. Dann spüre ich, wie meine Füße den Boden verlassen und sich der Monsterkerl in mein T-Shirt krallt. „Wer zum Teufel bist du?", fragt er mich.

„Ein besorgter Bürger. Du kannst mich jetzt wieder runterlassen", lalle ich und bemerke, dass ich meinen Körper gar nicht mehr wirklich fühlen kann.

„Lass ihn runter, Spike", bittet ihn Tanya.

Meine Füße berühren wieder den Boden, doch um ehrlich zu

sein, fühle ich mich immer noch als würde ich schweben. „Spike!" Ich muss lachen. „Ist ja klar, dass du so heißt."

„Okay, das reicht. Ich bringe den Idioten nach draußen und erteile ihm eine Lehre", sagt Spike.

„Nein, das tust du nicht", erwidert Tanya.

„Das macht mir nichts aus. Ich kann auf mich aufpassen." Ich rolle meine Ärmel hoch und lasse meine Muskeln spielen. „Siehst du das? Ich trainiere viel und werde mit diesem Schlappschwanz schon fertig."

„Wie hast du mich genannt?", fragt mich der Monstermann.

„Ich habe dich einen Schlappschwanz genannt", murmle ich und trete einen Schritt zurück.

Eine weibliche Stimme kreischt meinen Namen und als ich mich umdrehe, sehe ich, wie Tilly herbeieilt. „Blake, was tust du da? Er wird dich umbringen!"

„Halt dich da raus, Tilly", befiehlt ihr Spike. Sie hält in ihrer Bewegung inne und ihr Gesicht ist ziemlich blass.

„Nicht!", schreit sie.

Ihre Augen sind so groß und so voller Angst. Ich drehe mich um, um zu sehen, was sie so angsterfüllt anstarrt und sehe, wie der Monsterkerl mit dunklem Blick ein langes Messer hält. Er öffnet seinen Mund und sagt, „Du bist so was von tot, du Arschloch."

85

SORGLOSES GLÜCK

Rachelle

N achdem ich bei meinen Großeltern einen Zwischenstopp eingelegt habe, um die Eheringe abzuholen, die meine Urgroßeltern meiner Großmutter hinterlassen hatten, sitze ich in Kips Jet, der in Lubbock um zehn Uhr abends landet. Ich hoffe, dass Blake Zuhause ist und ich alles zwischen uns wieder in Ordnung bringen kann.

Endlich!

Ich stürze aus dem Flugzeug, miete mir ein Auto und rausche zu Blakes Haus. Ich weiß, dass es ziemlich wahrscheinlich ist, dass er mir sagt, ich solle verschwinden, doch darauf bin ich vorbereitet.

Wem versuche ich, etwas vorzumachen? Ich bin darauf überhaupt nicht vorbereitet und könnte entzweibrechen, wenn er mich abweist. Ich würde es verstehen, wenn er es täte, aber es würde mich innerlich umbringen.

Ein paar Minuten später stehe ich vor seinem Haus, doch sein Truck ist nicht da.

Verdammt!

Mein Herz setzt einen Schlag aus und ich muss mich dazu zwingen, meine Reise zur Liebe und zum Glück nicht aufzugeben. Ich sage mir, dass es nur ein Rückschlag ist. Die miesmacherische Einstellung, die ich manchmal habe, macht sich in mir breit, doch mein Herz rebelliert und will, dass ich weiter nach ihm suche.

Ich denke an die Liebesgeschichten, die ich in letzter Zeit gelesen habe und daran, dass die Helden für ihre Liebe bis zum Mond und wieder zurück gehen würden und schwöre mir, genau das zu tun. Nach alldem, was ich Blake angetan habe, muss ich hart arbeiten, um das wieder in Ordnung zu bringen.

Ich fahre weiter und werde wohl einfach nach seinem Truck Ausschau halten müssen. Er könnte ja im Supermarkt sein oder sich etwas zu Essen besorgen oder, hoffentlich nicht, in einer Bar sein. Wenn er deprimiert ist – und ich bin mir sicher, dass er das ist – dann könnte er sich irgendwo betrinken und dann betrunken nach Hause fahren. Ich muss ihn finden, bevor er irgendetwas Verrücktes wie so etwas macht.

Nicht weit von seinem Haus entfernt entdecke ich eine heruntergekommene Bar und sehe seinen Truck davor stehen. Ich wünschte, er wäre nicht dort. Ich parke neben dem großen Truck und atme tief durch. Es ist durchaus möglich, dass ich die Bar betrete und ihn in den Armen einer anderen Frau finde. Ich habe keine Ahnung, was ich tun würde, wenn ich ihn so sehe.

Ich werde mich beherrschen müssen, ihr nicht in den Hintern zu treten!

Die Musik ist laut und ich kann sie schon hören, als ich aus dem Mietwagen aussteige. Mein Herz schlägt schnell.

Bitte lass ihn allein seinen Kummer an einem Ecktisch wegtrinken!

Ich atme noch einmal tief durch, dann drücke ich die Tür kraftvoll auch, so, als ob ich im Wilden Westen einen Salon betreten würde und mit einer Schlägerei konfrontiert werden könnte.

86

BLAKE

Die Klinge des riesigen Messers, das der Dummkopf in seinen Händen hält, befindet sich zu nahe an meinem Bauch und glänzt, als die Lichter der Bar darauf reflektieren. Tilly steht direkt hinter mir und diese Tatsache macht den monströs großen Kerl nur noch wütender.

„Tilly, geh verdammt noch mal aus dem Weg und lass mich mit diesem Idioten abrechnen", knurrt er sie an.

Sie hört jedoch nicht auf ihn, sondern sagt stattdessen, „Spike, tu das nicht. Du bist doch gerade erst aus dem Gefängnis entlassen worden. Du willst nicht wieder zurück."

„Gefängnis!", höre ich mich schreien. „Du hast nie erwähnt, dass er im Gefängnis war. Weswegen denn?"

Die Art, wie sich Blakes Augen verdunkeln, lässt mich wünschen, dass ich nichts gesagt hätte. „Wie viel habt ihr eigentlich miteinander geredet, Tilly? Und was hast du sonst noch mit diesem toten Mann gemacht?"

„Nicht viel. Versteh doch, er wusste nicht, dass du im Gefängnis gewesen bist, weil du in einer Kneipenschlägerei einen Mann umgebracht hast. Das zeigt doch, dass wir uns kaum unterhalten haben."

„Ach du Scheiße! Wirklich? Eine Kneipenschlägerei?", sage ich und versuche, einen Schritt zurückzutreten, aber Tilly steht genau hinter mir und ich müsste sie aus dem Weg schieben, um mich in relative Sicherheit zu bringen, doch das wäre keine so gute Idee.

Spike steht direkt vor der Vordertür und ich schließe meine Augen und bete zum Himmel, dass jemand hereintreten und ihn aus dem Weg schubsen möge. Spike lacht. „Du betest wohl noch einmal, bevor du stirbst, Arschloch?"

Ich öffne meine Augen, um etwas Originelles zu erwidern, als ein kleiner Lichtstreifen durch die Tür fällt und jemand mit aller Kraft versucht, diese aufzudrücken. Spike fliegt mir entgegen, doch ich weiche ihm aus, drehe mich schnell um und greife nach seinem Arm, in dessen Hand er das Messer hält.

Dank meines Trainings bin ich ziemlich muskulös, weshalb ich ihm das Messer einfach aus der Hand ziehen kann, während er versucht, sein Gleichgewicht wiederzuerlangen. Ich drehe seinen Arm zurück und drücke ihn mit dem Gesicht auf den Tresen.

„Blake!"

Ich drehe meinen Kopf und erblicke eine schöne, junge Frau, auf deren Lippen mein Name liegt, und falle fast um, als ich sehe, dass es Rachelle ist.

„Rachelle, was zum Teufel machst du hier?", frage ich mit wahrscheinlich ziemlich überraschter Miene.

„Ich bin hierhergekommen, um dich mit nach Las Vegas zu nehmen, damit du Dummkopf mich heiraten kannst." Sie verschränkt ihre Arme vor sich und schaut den großen Mann an, den ich auf den Tresen drücke. „Ein neuer Freund?"

Tilly schaut um mich herum und sagt, „Nein, das ist er nicht. Blake, lass ihn los, ich kümmere mich um Spike."

Obwohl ich den Mann wirklich nicht loslassen will, denke ich, dass ich es tun muss, um die Frau, die ich liebe, in meine Arme zu schließen und mit ihr nach Las Vegas zu gehen. Ich schaue Tilly an. „Du kommst mit diesem Mann nicht klar, Tilly." Ich sehe mich um, entdecke einen anderen großen Kerl und rufe, „Hey, du."

Er deutet auf sich selbst und fragt, „Ich?"

„Ja, du", antworte ich und nicke mit dem Kopf. „Kannst du mal herkommen und dafür sorgen, dass dieser Kerl hierbleibt, während ich abhaue?"

Er nickt und kommt herüber. Er nimmt meine Position ein, drückt Spike hinunter und ich schließe Rachelle endlich in meine Arme. „Lass uns von hier verschwinden."

Wir gehen hinaus zu meinem Truck. „Wir sollten uns beeilen", sagt Rachelle. „Ich bezweifle, dass dieser Kerl in der Lage ist, den monströsen Mann lange niederzudrücken."

Weil ich weiß, dass sie recht hat, beeile ich mich, öffne die Fahrertür meines Trucks und helfe ihr hinein. Sie rutscht in die Mitte und ich klettere hinterher. Als ich den Truck anlasse, schaue ich zu ihr hinüber. Auf einmal bin ich wieder sehr nüchtern.

„Ich bin froh, dich zu sehen, Rachelle."

Ihr Lächeln erfüllt mein Herz und ich kann es kaum abwarten, dass sie mir gehört.

Als wir ausparken, schlinge ich meinen Arm um ihre schmalen Schultern und ziehe sie näher an mich heran, wobei ich ihr einen Kuss auf die Schläfe drücke. Sie lächelt zu mir auf und sagt, „Du scheinst wirklich froh zu sein, mich zu sehen."

„Ich bin auch wirklich froh, dich zu sehen. Ich habe meine Entscheidung, Los Angeles zu verlassen, sehr bereut." Ich drücke sie ein wenig, weil ich so glücklich bin, sie wieder halten zu können.

„Das hatte ich verdient, Blake. Es tut mir mehr leid, als sonst etwas in meinem ganzen Leben. Ich hoffe, dass du eines Tages dem dummen Mädchen, das ich bin, vergeben kannst." Sie wendet sich ab und runzelt die Stirn. „Ich habe oft versucht, dich anzurufen und habe dir viele Nachrichten geschrieben."

„Ich habe mein Handy weggeworfen", erkläre ich ihr. „Ich war der Meinung, dass ich dich und alle unsere Freunde hinter mir lassen müsste, um wirklich über dich hinwegzukommen. Doch trotzdem konnte ich nicht aufhören, an dich zu denken. Ich bin mir ziemlich sicher, dass ich morgen zu dir zurückgekommen wäre. Und ich nehme deine Entschuldigung an, Rachelle. Und bitte nenne dich nicht dumm, denn du bist alles andere als das, Baby."

Sie lächelt mich an und zieht etwas aus ihrer Handtasche, das in ihrer Hand im Licht des Armaturenbrettes glänzt. „Ich habe in Round Rock einen Zwischenstopp eingelegt und die Eheringe meiner Urgroßeltern mitgenommen. Sie sind nichts Besonderes, nur einfache Goldringe, aber ich hätte gerne, dass wir sie heute Abend für unsere Hochzeit verwenden. Das heißt, wenn du Lust dazu hast und mich immer noch willst."

„Ich will dich immer noch! Denk bloß nichts anderes." Ich halte kurz inne, weil ich nicht will, dass sie das Gefühl hat, mich heiraten zu müssen. „Rachelle, ich will dich nicht zu etwas drängen, wofür du nicht bereit bist."

„Ich bin bereit." Sie schaut mich mit einem Stirnrunzeln an. „Blake, ich muss das tun. Ich brauche dich in meinem Leben, für immer. Ich will dich, wie ich es nie für möglich gehalten hätte. Du hast recht mit der Sicherheit, die die Ehe bietet. Ich will das und ich will alles, mit dem du mich und unsere Familie, die wir eines Tages haben werden, versorgen willst."

Ihre Worte klingen wie Musik in meinen Ohren. Sanft und wunderschön und etwas, auf das ich so lange gewartet habe.

RACHELLE

Wir fuhren auf direktem Weg zum Flughafen zurück, wo wir in Kips Jet stiegen. Zum Glück hat Blake meine Entschuldigung angenommen und zugestimmt, mich heute Abend in Las Vegas zu heiraten. Kip, Peyton, Max und Lexi sind jetzt gerade auf ihrem Weg dorthin, wo wir uns alle an der kleinen Hochzeitskapelle treffen werden.

Blake verteilt die ganze Zeit Küsse auf meinem Körper und murmelt, wie sehr er mich liebt, während ich in dem Flugzeug auf seinem Schoß sitze. Meine Arme sind um seinen Nacken geschlungen, mein Gesicht liegt an seiner breiten Brust. Ich kann anscheinend nicht genug von ihm zu bekommen.

In der Privatsphäre, die uns die Kabine des Jets bietet, rücke ich ein Stück von ihm ab und schaue Blake an. Seine blau-braunen Augen blicken direkt in meine und er lächelt mich an. „Danke, dass du hergekommen bist, um mich mitzunehmen. Ich nehme an, ich hätte nie aus L.A. weggehen sollen. Das war ziemlich dumm von mir.“

Ich lege meinen Finger auf seine Lippen. „Lassen wir die Vergangenheit und all die Fehler oder Dummheiten, die wir uns gegenseitig angetan haben, hinter uns. Ich will mit dir nur nach vorn gehen, Blake."

Ich nehme meine Finger von seinen Lippen und ersetze sie stattdessen mit meinem Mund. Seine Hände wandern über meinen Rücken, während er meinen Kuss erwidert. Seine Zunge streicht über meine und wir beide stöhnen auf.

Mein Körper fängt Feuer und auf einmal werde ich von einem unglaublich starken Verlangen nach ihm erfüllt. Ich drehe mich in seinem Schoß um, damit ich mit einem Bein rechts und einem links von ihm knien kann. Kurz darauf drückt sich seine Erektion in meine weiche Mitte. Ich reibe mich gegen ihn, dann löst er plötzlich seinen Mund von meinem.

„Führt die kleine Tür am Ende der Flugkabine zu einem Schlafzimmer?", fragt er mich.

„Ja, ich habe mich auf meinem Weg nach Lubbock ein wenig hier umgesehen. Willst du hineingehen?"

Er steht auf, hält mich in seinen starken Armen und trägt mich zu dem kleinen Schlafzimmer, wo er mich spielerisch auf das Bett fallen lässt. „Zieh dich aus."

Ich kichere, knie mich hin und knöpfe meine Bluse auf. Sie fällt hinunter und ich greife nach hinten, um den BH aufzumachen, während Blake mich beobachtet. Sobald meine Brüste frei sind, hält er eine Hand nach oben.

„Warte mal kurz." Blake lehnt sich über mich und nimmt eine meiner Brüste in den Mund, dann saugt er an ihr, wodurch ich sofort feucht werde.

Ich fahre mit meinen Händen nach unten und drücke gegen seine Erektion, die durch seine Hose immer noch von mir getrennt ist. Ich finde den Knopf, öffne ihn, ziehe den Reisverschluss nach unten und greife hinein. Dann streiche ich über die weiche Haut, die sich um sein steinhartes Glied schmiegt, nach dem ich mich verzehre.

Während ich mit meiner Hand seine harte Länge auf und abstreiche, saugt und knabbert Blake an meiner Brust. Ich stöhne seinen

Namen, was ihn dazu veranlasst, noch stärker zu saugen, wodurch Elektrostöße direkt in meine Geschlecht fahren.

Ich fühle mich so unglaublich gut, dass ich schon allein davon kommen könnte. Seine Hände wandern über meinen Körper, eine von ihnen streicht zwischen uns über meine Vorderseite. Ich zittere vor Verlangen.

Er zieht sich ein Stück zurück und lächelt mich an. „Beeilen wir uns, diese Kleider loszuwerden."

Ich nicke zustimmend. Er steht auf und streift seine Kleider ab, während ich meine restlichen Kleidungsstücke ausziehe und sie auf den Boden werfe.

Sein Körper ist so verdammt heiß und ich kann kaum glauben, dass er bald mein Ehemann sein wird. Ich krieche zurück, als er auf mich zukommt. Dann lege ich meinen Kopf auf eines der flauschigen Kissen und schaue ihm in die Augen.

„Ich liebe dich", sagt er mir und legt dann seine Lippen auf meine. Er küsst mich so sanft, dass ich beinahe weinen möchte. Er zieht sich zurück und ich kann sehen, wie seine Augen glänzen. „Ich liebe dich wirklich, Rachelle."

„Ich liebe dich, Blake." Meine Stimme bebt vor Emotionen.

Seine Hand legt sich um meinen Hinterkopf, als er mich wieder küsst. Der sanfte Kuss wird schnell leidenschaftlich, während er seinen Körper an meinen drückt. Ich will, dass er mich mit seinem harten Glied füllt, aber er tut es nicht.

Mit einer Hand wandert er nach unten und streicht mit seinem Finger über meinen Kitzler, weshalb ich mich ihm noch weiter entgegen wölbe. Geschickt bewegt er seine Finger über meine Falten, die immer heißer werden. Er dringt mit ihnen ein kleines bisschen in mich ein, was meine Tortur jedoch nur vergrößert.

Ich reibe mich gegen ihn und ich kann in unserem Kuss sein Lächeln spüren. Er löst unseren Kuss, doch unsere Lippen liegen noch leicht aufeinander, als er sagt, „Was willst du, Rachelle?"

„Dich", stöhne ich. „Ich will dich in mir, Blake."

Er legt seine Hände auf meine Hüften, über die er seine Nägel zieht, was mich zum Stöhnen bringt und weshalb ich mich vor Verlangen winde. „Ich werde dich jetzt ficken."

„Bitte", bettle ich. „Bitte fick mich, Blake."

In einer glatten Bewegung holt er aus und stößt hart in mich. Ich schreie auf, als die Luft aus meinem Mund gepresst wird und ich ihn tief in mir spüre. Ich schlinge meine Beine um seine Hüfte. „Blake!"

„Schhhh ... du schreist erst, wenn ich es dir sage", befiehlt er, während er sich fast komplett aus mir zurückzieht, um dann wieder kräftig in mich zu stoßen.

Ich muss mich dazu zwingen, nicht zu schreien, weil es sich so unglaublich anfühlt und ich nur noch laut schreien will. Ich tue jedoch, was er sagt und bleibe ruhig. Er dringt in mich ein und zieht sich wieder zurück und befördert meinen Körper mit seinen harten Stößen in ein anderes Universum.

Mein Kopf fühlt sich an, als würde ich schweben, als ich mein Stöhnen zurückhalte. Kleine Wellen fangen an, sich in mir auszubreiten und ich bemerke, dass die ganz große Welle kurz davorsteht, zu brechen. Blake schwächt seine harten Stöße ab, lehnt sich ein wenig zurück und sieht mich an. „Sag meinen Namen, Rachelle."

„Blake", stoße ich hervor.

„Komm."

Bei diesem Wort lasse ich gehen, wobei ich tief stöhne.

„Gott, du bist sogar noch schöner, wenn du kommst, Rachelle."

Er zieht seinen Körper von meinem, doch mir ist kalt und ich will ihn wieder dort haben, wo er gerade war. Er dreht mich um, fährt mit seinen Händen über meinen Rücken hinunter bis zu meinem Hintern. Er schlägt hart auf eine Backe und ich spanne die Muskeln in Erwartung eines weiteren Schlages an, den er mir schnell auf die andere gibt.

Dann berühren seine Lippen die Stelle, die er zuerst geschlagen hat. Seine Zunge streicht darüber und ein Kribbeln breitet sich dort aus. Währenddessen knetet er mit seinen Fingern meine andere Pobacke. Er löst seinen Mund von meinem Fleisch und kniet sich hinter mich.

Er schlingt seine Hände um meine Hüfte und zieht mich auf

meine Knie. Ich erwarte, dass er mit seinem Glied in mich eindringt, und mein Körper zittert schon mit Erwartung. Doch stattdessen legen sich seine Lippen auf meine Vagina, seine Zunge dringt in mich ein, während seine Finger meinen Kitzler finden und über ihn rollen.

Das Gefühl lässt meine Säfte geradezu aus mir herauslaufen, die er hungrig aufleckt. Die Art, wie er meinen Kitzler reibt, lässt mich schon wieder die Kontrolle verlieren und ich komme in seinen Mund.

Blake löst sich von mir, greift meine Hüften und stößt in mich hinein. An seinem Stöhnen kann ich erkennen, dass er es liebt, wie meine Vagina um ihn herum pulsiert. Er stößt langsam in mich, während ihm das Gefühl ein Stöhnen entlockt.

Mein Orgasmus beginnt nachzulassen, doch dann bewegt er sich schneller und stößt härter in mich. Die Art, wie seine Eier gegen meinen Hintern klatschen, macht mich unglaublich scharf, weshalb ich mich auf meine Ellenbogen stütze, damit er tiefer in mich eindringen kann.

Ein Stöhnen dringt aus meinen Lippen und ich spüre, wie ein harter Schlag auf meinem Hintern landet. Ich beiße mir auf die Lippe, um das nächste Stöhnen zurückzuhalten, doch es ist zwecklos. Sobald es aus meiner Kehle dringt, gibt mir Blake wieder einen Schlag auf den Hintern.

Das stechende Gefühl, das er dadurch auslöst, sendet einen Rausch durch meinen Körper, was mich wiederum zum Stöhnen bringt. Daraufhin landet ein weiterer Schlag auf meinem Hintern und eine Hand greift in mein Haar, dass er hart zurückzieht.

Bei dem Gefühl schnappe ich nach Luft und schreie leicht auf. „Fuck! Blake!"

Sein Körper spannt sich an, dann füllt mich seine Hitze aus, während er stöhnt und sich über meinen Rücken beugt.

Er bleibt in mir, bis die letzten Wellen verebbt sind, dann lässt er mich herunter. Sein Körper liegt noch einen Moment auf meinem, doch dann rollt er sich auf die Seite, während wir beide keuchen und versuchen, wieder zu Atem zu kommen.

Das war der Anfang einer fantastischen Nacht!

88

BLAKE

Alles was ich sehen kann, ist sie. Rachelle läuft den Gang mit dem blauen Teppich hinunter, mir entgegen. Kleine, weiße Bänke säumen beide Seiten. Max und Lexi sitzen auf der einen und Kip und Peyton auf der anderen.

Rachelle strahlt und in dem weißen Hochzeitskleid, das wir gekauft haben, als wir in Las Vegas ankamen, sieht sie wie ein Engel aus. Sie hält einen Blumenstrauß mit pfirsichfarbenen Blumen in der Hand, während sie mir entgegenkommt.

Mein Herz schlägt schnell in meiner Brust, als sie bei mir ankommt und Peyton die Blumen überreicht. Ich nehme ihre Hände in meine und kann kaum glauben, dass das hier endlich passiert. „Hi", sage ich.

„Hey", entgegnet sie mit einem Lächeln.

Ich erwidere es. „Ich bin froh zu sehen, dass du gekommen bist."

„Ich bin froh, dass du hier auf mich wartest. Ich war mir nicht sicher, dass du hier sein würdest." Sie kichert.

„Ich war mir nicht sicher, ob du kommen würdest", antworte ich mit einem Glucksen. „Das Glück ist uns heute Abend wohl gnädig."

„Da muss ich dir recht geben, Blake. Es ist heute Abend mit uns beiden gnädig." Ihr Lächeln bringt mein Herz zum Schmelzen.

Der Standesbeamte räuspert sich und ich nehme an, dass er mit der Zeremonie beginnen will. Widerstrebend wende ich mich ihm zu und er spricht uns vor, was wir uns gegenseitig versprechen sollen.

Ich spüre, wie die Worte durch meinen Körper hallen, denn noch nie hatte ich irgendetwas so ernst gemeint. Ich verspreche etwas und verschreibe mich dieser Sache dann mit jeder Faser meines Selbst.

Diese Frau gehört mir, um sie zu beschützen, zu lieben, für sie zu sorgen und sie für immer an meiner Seite zu halten. Das ist eine große Verantwortung und in diesem Moment drehen sich meine Gedanken nur darum, wie ich ihr gerecht werden kann.

89

RACHELLE

Peyton, Lexi und ich tanzen zu der rockigen Musik, denn Kip hat es geschafft, die kleine Band zu überreden, eines seiner Lieder für uns zu spielen. Wir schreien, als ob wir die größten Fans wären, was wir vermutlich auch sind.

Eine Hand streicht über meine Seite und Lippen legen sich auf meine Wange, als sich Blake hinter mich stellt, seine Arme um mich schlingt und mich zu der Musik bewegt. Seine Worte fühlen sich ganz warm an meinem Ohr an, als er sagt, „Ich liebe dich, Frau Chandler".

Mein Mund verzieht sich zu einem schrägen Grinsen, als ich an meinen neuen Namen denke. Ich bin Blakes Ehefrau! Eines Tages werde ich die Mutter seiner Kinder sein!

Egal, was in diesem verrückten Leben passiert, ich werde immer an diese Augenblicke zurückdenken, in denen wir eins wurden.

Ich drehe mich in seinen Armen und lege meine Hände um seinen Hals, während wir zusammen tanzen. Max hat einen Arm um Lexi und einen um Peyton gelegt, während sie sich zu der Musik wiegen und uns beobachten.

Max nickt mir mit einem Lächeln zu. Wenn er nicht so schonungslos ehrlich mit mir gewesen wäre, dann würde ich jetzt vielleicht nicht in den Armen des Mannes tanzen, den ich liebe. Ich forme mit meinen Lippen die Worte ‚Danke‘ und lege meinen Kopf auf Blakes Schulter.

Ich küsse seinen Hals, während er uns zu der Musik bewegt. Sein Brustkorb vibriert gegen meinen, als er aufstöhnt. Ich flüstere in sein Ohr, „Lass uns nach diesem Lied auf unser Zimmer gehen, okay?“

Blake nickt und tanzt uns näher zu Max und den beiden Frauen hinüber. „Hey Leute, wir verschwinden nach diesem Lied für den Abend. Treffen wir uns doch alle morgen zum Frühstück.“

Sie lachen und Max erwidert, „Ich habe schon verstanden. Ihr wollt die Ehe vollziehen, das haben wir schon mitbekommen.“

Ich werde rot und verstecke mein Gesicht, während uns Blake von unseren Freunden weg tanzt. Ich lehne mich an ihn und er hält mich fest in seinen Armen, als er mich zum Aufzug führt. Es sind noch andere Menschen darin, doch ich wünschte, wir wären allein, denn ich kann nur noch daran denken, meine Kleider auszuziehen und mich um meinen Ehemann zu schlingen.

So wie Blake mich mit hungrigen Augen ansieht, weiß ich, dass er das Gleiche denkt. Als sich die Aufzugtüren auf unserem Stockwerk öffnen, zieht er mich hinaus und wir rennen den langen Flur entlang zu unserem Hotelzimmer.

Er öffnet die Tür mit der Karte und drückt sie auf. Ich bin gerade dabei, über die Schwelle zu treten, als er mich hochhebt und ins Schlafzimmer trägt. Sein Mund legt sich auf meinen, während er mich hineinträgt und die Tür hinter uns schließt.

Er stellt mich wieder ab und löst seinen Mund von meinem. Dann schaut er mich eindringlich an. „Wie geht es dir?“

„Besser als je zuvor“, antworte ich, strecke meine Hand aus und schiebe ihm das Jackett seines schwarzen Anzugs von den breiten Schultern. Danach knöpfe ich sein weißes Hemd auf und fahre mit meinen Händen über seine muskulöse Brust.

Er zieht mich dicht an sich heran, streicht mit seiner Hand über meinen Rücken, wo er das weiße Kleid öffnet und es von meinen

Schultern schiebt. Es rutscht an meinem Körper nach unten und landet in einem Haufen zu meinen Füßen.

Blake schiebt mich einen Schritt zurück, wobei ich gleich meine hohen Schuhe ausziehe. Jetzt stehe ich nur noch in meinem Spitzen-BH und Höschen vor ihm. Ich schiebe den Rest seines Hemdes zur Seite, dann knöpfe ich seine Hose auf und ziehe sie ihm herunter. Jetzt hat er nur noch seine schwarze Boxer Shorts an.

Er öffnet meinen BH, lässt ihn fallen und zieht mich dicht an sich heran, wobei meine bloßen Brüste gegen seine nackte Brust drücken. Er seufzt und drückt mich ein Stück von sich weg. Dann tritt er einen Schritt zurück und fährt mit seinen Händen über meine Hüfte. Dabei zieht er mir das Höschen aus, bevor er sich seiner eigenen Unterwäsche entledigt.

Seine Finger streichen über mein Geschlecht, dann hebt er mich hoch und trägt mich zum Bett. Dort legt er mich auf die Kissen, schaut mir in die Augen und ich kann ganz ehrlich sagen, dass ich mich noch nie so geliebt gefühlt habe.

Und so beginnt unsere Ehe!

Er verteilt sanfte Küsse, von den Zehen angefangen, auf meinem Körper, bis seine Lippen schließlich auf den meinen liegen. Sie schmecken süß und gehören nur mir, mir allein. Ich lege eine Hand um seinen Nacken, um seine Lippen härter auf meine zu drücken.

Sein Kuss wird intensiver und sendet Schauer durch meinen Körper, als Blake mit seinen Fingerspitzen leicht über meine Rippen streichelt. Meine Gefühle für ihn lassen mich aufseufzen. Das Davonlaufen und die Unsicherheiten sind vorüber. Damit habe ich abgeschlossen und gehe mit diesem Mann und unserem gemeinsamen Leben nur noch nach vorn.

Meine Brüste sind gegen seinen muskulösen Oberkörper gepresst und ich kann spüren, wie das Herz in seiner Brust schlägt. Es schlägt stark und gleichmäßig und ich könnte ihm für immer zuhören. Als Blake seinen Mund von meinem löst, lässt er seine Zunge noch ein bisschen auf meinen Lippen verweilen.

Seine blau-braunen Augen blinzeln hin und wieder, während er mich ansieht. „Rachelle, ich war noch nie so glücklich. Das hier kommt mir wie ein Traum vor."

„Das ist kein Traum, Blake. Wir sind verheiratet. Wir sind dabei, einen gemeinsamen Weg zu gehen. Nur du und ich." Ich küsse seine Lippen, um meiner Aussage mehr Gewicht zu verleihen.

Er streicht mit seinen Fingern über meine Wangen, löst seinen Mund von meinem und schaut mich an, während er über mein Gesicht streicht. „Du bist so schön. Du bist meine Zukunft, Baby."

„Und du gehörst mir."

Er drückt seine Lippen auf meine Stirn und seine starken Gefühle strahlen regelrecht aus ihm heraus. Er verteilt kleine Küsse von meiner Stirn über meine Wangen, bis er an meinem Nacken ankommt, wodurch Hitze durch meine unteren Regionen schießt.

Mit beiden Händen greift er nach meinen Brüsten und drückt meine Beine auseinander, als er seinen Körper langsam auf meinen legt. Mein Körper verzehrt sich nach ihm und sein absichtlich langsames Tempo bringt mich fast um den Verstand.

Bei Blake ist das Vorspiel sehr wichtig, weshalb ich mit meinen Händen über seinen Rücken streiche. Dabei genieße ich, wie gut sich seine Muskeln unter meiner Berührung anfühlen. Sein Glied liegt dick und hart an meinem Bein. Ich kann spüren, wie es pulsiert, als es weiter anwächst. Gleichzeitig steht mein Körper in Flammen, weil er sich danach verzehrt, ihn in sich zu spüren.

Sein warmer Atem streicht über mein Ohr, als er seinen Mund dagegen drückt und einfach nur atmet. Das Geräusch seines Atems und das Gefühl an meinem Ohr lassen mich sogar noch feuchter werden und ich wölbe mich ihm entgegen. „Bitte", stöhne ich. „Bitte, Blake, füll mich aus. Ich brauche dich, Baby."

„Das weiß ich", murmelt er, während er meinen Hals und meinen Oberkörper hinab küsst, bis seine heißen Lippen an meinem pulsierenden Kitzler liegen.

Allein davon komme ich schon fast, doch er unterbricht das, was er gerade vorhatte, um zu mir aufzuschauen. „Komme nicht, bevor ich es dir sage."

Ich muss beide Hände in das Bettlaken krallen, um den

Orgasmus zurückzuhalten, aber ich tue, was er sagt. Sein Mund legt sich wieder heiß und nass auf mich.

Ich stöhne bei seinen Küssen, als er anfängt, mich zu lecken. Meine Beine beginnen zu zittern, weil ich versuche, den bevorstehenden Orgasmus zurückzuhalten.

Seine Zunge streicht nach unten und wieder nach oben. In einer glatten Bewegung legt er seinen Körper auf meinen und dringt in mich ein. Dabei schaut er mich an und befiehlt, „Komm."

Ich lasse die Laken los und fahre mit meinen Händen über seinen Rücken. Während Welle nach Welle über mir zusammenschlägt, kratze ich mit meinen Fingernägeln über seinen Rücken, was ihn zum Stöhnen bringt, und er immer wieder in meinen zuckenden Körper stößt. „Verdammt! Das fühlt sich so unglaublich gut an, Baby."

Meine Beine zittern und beben, während sein Glied wieder und wieder in mich eindringt, um meinen Orgasmus zu verlängern. Ich meine fast, durch die starken Gefühle zu platzen. Während mein Körper in Ekstase schwimmt, dringt ein tiefes Stöhnen aus meiner Kehle, das allmählich zu einem schrillen Schrei anschwillt.

Sein Mund legt sich hart auf meinen, um den Schrei zu ersticken. Dabei bewegt er sich immer schneller und härter. Schließlich versteift er sich und kommt in mir. Mein Orgasmus erreicht ein neues Hoch und ebbt wieder ab, wobei kleine Stöße durch meinen Körper zucken.

Mein Oberkörper hebt sich schnell, als ich versuche, wieder zu Atem zu kommen. Aus demselben Grund löst Blake seinen Mund von meinem. „Wow!", bringe ich heraus.

„Da hast du recht, wow!", stimmt mir Blake zu.

Er rollt sich von mir herunter und ich genieße die kühle Luft, die meinem Körper hilft, abzukühlen. Er verschränkt seine Hand mit meiner, als er sich neben mich legt. Ich fange an zu kichern. „Also, das war ein wenig anders als sonst, oder?"

„Du hast das auch gespürt?", fragt er mit abgehacktem Atem.

„Ja. Ich nehme an, dass sich unsere Körper gerade richtig gehen gelassen haben, jetzt, da wir wissen, dass niemand von uns weggeht", erwidere ich. Dann drehe ich mich auf die Seite und lege meinen Kopf auf seine sich hebende Brust.

Er legt seine Arme um meine Schultern, um mich dicht an ihn zu ziehen, und küsst meinen Kopf. „Vielleicht. Ich weiß nicht genau warum. Ich weiß nur, dass ich richtig froh bin."

Ich weiß nur, dass ich auch richtig froh bin!

90

BLAKE

W ir sind erst drei Jahre verheiratet, doch Rachelle hat den Durchbruch geschafft. Ihr Restaurant hat gerade erst eine Fünf-Sterne Bewertung erhalten und sie bekam ein Angebot für eine Fernsehserie, in der sie jede Woche neue Köche zu Gast haben wird.

Sie sagt zwar, dass sie keine Zeit dafür hat, aber ich bin mir sicher, dass sie die Zeit dafür finden wird. Ich biege in unsere Einfahrt zu unserer großen Hütte in Colorado ab und drehe mich, um zu unseren Kindern zu sehen.

An unserem ersten Hochzeitstag besuchten Rachelle und ich das Kinderheim und stellten fest, dass die kleine Sally und Toby Portis zur Adoption standen, weshalb wir sie zu uns holten. Ein Jahr später bekamen wir einen Sohn. Wir nannten ihn Josh und er ist jetzt ein bisschen älter als ein Jahr.

Unser Dalmatiner, Freckles, läuft uns entgegen, um uns zu begrüßen, als Toby und Sally aus dem Suburban klettern. Sie rennen dem Hund entgegen, den wir uns nur wenige Tage nach unserer Hochzeit zugelegt hatten. Toby tätschelt ihr den Kopf, Sally streichelt über ihren Rücken und die beiden fragen sie, ob sie sie denn in der Zeit, in der wir einkaufen waren, vermisst habe.

Ich hebe Josh aus seinem Autositz und stelle ihn auf den Boden. Er tapst mit unsicheren Schritten zu seinem Bruder und seiner Schwester hinüber. In dem Moment öffnet Rachelle die Haustür und winkt mir zu.

Sie hatte heute einen Termin und ich bin gespannt darauf, herauszufinden, aus welchem Grund, denn sie hatte mir einfach nur gesagt, dass ich mich heute um die Kinder kümmern müsse und dass sie später zurück sein werde. Nun ja, jetzt ist später und ich kann es kaum erwarten, herauszufinden, warum sie bei einem Arzt war.

Sie lächelt breit, als ich die Stufen hinaufsteige und gleichzeitig Josh helfe, sie hochzuklettern. Die anderen Kinder rennen an Rachelle vorbei ins Haus hinein. Oben angekommen lasse ich Joshs Hand los und er folgt seinen großen Geschwistern ins Haus.

Ich nehme meine Frau in die Arme, küsse sie und frage dann, „Also, was ist los mit dir?"

Sie streicht mit ihrer Hand über mein Gesicht. Sie liebt den Bart, den ich neuerdings trage. Ich bin der Meinung, wenn wir schon in der Wildnis leben, dann sollte ich zumindest teilweise wie ein Bergmensch aussehen. Sie seufzt und küsst meine bärtige Wange.

„Nichts besonderes, ich bin einfach nur zum Arzt gegangen." Sie streicht mit ihren Fingern über meinen Bizeps, dann drückt sie ihn in ihrer Hand und winselt leise. „Ich liebe es, wie sich das anfühlt. Allein das macht mich schon so richtig heiß, Blake."

„Baby, hör auf, mit mir zu spielen. Geht es dir gut?" Ich nehme ihr Kinn in meine Hand und zwinge sie dazu, in mein Gesicht anstatt auf meinen Arm zu sehen.

„Es geht mir fantastisch. Ich bin nicht zum Arzt gegangen, weil es mir schlecht geht. Hast du Hunger?", lenkt sie vom Thema ab. „Ich habe dieses neue Rezept mit Garnelen und Hummer ausprobiert. Die Soße ist mit Mangos gemacht. Sie ist wirklich köstlich. Komm mit, du musst sie versuchen." Sie zieht mich ins Haus, wo die Kinder streiten, welchen Zeichentrickfilm sie sehen wollen.

Sie bleibt stehen und geht zum Fernseher, wobei sie mich mit sich zieht. Mit der Fernbedienung schaltet sie den Lieblingsfilm der Kinder ein, von dem sie jedoch immer vergessen, dass sie ihn alle mögen.

Sofort fallen sie in einen Fernseh-Zombie-Modus und setzen sich, fasziniert von dem, was auf dem Bildschirm zu sehen ist, auf das Sofa.

Sogar der kleine Josh setzt sich auf seinen Hintern und scheint von den Farben oder den Geräuschen oder der Kombination der beiden komplett eingenommen zu sein. Rachelle zieht mich in die Küche.

Auf der Theke steht ein Kuchen und ich recke meinen Hals, um in anzusehen. Doch Rachelle nimmt mein Gesicht in ihre kleinen Hände und zwingt mich, sie anzusehen. „Noch nicht. Ich will nicht, dass du ihn jetzt schon siehst."

„Warum? Was verheimlichst du mir?", frage ich, während ich meine Arme um sie lege und sie dicht an mich heranziehe. „Du verhältst dich schon die ganze Woche so mysteriös. Hast du das Fernsehangebot angenommen? Ist das deine Art, mir zu sagen, dass wir einmal in der Woche ein Filmteam im Haus haben werden?"

Sie schüttelt den Kopf und lächelt, doch sie sagt nichts. Ihre Augen nehmen einen weichen Ausdruck an, sie legt ihre Arme um meinen Hals und küsst mich. Es ist ein süßer und leichter Kuss, aber da steckt mehr dahinter. Ihre Zunge fährt sanft über meine und ihr Puls schlägt stark und gleichmäßig, aber nicht so schnell, als wenn sie sonderlich erregt wäre.

Ihre Hände wandern über meinen Rücken nach unten, bis sie schließlich meine Pobacken mit ihnen umschließt, sie drückt und mich dann an sie presst. Sofort wird ihr Kuss hungriger und sie reibt sich an mir.

Obwohl ich sie unglaublich gerne hochheben und in unser riesiges Schlafzimmer tragen will, löse ich mich von ihr und lache. „Okay, sag es mir. Hör auf, mir ständig auszuweichen."

„Du siehst so verdammt gut aus, Blake!" Sie versucht, mich wieder an sich zu ziehen.

Doch ich halte ihre Arme fest und zwinge sie dadurch, still zu stehen. „Sag es mir jetzt!"

Ihr Handy, das auf der Theke neben uns liegt, klingelt und wir beide sehen, dass Peytons Name aufleuchtet. „Ich sollte rangehen", bemerkt sie. „Sie sind alle auf dem Weg hierher. Sie könnte mir etwas Wichtiges sagen wollen."

Widerwillig lasse ich sie los, damit sie den Anruf annehmen kann. „Hey Mädchen!", sagt sie und schaut mich an. Ich gehe davon, um einen Blick auf den Kuchen zu werfen. Es sieht so aus, als wäre etwas darauf geschrieben.

Doch ihre Hand schießt vor, greift nach meinem Handgelenk und hält es fest. Ich schaue sie an, aber sie schüttelt den Kopf und sagt dann ins Telefon. „Okay, wir sind hier. Wir sehen uns dann in einer Stunde." Sie beendet den Anruf und legt das Telefon zurück auf die Theke. Sie legt ihre Arme um meinen Nacken und fragt, „Wo waren wir stehengeblieben?"

Ich lege meine Arme um ihre Taille und antworte, „Du wolltest mir gerade erzählen, warum du zum Arzt gegangen bist."

„Wollte ich das?", fragt sie, während sie mich unschuldig anlächelt. „Ich bin mir da nicht so sicher. Ich glaube, ich wollte dich noch ein bisschen länger küssen."

„Deine Augen glänzen vor Freude, Baby. Sag es mir einfach, damit meine auch so glänzen können." Ich gebe ihr einen Kuss auf ihre putzige, kleine Nasenspitze und gleichzeitig einen Schlag auf den Hintern. „Zwing mich nicht dazu, dich in unser Zimmer zu tragen."

Ihre Augen leuchten auf und sie windet sich in meinen Armen. „Hmm, vielleicht wäre das sogar noch besser."

„Rachelle, jetzt!", befehle ich und schaue sie mit strengem Blick an, bei dem sowieso niemand tut, was ich will, aber ich kann ihn mir anscheinend nicht abgewöhnen.

„Okay, du herrischer Kerl!", lenkt sie ein. Dann dreht sie sich in meinen Armen um und führt mich zum Kuchen. „Lies."

Es ist mein Lieblingskuchen, ein französischer Vanillekuchen. Darauf zu sehen ist ein lila Schriftzug sowie, aus welchem Grund auch immer, vier Kerzen. Ich lese laut vor, „Für Blake, den besten Papa der Welt." Ich wende mich ihr zu, als sie anfängt, die Kerzen anzuzünden. „Danke, Süße, aber wofür stehen die Kerzen?"

„Sie stehen für deine Kinder." Sie lächelt mich an und legt dann meine Hand auf ihren flachen Bauch. „Du hast jetzt eines mehr."

„Was? Wie zum Teufel? Rachelle, ich dachte, du nimmst die Pille! Ich meine, das tust du doch, oder?", schreie ich.

So wie sie mich anschaut, bereue ich, dass ich sie angeschrien habe. Auf ihrem Gesicht liegt ein verletzter Ausdruck und ihre Wangen sind rot. „Es tut mir leid."

Ich ziehe sie in meine Arme und lache. „Nein! Das muss dir nicht leidtun. Ich bin nur überrascht. Ich freue mich darüber. Ich dachte nur, dass wir uns noch ein paar Jahre Zeit lassen würden, das ist alles. Du weißt schon, wir haben doch darüber geredet."

„Nun ja, ich habe in letzter Zeit ein paar Mal vergessen, meine Pille zu nehmen. Ich hab's verbockt und jetzt sind wir wieder schwanger. Ich habe das nicht mit Absicht getan. Ich habe mit dem Restaurant, den Kindern und allem nur so viel zu tun, dass ich es immer wieder vergessen habe", gesteht sie mit erstickter Stimme.

„Weine nicht, Baby!" Ich halte sie fest. „Das sind tolle Neuigkeiten!"

„Wirklich? Ich meine, ist das in Ordnung für dich?" Sie schaut mich an. In ihren Augen schwimmen Tränen und mein Herz zieht sich zusammen.

„Das ist mehr als in Ordnung, Rachelle." Ich küsse ihre Lippen sanft, während sie mit ihren Händen durch meine Haare streicht und sie darin verkrallt.

Jetzt weiß ich auch, warum sie so schnell so erregt war, als sie mich ins Haus zog. Während der letzten Schwangerschaft lernte ich eine Seite von ihr kennen, die ich noch nie zuvor an ihr gesehen hatte. Die Hormone machen sie praktisch unersättlich.

Was habe ich nur für ein Glück!

91

RACHELLE

Grillen zirpen und Kojoten heulen, als ich im Bett liege und darauf warte, bis Blake sich zu mir legt, nachdem er den Kindern ihre Gutenacht-Geschichte vorgelesen hat. Er ist, ohne zu übertreiben, der beste Vater der Welt. Genauso wie er auch der beste Ehemann ist.

Vor sechs Monaten fand ich heraus, dass ich wieder schwanger bin. Das ist unser zweites leibliches Kind und auch wenn sie nicht geplant war, lieben wir sie nicht weniger als unsere anderen Kinder.

In nur drei Jahren haben wir es geschafft, unsere Berghütte mit einer echten Familie zu füllen und mit dem Hund, von dem mein Mann geträumt hatte, zu vervollständigen. Wir brachten meine Mutter in einer Klinik unter, die ihr mit ihren vielen Problemen helfen wird. Es war ein Alptraum, für meinen Vater Hilfe zu finden, aber schließlich fanden wir eine Organisation, die ihn unter der Brücke wegholte.

Er ist immer noch total verrückt, aber zumindest ist er das jetzt innerhalb eines Gebäudes. Ich habe beschlossen, dass es besser ist, mich von ihm fernzuhalten, da er dazu neigt, auf mich loszugehen, während er über meine Mutter schimpft und Dinge um sich wirft.

Es reicht mir, dass ich ihn von der Straße weggeholt habe. Damit kann ich leben.

Ich würde gerne behaupten, dass ich zu einhundert Prozent geheilt bin und keine emotionalen Probleme mehr habe, aber das wäre eine Lüge. Ich muss mit mir selber kämpfen, um Blake mich so lieben zu lassen, wie er es will. Manchmal denke ich, dass er zu gut ist, um wahr zu sein. In solchen Momenten ziehe ich mich etwas zurück.

Ich würde ihn jedoch niemals verlassen. Ich würde diese Familie, die wir zusammen aufgebaut haben, niemals verlassen. Wenn mein Verstand durchdreht, werde ich meistens ganz still, und Blake versteht von allein, was gerade mit mir los ist. Dann liebt er mich wieder zu meinem normalen Selbst zurück. Darin ist er wirklich gut.

Die Tür öffnet sich und mein wunderbarer Mann betritt das übergroße Schlafzimmer. Er trägt eine Schlafanzughose und ein weiches, graues T-Shirt mit V-Ausschnitt. Er sieht gut aus und sein Bart ist ordentlich gestutzt.

Ich liebe seinen Bart. Das hätte ich nie für möglich gehalten, aber die Art, wie er sich an meiner Haut anfühlt, macht mich ein wenig verrückt, auf gute Weise.

„Hey Baby", sagt er, als er sein T-Shirt über den Kopf zieht, wobei sein Bizeps hervortritt. Als mein Blick auf seine gespannten Bauch- und Brustmuskeln fällt, nimmt mir der Anblick fast den Atem.

Ich lecke über meine Lippen, während Hitze durch meinen Körper schießt, und schaue in seine Augen, als er das Ende des Bettes erreicht. Ich schlage die Decke zurück, um ihm zu zeigen, dass ich nichts darunter trage. Als Antwort wackelt er nur mit den Augenbrauen.

Er lässt die Schlafanzughose zu Boden fallen und ich nehme meine Unterlippe zwischen die Zähne, beiße zu und stöhne. „Blake."

Blake klettert auf unser großes und weiches Bett. „Sag es noch einmal, Baby."

Ich stöhne seinen Namen erneut, während er mit seiner Hand über meinen großen Bauch streicht. Er küsst ihn und sagt, „Papa liebt dich, Abby."

Gestern Abend haben wir uns für einen Namen entschieden und

mein Herz bebt vor Liebe für ihn, als ich ihn mit unserem Baby-Mädchen reden höre. Ich lege meine Hand über seine und folge seinen Bewegungen über meinen Bauch. Er sieht mit einem Lächeln zu mir auf.

„Und Mama liebe ich auch", sagt er und küsst sich seinen Weg zu meinen Lippen.

Mein Puls rast, als sich sein Mund auf meinen legt. Er schafft es immer, mich zu erregen. Mein Körper reagiert auf seinen auf eine Art, die ich nicht verstehe. Nachdem er mich lang und hart geküsst hat, löst er seinen Mund von meinem, dreht mich um und zieht mich auf meinen Knien zu sich zurück.

Mein Körper verzehrt sich nach ihm, als ich abwarte, was er tun wird. Blake lehnt sich über mich, nimmt eine Brust in seine Hand und reibt mit der anderen meinen Kitzler. Mein Stöhnen erfüllt den großen Raum, doch er bringt mich durch kleine Bisse auf meinen Rücken zum Schweigen.

Er drückt sein hartes Glied in mich, bleibt dann jedoch völlig still. Ich versuche, mich zurück zu bewegen, damit er in mich stößt, doch als Antwort beißt er mich nur ein wenig härter, weshalb ich damit aufhöre. Seine Finger liegen mit genau dem richtigen Druck auf meinem pulsierenden Kitzler, während er meine Brust massiert und mit seinen Zähnen über meinen Rücken fährt.

Gerade als alles in mir zu Beben beginnt und ich kurz vor dem ersten von zahlreichen Höhepunkten, die er mir geben wird, stehe, fängt er an, in mich zu stoßen. Er bewegt sich langsam und gleichmäßig, bis ich um sein Glied komme.

Er lässt meine Brust los und nimmt die Hand von meinem Kitzler. Dann richtet er seinen Oberkörper auf und drückt sich tiefer in mich. Jetzt ist er es, der stöhnt, während sich mein Körper um sein großes und hartes Glied zusammenzieht. „Fick mich, Baby! Ja, verdammt!"

Mein Körper ist verrückt nach ihm und ich komme seinen harten Stößen entgegen, während er versucht, meinen Höhepunkt so lange wie möglich zu verlängern. Er hat einen Trick herausgefunden, mit dem er mir meistens sofort einen weiteren Orgasmus bescheren kann, aber nur, solange ich noch nicht komplett aufgehört habe, zu pulsieren.

Er zieht mich zu sich heran und stößt wieder in mich. Dann ebbt mein Höhepunkt ab und er unterbricht seine Bewegungen. Er greift nach vorn, nimmt meine beiden Brüste in seine Hände und zieht mich zurück, so dass mein Rücken an seinem Oberkörper lehnt. Sein Glied bewegt sich immer noch in mir, aber seine Stöße sind jetzt kürzer.

Er drückt beide Brüste und zieht an den Nippeln, wodurch elektrische Stöße durch meinen Körper schießen. Er lässt eine Brust los und steckt dann einen seiner Finger in meinen Mund. „Saug daran.“

Ich lecke an seinem Finger und sauge daran, als wäre es sein Glied. Er stöhnt in meinen Nacken und macht sich über ihn her. Er nippt und saugt an ihm, bevor er hart zubeißt, was mich wieder über die Klippe stößt.

Während ich stärker an seinem Finger sauge, greife ich nach hinten und umfasse seinen fantastischen Hintern mit beiden Händen, wodurch ich ihm helfe, tiefer in mich zu stoßen. Gleichzeitig komme ich um ihn herum. Dieses Mal reiße ich ihn mit, er erreicht seinen eigenen Höhepunkt und stöhnt in mein Ohr, als er hart kommt.

Er hört sogar noch vor mir auf zu pulsieren, mein schwangerer Körper scheint unersättlich zu sein. Ich will mehr und das weiß er. Er legt mich wieder hin und rollt mich auf den Rücken. Sofort ziehe ich meine Knie an. Nur so kann er mich vollständig befriedigen.

Keuchend küsst er meinen Kitzler, dann leckt mit seiner Zunge über meine Falten und dringt mit ihr in mich ein. Das macht er immer wieder, bis mein ganzer Körper zittert und ich meinen finalen Höhepunkt hinausschreie.

Er küsst mich sanft, bis ich aufhöre zu zittern und sich alles in mir wieder beruhigt. Langsam küsst er meinen Körper hinauf und legt sich dann neben mich, schlingt einen Arm um meinen Bauch und drückt einen Kuss auf meine Wange, während meine Lider schwer werden und ich in seiner sicheren Umarmung einschlafe.

Der Mann weiß einfach, wie er mich befriedigen kann!

92

BLAKE

Der Vollmond scheint durch das Fenster unseres Schlafzimmers. Es wird durch die hohen Kiefern ein bisschen gefiltert. Ich schaue in den Nachthimmel, während ich meine Frau in den Armen halte, die nach unserem Liebesspiel friedlich schläft.

Eine Eule heult, kurz darauf antwortet ihr eine zweite. Eine große, weiße Eule fliegt, dicht gefolgt von der anderen, an unserem Fenster vorbei. Beide sind groß und majestätisch, als sie vorbeifliegen und dabei heulende Laute ausstoßen.

Meine Hand liegt auf Rachelles schwangerem Bauch und gerade, als eine Eule heulend an dem Fenster vorbeifliegt, tritt unser Baby. Auf meinem Gesicht breitet sich sofort ein glückliches Grinsen aus.

Ich kann die Präsenz meiner Eltern in meinem Herzen spüren und kann darin mehr als nur Trost finden. Ich empfinde Freude und Glück und Dankbarkeit zugleich. Wenn sie sich nicht gewünscht hätten, dass ich ihre Asche in den gegenüberliegenden Ozeanen verstreue und mit ihrem Geld in den Lotterien überall in diesem großen Land spiele, dann wäre ich heute Nacht niemals, wo ich gerade bin.

Ich hätte mich nie mit Max Lane treffen müssen, um ihn nach Rat in meinen finanziellen Angelegenheiten zu fragen. Ich hätte niemals die wunderschöne Frau getroffen, die ich in meinen Armen halte. Das kleine rothaarige Mädchen und der dunkelhaarige Junge, die ich in dem Kinderheim traf, in dem Max aufgewachsen war, wären immer noch dort und würden diese Familie nicht zu dem machen, was sie heute ist.

Mein Sohn würde nicht in seiner Krippe in dem Zimmer am Ende des Flures schlafen und meine Tochter würde ihre Mutter jetzt nicht treten. Nein. Nichts davon wäre möglich, wenn sie nicht gestorben und ich nicht ihre Wünsche erfüllt hätte.

An dem Morgen, an dem ich herausfand, dass meine Eltern gestorben waren, ging ein Teil von mir mit ihnen. Ich wusste, dass das Leben für mich nie wieder so sein würde wie zuvor. Ich habe noch keinem Menschen davon erzählt, wie tief ich in den Wochen nach ihrem Tod gesunken war.

Doch Tatsache ist, dass ich eines abends, ein paar Wochen nach ihrem Tod, in ihrem Schlafzimmer saß, eine Flasche Whiskey trank und in meiner zitternden Hand eine Pistole hielt. Ich hatte vor, alles zu beenden. Der Schmerz war einfach zu groß geworden und ich wollte nicht mehr allein in dieser großen und grausamen Welt leben.

Ich war nicht immer der durchtrainierte Mann gewesen, der ich heute bin und der ich war, als ich Rachelle kennenlernte. Nein, ich war ein kleiner, dicker Junge, der häufig zusammengeschlagen wurde. Ich wuchs zu einem pummeligen Mann auf, der wenig Selbstbewusstsein hatte. Als sie starben, wurden mir die einzigen Menschen genommen, die mich liebten, die einzigen, die sich nicht über mich lustig machten.

In dieser Nacht saß ich also mit der Flasche und der Pistole in der Hand dort, doch als ich den Lauf der Pistole in meinen Mund steckte und meinen Finger auf den Auslöser legte, geschah etwas. Etwas klatschte gegen die Außenwand, so laut, dass ich vor Schreck fast vom Bett fiel.

Aus irgendeinem Grund hörte ich mit meinem Vorhaben auf und

ging nach draußen, um nachzusehen, woher das laute Geräusch kam. Es war dunkel, aber ich sah einen großen Stein in der Nähe des Bereiches, aus der ich das Geräusch vernommen hatte. Als ich mich umsah, bemerkte ich, dass der Mund des Briefkastens, der die Form eines großen Barsches hatte, offen stand.

Ich ging hinüber und entdeckte darin einen Flyer, den ich überrascht herauszog. Ich musste ihn wohl vergessen haben, als ich am Morgen nach der Post geschaut hatte. Ich nahm ihn mit ins Haus, sah ihn mir an und sah, dass es Werbung für ein Gewichte-Set und Heimtrainer war. Man musste keinen Vorschuss zahlen und niedrige monatliche Raten waren möglich.

In dieser Nacht ging ich nicht mehr in das Schlafzimmer meiner Eltern zurück. Ich ließ die Flasche und die Pistole dort auf dem Bett liegen und ging stattdessen in mein eigenes Zimmer, wo ich mich schlafen legte. Am nächsten Tag rief ich bei der Nummer auf dem Flyer an und am folgenden Nachmittag wurde das Gerät geliefert, das von den Lieferanten für mich im Wohnzimmer aufgebaut wurde.

Mit dem Heimtrainer wurde ein kleines Heftchen geliefert, in dem stand, wie man sich richtig ernährte, und innerhalb weniger Monate war ich auf dem besten Weg, der Mann zu werden, der ich heute bin. Ich verbrannte jedes einzelne Bild meines alten Lebens. Der neue Körper gab mir auch neues Selbstvertrauen und ich tat endlich, um was mich meine Eltern gebeten hatten.

Ich reiste nach New York, wo ich meinen Vater im Atlantik verstreute. Danach fuhr ich einmal quer durch das ganze Land und spielte auf meinem Weg nach Los Angeles in jedem Staat, den ich durchquerte, in der Lotterie. Dort angekommen verstreute ich meine Mutter im Pazifischen Ozean.

Das war der erste Schritt auf meinem neuen Lebensweg. Ich bin mir nicht sicher, ob ich meiner Frau jemals von dem verzweifelten Mann erzählen werde, der ich einmal gewesen war. Der Kerl war immerhin in dieser schicksalshaften Nacht gestorben. Den alten, dicken, deprimierten und unsicheren Blake gibt es seit dieser Nacht nicht mehr.

Der sorglose Blake wurde geboren und wohl losgeschickt, um eine junge Frau zu finden, die ihn sehr dringend brauchte. Und ich bin so glücklich, dass wir letzten Endes unser Glück gefunden haben.

Ende

 Erstellt mit Vellum

CPSIA information can be obtained
at www.ICGtesting.com
Printed in the USA
BVHW041741040321
601714BV00008B/326